BASTEI
LÜBBE
TASCHENBUCH

Weitere Titel der Autorin:

Traumtochter

Titel in der Regel auch als E-Book erhältlich

Über die Autorin:

Andrea Sixt ist in Regensburg geboren und aufgewachsen. Nach dem Studium in München arbeitete die Diplomingenieurin einige Jahre in der Baubranche. 1995 der Wechsel zur Autorin. Seitdem hat sie eine Reihe von Drehbüchern geschrieben, darunter den Kinohit »Workaholic« und das erfolgreiche TV-Movie »Noch einmal lieben« nach ihrer gleichnamigen Autobiographie.

Andrea Sixt

Eine ganz heiße Nummer

Roman

BASTEI LÜBBE
TASCHENBUCH

BASTEI LÜBBE TASCHENBUCH
Band 16 646

Neuausgabe der bei Bastei Lübbe Taschenbuch erschienenen Originalausgabe

Dieser Titel ist auch als E-Book erschienen

Bastei Lübbe Taschenbuch in der Bastei Lübbe GmbH & Co. KG

Originalausgabe

Umschlaggestaltung: Kirstin Osenau
Satz: hanseatenSatz-bremen, Bremen
Gesetzt aus der Goudy Oldstyle PostScript
Druck und Verarbeitung: CPI – Ebner & Spiegel, Ulm
Printed in Germany
ISBN 978-3-404-16646-6

Eins

Kalt und ungemütlich war es – für diese Jahreszeit, es war Mitte Mai, viel zu kalt. Die Glocken der Kirche schlugen drei Mal. Es war Viertel vor sieben.

Maria quälte sich in ihrem Bett. Ihre Glieder waren schwer vor Müdigkeit. Sie war jetzt fünfundvierzig, und sie merkte jede Minute Schlaf, die sie wieder einmal verpasst hatte. Ihr Körper herrschte in letzter Zeit immer häufiger über ihren Geist, der ihr jetzt zuflüsterte, dass es eigentlich Zeit wäre, aufzustehen, Tina, ihre Tochter, zu wecken, ihrem alten Vater das Frühstück ans Bett zu bringen und dann hinüber in den Laden zu gehen. Maria drehte sich unter der warmen Daunendecke noch einmal auf die andere Seite, den Blick nun zu den gefütterten Vorhängen, die das Tageslicht durch einen schmalen Spalt hereinließen. Noch fünf Minuten, sagte sie sich. Nur fünf Minuten.

Sie schloss die Augen, doch ihre Gedanken ließen sie nicht in Ruhe. Sie kreisten um ihr Gehalt, das noch immer nicht auf ihrem Konto war, obwohl heute schon der Zehnte, nein, der Elfte war, und um den schlechten Umsatz der letzten Monate.

Das Klingeln des Telefons riss sie aus ihren Grübeleien. Ihre Hand tastete zum Nachttisch, und sie überlegte, wer sie um diese Zeit wohl anrief. Vielleicht Katharina? Oder Waltraud?

»Hallo?«

Keine Antwort.

»Hallo?«

Zuerst vernahm sie nur ein leises Stöhnen. Verwundert lauschte sie in den Hörer. Im ersten Moment schoss ihr Lena in den Kopf, die sicher wieder einmal wie so oft unter Liebeskummer litt. Das Stöhnen nahm zu, es war eindeutig nicht Lena, und dann hörte

Maria die belegte Stimme eines Unbekannten: »Du, ich hab ein Riesending, und mit dem werde ich dich gleich beglücken.«

Maria drückte das Gespräch augenblicklich weg, setzte sich auf und verharrte einen Moment konsterniert. Was für ein Schwein! Es war das erste Mal in ihrem Leben, dass sie so einen Anruf bekam. Sie überlegte, was wohl dazu geführt haben könnte, dass dieser der Stimme nach nicht mehr ganz junge Typ am heutigen Morgen ausgerechnet ihre Nummer gewählt hatte, und schrieb es letztendlich dem Zufall zu. Nach wie vor schlug ihr das Herz im Hals, und ihre Füße glühten unter den Daunen. Sie holte tief Luft, ein Mal, zwei Mal, dann schlug sie die Bettdecke zurück und stieg aus dem Bett.

Na, der Tag fängt heute ja schon mal gut an, dachte sie missmutig.

Sie zupfte ihr langes Nachthemd, das sich wie ein Schneckenhaus um ihren Körper gelegt hatte, wieder auseinander, tapste dann, noch immer verwundert über diese Dreistigkeit, zum Fenster und zog die schweren Vorhänge zurück. Sie schauderte, als sie vor dem offenen Fenster stand, durch das der kalte Wind hereinblies. Während sie ihre Bettdecke aufschüttelte, dachte sie, dass die Eisheiligen diesmal schon ziemlich lange dauerten, und sie hoffte, dass dies nun endlich die ›Kalte Sophie‹ war, die den krönenden Abschluss bildete.

Ein tiefer Seufzer entschlüpfte ihr, als sie das Bettzeug glatt strich, und sie vergaß den Anrufer und dachte an Manfred, ihren Mann, mit dem sie dieses Bett die letzten achtzehn Jahre geteilt hatte. Ihre Schlafstätte, denn mehr war es für sie heutzutage nicht mehr, war viel zu breit für nur eine Bettdecke und ein einzelnes Kissen, trotzdem hatte sie Manfreds Bettzeug noch an jenem Tag in seinem Kleiderschrank verstaut, an dem er denselben ausgeräumt hatte. Sie war nicht der Typ, der sich etwas vormachte. Das nur zur Hälfte bestückte Bett zeigte ihr nun schon gleich beim Aufwachen ganz deutlich, dass Manfred eben nicht mehr ihr Mann war. Das heißt, juristisch betrachtet war er es noch, aber in Wirklichkeit schon lange nicht mehr.

Auf dem Weg zum Bad klopfte Maria zwei Mal kurz an die Tür zum Zimmer ihrer Tochter, drückte die alte versilberte Klinke herunter und schob den leicht vergilbten Lichtschalter an der Wand nach oben. »Guten Morgen! Aufstehen!«, rief sie durch den offenen Spalt mit einer Heiterkeit, die ihr Herz schon lange nicht mehr verspürte. Es war die List der Gewohnheit, die sie jeden Morgen fröhlich einen neuen Tag ankündigen ließ. Heute war es jedoch anders. Heute durchflutete das Tageslicht bereits Tinas Raum.

»Du bist schon auf?«, wunderte Maria sich nur kurz, und dann, nachdem das übliche, knapp genuschelte »Morgen« zurückkam, wanderten ihre Gedanken wieder zu Manfred.

Ein halbes Jahr war es jetzt her, dass er sie wegen Sybille, einer Reparaturannahme-Tussi in einer Opel-Vertretung, verlassen hatte. Angeblich hatte die Affäre bereits vor drei Jahren angefangen. Damals hatte er dort seinen Vectra reparieren lassen und sein angekratztes Selbstwertgefühl gleich mit. Sybille hatte dafür gesorgt, dass er, der gerade seine Stelle in einer großen Spedition in Deggendorf verloren hatte, einen nagelneuen Job bekam: als aufstrebender Superverkäufer in jenem Autohaus.

Jetzt war Sybille schwanger, und Manfred stand natürlich zu dem Kind. Das war für ihn Ehrensache – der Betrug an Maria nicht. Manfred trieb nun die Scheidung unerbittlich voran. Da zählte nichts, auch nicht die lange Zeit, in der Maria immer nur eines im Sinn gehabt hatte: ihn glücklich zu machen.

Jahrelang hatte sie ihn verwöhnt. Die ganze Palette der Promiköche wie Schubeck und Biolek hatte sie rauf und runter gekocht, und das, obwohl sie es anfangs gehasst hatte. Es fiel ihr auch nicht leicht, sie musste sich jedes Gericht mühevoll aus den Büchern erarbeiten und sich präzise an die Angaben halten, damit es gelang. Und auf einmal, nachdem sie sich langsam von den Köchen freigekocht und Spaß am Improvisieren gefunden hatte, genau in diesem Moment hatte Manfred angefangen, von Sushi und Sashimi zu schwärmen – da hatte sie dann schon vermutet, dass irgendetwas nicht stimmte. Endgültige Gewissheit hatte sie in den letzten Monaten erhalten, als er jede Berührung, jede Zärtlichkeit, die sie ihm schenken wollte, abgeblockt hatte. Nur auf ihr Drängen hin hatte er schließlich die Wahrheit eingestanden. Das war der Anfang vom Ende gewesen.

Maria stand inzwischen unter der Dusche. Das warme Wasser tat ihrem verspannten Nacken gut. Sie verrieb die nach Mandeln duftende Duschcreme über ihre schweren, aber immer noch festen Brüste, über ihren Bauch, der sich ein klein wenig wölbte, und über den zarten Bereich zwischen ihren Beinen; all das tat sie mit der Nachlässigkeit einer Frau, die ihrem Körper keine besondere Beachtung schenkte.

Das lag wohl mit daran, dass ihr Manfred nie zu den Liebhabern gehört hatte, die eine Frau groß verwöhnten, doch das hatte Maria nicht weiter schlimm gefunden. Über die vielen Jahre war es für sie völlig normal geworden, sich ausschließlich auf ihn zu konzentrieren. So wenig, wie sie ihren Körper wahrnahm, so selbstverständlich und bereitwillig nahm sie seinen in sich auf. Sie kannte jede Faser seiner Haut, kannte jede Facette seines Geruchs, kannte jedes Zucken seiner Muskeln. Sie kannte seine erogenen Zonen und die Worte, die ihn erregten, wusste, wie sie seine Erregung steigern, sie verlängern und sie zur Explosion bringen konnte. Mit der Zeit kannte sie seinen Körper besser als den ihren. In seinem Orgasmus fand sie ihren Höhepunkt. Und auch wenn der ihre nur in ihrem Kopf stattfand, so war sie doch jedes Mal glücklich, ihm so viel gegeben zu haben, und ihre Erschöpfung kam der seinen gleich.

Das war nun alles vorbei. Manfred war nach Regensburg in die Großstadt gezogen, und sie saß hier im alten, renovierbedürftigen Haus ihrer Eltern, das viel zu groß war für sie drei, für Tina, ihren alten Vater und sie.

Das neue Familienleben spielte sich hauptsächlich in der großen Wohnküche ab, in der sie an diesem Morgen zu ihrer Überraschung auf einen mit Milch, Cornflakes und Müsli gedeckten Frühstückstisch stieß. Sogar eine Schale mit geputzten Erdbeeren und einem klein geschnittenen Apfel fand sich neben der Milchkanne, und die Servietten, an die sie ihre Tochter normalerweise immer erinnern musste, lagen fein säuberlich gefaltet neben den beiden Gedecken. Maria war zum zweiten Mal am heutigen Morgen perplex.

»Das ist ja toll! Was ist denn passiert?«, fragte sie Tina, die zur Krönung des Ganzen statt des üblichen Instantkaffees Jacobs Besten aufbrühte, dessen würziger Duft sich im Nu im ganzen Haus ausbreitete. »Ist heute Muttertag?«

»Opa habe ich sein Frühstück schon nach oben gebracht«, meinte Tina mit geschäftiger Ernsthaftigkeit und ohne aufzublicken.

Maria blieb überrascht am Tisch stehen. »Heute ist doch nicht Muttertag«, sagte sie und musterte das Mädchen. Fünfzehn war Tina jetzt und – bei aller ihr möglichen Objektivität – verdammt hübsch. Sie hatte das dunkle, dichte Haar ihres Vaters und die hellen blauen Augen der Mutter. Dazu die zarte Haut und eine unverschämt knackige Figur. Maria konnte sich überhaupt nicht satt sehen an ihr. Sie musste sich zwingen, den Blick abzuwenden. Und zum tausendsten Mal sagte sie sich, dass sie auf Tina verdammt aufpassen musste.

»Ich kann dich doch auch mal verwöhnen«, meinte Tina und drehte sich um. Ihre Verlegenheit schrieb Maria gerührt dem Umstand zu, dass ihre Tochter bisher jede Art von Arbeit im Haushalt als völlig uncool abgetan hatte. *Uncool* war ein Modewort, das Maria übrigens ziemlich oft hörte, denn uncool war für Tina so ziemlich alles, was sich hier im Haus abspielte.

Während Maria, die es nicht ertrug, einfach nur untätig herumzustehen, den Honig aus dem Regal nahm und ihn auf den Tisch stellte, betrachtete sie das Mädchen heimlich und voller Glück. Die Trennung und die vorangegangenen Auseinandersetzungen hatten Tina für ihr Alter frühzeitig erwachsen werden lassen. Sie war ganz bestimmt keine Träumerin, sondern hatte einen analytischen Verstand, der ihr im Leben sicher eine Menge Enttäuschungen ersparen würde. Ihr selbst, Maria, mangelte es leider daran.

»Setz dich doch.«

Maria nahm auf einem Stuhl Platz und fing langsam an, die unerwartete Aufmerksamkeit an diesem Morgen zu genießen.

Tina brachte die Kaffeekanne, setzte sich ihr gegenüber und schenkte ihrer Mutter den heißen Kaffee in die handbemalte Tasse. Die ihre hatte sie bereits mit Ovomaltine gefüllt.

»Vielen Dank«, sagte Maria. »Das ist vielleicht eine Überraschung! Wirklich schön.«

Dem dankbaren Lächeln ihrer Mutter wich Tina aus und konzentrierte sich auf ihren Teller, in den sie eine Ladung Cornflakes kippte.

Während ihre Tochter ihre Flakes schweigend löffelte und sie selbst ihren Teller mit Getreide und ein wenig Obst füllte, überkam Maria plötzlich eine unangenehme Vorahnung. Irgendetwas stimmte nicht! Sie befreite sich jedoch sofort von ihrem gut geschulten Misstrauen, und in der Hoffnung, dass ihr Gefühl sie getäuscht hatte, schwieg auch sie und kaute ihr Müsli mit den gezuckerten Erdbeeren und den fein geschnittenen Apfelstückchen.

Irgendwann fing Tina an, wie nebenbei zu erzählen: »Papa hat jetzt eine neue Wohnung gefunden. Mitten in der Altstadt, im vierten Stock, mit Blick auf den Dom. Die muss total cool sein.«

Die beiden hatten wohl gestern Abend telefoniert, während sie beim Treffen vom Katholischen Frauenbund gewesen war, schoss es Maria durch den Kopf. Als sie dann gegen zehn nach Hause gekommen war, hatte Tina schon geschlafen.

»Mein Zimmer hat sogar einen kleinen Balkon – er geht auf einen Innenhof hinaus. Das ganze Haus ist völlig neu renoviert.«

»Schön«, meinte Maria trocken; sie wollte davon nichts hören. Sie hätte sich Manfred am liebsten in irgendeinem feuchten Kellerloch gewünscht, wo er mit seiner Tusnelda ruhig verschimmeln konnte. Na ja, wenigstens scheint er sich um seine Tochter zu kümmern, dachte sie und sammelte sich. Auch wenn es ihr schwerfiel: Sie durfte ihren Frust nicht an Tina auslassen.

»Ist es denn schon eingerichtet? Brauchst du vielleicht noch was?«, fragte sie freundlich nach. Schließlich hatten sie genug Bauernmöbel herumstehen, die die Landwirte aus dem Umland ihrem Vater für wenig Geld überlassen hatten, als der noch beim Brandversicherungsamt tätig gewesen war. Es waren einige schöne Stücke darunter. »Du kannst dir gern einen Schrank aussuchen, oder willst du vielleicht auch eine Truhe?«

In den Augen ihrer Tochter entdeckte sie eine Mischung aus Schuld und Besorgnis, und sie erschrak. Tina lächelte entschuldigend, und bevor sie nun zu sprechen anfing, wusste Maria schon, dass ihr Leben nun ein zweites Mal innerhalb eines halben Jahres aus den Fugen geraten und sich ihre düstere Vorahnung erfüllen würde.

»Ich möchte zu Papa ziehen, nach Regensburg. Gleich am Ende dieses Schuljahres.«

Maria fühlte einen stechenden Schmerz. Sie schluckte, spürte die Trockenheit in ihrer Kehle. »Aha.« Mehr brachte sie nicht heraus.

»Es ist ja nicht gegen dich, Mami. Nur versteh doch, das Leben ist so langweilig hier! Es ist nichts los. Ich kann mich in der Stadt viel besser entwickeln. Da gibt es viel mehr Möglichkeiten. Das verstehst du doch? Mami?«

Maria nickte. Am Ende des Schuljahres, das bedeutete, in nur sieben Wochen.

»Nicht traurig sein! An den Wochenenden komm ich dann immer zu dir. Na ja vielleicht nicht an jedem, aber sooft es geht.«

Maria hörte längst nicht mehr zu. Alles reduzierte sich in ihr nur auf die eine erschütternde Tatsache: Ihr Kind wollte sie jetzt verlassen. So einfach, so schnell konnte es gehen. Ein einziger Satz veränderte ein ganzes Leben. Und obwohl sie immer damit gerechnet hatte, dass Tina nach der Schule wegziehen würde, traf sie diese Nachricht nun, drei Jahre zu früh, völlig unvorbereitet und mit voller Wucht.

»Und was ist mit der Schule? Wie stellst du dir das vor?«, hörte sie sich wie von ganz weit her fragen.

»Mami, damit habe ich doch kein Problem.«

Sie hatte recht. Das Gymnasium, das mit dem Schulbus ungefähr fünfunddreißig Minuten entfernt lag, absolvierte sie mit links.

»Bist du damit denn einverstanden?«, wollte Tina wissen.

»Ich habe jetzt keine Zeit. Ich muss den Laden aufsperren. Und du musst zum Bus. Lass uns heute Abend darüber reden.«

»Mami, bitte.«

Der flehenden Miene ihrer Tochter hatte sie nur noch wenig, eigentlich gar nichts entgegenzusetzen. Tina sah es ihr an.

»Du bist ein Schatz, Mami! Ich wusste doch, dass du mich verstehst.« Tina drückte ihr einen Kuss auf die Wange, so frisch und leicht, dass Maria den jungen Körper am liebsten festgehalten hätte, um einen Hauch dieser jugendlichen Lebensfreude auf sich übergehen zu lassen.

Stattdessen erhob sie sich schwer. Mechanisch räumte sie den Tisch ab, während Tina nach oben rannte, um ihre Schultasche zu holen. Regensburg, die Hauptstadt der Oberpfalz, zog die Leute aus dem Wald genauso magisch an wie früher der Wilde Westen die Goldsucher. Mit »Wald« meinte Maria den Bayerischen Wald. Schlicht und einfach »Wald« nannten ihn die Einheimischen, deren Leben in der rauen Gegend ebenso schlicht und einfach verlief. Selbst die Häuser waren schlicht und einfach und bar jeder Verzierung, hier in dem Tausend-Seelen-Dorf zwischen der Rusel, einer kurvenreichen Bergstrecke, und dem Arber, dem höchsten Berg der Umgebung. Viel hatte dieses Kaff wirklich nicht zu bieten. Maria seufzte. Sie konnte ihre Tochter gut verstehen. Es tat nur so verdammt weh.

Nachdem Tina sich auf den Schulweg gemacht hatte, stieg Maria das eine Stockwerk zu ihrem Vater hinauf, der um diese Zeit immer noch im Bett lag. Jetzt, im Alter, stand er meist erst gegen Mittag auf. Sie sah ihn an. Er hatte die Augen geschlossen, und bei jedem Atemzug entwich ein feiner Pfeifton seinen schmalen, eingefallenen Lippen. Maria war froh, dass er schlief, ihr war jetzt nicht nach Reden zumute. Unter seinem Kopfkissen spitzte das farbig glänzende Blatt eines Magazins hervor. Maria wollte aufräumen und zog daran, doch er hielt es mit einer Hand fest.

»Das dachte ich mir schon, dass du meine Zeitschrift klaust«, sagte er in einem kratzigen Bariton, ohne die Augen zu öffnen.

»Guten Morgen. Ich wollte sie nur zur Seite legen, damit du bequemer liegst.«

»Was bin ich?«, kam es umgehend vom Kissen zurück.

Maria gab auf. Sie war nicht in der Stimmung, ihre Worte noch mal lauter zu wiederholen. Sie nahm den leeren Teller und die leere Tasse vom Nachttisch und ging damit zur Tür. Dort drehte sie sich noch einmal um. »Außerdem interessieren mich deine nackten Weiber nicht. Es ist lächerlich, du in deinem Alter! Da rührt sich doch sowieso nichts mehr.« Und es war ihr egal, ob er sie nun hörte oder nicht.

»Man kann nie wissen«, krächzte der alte Mann ihr hinterher.

Er hatte nicht unrecht. Es ging ihm tatsächlich immer besser. Wacher war er, hatte keine Verdauungsprobleme mehr, und selbst die Rückenschmerzen waren verschwunden – dank Akupunktur, Massagen und Qigong. Maria gab einen Großteil ihres Gehaltes dafür aus und freute sich über die sichtbaren Erfolge. Heute aber konnte sie das gar nicht aufheitern. Heute war ein Scheißtag. Heute hätte sie einfach nur heulen können.

Unten im Flur suchte sie in ihrer Handtasche nach der Liste mit den Lebensmitteln, die sie aus dem Geschäft mit nach Hause genommen hatte, ohne zu bezahlen. Sie fand sie nicht, und sie überlegte, wo sie den Zettel gestern hingelegt hatte, ob in die Ladenkasse oder in ihre Schürze. Es wollte ihr nicht einfallen. Ihr Kopf fühlte sich einfach viel zu schwer an, um nachzudenken. Und so ließ sie es sein. Sie würde sowieso als Erste im Laden stehen, denn an zwei Tagen in der Woche sperrte sie den Laden auf, pünktlich um acht. Heute war Freitag, und heute war sie an der Reihe. Zum Glück gab es den Laden und ihre Freundinnen. Die hatten sie damals, vor einem halben Jahr, als Manfred gegangen war, aufgefangen, während sich die Dorfbewohner hinter ihrem Rücken die Mäuler zerrissen hatten. Ihre Freundinnen würden sie auch heute auffangen.

Die Wolken hingen so tief am Himmel, dass alles grau in grau wirkte, nur in der geräumigen Küche des Bungalows, an dem Maria vorbeihastete, schafften bunte Frühlingsfarben eine sommerliche Stimmung und eilten so dem Wetter voraus.

Durch das große Fenster konnte man Katharina am gedeckten Frühstückstisch sitzen sehen und gegenüber von ihr Peter, ihren Mann. Gerade legte er die *Bayerische Ostmark*, eine Tageszeitung der Region, zur Seite. Katharina betrachtete seine Gesichtszüge, die beiden senkrechten Falten, die sich im Laufe der letzten zehn Jahre noch tiefer zwischen seinen Augenbrauen eingegraben hatten. Angespannt war er. Sie sah ihm zu, wie er hastig das von ihr selbst gebackene Brot mit der von ihr ebenfalls selbst eingekochten Erdbeermarmelade hinunterschlang, und der Gedanke, dass er gleich wieder aus dem Haus musste, dämpfte ihre Freude an den von ihr liebevoll zusammengestellten vielen kleinen Extras im Haus, für die niemand außer Katharina ein Auge hatte.

Am liebsten hätte sie Peter ständig um sich gehabt. Auch heute, nach mehr als zehn Jahren Ehe, fiel ihr die Trennung noch genauso schwer wie am ersten Tag, als sie beide sich Hals über Kopf ineinander verliebt hatten und sie ihm in seinen Heimatort gefolgt war.

Katharina hob die feine Teekanne aus weißem China-Porzellan, um ihm noch etwas von dem besonders aromatischen Earl Grey, den sie letzte Woche in einem Naturkostladen in Deggendorf entdeckt hatte, nachzuschenken, doch er winkte ab.

»Nein danke. Ich muss los.«

Die ganze Woche war er schon unterwegs gewesen, und jetzt musste er auch gleich wieder weg!, klagte Katharina still. Laut meinte sie: »Immer diese Vielfliegerei. Was die dir alles zumuten! Also, gesund ist das nicht. Ich habe gelesen, dass man sich bei einem Flug nach Mallorca schon mehr Strahlenbelastung zumutet als bei einer Röntgenaufnahme.« Sie selbst konnte das Fliegen seit ein paar Jahren gar nicht mehr vertragen. Der zehnstündige Flug in die Karibik im letzten Winter war für ihre Stirnhöhlen eine wahre Zerreißprobe gewesen, auf die sie – bei aller Liebe zu Sonne, Strand und Meer – gern verzichtete.

»Ist ja nur Kurzstrecke«, entgegnete Peter und kippte im Stehen noch den letzten Schluck Tee aus der Tasse hinunter. Mit der feinen Batist-Serviette mit dem apfelgrünen Rand, den Katharina passend zu den Kissen angenäht hatte, wischte er sich flüchtig über die Lippen. »So ist das nun mal. Ich wäre auch lieber bei dir. Das kannst du mir glauben. Ich komme übrigens ziemlich spät zurück. Mit der letzten Maschine. Und bis ich dann hier bin, ist es bestimmt nach Mitternacht. Warte bitte nicht auf mich.«

Katharina sah, wie er die Serviette nachlässig auf den Tisch warf und nicht in den schönen silbernen Serviettenring mit dem eingravierten geschwungenen P schob. Sie beherrschte ihren Drang, aufzustehen und ihn zu umarmen. Stattdessen faltete sie die Serviette, zwang sich zu einem Lächeln und sprang über ihren Schatten, indem sie ihm uneigennützig vorschlug: »Wenn es so spät wird – ist es da nicht angenehmer für dich, du bleibst über Nacht?«

»Die Firma zahlt mir das Hotel nicht. Morgen ist Samstag.«

»Wie? Sie zahlen dir das nicht? Wie kleinlich!«

Er war schließlich der beste Verkäufer des Jahres gewesen. Der letzte Urlaub, der sie in die Karibik nach St. Martin geführt hatte, war von der Firma komplett bezahlt worden, sozusagen als Prämie, weil Peter so viele Computer verkauft hatte. Im vorangegangenen Jahr hatte er deshalb ziemlich viel Geld verdient, was sich allerdings gleich null auf ihr Leben ausgewirkt hatte.

Peter sparte nämlich für eine in weiter Ferne liegende, nicht absehbare Zukunft. Er hatte eine beträchtliche Summe für viele Jahre fest angelegt, da man ja nie wissen konnte, was noch alles passieren würde. Das restliche Geld, ein Notgroschen, lag auf einem Sparbuch, zu dem Katharina zwar Zugriff hatte, den sie aber nie ohne Peters Einverständnis nutzte.

Katharina begann, den Tisch abzuräumen, was für den Hund der Startschuss war, sich von seiner Decke zu erheben und zu ihr zu trotten. Lenny war ein Mischlingshund mit einem Fell wie Milch und Honig. In kluger Voraussicht hatte er diesen Moment abgewartet, und so schleckte er genüsslich die Leberwurst von dem Brot, das sich sein Frauchen mit ihm teilte, während Katharina die Teller in die Spülmaschine schichtete.

»Du brühst den Tee aber schon zwei Mal auf, nicht?«, meinte Peter, als er sah, dass sie den Teefilter ausleerte. »Vielleicht kann man ihn ja auch drei Mal verwenden. Ich würde das mal ausprobieren, Schatz.«

Katharina nickte und seufzte leise. Wenn Peter erst wüsste, wie viel so ein Teebeutel kostete! Doch diesen kleinen Luxus leistete sie sich ganz still und heimlich. Zum Glück fragte er danach nicht. Sie konnte so schlecht lügen.

»Ich komme gleich mit raus«, sagte sie, als er sich daranmachte, das Haus zu verlassen, und schnappte sich ihren modischen Kurzmantel und die Hundeleine.

»Ich habe es aber eilig«, meinte er, doch Lennys freudiges Gebell übertönte Peters Worte.

Katharina begleitete ihn noch bis zur Garage, die an den eingeschossigen Flachbau aus Holz mit der großen Glasfront anschloss. Dass Peter dieses Haus mehr oder weniger aus Containern auf einem geerbten Grundstück hatte errichten lassen, konnte man längst nicht mehr erkennen. Dank Katharina. Mit viel Liebe zum Detail hatte sie die Bepflanzung um das Haus herum vorangetrieben, sodass es heute eher wie ein Designerhaus anmutete.

Als Peter den Wagen rückwärts ins Freie rangierte, hielt sie Lenny, der aufgeregt mit dem Schwanz wedelte und genau wie sie am liebsten mitgefahren wäre, ganz straff an der Leine. Sie winkte dem silberfarbenen Wagen so lange nach, bis er um die Kurve bog und aus ihrem Sichtfeld verschwand. Ein bisschen traurig war sie. Peter war sicher nicht aufgefallen, dass sie sich nicht geküsst hatten. Für einen Moment fühlte sie eine Leere in sich, die gefährlich war, denn sie gab ihrer Angst Raum. Der Angst vor der Einsamkeit.

Schnell schloss sie das Garagentor, dabei musste sie aufpassen, dass sich der Schlauch des Tanks nicht verhedderte. In dem ausrangierten Heizölbehälter hatte Peter billiges Rapsöl gelagert, das er zu einem Spezialpreis von einem Bauern bekommen hatte. Er hatte seinen Wagen vor Kurzem erst so einstellen lassen, dass er ihn mit Diesel sowie mit Rapsöl fahren konnte. Letzteres benutzte er immer dann, wenn er privat unterwegs war. In vier Jahren würde sich die Investition amortisiert haben, hatte er ausgerechnet.

Katharina machte sich mit Lenny auf den Weg, die schmale Straße hinunter zum Laden. Sie war heilfroh, dass sie diesen Job hatte, wenn auch nur auf Vierhundert-Euro-Basis. Nicht dass sie ihn aus finanziellen Gründen nötig gehabt hätte. Überhaupt nicht. Sie brauchte ihn für ihre Seele. Katharina hatte sich das Leben hier ganz anders vorgestellt – mit Kindern. Doch sie wurde nicht schwanger. Und weil Peter keinen großen Wert auf Kinder legte, denn Kinder kosteten, bis sie erwachsen waren, ein ganzes Haus (das hatte Peter ausgerechnet), hatte auch sie sich im Laufe der Jahre damit arrangiert. Aber ohne den Laden – und mit ihm Maria, Lena und Waltraud – hätte sie in diesem Kaff nicht überlebt.

Als sie an der großen Kreuzung am Kiosk vorbeikam, überlegte sie kurz, ob sie sich vielleicht ein neues Einrichtungsjournal kaufen sollte, ließ es dann aber doch sein. Gleichzeitig ärgerte sie sich über ihr Zögern. Die vier Euro fünfzig ein Mal im Monat müsste sie sich doch auch ohne schlechtes Gewissen leisten können.

Es fing an, leicht zu nieseln, und Katharina legte nun einen Schritt zu. Unterwegs grüßte sie ein paar Einheimische und hielt für jeden auch noch so grantigen Hinterwäldler ein freundliches Wort bereit. Niemand hätte der schlanken, hochgewachsenen Frau in dem beigefarbenen Kurzmantel angesehen, dass sie sich so verdammt einsam fühlte.

Es war acht Uhr dreißig, als Katharina die Glastür des Geschäfts öffnete und mit dem hellen Dreiklang der baumelnden Glöckchen eintrat.

»Bin nur ich«, sagte sie, und es klang schon fast entschuldigend, da sie aus Marias Gesichtsausdruck ableitete, dass sie bis jetzt wohl noch kein einziger Kunde beehrt hatte. Mit muffiger Miene hatte sich Maria auch schon wieder den Packungen italienischer Nudeln zugewandt und sortierte nun die Penne und Makkaroni weiter hinten, dafür die Spaghetti ganz vorne in ein Regal. »Einen schönen guten Morgen«, meinte Katharina mit betonter Heiterkeit. Sie konnte nicht anders, sie fühlte sich einfach immer verantwortlich für die Stimmung um sich herum.

»Entschuldige. Guten Morgen. Wie geht es euch denn?«, fragte Maria daraufhin, umarmte Katharina flüchtig und kraulte Lenny, den sie in das »euch« mit eingeschlossen hatte, zur Begrüßung kurz den Kopf.

»Danke, geht so«, antwortete Katharina. Ihr Blick war in der ersten Reihe bei den vielen Spaghettischachteln hängen geblieben.

»Die sollen jetzt mal Spaghetti essen. Die sind viel leichter zu verdauen«, kommentierte Maria ihre schwerpunktmäßige Anordnung.

»Das ist ihnen doch zu kompliziert. Die Leute essen viel lieber Makkaroni«, erwiderte Katharina.

»Dann werden sie es eben lernen«, brummte Maria.

»Das möchte ich sehen«, schmunzelte Katharina. Bevor sie sich weiter mit Marias Laune befasste, eilte sie erst mal schnurstracks nach hinten in das Büro. Im Verkaufsbereich durfte sich kein Hund aufhalten. Wehe, jemand vom Dorf bekäme das mit, und erst recht die Geschäftsleitung! Dann könnten sie alle einpacken. Ihren Job wären sie los.

Lenny schlich seinem Frauchen nur unwillig hinterher. Den Kopf hielt er dabei nach oben gereckt, um sich möglichst lange die würzigen Düfte, die von der Wursttheke herüberzogen, um die feuchte Nasenspitze wehen zu lassen. Er wusste jedoch ganz genau, dass im Büro sein Platz war. Von dort führte nämlich eine Hintertür nach draußen, durch die er schnell mal verschwinden konnte, wenn es nötig wurde – was nach Lennys Geschmack leider viel zu selten der Fall war. Dann zog er nämlich los, in Erinnerung an die ersten acht Monate seines Lebens, die er als Straßenköter verbracht hatte, und tauchte manchmal erst am nächsten Morgen wieder vor der Haustür des Bungalows auf. Da saß er meist, erschöpft von neuen unerzählten Geschichten, und wartete, bis die Tür aufging und er Katharinas Hände auf seinem von vielem Hundesabber verklebten Fell spürte. Und jedes Mal war er dankbar und glücklich, dass sie ihm so viel mehr durchgehen ließ, als ihr Verstand ihr riet.

Maria sah, wie Katharina hinten im Büro ihren Mantel auszog und darunter ein Hosenanzug zum Vorschein kam, der ihre schlanke Figur betonte, und wie immer kam sie sich selbst ziemlich plump vor.

»Was ist denn heute passiert?«, rief Katharina durch die offene Tür und trat in den Raum.

»Nichts. Nichts Besonderes«, brummte Maria. »Einfach alles.«

Sie hatte keine Lust, von Tinas überraschenden Plänen zu erzählen. Es würde sie nur noch trauriger machen. Stattdessen straffte sie ihre Schultern, richtete sich ein wenig auf und fragte: »Sag mal, hast du eigentlich dein Gehalt schon gekriegt?«

»Ich? Nee. Keine Ahnung.«

»Meins ist noch immer nicht auf meinem Konto. Das habe ich vorhin gerade online gecheckt. Ist doch eine Sauerei!«

Aha, dachte Katharina. Das war also der Grund für die schlechte Laune, und sie bot an: »Ich kann ja gleich mal bei meiner Bank nachfragen, ob es schon da ist.«

»Wenn du meinst. Aber wieso soll es auf deinem Konto sein, wenn es auf meinem noch nicht ist?«

»So was kann schon mal passieren«, rief Katharina.

Maria sagte nichts weiter, sondern machte sich wieder an ihre Arbeit, während Katharina im Büro sogleich bei ihrer Bank anfragte. Niemand sollte wissen, dass sie, Maria Brandner, keinen Kredit mehr bekam. Das hatte ihr der Angestellte der Sparkasse gestern am Telefon eröffnet. Ihr, die in den dreißig Jahren, in denen sie dort Kunde war, immer Wort gehalten hatte. Aber das wusste der junge Mann ja nicht. Das wusste Herr Franz, doch der war inzwischen in Rente. Die Bank habe ihre Strategie geändert, hatte er ihr mitgeteilt. Kredite würden heute nur noch von ganz oben genehmigt. »Ganz oben« hieß so hoch oben, dass man von dort den einzelnen Menschen nicht mehr wahrnehmen konnte. Das hatte Maria deutlich zu spüren bekommen. Dabei hatte sie gar keinen größeren Kredit gewollt, nur eine kleine Überziehung, um einhundert Euro. Sie hatte den Telefonhörer aufgelegt und sich geschämt.

Draußen kam Pfarrer Gandl des Weges, und Maria drehte sich schnell um. »Was Gott zusammengefügt hat, soll der Mensch nicht scheiden«, hatte er vor einiger Zeit in seiner Sonntagspredigt laut kundgetan und sie dabei so angesehen, als wäre sie schuld, dass Manfred die Scheidung eingereicht hatte. Maria hatte daraufhin gleich ihren letzten Zehneuroschein in den Klingelbeutel gelegt. Genützt hatte ihr das nicht viel, denn die Worte hatten sich in ihre Seele eingebrannt.

Katharina regte sich auf. Natürlich hatte sie auch noch kein Geld bekommen. Es ging ihr dabei nicht um die vierhundert Euro, die sie, ohne Rechenschaft ablegen zu müssen, für »überflüssigen Luxus« ausgeben konnte, wie Peter alles nannte, was über Aldi und Co. hinausging. Es ging ihr um die anderen, die in diesem Laden einen Fulltime-Job ausübten und dieses Geld wirklich brauchten. So ging man einfach nicht mit Menschen um! Sie betrachtet Lenny. Und ihr wurde warm ums Herz, und wie so oft beschlich sie der Gedanke, dass Hunde doch die besseren Menschen waren.

Eines stand jedenfalls fest. Hätte Lenny sich nicht bemerkbar gemacht, hätte es an diesem Morgen noch viel mehr Ärger gegeben.

Der goldfarbene Langhaar-Korsen-Mix richtete sich auf seiner Decke nämlich ganz plötzlich auf, steuerte auf die Hintertür zu, sprang daran hoch, drückte die Klinke mit einem Hieb der rechten Vorderpfote herunter und war verschwunden.

Nur deshalb konnte Katharina schon gleich von Weitem die kleine, schmächtige Gestalt ausmachen, die geradewegs auf den Laden zusteuerte: Hans Meier, der Bereichsleiter der Lebensmittelkette, war im Anmarsch. »Meier kommt!«, rief sie Maria zu, die sogleich einen kurzen Blick durch das Schaufenster nach draußen warf, sich wieder umdrehte und die Augen verdrehte. Meier hatte ihnen heute noch gefehlt! Was machte der denn um diese Zeit hier? Normalerweise kam Hans Meier niemals vor dem Zwölf-Uhr-Läuten den Weg von Landshut, wo die Zentrale Niederbayerns saß, hier hoch.

Als er den Laden betrat, konnten beide Frauen an seiner ernsten Miene sofort erkennen, dass es Probleme gab. »Grüß Gott, die Damen«, begann Hans Meier und ließ seine Augen über den gesamten Laden schweifen.

Katharina und Maria grüßten synchron zurück und verharrten gespannt. Je länger Herr Meier sein Schweigen ausdehnte, desto mehr wuchs bei beiden das schlechte Gewissen. Sicher hatte er erfahren, dass sie den Hund im Büro hielt, war Katharinas erster Gedanke, während Maria mit Herzklopfen für die vielen Male büßte, bei denen sie Lebensmittel auf Pump mitgenommen, sie später aber auch bezahlt hatte. Bis auf die von gestern, die waren noch offen.

Katharina folgte seinem Blick von der Kassentheke aus. Alles im Laden war so, wie es sein sollte, die mannshohen Regale, die den zwanzig Meter langen Raum durch die Länge trennten, waren picobello eingeräumt. Die Wurst hatte Maria bereits frisch ausgelegt, da gab es auch nichts zu bekritteln, und die Wandregale waren ordentlich bestückt – bis auf das Fach mit den Nudeln, aber da war Maria gerade dabei, die Penne und Makkaroni nach vorne neben die Spaghetti zu schieben.

Hans Meier seufzte schwer. Und wenn er so seufzte, war das kein gutes Zeichen. Maria schob die letzte Schachtel auf den Stapel und meinte: »Bin nicht einmal dazu gekommen, die Nudeln gescheit einzuräumen. Sie haben Glück. Gerade war hier noch die Hölle los.«

Meier sagte nichts.

Katharina besann sich ihrer guten Erziehung. »Kaffee?«, fragte sie höflich.

»Warum nicht? Gute Idee«, antwortete Hans Meier, nun schon etwas entspannter. »Trinken wir einen Kaffee zusammen.«

Aha. Lenny schien es jedenfalls nicht zu betreffen. Zuversichtlich eilte Katharina in die Teeküche.

Kurz darauf saßen sie zu dritt in dem kleinen Büro um den Schreibtisch herum. Hans Meier hatte sich hinter den Tisch gesetzt, in Chefposition, eine Stellung, die ihn sogleich größer erscheinen ließ.

Nachdem er den ersten Schluck Kaffee mit Milch und viel Zucker getrunken, das Aroma gelobt und die Tasse wieder abgestellt hatte, räusperte er sich, um dann ohne Umschweife gleich zur Sache zu kommen. »Es tut mir leid, meine Damen. Wie Sie wissen, ist die wirtschaftliche Situation in ganz Deutschland ziemlich angespannt. Die Kleinpreis-AG blieb zum Glück bisher von der Krise verschont.«

Katharina nahm seine Worte nicht so richtig wahr. Ihre ganze Aufmerksamkeit galt einer zweimal zusammengefalteten Decke, die vor dem Schreibtisch und nun direkt zu Hans Meiers Füßen lag, von deren dunkelblauer Wolle sich deutlich goldfarbene Hundehaare abhoben. Hoffentlich bemerkte er sie nicht!

Maria war die Hunddecke egal. Sie strengte sich an, aus seiner Miene zu lesen, und plötzlich wusste sie, dass sein Lächeln der Beschreibung auf einer Mogelpackung glich, denn zum zweiten Mal an diesem Tag beschlich sie eine schlimme Vorahnung.

»Doch nun hat die Gesellschaft beschlossen, ein paar Filialen zu schließen«, hörte sie Hans Meier sagen, und noch bevor er weiterredete, wusste sie Bescheid.

»Leider ist dieser Laden auch davon betroffen. Die Umsätze entsprechen bei Weitem nicht den Erwartungen. Natürlich bekommen Sie sowie Ihre Kolleginnen das alles auch noch schriftlich mitgeteilt. Ich wollte Ihnen das nur persönlich mitteilen, weil wir all die

Jahre ein gutes Verhältnis hatten. Ich bin einfach untröstlich, dass ich nichts dagegen tun konnte.«

So zerknirscht wie er das sagte, war Maria nahe dran, ihm sogar zu glauben – trotzdem, was nützte es ihr und den anderen? Tausend Gedanken rasten durch ihren Kopf. Sie dachte an ihren alten Vater, an Tina, an das Haus mit seinen hohen Unterhaltungskosten, und ihr wurde schwindelig. Für einen Moment musste sie die Augen schließen und tief durchatmen.

Katharina schaute von Maria zu Hans Meier und wieder zu Maria. Hatte sie richtig gehört?

Zwei

Lena hatte eine Niesattacke. Ausgerechnet jetzt, da sie dabei war, sich die Wimpern zu tuschen. Es schmerzte in ihrem Hals, es brannte in den Lungen, ihre Augen juckten, und ihre Nase drohte, jeden Moment zu platzen. Und alles nur wegen ein paar Graspollen, die ihr ein kalter Windstoß beschert hatte! Jetzt wohnte sie schon ganz oben, im einzigen hohen (genau gesagt vierstöckigen) Haus des Dorfes, einer Bausünde aus den Siebzigern, und noch immer gelangten die Pollen zu ihr. Der Bauer hatte die Wiese vor ihrem Haus letzte Woche gerade noch rechtzeitig gemäht, bevor die Schlechtwetterfront über Niederbayern hereingebrochen war. Wären die Temperaturen jetzt sommerlicher, würde es ihr noch viel schlechter gehen, und sie müsste wieder diese Antihistamine nehmen, die sie so müde machten, dass sie nicht einmal mehr Lust hatte auszugehen.

Erschöpft ließ sie sich auf dem Wannenrand nieder. Sie wusste, dass sie sich jetzt besser nicht im Spiegel betrachtete. Darum blieb sie sitzen. Ihr Bad war so mini, dass sie selbst im Sitzen an alles heranreichte. Gerade hatte sie sich geschminkt, hatte Make-up, Lidstrich, Lidschatten und Mascara kunstvoll aufgetragen, und jetzt das! Sie drehte den Hahn am Waschbecken auf, griff nach der öligen Lösung und den Wattepads, um vollends zu entfernen, was sie vorher so sorgfältig aufgetragen hatte. Mit der ölgetränkten Watte fuhr sie sich über die Augen, und ausgerechnet in dem Moment klingelte es an der Tür. Es war kurz nach zehn. Vielleicht die Post? Die Post!

Sie fuhr in die Höhe, erblickte im Spiegel ihr Gesicht, das aussah wie das eines Soldaten nach einer Woche Bodenmanöver, und ihre Gedanken hüpften hin und her. Sollte sie nun zuerst öffnen und dann die Reinigungsaktion vollenden oder umgekehrt? Es klingelte ein zweites Mal, und Lena zögerte immer noch. Das Klingeln war jetzt schon viel nachdrücklicher und signalisierte ihr, dass sich derjenige vor der Tür nicht lange mit ihrem Zaudern aufhalten würde.

Lena eilte nun doch gleich zur Wohnungstür, das heißt, sie trippelte dorthin. Denn trotz ihrer achtundzwanzig Jahre bewegte sie sich noch immer wie ein kleines Mädchen, mit kurzen abgehackten Schritten, was etwas Naives und gleichzeitig Komisches hatte und im krassen Gegensatz zu ihrem stets betont aufreizenden Äußeren stand. Sie drückte auf den Türöffner und flötete in die Gegensprechanlage: »Vierter Stock!«, und wollte gerade zurück ins Bad eilen, um sich wenigstens von der verschmierten Mascara zu befreien, denn so lief man allerhöchstens an Halloween herum, als sie durch die Wohnungstür eine Männerstimme hörte:

»Bin schon da.«

Oh Gott! So durfte niemand sie sehen, und vor allem nicht Willi, der Postbote, der den knackigsten Po der Welt hatte, weil er die Post nämlich meist zu Fuß und noch dazu im Laufschritt verteilte, und das in fünf Dörfern der Umgebung. Das waren locker mal dreißig Kilometer am Tag, die er zurücklegte. »Du kannst es vor die Tür stellen. Ich kann jetzt nicht«, rief sie ihm zu.

»Sorry, Lady. Ich brauche deine Unterschrift.«

Auch das noch! Lena öffnete die Tür einen Spaltbreit und sagte mit aller Bestimmtheit, zu der sie fähig war: »Nicht gucken!« Sie streckte ihre Hand durch den Spalt, griff nach dem Päckchen, auf das sie schon tagelang sehnsüchtig gewartet hatte, zog es in den kleinen Flur und schloss die Tür rasch wieder. Wie eine Kostbarkeit hielt sie das flache Paket in ihren Händen. In großen dunkelblauen Lettern stand ihr Name auf dem grauen, harten Karton. Sie wusste, was das Päckchen enthielt; ihr Herz schlug schneller, und sie kostete jeden Moment dieser Vorfreude voll aus.

Ein erneutes Klingeln riss sie aus ihren Gedanken.

Lena drückte wieder auf die Gegensprechanlage. »Ja, bitte?«

Durch ihre Wohnungstür vernahm sie erneut Willis Stimme: »Die Unterschrift!«

Ach so, ja, die Unterschrift. Willi war genauso hartnäckig wie die Postwurfsendungen, die täglich in ihrem Briefkasten landeten, trotz des Aufklebers, der deutlich machte, dass sie keine Werbung wollte. Lena öffnete die Tür, nahm Willi den kleinen elektronischen Kasten aus der Hand und setzte ihre Signatur auf das Mini-Display. Sie hatte ihre Unterschrift lange geübt, bis sie endlich so aussah, wie eine gute Unterschrift ihrer Vorstellung nach auszusehen hatte.

»Ui, schick.« Durch den schmalen Türspalt starrte Willi ihr verschmiertes Gesicht an, und Lena schlug ihm die Tür vor der Nase zu.

»Hey! Geht's noch?«, rief er durch die geschlossene Tür.

Lena antwortete nicht. Sie war längst mit dem Inhalt des Päckchens beschäftigt: Bei Ebay hatte sie wieder einmal zugeschlagen und für ganze sieben Euro fünfzig ein heißes Teil von Versace erstanden – inklusive Porto. Billiger als ein Top von H&M.

Jetzt, da das ersehnte Stück endlich angekommen war, überlegte sie, ob sie für heute Nacht überhaupt noch genügend Sprit in ihrem alten Polo hatte. Ihr Gehalt vom letzten Monat war noch immer nicht auf ihrem Konto eingegangen, was sie gestern Abend vom Laden aus noch schnell gecheckt hatte. Langsam wurde es eng. Verdammt eng. Aber für die sechzig Kilometer nach Deggendorf und zurück sollte es wohl reichen.

Das Versace-Teil war in Seidenpapier eingeschlagen, wie sie mit spontan aufkommender Sympathie für den Absender feststellte. Es war zwar nicht mehr ganz das neueste Modell, doch das spielte hier hinten im Wald sowieso keine große Rolle. Wichtig war, dass es sexy war. Und darauf konnte man sich bei Versace verlassen. Versace entwarf das, was Männern gefiel. Sie strich über den dünnen, transparenten Stoff, der für sie auf ihrer Suche nach der großen Liebe ein neuer Hoffnungsträger war, und ihr Herz schlug schneller.

An dem großen Spiegel im Flur hielt sie sich das bedruckte Top vor die Brust. Sie betrachtete ihre langen Beine, die in knallengen Hüft-Jeans steckten, was ihren Po, wie sie fand, super zur Geltung brachte. Das Oberteil würde die Krönung sein, dachte sie. Dabei zog sie die Wangen ein und schürzte die Lippen. Das tat sie ganz automatisch immer dann, wenn sie besonders attraktiv sein wollte.

Das Klingeln des Telefons passte in dem Moment perfekt in ihren Traum vom Glück. Sie nahm den Hörer, drückte auf Empfang und meldete sich mit einem charmant-erwartungsvoll gehauchten »Hallo?«.

Enttäuscht vernahm sie Marias Stimme an ihrem Ohr.

Nur zehn Minuten später stand Lena im Geschäft. »Wieso ausgerechnet unser Laden? Spinnen die denn?«, fragte sie, noch immer ganz außer Atem.

Nach Marias Anruf hatte sie in Windeseile ihr Gesicht gereinigt und war, noch während sie ihre unverzichtbare Tagescreme aufgetragen hatte, bereits auf dem Weg die vielen Treppen nach unten gewesen. Sie war die ganze Strecke bis zum Laden gerannt.

»Kein Umsatz«, meinte Maria wortkarg. Sie saß kraftlos auf der Verkaufstheke und ließ die Beine baumeln.

»Wir sind nicht die Einzigen, die betroffen sind. Sie schließen eine ganze Reihe von Läden«, erklärte Katharina, als könnte dies – nach dem Motto »Geteiltes Leid ist halbes Leid« – ihre persönliche Katastrophe schmälern. Dies war aber nicht der Fall.

Lena hatte das Gefühl, den Boden unter den Füßen zu verlieren. Auf einmal stürzte ihre kleine Welt in sich zusammen und begrub ihre Träume unter sich, sodass nicht einmal mehr Platz war für ihre große ungestillte Sehnsucht.

Mit heftigem Gebimmel der Glöckchen flog die Ladentür auf. Waltraud stürmte herein. Sie war die Älteste der vier, aber mit ihren achtundfünfzig Jahren immer noch die Agilste. Sie war groß und trotz ihres schmalen Körperbaus recht kräftig; ihr Gesicht mit den breiten Wangenknochen kündete von Energie und Tatkraft. Waltraud hatte genug Power für sie alle zusammen. Genau deshalb richteten sich auch augenblicklich drei Augenpaare hoffnungsvoll auf sie.

»Mein Gott! Ihr seht vielleicht aus! Wie kurz vor der Exekution. Noch ist niemand gestorben, und es wird auch niemand sterben.«

»Es ist so peinlich!« Maria schluckte. »Arbeitslos. Ich hätte nie gedacht, dass ich einmal arbeitslos werden würde.«

Die anderen schwiegen bedrückt.

»So ein Blödsinn!«, rief Waltraud spontan aus und runzelte die Stirn. »Früher war das vielleicht peinlich, da hast du recht. Da kannte ich niemanden, der arbeitslos war. Aber heute ist das doch ganz normal.«

Die anderen stimmten ihr nachdenklich zu.

»Wann ist denn überhaupt unser letzter Tag?«, fragte Waltraud.

»Zum Monatsende.«

»Spinnen die? Wieso haben die uns das nicht eher mitgeteilt? So was wissen die doch schon länger!«

Maria hob nur hilflos ihre Hände.

»Hat Meier was von unserem Gehalt gesagt?«

»Das sollen wir noch bekommen.« Marias Antwort klang alles andere als zuversichtlich. Sie traute dem Ganzen nicht.

»Na also! Das ist doch was. Ich habe auch schon mal kurz in meinen Vertrag geschaut. Sie müssen uns in so einem Fall noch drei Monate voll bezahlen. Und das werden sie auch, denn das Unternehmen ist ja nicht pleite, es wird nur umstrukturiert.«

»Das wäre gut«, meinte Lena schon ein klein wenig zuversichtlicher, weil damit die nächsten Freitag- und Samstagabende gerettet waren.

Maria dagegen kräuselte die Stirn. »Und dann? Was bitte ist dann – nach drei Monaten?«

»Bis dahin haben wir alle längst einen neuen Job«, versicherte Waltraud und fügte als Antwort auf die zweifelnden Blicke hinzu: »Wir *wollen* ja arbeiten. Im Gegensatz zu den ganzen Schnarchnasen hier.«

»Vielleicht ist das ja auch ein Zeichen. Vielleicht soll ich raus aus diesem Kaff. Vielleicht finde ich ja einen Job in Deggendorf, in einer Boutique oder so«, überlegte Lena. »Das wäre cool.«

»Mir zahlen sie nichts. Ich hab ja nur einen Minijob«, warf Katharina ein.

»Na ja, du wirst das doch überleben, oder?«, erwiderte Waltraud, und der ironische Unterton war nicht zu überhören.

Katharina schluckte. »Es geht mir auch nicht um das Geld«, erklärte sie verlegen. »Es geht mir um *uns*. Wir sind so ein gutes Team. Wir hatten so viel Spaß zusammen. Soll das jetzt alles vorbei sein?« Ihre Augen füllten sich mit Tränen. Sie wandte sich ab und stützte sich neben Maria an der Theke auf.

Maria legte den Arm um sie. »Wir treffen uns dann eben woanders. Im Frauenbund, zu Hause, zum Spazierengehen. Wer weiß, vielleicht finden wir auch zusammen einen Job in einer Firma«, sagte sie, doch sehr zuversichtlich klang das nicht. Ihr steckte ja selbst ein dicker Knödel im Hals, und sie fragte sich besorgt, was aus ihnen werden sollte.

»Dass Hans Meier persönlich vorbeigekommen ist, ist doch wirklich nett von ihm«, meinte Lena, die hartnäckig das Positive in jedem Mann suchte, obwohl sie selbst die Erfahrung gemacht hatte, dass sich Männer als Überbringer schlechter Nachrichten eigentlich überhaupt nicht eigneten. Sie waren bisher aus ihrem Leben immer nur sang- und klanglos verschwunden.

»Er war bloß nett, weil er auf Maria steht. Merk dir eines, Lena: Wenn Männer nett sind, führen sie immer was im Schilde«, brachte es Waltraud auf den Punkt.

»Also hört mal, wir haben jetzt andere Probleme als Hans Meier«, warf Maria missgelaunt ein, und Katharina, die mit hängenden Schultern an ihr lehnte, hörte nicht auf zu nicken, als Maria ihren Ist-Zustand beschrieb: »Ich muss die Behandlungen für meinen Vater bezahlen, ich habe eine Familie zu versorgen, ein Haus zu unterhalten. Katharina braucht zwar kein Geld, aber sie braucht uns. Lena hat eigentlich keine großen Kosten, doch soviel ich weiß, hat sie nichts gespart.« Sie warf einen Blick zu Lena, die betreten auf ihrer Unterlippe kaute.

»Ich habe eben immer in meine Zukunft investiert«, trotzte Lena dem leisen, aber wohlgemeinten Vorwurf.

»Aha. Ich wusste gar nicht, dass Versace seine Firmenanteile in Form von Klamotten verkauft«, konterte Waltraud trocken. Maria und Katharina grinsten.

»Ihr versteht davon nichts. Wenn man einen guten Typen will und nicht so einen Dorfheini, ist es wichtig, wie man sich präsentiert. ›Cooperate Identity‹ nennt man das.«

Bevor Waltraud nun ansetzen konnte, ihr zu erklären, dass mit »Cooperate Identity« nicht ihr Körper gemeint war, fuhr Maria, die das Blitzen in Waltrauds Augen gesehen hatte, dazwischen:

»Es sollte überhaupt kein Vorwurf sein. Es geht uns auch nichts an, wofür Lena ihr Geld ausgibt. Ich wollte nur feststellen, dass wir alle nicht gerade glänzend dastehen.«

»Schon gut, Maria«, gab Lena geknickt zu. »Ich hab ja wirklich nichts gespart. Scheiße. Wenn das Geld nicht bald auf meinem Konto ist, reicht es nicht einmal mehr für die nächste Tankfüllung. Und meine Miete ... oh Gott.«

»Wenn ich mit Peter rede und ihm die Situation erkläre, vielleicht gibt er mir Geld, und dann kann ich dir etwas leihen.«

Es war wirklich gut gemeint, aber alle, einschließlich Katharina, wussten in dem Moment, dass diese Möglichkeit genauso weit von der Realität entfernt war wie Lenas Traum vom Prinzen, der kommen und sie in eine andere, buntere Welt mitnehmen würde.

»Braucht dein Vater denn all diese Therapien?«, fragte Waltraud. »Ich meine, wenn die Kasse sie nicht einmal zahlt ...«

Maria brauste auf: »Ohne die Therapien wäre er gar nicht mehr hier. Ihm ging es vorher so schlecht. Die Kasse zahlt doch erst, wenn man krank ist. Ich will aber nicht, dass er leiden muss. Wenn er stirbt, dann gesund.«

»Ich hab ja nur gefragt, ob sich das lohnt.«

»Ist denn ein älteres Leben weniger wert als ein jüngeres?«, entgegnete Maria leise, und ihre Augen glänzten auf einmal verdächtig feucht. Es war heute alles ein bisschen viel für sie gewesen. Ein Tag der Katastrophen. Sie griff nach einer Packung Gummibärchen. Waltraud tat es ihr nach und nahm eine Tüte Chips aus dem Regal, Katharina kramte in ihrer Tasche, und Lena starrte vor sich hin.

»Wie kann man denn sterben, wenn man gesund ist?«, wollte die Jüngste schließlich wissen.

»So wie früher auch. Ganz normal, weil man alt und die Zeit gekommen ist.«

Alle schwiegen betreten.

»Scheiße ist das. Ganz große Scheiße«, fasste Lena mit belegter Stimme zusammen, und Maria studierte ihr Gesicht. Erst jetzt fiel ihr auf, dass Lena anders aussah als sonst.

»Du bist ja gar nicht geschminkt!«

Lena zog sofort den Kopf ein wie eine Schildkröte.

»Das sieht ja viel besser aus«, fand Maria.

Lena wandte sich verlegen ab.

»Nein, wirklich«, beharrte Maria. »Ich dachte immer, du brauchst die ganze Farbe.«

Lena wollte protestieren, als Maria feststellte: »Dabei bist du ja hübsch. Wirklich hübsch.«

»Find ich auch«, pflichtete Katharina ihr bei.

»Ist ja schon mal gut, dass wir das jetzt wissen«, meinte Waltraud, während sie die Chips kaute.

»Macht ihr euch jetzt lustig, oder was?«, fragte Lena verunsichert, doch ihr Kopf hob sich langsam wieder.

»Nein, gar nicht«, antwortete Katharina, und Maria entfuhr ein resignierter Seufzer.

»Jetzt hört mal zu!« Waltraud unterbrach das Gespräch und rutschte mit ihrem breiten Hinterteil auf die Theke. »Selbstmitleid bringt uns gar nichts. Der liebe Gott wird sich schon was dabei gedacht haben, dass er unseren Laden schließt. Lena hat recht. Vielleicht ist das unsere Chance, Mädels. Was wissen wir schon? Im Moment sieht alles aus wie eine Katastrophe, doch vielleicht ist die

Katastrophe von heute das Geschenk von morgen. Wir lassen uns nicht unterkriegen.« Sie blickte in die Runde.

»Natürlich nicht«, meinte Katharina zerknirscht.

»Ich muss an den einen Maler denken.« Maria blickte sie der Reihe nach nachdenklich an. »Könnt ihr euch erinnern? Der hatte sich die Hüfte gebrochen, vor zehn Jahren oder so, und deshalb seinen Job verloren. Es war eine Katastrophe. Der Senior hatte ihm kurz vorher das Malergeschäft hinterlassen, und nun war er quasi arbeitsunfähig. Und wisst ihr, was? Die Krankenschwester, die ihn damals im Krankenhaus betreut hatte, hat er nach seiner Entlassung geheiratet; er hat das Geschäft verkauft und ist Heilpraktiker geworden.«

»Der Unfall hat sein Leben echt radikal geändert. Ist der nicht nach Regensburg gegangen?«, erinnerte sich Waltraud.

Maria nickte, und Katharina lächelte und fand: »Eine schöne Geschichte.«

»Ich glaube, er ist sogar ziemlich erfolgreich«, sagte Waltraud.

»Ja, weil er das macht, was er liebt«, meinte Maria.

»Ich will aber nicht Heilpraktiker werden«, ließ Lena verlauten.

Die anderen sahen sich an, und auf einmal entlud sich die ganze Anspannung in einer einzigen Lachsalve. Sie lachten so, dass schließlich Lena mit einstimmte, und lachten so lange, bis ihnen die Tränen kamen und sie nicht mehr konnten.

Als sie sich wieder beruhigt hatten, war die Angst gewichen, und etwas anderes, viel Stärkeres, hatte ihren Platz eingenommen. Es war der Glaube – der feste Glaube, dass sich alles zu einem Besseren wenden würde. Das spürte Maria nun ganz deutlich, und sie konnte sehen, wie sich diese Überzeugung auch auf die anderen übertrug.

Katharinas Augen bekamen ihren Glanz zurück, vielleicht deshalb, weil diese Geschichte tief in ihrem Inneren ganz nach ihrem Geschmack war. Aber auch Lena begann zu strahlen. Und Waltraud? Die lächelte sowieso breit und zwinkerte ihrer besten Freundin Maria zuversichtlich zu.

Niemand sagte etwas. In diesem Moment bestand zwischen den Frauen eine tiefe Verbundenheit, und im stillen Einvernehmen waren sie sich ganz sicher, dass dieser Schicksalsschlag für irgendetwas in ihrem Leben gut sein würde. Sie wussten nur noch nicht, für was.

Drei

Die Frau mit den blondierten Haaren und der mit feinen roten Äderchen durchzogenen großporigen Gesichtshaut musterte Maria mit einem abschätzenden Blick. Sie war noch nicht sehr alt. Maria vermutete, Mitte dreißig. Höchstens. Da sie rauchte, konnte sie aber auch jünger sein. Raucher alterten schneller, ganz besonders die weiblichen. Mit arroganter Unsicherheit thronte die Blondine hinter einem viel zu wuchtigen Schreibtisch in einem schicken Büro, dessen große Schaufenster zum Marktplatz von Regen zeigten, einer niederbayerischen Kleinstadt mit ungefähr zwanzigtausend Einwohnern, und zündete sich schon wieder eine Zigarette an, die dritte, seit Maria ihr gegenüber Platz genommen hatte. Sie blies den Qualm gerade hinaus, direkt zu Maria, die sofort ihren Kopf zum Fenster drehte. Vor der geschlossenen Fensterfläche hingen weiße Stoffbahnen, sodass man in dem ehemaligen Laden vor den Blicken der Passanten geschützt war. Maria fragte sich, wie lange die beschichtete Baumwolle wohl noch weiß sein würde. Sie sehnte sich nach frischer Luft.

»Stört Sie der Rauch?«, fragte die Frau mit dem fahlen Teint, und Maria schüttelte den Kopf.

»Nein, überhaupt nicht, ich habe den Geruch gern.« Das war gelogen, aber es stand zu viel auf dem Spiel. Achtundfünfzig Bewerbungen hatte sie in den letzten Wochen an alle möglichen Firmen geschickt, und nur zwei hatten es überhaupt der Mühe wert gefunden zu antworten. Es war frustrierend.

So frustrierend, dass Maria sogar ohne Zögern eine ganze Schachtel qualmen würde, wenn es darauf ankäme. Hauptsache, sie bekam die Stelle.

Während ihr Gegenüber ihr Bewerbungsschreiben überflog,

schaute Maria auf den riesigen Plan, der an der einen Wand neben ihr hing. Es war der Bebauungsplan für den gesamten Bayerischen Wald, bestückt mit vielen kleinen gelben Fähnchen. Die meisten dieser Fähnchen steckten in und um Regen; ansonsten verteilten sie sich vereinzelt über die Dörfer und die Gehöfte. Ihr fiel auf, dass in der Umgebung ihres Dorfes einige Fähnchen steckten. Komisch. Soviel sie wusste, war da nur Ackerland.

»Na ja, viel haben Sie ja nicht gemacht. Und Sie kennen sich aus mit Immobilien, sagten Sie?«

»Ich habe meinem Mann immer bei der Verwaltung der Häuser, für die er verantwortlich war, geholfen.« Inzwischen konnte sie lügen, dass sich die Balken bogen. »Und dann haben wir ja selbst ein Haus.«

Das war ein Fehler, das spürte Maria sofort, als sie den lauernden Blick der Frau sah.

»Aha«, meinte diese. »Und Sie wollen es verkaufen?«

»Überhaupt nicht. Ich würde dieses Haus nie im Leben verkaufen. Das ist mein Elternhaus. So etwas verkauft man doch nicht. Nein, im Gegenteil, ich kämpfe darum, es zu erhalten.«

Die Frau streckte ihren Rücken durch, drückte auf die Tastatur ihres Computers und warf einen Blick auf den Bildschirm. »Nun ja. Das müssen Sie wissen. Sollten Sie sich aber doch anders entscheiden, melden Sie sich bitte. Wir haben eine Reihe von Interessenten an der Hand.«

Maria glaubte, sich verhört zu haben. »Ich bin doch nicht wegen des Hauses hier, sondern wegen der ausgeschriebenen Stelle.«

»Ich sage Ihnen mal etwas: Sie haben ein Haus. Es gibt viele, die haben den Job hier viel nötiger als sie«, entgegnete die Dame und begann zu tippen. Sie machte keinerlei Anstalten, ihr Augenmerk erneut auf Maria zu richten.

Dumme Kuh, dachte Maria. Wenn du wüsstest! Aber sie war zu stolz, um zuzugeben, dass das Haus bis unters Dach mit Hypotheken belastet war, weil sie einige Jahre ihren Mann finanziell hatte unterstützen müssen, und dass der sie jetzt verlassen hatte, ohne ihr auch nur etwas davon zurückzuzahlen. Und dass sie eine Rückzahlungsvereinbarung mit der Bank unterschrieben hatte, die das Haus versteigern würde, wenn die Zahlung nicht vierteljährlich pünktlich auf dem Konto einginge. Spätestens das würde ihren Vater ins Grab bringen. Aber auch das sprach sie nicht aus.

Nein, Maria sagte nichts. Aufrecht verließ sie das Büro. Dies war ihre letzte Option gewesen.

Bevor Katharina an diesem Vormittag zu Lena in den Laden ging, unternahm sie mit Lenny einen längeren Spaziergang als sonst. Sie brauchte die Zeit, um nachzudenken. Ein paar Wochen lang hatte sie sich mit Waltraud im Direktvertrieb von Nahrungsergänzungsmitteln versucht. Ihre Begeisterung für diese dehydrierten Gemüse- und Obstvariationen in Pillenform stieß bei den Dörflern auf taube Ohren und war ziemlich schnell im Keim erstickt, denn für Neues, das noch dazu aus den USA kam, war hier in der Gegend gleich gar niemand offen. So mussten sie sich einen weiteren gescheiterten Versuch eingestehen.

Dass nun ausgerechnet Katharina vor einer Stunde ein Traumangebot bekommen hatte, würde sie den anderen gar nicht erzählen. Es kam von einer Werbeagentur aus Leipzig, die sie auf eine Annonce hin aus Jux und in weinseliger Stimmung einfach mal angeschrieben hatte.

Katharina wanderte über den trockenen, brüchigen Weg zwischen den Maisfeldern entlang. Weiter hinten erstreckte sich der Wald, so weit das Auge reichte. Dieser Tag versprach heiß zu werden, und sie fühlte sich jetzt schon ausgelaugt und müde. Sie beneidete ihren Hund, wie er zwischen den hohen Stauden hindurchflitzte und immer wieder an einer anderen Stelle aus dem grünen Labyrinth herauskam, um sich ihrer kurz zu vergewissern und dann wieder darin zu verschwinden. Sie musste unwillkürlich lächeln, denn wenn er sie ansah, kam es ihr vor, als lachte er. Diese geballte Lebensfreude war ihr völlig fremd. Nein, Leipzig kam für sie nicht infrage!

Der Weg, den sie einschlug, führte in den Wald. Als sie in das Revier der Tannen und Fichten eindrang, fröstelte sie. Ihr Auge nahm das Licht zwar wahr, das sich an den Spitzen der Bäume brach und in einem wunderbaren zarten Schleier zu Boden fiel, aber fühlen konnte sie diese Schönheit nicht. Katharina atmete den würzigen Duft von Moos, Zweigen, Rinde und Nadeln tief ein. Peter würde heute wieder einmal nicht nach Hause kommen. Und sie begann zu weinen. Ein lautloses, verlorenes Weinen.

Lena machte sich indes keine Gedanken, warum Katharina noch nicht im Laden war. Sie saß auf einem Hocker hinter der Theke, vertieft in die neueste Ausgabe des *Landkreis-Blattes*, das heute Morgen, als sie aufgesperrt hatte, schon stapelweise vor der Tür gelegen hatte. Die Antihistamin-Blocker stimmten sie müde und die spärlichen Anzeigen alles andere als fröhlich. Gesucht wurden, wenn überhaupt, Männer, die in Handwerksberufen qualifiziert waren.

Lena wusste nicht mehr, was sie sonst noch unternehmen sollte. Erst letztes Wochenende hatte sie den kühnen Anlauf genommen, in einer dieser Riesendiscos, in der sich am Wochenende bis zu tausend junge Menschen aus dem Umland für ein paar Stunden ihren Daseinsfrust von der Seele stampften, hinter der Bar zu jobben. Sie hatte die kühne Hoffnung gehegt, den Geldsegen mit dem großen Herzenstraum gleich im Verbund realisieren zu können. Dies hatte jedoch darin gegipfelt, dass Lena als weißblonde, heißkalte Versuchung in ihrem neuen (laut Waltraud ziemlich grenzwertigen) Versace-Top wohl genau das offenbart hatte, was in einigen der jungen Männer eine italienische Leichtigkeit weckte, die mit der ortsansässigen niederbayerischen Bierschwere einfach nicht vereinbar war. Am Ende flogen die Fäuste, und Lenas Ära als Barfrau ging somit klangvoll zu Ende.

Dies war nun die letzte Woche, in der der Lebensmittelladen noch existieren würde, und keine von ihnen hatte einen neuen Job auch nur in Aussicht.

Sie hatten alles versucht. Nicht einmal als Putzfrau konnten sie eine Anstellung bekommen, denn einen solchen Luxus brauchte man in dieser Gegend, die von Gott ziemlich verlassen war, schon gar nicht.

Es war seltsam, fand Maria. Dort, wo die Menschen das größte Gedöns um ihn machten, schien Gott sie nicht zu hören. Sie ließ die Schultern hängen und blickte weder nach links noch nach rechts, als sie den Marktplatz überquerte und über das buckelige Kopfsteinpflaster zu der schmalen Straße ging, in der sie ihr Auto geparkt hatte. So blieb sie ganz bei sich und ihren Sorgen. Ja, sie hatte sich alles schon sehr viel einfacher vorgestellt. Sie schloss den alten AUDI auf, der früher ihrem Vater gehört hatte, aber immer noch gut in Schuss war, genauso wie ihr alter Herr. Der war mit zweiundachtzig noch flott unterwegs gewesen, bis er einen – eigentlich harmlosen – Auffahrunfall gehabt hatte. Und hätte er der Polizei gegenüber nicht steif und fest behauptet, es wäre sein gutes Recht, seinen Vordermann anzuschubsen, wenn dieser zu blöd zum Autofahren sei und offensichtlich vor sich hin döse, hätte er seinen Führerschein immer noch. Er würde heute mit fast achtundachtzig noch durch die Gegend düsen, über andere schimpfen und mit sich zufrieden sein, weil er nichts oder nur noch wenig hörte.

Maria saß nun in dieser Seniorenschaukel und fuhr nicht los. Es war wieder einmal ein Scheißtag. Er hatte beschissen angefangen, und er würde beschissen enden. Das wusste Maria. Denn heute war der Tag, an dem Tina ging.

Sie starrte auf das Armaturenbrett. Zwanzig Minuten hockte sie nun schon hier. Maria sollte um elf wieder zurück sein, um mit Waltraud den Termin bei Franz Oberbauer, dem Bürgermeister, wahrzunehmen. Es war ein wichtiger Termin, in dem es um den Laden ging. Er war wichtig für sie alle. Auf Marias Sorgenliste stand er heute jedoch erst an zweiter Stelle hinter Tina, und deshalb musste sie sich aufraffen, um den Zündschlüssel umzudrehen und den Motor zu starten.

Waltraud ließ sich ausnahmsweise einmal viel Zeit am Morgen. Heute arbeiteten Lena und Katharina in dem Laden, während Maria mit ihr zusammen zum Bürgermeister gehen würde.

Zum Bürgermeister, wie das klang!, dachte Waltraud. Dabei hatte der junge Franz Oberbauer vor vierzig Jahren glühende Liebesbriefe an sie geschrieben und sie in einem Blumenkasten vor dem Haus versteckt, in dem sie mit ihren Eltern gelebt hatte. Waltraud schmunzelte, sie war damals gerade erst mal vierzehn gewesen und hatte sich mehr für die Haflinger auf der Nachbarweide als für die Gefühle eines schlaksigen Sechzehnjährigen mit wuchernder Akne interessiert.

Es beschlich sie der Gedanke, was wohl passiert wäre, wenn damals nicht diese kräftigen kleinen Pferde ihre volle Aufmerksamkeit beansprucht hätten. Würde sie dann in dem schmucken Vierkanthof leben, anstatt in diesem popeligen Anbau eines sehr schlichten Zweifamilienhauses? Gleichzeitig schämte sie sich für ihre Tagträumereien. Sie durfte sich weiß Gott nicht beklagen. Sie hatte zwei erwachsene Söhne, auf die sie stolz sein konnte. Der eine studierte Maschinenbau an der Uni in Passau, der andere arbeitete in Regensburg bei der fürstlichen Brauerei als Brauereimeister – nur öfter sehen könnten sie sich lassen. Weihnachten und Ostern sowie die beiden Geburtstage, ihr eigener und der ihres Mannes, reichten nicht aus, um der Leere in ihrem Herzen entgegenzuwirken.

Ein Seufzer entschlüpfte ihr, als sie an Heinz, ihren Mann, dachte. Er hatte zu viel Zeit. Das Glashüttenwerk, in dem er sein Leben lang gearbeitet hatte, war vor einigen Monaten pleitegegangen, und man hatte ihn und seine Kollegen von heute auf morgen in Frührente geschickt. Nun hing er zu Hause herum, sortierte die Inhalte seines Lebens wie auch die der Schränke, Truhen und Kommoden neu und brachte ihr ganzes bisheriges Eheleben durcheinander.

Waltraud hielt einen Moment inne, doch dann konzentrierte sie sich wieder auf das, was im Moment das Wichtigste war. Sie musste dieses verdammte Mieder zukriegen! Sie schob ihre Haut – andere nannten es vielleicht Fettschicht, aber das wäre Waltraud nie in den Sinn gekommen – am Rücken etwas nach unten und drückte dann den glatten Stoff zusammen, so fest sie konnte, bis sie den ersten Haken in der Öse hatte. Sie schnaufte tief aus. Heiß war ihr geworden, und sie stützte ihre Hände für einen Moment am kühlen Rand des Waschbeckens ab. Die anderen Haken waren jetzt nur noch ein Kinderspiel.

Heinz war inzwischen ins Bad gekommen. Er war hinter ihr in der Tür stehen geblieben und betrachtete sie. Sie sah noch immer gut aus, wenn sie, wie jetzt, etwas hergerichtet war. Ihr klares Gesicht mit den slawischen Zügen brauchte nur wenig Rouge an den Wangen, etwas braunen Lidstrich, Wimperntusche und einen Glanz auf den vollen Lippen. Das Mieder spannte ein bisschen am Rücken, doch es betonte ihre Taille, die sie trotz ihres Alters behalten hatte. Sein Blick fiel nun auf ihren kräftigen Hintern, der sich unter dem Mieder so einladend wölbte, dass er seinem Drang nicht widerstehen konnte. Er griff danach, und seine Augen blitzten unternehmungslustig, als Waltraud zurückfuhr.

»Hast du mich erschreckt!« Sie schob seine Hand zur Seite.

»Das Frühstück ist fertig«, meinte er, denn seit er sich auf dem »Abstellgleis« befand, wie er es bezeichnete, bereitete er das Frühstück zu. Er strich mit seinen Fingern über die Rundungen ihres Pos.

»Hilf mir lieber«, forderte Waltraud ihn auf und deutete auf die letzten noch offenen Haken in der Mitte der Leiste.

»Könnten wir nicht, so wie damals …? Weißt du noch?« Seine Finger rutschten zwischen ihre Pobacken, seine Stimme klang etwas rau. Waltraud kannte diesen ganz besonderen Tonfall zur Genüge. Er bekam ihn immer dann, wenn er erregt war.

»Meine Güte, wie kann man in deinem Alter noch so drauf sein? Schämst du dich nicht?«

»Wieso? Früher hast du das auch gemocht. Da durfte ich dich auf dem Boden nehmen und hier im Bad vor dem Spiegel und sogar …«

»Also, hört das denn bei euch Männern niemals auf?«, unterbrach Waltraud seine Erinnerungen und war gleichzeitig überrascht, dass er anscheinend immer noch etwas an ihr entdeckte, was ihn erregte. Vielleicht hatte er aber auch einfach mehr Fantasie als sie.

Mit einem vorwurfsvollen Seitenblick auf die gestreifte Schlafanzughose ihres Mannes, die nun im spitzen Winkel nach vorne abstand, ging sie an ihm vorbei aus dem Bad.

»Ich habe weiß Gott andere Sorgen.«

»Das sagst du immer!«

»Ich hab jetzt wirklich keine Zeit für so was. Maria holt mich gleich ab. In einer Stunde müssen wir beim Oberbauer-Franzl sein. Das weißt du doch.«

»Nur ein bisschen.« Heinz umschwärmte sie, und sie schüttelte ihn ab wie eine lästige Fliege.

»Lass mich jetzt. Ich muss mich in Ruhe herrichten.«

Und damit verschwand sie im Schlafzimmer. Sie hörte, wie Heinz zurück in die Küche ging, und für einen ganz kurzen Moment hielt sie inne, denn sie verspürte so etwas wie Mitleid mit ihm und seinem brennenden Gefühl.

Waltraud selbst hatte schon seit geraumer Zeit keine Lust mehr auf Sex. Es fehlte etwas, vielleicht die Spannung oder der Reiz, denn zu lange hatten sie sich der Gewohnheit hingegeben, um ihr jetzt, nach zweiunddreißig Jahren Ehe, so einfach entrinnen zu können. Sie kannte jeden Bewegungsablauf seines Körpers, sie konnte ganz genau vorhersagen, wann er wie stöhnte, nur dass sein Stöhnen inzwischen etwas asthmatischer geworden war. Er war auch längst nicht mehr so stürmisch, dafür dauerte es nun länger – zu lange für Waltrauds Geschmack. Langsam hatte sich die Freudlosigkeit in ihre schweren, dunklen Holzbetten geschlichen, sodass Waltraud diese eine Pflicht zuletzt nur noch wie eine lästige Routine erfüllt hatte. Seit fast drei Jahren entschuldigten sie es beide mit ihrer

Menopause, und damit konnten sie eigentlich ganz gut umgehen, sah man einmal von Momenten wie diesem ab.

Kein Wunder, dass sie so gut aussieht, dachte Maria, nachdem sie Waltraud mit dem Wagen abgeholt hatte, und führte diesen Umstand auf die stabile und ausgefüllte Ehe zurück, die Waltraud und Heinz führten – samt Sexleben. Maria war nicht neidisch, überhaupt nicht, sie bewunderte ihre Freundin, deren kraftvolles, selbstbewusstes Auftreten, den unerschütterlichen Optimismus und die kräftigen Haare – alles Attribute, die sie leider nicht besaß. Und auch jetzt war Waltraud wunderbar, wie sie ohne große Umschweife dem Bürgermeister die Fakten auf seinen wuchtigen Schreibtisch aus polierter Eiche knallte.

»Wir brauchen einen neuen Laden, Franz. Und du musst uns unterstützen.«

Franz Oberbauer wand sich in seinem feinen Trachtenanzug auf seinem kalbsledernen Chefsessel, faltete die Hände auf der Tischplatte und sah die beiden Frauen, die vor ihm saßen, freundlich an. »Mir tut das ja auch leid, dass sie den Laden dichtmachen. Soviel ich weiß, ist der nächste in Schweikhofen. Dann müsst ihr halt dort einkaufen. Ein neuer Laden steht auf meiner Prioritätenliste nicht an erster Stelle«, sagte der Bürgermeister, und Maria dachte, wie komisch es doch klang, wenn er so um dialektfreie Förmlichkeit bemüht war. Nicht nur dass die tiefen und dumpfen Laute, die so typisch waren für die Menschen dieser Gegend, sein Hochdeutsch verfremdeten – ständig purzelten ihm auch noch niederbayerische Worte in seine ausgewählten Sätze.

Während Franz Oberbauer in seiner Funktion als Bürgermeister ihnen nun erklärte, dass er Wichtiges vorhabe, ohne ihnen verraten zu können, was, sah Maria den Schalk aus den Augen ihrer Freundin blitzen. Sie war gespannt, was in Waltrauds Kopf wieder einmal vorging.

Waltraud kannte Franz Oberbauer schon von ganz früher. Schon als junger, angehender Lehrer hatte er sich durch eine gewählte Sprache von den Dorfbewohnern unbedingt abheben wollen. Da war sie doch froh um ihren Heinz, schoss es ihr in liebevoller Verbundenheit durch den Kopf, und gleichzeitig fiel ihr ein, dass ihnen nur noch zehn Minuten der wertvollen Zeit eines Bürgermeisters über tausend Seelen zur Verfügung stand. Höchste Zeit also, in seine schwammigen Ausführungen einzugreifen. Sie wusste, man musste seinen Dünkel und sein Streben nach Höherem mit wohldosierten Schmeicheleinheiten befriedigen.

»Was du tust, ist ja alles ganz schön und wichtig«, unterbrach Waltraud ihn. »Und wir sind dir auch sehr dankbar. Aber stell dir mal vor: ein ganz individueller Laden, mit Produkten vorwiegend aus der Gegend, liebevoll angebaut und nicht so eine Nullachtfünfzehn-Scheiße aus dem Supermarkt von irgendeiner Nullachtfünfzehn-Kette. Das brächte neue Kunden aus dem Umland. Es würden alle davon nur profitieren: die Bauern, die Einwohner, wir – aber vor allem du.«

Bei der »Nullachtfünfzehn-Scheiße« war Maria unmerklich zusammengezuckt und hatte sofort zum Bürgermeister hinübergeschielt. Doch der schien den verbalen Ausrutscher gar nicht bemerkt zu haben, denn er blickte Waltraud mit neu erwachtem Interesse an.

»Wie meinst du das denn?«

»Die nächste Wiederwahl, ach was, auch die übernächste und überübernächste wären dir gesichert. Du wärst quasi Bürgermeister auf Lebenszeit.« Waltraud stellte zufrieden fest, dass sich Franz Oberbauer zurücklehnte und nachdenklich an seiner Pfeife zog. Von der Wand über ihm lächelte der bayerische Papst auf sie herunter. Maria und Waltraud wechselten einen zuversichtlichen Blick.

»Wenn Sie die Leute noch dazu davor bewahren, dass sie immer nach Schweikhofen zum Einkaufen fahren müssen, werden sie Ihnen bestimmt ewig dankbar sein«, ergänzte Maria beflissen.

»Das ist richtig.« Selbstgefällig lächelte er ihnen zu. »Aber alles zu seiner Zeit. Ich verrate euch jetzt etwas, was in Kürze sowieso jeden hier betreffen wird. Aber ihr müsst mir versprechen, niemandem davon zu erzählen, solange es nicht offiziell ist.« Er neigte sich verschwörerisch nach vorne, und mit seinem breiter werdenden Lächeln schwand Marias Optimismus. »Die katholische Kirche plant ein Seminarzentrum im Bayerischen Wald. Für Priester. Ich und Pfarrer Gandl haben der Kirche vorgeschlagen, unsere ehemalige Glashütte in ein solches Zentrum umzubauen. Das ist gut angekommen. Unsere Glashütte hat Tradition, zwar nicht wie die Kirche, aber trotzdem. Ich fahre mit dem Pfarrer heute noch nach Passau, wo ich eine Audienz beim Bischof habe. Das ist bei Gott eine große Ehre. Und unser Dorf steht vor einer enormen Herausforderung. Es muss sich seiner würdig erweisen. Ihr versteht doch, dass wir für einen neuen Laden momentan keine Kapazitäten frei haben. Wenn die Kirche einmal zugesagt hat, sieht das wieder ganz anders aus.«

»Unser Dorf steht vor einer enormen Herausforderung«, zitierte Waltraud ein wenig später die Worte des Bürgermeisters, wobei sie seinen Tonfall treffend imitierte.

»Das Zentrum ist für Priester. Da kommt unsereins gar nicht rein«, ergänzte Maria. Eigentlich hatte sie Waltraud nur vor dem Laden absetzen wollen, aber dann hatte sie sich doch entschieden, noch kurz mit hineinzugehen, um Katharina und Lena die große Neuigkeit mitzuteilen.

Sie drückte sich damit noch für ein paar Minuten um das Nachhausekommen, denn genau in diesem Moment war Tina wohl dabei, ihre Sachen zusammenzupacken: die neuen Pumas, den hellblauen Rucksack mit den weißen Lettern irgendeines Mode-Labels, die Lieblingsjeans mit den selbst aufgesetzten Flicken, den abgewetzten Schulranzen, der wohl megacool war – und, nicht zu vergessen, den ergrauten, zerschlissenen Stoffhasen, den Maria ihrer Tochter kurz nach der Geburt in die Wiege gelegt hatte. All diese Dinge, die Tina lieb und teuer waren, bedeuteten auch Maria viel, denn sie waren stumme Zeugen einer glücklichen gemeinsamen Zeit. Zu sehen, wie ihre Tochter nun die gemeinsame Vergangenheit Stück für Stück aus dem Haus trug, war Maria unerträglich; allein der Gedanke daran schnürte ihr das Herz so fest zusammen, dass ihr unweigerlich Tränen in die Augen stiegen. Da fühlte sie sich im Kreise ihrer Freundinnen doch um einiges besser aufgehoben, momentan jedenfalls, auch wenn gerade die Fantasie mit den drei durchging.

»Das wäre ja cool. Da weht dann ein ganz anderer Wind«, sagte Lena mit wachsender Begeisterung, aber gezwungenermaßen gedämpfter Stimme, weil sich noch zwei Kundinnen im Laden befanden, eine davon ausgerechnet Gerti Oberbauer, die knochige Frau des Bürgermeisters und größte Ratsche unter dem weiß-blauen Himmel. Mit leuchtenden Augen flüsterte Lena weiter: »Ein katholisches Seminarzentrum würde dem Dorf auch gut tun. Da kämen die Leute von überall her.«

»Priester, Lena, katholische Priester. Schon mal was von Zölibat gehört?«

Skeptisch schaute Waltraud über die Wursttheke zu Lena hinüber, während sie mit einem Lappen diverse Fingerabdrücke auf der gläsernen Oberfläche wegpolierte. Lena, die in ihrem superheißen Mini aussah wie die Fleisch gewordene Barbie – da stellte man sich nur eine Sache vor, zu der man sie brauchte, und dafür musste man auch kein Mann sein. Waltraud überlegte, ob sie selbst Anfang der Siebzigerjahre, als die von Mary Quant durch den Minirock hervorgerufene Revolution damals endlich mit sechs Jahren Verspätung im Bayerischen Wald angekommen war, auch so eine Wirkung auf Männer gehabt hatte? Bestimmt nicht, brach sie ihren Gedanken radikal ab.

»Die brauchen doch bestimmt Werbung. Und wer kümmert sich denn um die Inneneinrichtung? Hast du da schon was gehört?«, wollte Katharina wissen.

»Du wahrscheinlich«, meinte Waltraud trocken und brachte Katharina schnell wieder auf den Boden der Tatsachen, dass sie nämlich über einen ausgezeichneten Geschmack, aber leider nicht über die entsprechende Qualifikation verfügte, da sie ihr Grafik- und Design-Studium in Köln niemals abgeschlossen hatte.

»Katharina hat einen super Geschmack«, betonte Lena.

»Warum nimmst *du* dir dann nie ein Beispiel an ihr?«, fragte Waltraud, die schon lange der Meinung war, dass Lenas Männerfiasko im direkten Zusammenhang mit der Wahl ihrer Garderobe stand.

»Aber das ist doch was ganz anderes. Das kannst du gar nicht vergleichen. Ich bin jung und außerdem …« Sie überlegte. »Eben mehr Hollywood-orientiert. Dort trägt man so was.«

Waltraud und Katharina ließen Lena in ihrem Glauben. Und Maria schoss in den Kopf, wie froh sie sein konnte, dass Tina sich ordentlich kleidete. Ach, Tina … Auf einmal fühlte sich Maria im Kreise ihrer Freundinnen schrecklich allein.

»Ich hoffe, ihr lasst euch nächste Woche wieder einmal beim Frauenbund blicken.« Gerti Oberbauer schob ihren vollen Einkaufswagen langsam an ihnen vorbei, und sie reckte dabei ihr Kinn in die Höhe, um ihren Worten als Ehefrau des Bürgermeisters auch die nötige Wichtigkeit zu verleihen. Sie hatte den gleichen Dünkel wie ihr Mann. »Ich werde nämlich etwas bekannt geben. Etwas, was unser ganzes Dorf betrifft. Der Frauenbund steht vor einer großen Aufgabe.«

»Das wissen …«

»Das würden wir natürlich zu gern wissen«, warf Waltraud ein und trat Lena heimlich und vielleicht ein wenig heftig auf den Fuß.

»Autsch! Du hast mich getreten!«

»Oh, entschuldige«, flötete Waltraud und fragte sich, ob sie Lena jetzt gleich erwürgen sollte oder erst später.

»Ihr werdet staunen«, prophezeite Frau Bürgermeister und steuerte mit ihrem Einkaufswagen triumphierend weiter in Richtung Milchprodukte, während sich Waltraud zu Lena wandte, die ihren kleinen Zeh um den rouge-noir lackierten Nagel herum knetete und Waltrauds Reaktion überhaupt nicht verstand.

»Tut mir leid, Lena. Wenn Gerti erfährt, dass wir das alle bereits wissen«, entschuldigte sich Waltraud »dann kriegt der Bürgermeister ein Problem, und wir haben auch eins. Lassen wir ihr also das Gefühl der Überlegenheit. Lang hält es sowieso nicht.«

»Also, ich geh jetzt«, verkündete Maria knapp. Sie stand an der Tür. Und bevor die anderen etwas erwidern konnten, hatte sie den Laden auch schon verlassen.

Katharina und Lena blickten betroffen zu Waltraud.

»Ich kann nichts dafür«, wehrte Waltraud ab. »Oder hab ich was gesagt?«

»Wir sind echt unsensibel. Die ganze Zeit reden wir nur vom Geschäft. Wir hätten uns um sie kümmern müssen«, jammerte Lena, und Katharina, die sowieso nonstop unter der Trennung von Peter litt, pflichtete ihr bei:

»Sie tut mir so leid. Es ist doch schrecklich, wenn das eigene Kind auszieht.«

Waltraud sagte dazu nichts, sondern schaute nur von einer zur anderen.

»Ja, ganz schrecklich«, nickte Lena.

»Das ist ein schlimmer Tag für sie, richtig schlimm.« Katharina bekam feuchte Augen.

Waltraud wurde es zu viel. »Na, ihr müsst es ja wissen.« Sie stemmte die Hände in die Hüften und schaute in die Runde. »*Ich* habe das alles schon zwei Mal mitgemacht. Der eine ging mit sechzehn und der andere mit achtzehn. Und wer hat sich um *mich* gekümmert? Kein Schwein!«

Noch bevor die beiden antworteten, wusste sie schon, was kommen würde. Und dann sprach Katharina es aus: »Aber du bist doch stark. Du brauchst ja niemanden.«

Oh, wie sie es hasste! Dieses andauernde Starksein. Sie sehnte sich danach, dass sich ein Mal jemand um *sie* kümmerte. Dass ihr jemand sagte, was sie tun sollte, wenn sie im nächsten Monat ihre Miete nicht mehr bezahlen konnte, weil sie von der Rente nicht leben konnten. Auch von dem, was ihr das Arbeitsamt geben würde. Außerdem kam das Arbeitsamt für sie nicht infrage. Sie wollte dort nicht hingehen. Nicht, solange sie noch zwei gesunde Hände hatte.

»Ich weiß, was wir tun können. Wir gehen direkt nach Ladenschluss zu ihr und muntern sie auf. Sie braucht uns jetzt«, hörte sie sich stattdessen vorschlagen, obwohl sie doch gar nicht stark war. Überhaupt nicht. Wieso glaubte ihr das bloß keiner?

Maria drückte ihre Tochter noch einmal fest an sich. Manfred wartete bereits in einem nagelneuen Opel-Sportwagen mit laufendem Motor. Sie hatte ihren Noch-Ehemann zwar mit kühler Höflichkeit begrüßt, aber in das Haus gebeten hatte sie ihn nicht. Ihr war aufgefallen, dass er sich nun die Haare färbte und schlanker war als früher. Sie hatte auch nichts anderes erwartet. Schließlich musste er ja seiner jungen Freundin entgegenkommen, altersmäßig. Wenn Männer in die Jahre kamen, entwickelten sie sich zu Chamäleons. Sie wechselten ihr Äußeres nach dem jeweiligen Bett, dem sie gerade entstiegen; sogar Politiker trugen diese Instabilität heutzutage ohne Scham nach außen und nannten es dann »Anpassungsfähigkeit«.

Maria wunderte sich, wie wohltuend fremd er ihr in dieser kurzen Zeit geworden war. Und das hatte nichts mit seinem Äußeren zu tun, sondern es lag daran, dass sich ihre Herzen nicht mehr berührten. Diese Feststellung war das einzig Gute an dieser Begegnung.

»Mami, ich komme ja bald wieder. Spätestens in vierzehn Tagen bleibe ich das ganze Wochenende bei dir.«

Maria atmete den vertrauten Geruch von Tinas Haar tief ein. Dabei nahm sie den lieblichen Hauch des Rosenshampoos so intensiv wahr wie nie zuvor und seufzte still. Sie konnte ihrer Tochter nicht erklären, was dieser Moment für sie bedeutete. Sie durfte es nicht.

»Du wirst sehen. Die Zeit vergeht ganz schnell«, tröstete Tina ihre Mutter mit der unbeschwerten Logik einer Fünfzehnjährigen, die jetzt schon in einer Welt lebte, der Maria niemals folgen konnte – der Welt von morgen. »Du hast ja deine Freundinnen und Opa. Und mit dem Laden bist du doch sowieso immer total beschäftigt.«

Maria nickte und strich ihrer Tochter über die Wange. »Das stimmt. Weißt du, ich bin nur … sentimental.«

Tina wusste nicht, dass der Laden nächste Woche nicht mehr

existieren würde. Sie hatten die bevorstehende Schließung nicht an die große Glocke gehängt, weil sich die Leute im Dorf noch früh genug das Maul darüber zerreißen würden, und Maria hatte es ihrer Tochter verschwiegen, weil sie auf keinen Fall wollte, dass sie ihretwegen daheim blieb. Das war die offizielle Begründung – insgeheim hatte sie Angst davor, dass Tina vielleicht trotzdem gegangen wäre.

»Pass gut auf dich auf!«, rief sie Tina noch hinterher, als Manfred losfuhr. Sie hatte es ihr bestimmt schon hundert Mal eingetrichtert, aber sie konnte einfach nicht anders.

Da stand sie nun mitten auf der Straße und blickte ihnen nach, und sie stand auch noch dort, als der schwarze, nagelneue Sportwagen mit dem roten Nummernschild, das sie für Probefahrten verwendeten, schon längst außer Sichtweite war.

Nun war Tina also weg, einfach weg. Nur der Duft des Rosenshampoos haftete noch an Maria. Düfte waren anhänglich. Maria war so schwer ums Herz, dass sie sich scheute, zurückzugehen in dieses Haus mit seiner neuen Leere. Sie spürte die Hand ihres Vaters, die sich auf ihre Schulter gelegt hatte.

Auch er, der Großvater, ein hagerer, großer Mann, der trotz seiner siebenundachtzig Jahre immer noch das ehemalige Gardemaß von einem Meter achtzig trug und schon viele Abschiede aufrecht durchlitten hatte, kämpfte gegen seine Emotion. Er nahm seine Brille ab und wischte mit seinem Stofftaschentuch über seine tränenden Augen.

»Jetzt ist sie weg. Hm. Und ich?«, seufzte Maria in einem Anflug von Selbstmitleid.

»Was bin ich?«, entgegnete ihr alter Vater.

Maria atmete einmal ganz tief durch. »Komm«, sagte sie mit kräftiger Stimme. »Lass uns hineingehen!« Und ein wenig leiser fügte sie hinzu: »Das Leben geht weiter.«

»Richtig so«, bekräftigte der alte Mann und schlurfte mit schnellen, kurzen Schritten zum Haus zurück, und Maria hegte den vagen Verdacht, dass er sie eben sehr wohl verstanden hatte.

Maria hatte ihrem Vater einen leicht verdaulichen Getreidebrei mit Gemüse serviert, den er nur unter heftigem Protest gegessen hatte. So ein Brei rief die Erinnerung an eine Zeit in ihm wach, von der er zwar in den letzten Jahren immer häufiger kleine, harmlose Episoden erzählte, die er aber nie, nie mehr erleben wollte. Diese leicht wässrige Konsistenz und das nussige Aroma waren verbunden mit einem Gefühl, das sich ihm vor ganz langer Zeit zu stark eingeprägt hatte, als dass es sich irgendwann je vertreiben ließe. Es war der bittere Geschmack des Krieges. Doch darüber redete er nicht. Und so konnte Maria, die es nur allzu gut mit ihm meinte, dies auch nicht nachvollziehen.

Seine Wangen waren ein wenig eingefallen, seine Ohren fielen deshalb stärker auf als früher. Und die Nase auch, dachte sie, als sie ihn nun ansah. Doch insgesamt war er in einem guten Zustand. Die Akupunktur und die Qigong-Übungen zwei, manchmal auch drei Mal in der Woche taten ihm gut. Sie hielten ihn beweglich.

Inzwischen lehnte der alte Herr, zufrieden und versöhnt durch ein kühles Bier, mit hochgelegten Füßen in seinem Sessel. Seine Augen hafteten am Bildschirm des schwarzen, fetten Fernsehgerätes, auch dann, wenn er nach dem Bierglas griff und wenn er es wieder abstellte. Im seinem Alter konzentrierte sich alles nur noch auf die wichtigsten Bedürfnisse; je weniger Zeit verblieb, desto kleiner wurde der eigene Kosmos. *Verliebt in Berlin* war für ihn ein absolutes Muss, und seine Lieblingssendung flimmerte in solch einer Lautstärke über die Mattscheibe, dass Maria das Klingeln an der Haustür erst hörte, als die Werbung einsetzte, denn genau in diesem Moment drückte ihr alter Herr auf die Fernbedienung, die immer griffbereit auf seinem Schoß liegen musste, und dämpfte den Ton.

Maria war gerührt, als ihre Mädels nun mit Wein, Brot, Schinken und Käse in entschlossener Geschlossenheit vor der Tür standen und Lenny sich an ihr vorbeidrückte, um auf schnellstem Wege in die Küche zu gelangen. Mit so viel geballter Solidarität hatte Maria nicht gerechnet, da sie alle doch selbst momentan die größten Sorgen hatten. Aber meist war ja dort, wo die Probleme am größten waren, die Verbundenheit am tatkräftigsten. Zudem hatte das Ganze auch noch richtig Stil.

»Wenn schon, denn schon«, meinte Katharina und zauberte Stoffservietten aus dem Korb, die in Apfelgrün leuchteten und perfekt zu Katharinas orangefarbenen Kerzen passten, die die alte bayerische Stube mit der langen Bank und dem gescheuerten Eichentisch plötzlich in einem heitereren Licht erstrahlen ließen. Wein floss in die Gläser, der Schinken glänzte speckig auf dem dicken Holzbrett, der Bergkäse daneben breitete seinen würzigen Duft aus, und Jesus am Kreuz sah auf sie herab.

Eh Maria sich's versah, hatte sich für sie alles verändert, denn wenn drei Frauen richtig aufdrehten, drehte sich auch die Stimmung.

Der Großvater hatte es sich nicht nehmen lassen, die immer lockende Weiblichkeit gleich nach seiner Lieblingssendung mit seiner Anwesenheit zu beehren. Ohne Punkt und Komma schwelgte er nun in schwarz-weißen Episoden aus seinem Leben, denen allein Lena mit großen Augen lauschte, weil sie die Einzige war, die seine Geschichten noch nicht kannte, während die anderen die Köpfe zusammengesteckt hatten und zum x-ten Mal die Neuigkeit des Tages durchkauten. Sie träumten vom wirtschaftlichen Aufschwung und von den vielen Möglichkeiten. Der Senior, der schon längst kein Geheimnisträger mehr war, bekam davon zum Glück nichts mit. Seine kräftige Stimme übertönte die gedämpfte Diskussion der Frauen. Er blühte vor der jüngsten der Freundinnen auf und versprühte all seinen Charme, denn es lohnte sich für ihn nicht mehr, damit hauszuhalten. Mit blitzenden Augen, gleich denen eines Buben vor einer Märklin-Eisenbahn, machte er Lena ein Kompliment nach dem anderen, bis er schließlich, erschöpft von der ungewohnten Überschwemmung seiner Endorphine, den Kopf fallen ließ, das Kinn auf die Brust senkte und beim Ausatmen wie immer, wenn er schlief, leise vor sich hin pfiff.

Gerührt blickte Maria auf den alten Mann, dem ein frisches Lächeln, ein pralles Dekolleté und eine Hand, die sich der seinen nicht entzog, gerade die allergrößte Freude bereitet hatten.

»Über eines müssen wir uns aber im Klaren sein«, erklärte Waltraud und zog Marias Aufmerksamkeit wieder auf sich. »Bis es so weit ist und dieses Zentrum fertig ist, vergehen mindestens zwei Jahre. Selbst wenn wir die Zusage kriegen – vor dem nächsten Frühjahr können sie mit dem Umbau gar nicht beginnen. Das Ganze ist also eine Zukunftsvision, die uns im Moment gar nichts nützt. Da können wir auch gleich Luftschlösser bauen.«

Waltraud hatte recht. Natürlich hatte sie recht. Das wusste Maria, und das wussten auch die anderen beiden.

»Wenn es überhaupt dazu kommen wird.« Damit setzte Maria noch eines obendrauf. »Bis jetzt hat unser Dorf den Zuschlag noch gar nicht gekriegt.«

Lena wehrte sich gegen diese ernüchternden Tatsachen. Sie hasste diese Realität, die sie so runterzog, dass sie es kaum ertragen konnte. »Man kann aber doch mal darüber nachdenken, was wäre, wenn ...«

»Klar kann man. Träum du mal weiter«, winkte Waltraud ab.

Als das Telefon klingelte, sprang Maria auf. Die ganze Zeit hatte sie schon auf einen Anruf von Tina gewartet.

»Sag ihr einen schönen Gruß! Wir tun unser Bestes«, rief Waltraud heiter.

»Von mir bitte auch«, ergänzte Katharina, und drei vom Wein schon glänzende Augenpaare blickten gespannt auf Maria, als sie zum Hörer griff.

»Brandner ... Hallo?«

Waltraud, Katharina und Lena sahen, wie Maria verwundert die Stirn kräuselte und plötzlich erstarrte. Sie beobachteten ihre Freundin, wie sie sich aufrichtete, wie sich ihr großer Busen hob und senkte, während sie an ihnen vorbei durch das Fenster ins Leere starrte. Sie warfen sich einen kurzen, besorgten Blick zu, und dann schauten sie wieder auf Maria. Zweifellos war irgendetwas Schlimmes passiert.

Nun sag doch endlich etwas!, drängte Katharina ihre Freundin in Gedanken aus einer Mischung von Neugierde und Mitgefühl heraus.

Lieber Gott, hoffentlich war bloß nichts mit Tina!, betete Waltraud inständig, und Lena spürte ihr Herz, das sich an ihr ständiges Leid erinnerte, heftig schlagen.

Manchmal, und in diesem Fall war es so, kam einem eine Minute vor wie eine Ewigkeit. Es war mucksmäuschenstill in der guten Stube, bis auf den feinen Pfeifton, der im Sekundentakt den Lippen des Großvaters entwich. Endlich, so schien es, würde Maria ansetzen, etwas zu sagen. Gleich würden sie erfahren, was los war. Sie warteten gespannt.

»Du beeindruckst mich nicht im Geringsten, du armseliger Wichser mit deinem kleinen Schwanz!«

Lena verschluckte sich, Katharina schlug erschrocken die Hand vor den Mund, und Waltraud saß wie erstarrt da. Alle schauten mit großen Augen auf Maria, und die Fassungslosigkeit wuchs weiter, als Maria nun zum finalen Schlag ausholte:

»Jetzt hör mir mal zu. Von mir aus holst du dir einen runter, wo und wann du willst, aber nicht hier bei mir.«

Maria drückte das Gespräch weg. Gut gemacht!, dachte sie und legte den Hörer auf die Kommode. Zufrieden drehte sie sich zu ihren Freundinnen, die sie noch immer mehr oder weniger perplex anstarrten. Heute war sie die Siegerin, obwohl sie innerlich bebte, obwohl ihre Knie nachgaben und obwohl sie das Gefühl hatte, ihr Magen würde sich jeden Moment umdrehen.

»So«, sagte sie. »Das tat jetzt richtig gut.« Sie setzte sich, griff hastig nach ihrem Glas Wein, damit das Zittern ihrer Hand nicht so auffiel, und trank es in einem Zug aus.

Bei den anderen herrschte noch immer kollektive Sprachlosigkeit.

Maria lachte auf, ein kurzes, nervöses Lachen. »War doch gar nicht so übel, oder?«

Als Erstes fand Waltraud die Sprache wieder. »Wow. Also das hätte ich dir gar nicht zugetraut. Donnerwetter!«

»Das war doch hoffentlich nicht Manfred?«, fragte Katharina, die sofort an die bevorstehende Scheidung dachte und daran, dass so eine Aktion vor Gericht gar nicht gut ankäme.

»Manfred? Nein. Das war irgend so ein Irrer, der Frauen einfach ins Telefon stöhnt. Der hatte vor kurzem schon mal angerufen. Da bin ich vielleicht erschrocken. Ich hab schnell aufgelegt. Aber jetzt … jetzt war ich vorbereitet.«

»Woher hat der denn deine Nummer?«

»Keine Ahnung. Vielleicht Zufall, vielleicht auch aus dem Telefonbuch. Nachdem Manfred ausgezogen ist, habe ich unsere Telefonnummer unter meinem Namen eintragen lassen. *Brandner, Maria*, steht nun im Telefonbuch. Sozusagen als erster Schritt in die Emanzipation.«

»Hm, manchmal ist das mit der Emanzipation auch ein Schuss nach hinten«, meinte Katharina.

»Ich stehe auch nur mit meinem Namen drin. Aber bei mir hat noch keiner angerufen«, murmelte Lena.

»So ein Pech aber auch«, spottete Waltraud und erntete einen beleidigten Blick von Lena, die, was ihre Männerwirtschaft betraf, überhaupt keinen Spaß verstand.

»Was hat er denn eigentlich gesagt?«, wollte Katharina wissen.

»Dass er meine Möse ficken will«, antwortete Maria so sachlich und ruhig, als redete sie von dem Kunden, der zum bevorstehenden Himmelfahrtstag gleich drei Kilo Wammerl, jenes Stück vom Schwein zwischen Kinn und Brustbein, bestellt hatte. Das war vielleicht auch der Grund, warum Katharina im ersten Moment nur nickte.

»Nein, so 'ne Sau!«, rief Lena entsetzt und verzog das Gesicht.

»Und von meinem Hintern hat er auch was gefaselt. Das konnte ich aber unter dem Gestöhne nicht mehr so gut verstehen. ›Fett‹, hat er auf jeden Fall gesagt. Wie findet ihr denn das?«

»Woher weiß der denn, wie du aussiehst?«, entschlüpfte es Katharina, und Waltraud sprang der Schalk aus den Augen, während sich Lena immer noch nicht beruhigen konnte.

»Iiii, wie widerlich! Da stöhnt dir einer einfach durch die Leitung direkt in dein Wohnzimmer.« Lena schüttelte sich. »Was wollte der denn damit bezwecken?«

»Na ja, was wohl?« Waltraud verdrehte die Augen. Eine so hohe Dosis an Naivität war manchmal nur ganz schwer zu ertragen.

»Egal, was. Das ist ihm auf jeden Fall vergangen. Bei mir ruft der bestimmt nicht mehr an«, meinte Maria abschließend, da sie das Thema gar nicht so breittreten wollte. Sie warf einen Blick auf ihren Vater, der nach wie vor neben Lena auf der langen Bauernbank saß, seinen Kopf inzwischen nach hinten an die Wand gelehnt. Er schien von all dem nichts mitbekommen zu haben, denn sein entspannt geöffneter Mund und das leichte Röcheln aus seiner Kehle deuteten darauf hin, dass er tief und fest schlief – trotz des vielen Gedöns um ihn herum. Es war eben manchmal doch ein Vorteil, wenn man schwerhörig war, dachte Maria mit einem leisen, liebevollen Lächeln, bevor sie sich wieder den anderen zuwandte: »Wir sollten uns jetzt besser einmal überlegen, was wir unternehmen können, um zu überleben.«

»Stimmt, es gibt momentan wirklich wichtigere Themen, als … äh … Telefonsex«, pflichtete Katharina ihr in dem Bemühen bei, sich gepflegt auszudrücken.

»Gib ihm doch das nächste Mal den Tipp, bei *Sechs Life* anzurufen. Da gibt es schließlich genügend Professionelle, die ihre Dienste anbieten«, schlug Waltraud augenzwinkernd vor.

»Also, die Nummer würde ich nie wählen. Die betrügen einen. Bis du da mal durchkommst, ist es eh zu spät«, meinte Lena und beeilte sich zu erklären: »Ich habe nur mal versucht, die Lösung eines Gewinnspiels durchzugeben. Eine Stunde lang. Null Chance. Dafür war meine Telefonrechnung dann dementsprechend hoch.«

Maria war mit ihren Gedanken inzwischen ganz woanders. Keine ihrer Freundinnen, nicht einmal Waltraud, wusste, dass das Wort »Telefonsex« für sie eine ganz besondere Bedeutung hatte. Dieses Wort löste bei Maria die Erinnerung an ihre kurze, aber leidenschaftliche Affäre mit Alexander Hartmann aus, lange Zeit vor ihrer Ehe.

Was hatten sie sich durch das Telefon alles zugeraunt, hatten sich mit glühenden Ohren und brennenden Körpern in ihren Betten gewälzt, bis sie beide unter suchenden Händen die Erlösung gefunden hatten, jeder für sich, und doch gemeinsam. Alexander hatte ein paar Jahre zuvor die falsche Frau geheiratet, und Maria war keine Ehebrecherin. Ihre Liebe hatte nie eine Chance gehabt, denn Maria hatten die heiligen Zehn Gebote im Weg gestanden.

Die Freundinnen hatten sich verabschiedet. Zu später Stunde war auch die Stimmung gekippt; sie hatten zu viel Wein getrunken, zu viel über den akuten Mangel an Arbeitsplätzen gesprochen, obwohl es jede Menge zu tun gäbe, zu viel über Hartz IV, was ihnen vorkam wie eine neue Epidemie, und zu viel über den Sinn des Lebens philosophiert, sodass Katharina, Lena und Waltraud in Weltuntergangsstimmung das Haus verlassen hatten. Gemeinsam hatten sie vorher noch Maria geholfen, den Großvater das Stockwerk nach oben zu bringen, und dann waren die drei mit Lenny wieder davongezogen.

Maria war nun froh über die eingekehrte Ruhe und die Aufgaben, die ihr keine Zeit zum Trübsalblasen ließen. Sie entkleidete den alten Herrn, half ihm, seinen Schlafanzug überzuziehen, und brachte ihn zu Bett.

Erst viel später, nachdem sie den Großvater, das Haus und sich selbst gut aufgeräumt wusste, wälzte sie sich mit sorgenvollen Gedanken in ihrem weichen, großen Kissen. Im Kinderzimmer hatte sie die Luft, die noch immer nach Rosenshampoo roch, wie eine Droge inhaliert. Sie hatte sich zurückhalten müssen, nicht Tinas Bett aufzuschlagen. Es war die Gewohnheit, die ihr zu schaffen machte.

Tina hatte natürlich nicht angerufen. Eigentlich hatte Maria auch nicht wirklich damit gerechnet, nur erhofft hatte sie es – erhofft. Das war wohl normal, sagte sich Maria und kämpfte so gegen ihre Enttäuschung an. Bei einer Fünfzehnjährigen brauchte man eben ein gehöriges Maß an Toleranz. Wenn sie da an sich dachte, als sie in diesem Alter gewesen war … Nein, schalt sie sich. Vergleichen durfte sie einander nicht. Zwei Generationen waren eben zwei Welten, die sich nur ganz kurz irgendwann einmal berührten.

Sie wühlte ihre kalten Füße in die Bettdecke, die sie nach langem Hin und Her endlich so um sich gewickelt hatte, dass kein Luftzug mehr eindringen und keine Wärme mehr entweichen konnte. In der Behaglichkeit ihres daunenweichen Kokons dachte sie an jenen obszönen Anruf. »Telefonsex« hatte Katharina es bezeichnet. Maria schmunzelte. Das war wieder einmal typisch Katharina, sie war einfach nicht geschaffen für das Derbe. Waltraud war in dieser Beziehung ganz anders. Bei *Sechs Life* gäbe es genügend Professionelle, die ihre Dienste anbieten würden, hatte sie gesagt, und zwar in erster Linie, um Katharina zu provozieren.

Plötzlich war Maria hellwach. Jetzt, mitten in der Nacht, hallte dieser Satz in ihrem Kopf wider. Sie richtete sich auf, und es war ihr egal, dass die kühle Nachtluft über ihren Rücken streifte. »Telefonsex.« Maria zog die Knie an und schlüpfte aus den Daunen. »Jesus, Maria und Josef.« Und dann hielt sie inne. »Warum eigentlich nicht?«, fragte sie sich laut. Dabei wurde ihr wohlig warm, und ihre hellen blauen Augen blitzten.

Vier

Sie verließen den Laden. Maria schloss die gläserne Eingangstür. Völlig unnötig, hier noch abzusperren, dachte sie, nachdem der Laden bis auf die Regale und die Theke leer geräumt war und sämtliche noch übrigen Waren in einem Lieferwagen mit der vielversprechenden Aufschrift *Kleinpreis* verstaut waren. Trotzdem drehte sie den Schlüssel zwei Mal um, gewissenhaft, wie sie das die vielen Jahre immer getan hatte, um ihn dann, dieses Mal, an Hans Meier weiterzureichen, der mit betretener Miene in seinem grauen zerknitterten Anzug neben ihr stand.

»Das war's dann wohl«, sagte sie mit belegter Stimme.

Hans Meier nickte nur, und Maria rechnete es ihm in dem Moment auch positiv an, dass er ihnen irgendwelche höflichen Floskeln ersparte. Wenn einem die Existenz wegbrach, war die Höflichkeit nur ein brüchiges Geländer, an das man sich zwar klammern konnte, das aber nicht lange hielt. Maria konnte gut und gern darauf verzichten.

»Vielleicht können wir ja doch wieder einmal mit Ihnen zusammenarbeiten, Herr Meier«, meinte Lena, der es wie immer schwerfiel, sich mit den Tatsachen abzufinden.

Sie biss sich auf die Unterlippe, denn Marias Blick nach zu urteilen, hatte sie wohl das Falsche gesagt. »Ja, dann … Auf Wiedersehen, Herr Meier.«

Lena verabschiedete sich schnell, denn mit dem Kribbeln in ihren Nasenflügeln kündigte sich eine Niesattacke an. Schnell trippelte sie über die Straße zu Waltraud und Katharina, die sich bereits vom Laden und von Hans Meier verabschiedet hatten und auf der anderen Seite auf sie warteten. Während Lena gleich drei Tempos vollschnäuzte, tupfte Katharina sich mit weißem Batist heimlich eine Träne aus dem Auge. Waltraud zog an einer Zigarette. Den Rauch sog sie so stark ein, als wolle sie ihren Schmerz in sich betäuben. Nur nichts rauslassen. Reinziehen. Ganz tief reinziehen. Sie starrte auf das leere Geschäft, ihre Augen zu schmalen Schlitzen verengt, die Stirn gerunzelt; deutlich zeigte sich die Anspannung, unter der sie sich befand. Sie löste ihren Blick erst, als Maria neben ihr stand und mit einem vorwurfsvollen Ton, wie ihn nur Mütter, Großmütter oder beste Freundinnen an den Tag legten, ausrief:

»Das glaub ich jetzt nicht! Waltraud raucht!«

Aus purem Trotz zog Waltraud sofort noch einmal an der Zigarette. Dabei wusste sie ganz genau, dass sie damit einen großen Fehler machte, doch es war ihr egal. Gut, sie hatte vor zwei Jahren mit dem Rauchen aufgehört. Aber was soll's! Jetzt war schließlich eine Ausnahmesituation, und angesichts ihrer misslichen Lage war Rauchen wohl das kleinste Übel.

»Du kannst deine Qualmerei ruhig wieder sein lassen. Ich habe nämlich eine tolle Idee«, meinte Maria und fügte hinzu: »Eine Geschäftsidee.«

Lena und Katharina horchten auf und sahen sie fragend an. Waltraud warf ihr nur einen kurzen, skeptischen Blick zu.

»Was ist es denn?«, wollte Lena wissen. Ihre Augen waren wässrig rot und gereizt.

Maria musterte Waltraud schweigend, worauf die Freundin sich abwandte. »Erst, wenn sie das Ding wegwirft«, beschloss Maria.

Mit einem Schlag stand Waltraud im Zentrum der Aufmerksamkeit. Die mahnenden Blicke sowie der Erwartungsdruck brachen schließlich ihre stoische Haltung, und sie gab sich, wenn auch nur unwillig, geschlagen. »Erpressung ist das. Nur dass ihr das wisst«, brummte sie. »Na gut. Wie ihr wollt.«

Sie warf die Zigarette auf den grauen Asphalt und trat sie aus, indem sie mit dem flachen Absatz ihres Schuhs kräftig hin und her rieb, bis von der Zigarette nur noch ein pulverisiertes Tabak-Papier-Gemisch übrig war. »Und jetzt?«, fragte sie herausfordernd.

Maria konnte ihr leises Lächeln nicht verbergen. »Ihr werdet schon sehen«, sagte sie geheimnisvoll. »Das ist echt eine verdammt gute Idee. Aber nicht hier, wo uns jeder hören kann. Wir gehen am besten zu mir nach Hause.«

Waltraud zuckte mit den Schultern. »Wie du meinst. Ich hab im Moment zufällig nichts Besseres vor. Und wie steht es mit euch?«

»Ich habe auch Zeit«, antwortete Lena, die Waltrauds Ironie wie so oft nicht verstand.

Katharina steckte ihr Taschentuch in das schmale Seitenfach ihrer Handtasche und suchte nach ihrem Handy. »Ich ruf nur noch schnell Peter an. Er wollte heute nämlich eher heimkommen. Und dann wollte ich eigentlich zu Hause sein.«

»Es dauert gar nicht lange. Es ist nur so, dass ich euch das hier auf der Straße einfach nicht erzählen möchte.«

»Trotzdem, er soll nicht warten.«

»Das muss ja was ganz Wichtiges sein«, spottete Waltraud und grinste Maria an.

»Aha. Deshalb warst du zum Meier-Hans so cool«, mutmaßte Lena. Schniefend hakte sie sich bei Maria ein.

»Nicht deswegen.« Maria machte eine kleine Pause. »Stolz, meine Liebe. Ein bisschen Stolz, Lena, schadet nicht … Wir sind doch schließlich wer, oder?«

Lena nickte, obwohl man ihr deutlich ansah, dass sie davon gar nicht überzeugt war. Doch sie sagte nichts, denn sie schämte sich, vor ihren Freundinnen zuzugeben, dass ihre Erfahrungen sie ständig das Gegenteil lehrten. Sie dachte daran, dass sie diese Woche schon wieder einmal vergebens auf den Anruf eines jungen Mannes gewartet hatte, den sie letzten Samstag in der Disco kennengelernt und der sie zu sich nach Hause mitgenommen hatte. Ihr Held der Woche lebte in Straubing, und schon die Tatsache, dass er nicht aus einem der Dörfer hier stammte, machte ihn für Lena zu etwas ganz Besonderem. Wie die anderen Helden vor ihm hatte auch er von Liebe geredet, von Zusammenbleiben, Familie und Kindern. Eigentlich hatte sie sich in dieser Nacht nur nach ein wenig Zärtlichkeit gesehnt, doch dann, als er mehr gewollt hatte, hatte sie Angst gehabt, ihn zu verstimmen. Und weil sie ihn nicht hatte enttäuschen wollen, hatte sie ihm still und leise ihren Körper geliehen, wieder einmal in der trügerischen Hoffnung, dass es diesmal anders sein würde.

Was sollte sie so gestandenen Frauen wie Waltraud, Maria und Katharina erzählen? Die hatten es alle geschafft, hatten geheiratet und lebten ihr Leben. Irgendwann, das wusste Lena, würde auch für sie der Richtige kommen. Sie durfte nur nicht aufgeben und aufhören, nach ihm zu suchen.

Nachdenklich stand Lena neben Maria und Waltraud auf der Straße, noch immer bei Maria eingehakt, während Katharina in ein paar Metern Abstand zu ihnen mit Peter telefonierte. Da kam Pfarrer Gandl des Weges und erfasste die Situation mit einem Blick. Lena aber ignorierte er.

»Grüß Gott, meine Damen. Ich sehe, der Laden hat sein Ende gefunden. Tja. Der Herr hat's gegeben, der Herr hat's genommen. Das ist gut so. Somit könnt ihr euch mehr den häuslichen Dingen widmen. Denn das Weib ist dem Manne als Gehilfin gegeben.«

»Und wovon sollen wir leben?«, rutschte es Waltraud vorwurfsvoll raus.

»›Jesus sprach: Wer zu mir kommt, wird nie mehr hungern. Und wer an mich glaubt, wird nie mehr Durst haben‹«, zitierte der Geistliche und zog mit einem Gruß weiter.

»Der Mann muss aber auch einer Gehilfin gerecht werden«, konterte Maria, doch sagte sie es halblaut, damit Hochwürden sie auf keinen Fall hören konnte.

»Mitgefühl wäre vielleicht auch mal angebracht«, motzte Waltraud. Weiter standen sie unschlüssig herum.

Als Katharina zu ihnen stieß, machte sie eine betretene Miene. »Alles in Ordnung. Er kommt heute sowieso erst spät nach Hause.«

»Ja, wunderbar!«, rief Maria so erfreut aus, dass sich Katharina ihre Enttäuschung nicht länger anmerken lassen wollte. Insgeheim machte sie Peter Vorwürfe. Er wusste doch, wie fürchterlich der heutige Tag wegen der Schließung des Ladens für sie sein würde. Aber ihm war es nicht wichtig. »Du hast ja Lenny«, hatte er ganz lapidar gemeint. Damit hatte er allerdings recht. Was war sie froh, dass sie den Hund hatte! Der kam nun, als sie sich in Bewegung setzten, aus einem Hof herausgestürmt und auf sie zugeschossen, umkreiste jede einzelne der Frauen freudig, als wollte er sich vergewissern, dass auch wirklich alle da waren, um dann mit der feuchten Nase knapp über dem Boden im Zickzack vorauszulaufen, denn er kannte die Richtung.

»Und jetzt tief atmen und ganz leicht die Knie beugen«, klang es laut und deutlich durch die geschlossene Wohnzimmertür. Ihr Vater machte unter Anleitung seine Qigong-Übungen. Maria vermied es, hineinzugehen und dem Therapeuten zu begegnen. Sie hatte nicht genug Bargeld in der Tasche und hoffte darauf, nächste Woche die offenen Stunden bezahlen zu können.

Waltraud, Katharina und Lena setzten sich um den alten Eichentisch in der bayerischen Stube, während Maria nebenan in der Küche nach etwas Trinkbarem schaute. Lenny, der sich grundsätzlich immer für Küchen interessierte, blieb ihr dicht auf den Fersen.

Das gedämpfte Knallen eines Korkens ließ die Freundinnen verdutzt aufhorchen. Sie schauten einander fragend an, und auf Lenas Gesicht schimmerte ein hoffnungsvolles Lächeln. Schon kam Maria mit einer Flasche Sekt in den Raum und stellte sie mitten auf den Tisch.

»Mir ist zwar gar nicht nach Feiern zumute«, meinte Katharina, während Maria aus dem alten, abgewetzten Bauernschrank, dessen ehemals kunstvolle Bemalung sich heute nur noch erahnen ließ, vier Gläser nahm. »Aber ein Gläschen Sekt tut jetzt schon gut. Bringt den Kreislauf wieder in Schwung.«

»Hast du im Lotto gewonnen, oder wieso ist bei dir plötzlich der Wohlstand ausgebrochen?«, fragte Waltraud.

Maria lächelte bedeutungsvoll, als sie erwiderte: »Vielleicht ist das ja unsere Chance, und vielleicht ist die Katastrophe von heute das Geschenk von morgen … Deine Rede, Waltraud. Erinnerst du dich? Darauf stoßen wir jetzt an.«

»Ja, richtig. Auf unsere Chance!«, rief Lena.

»Also, eigentlich wollte ich ja nichts trinken«, meinte Katharina, und strafte ihre Worte Lügen, indem sie mit den anderen anstieß und ihren Frust in einem großen Schluck ertränkte. Dass die bunt zusammengewürfelten Sektgläser eigentlich überhaupt nicht zusammenpassten, nahm ihr geschultes Auge zwar wahr, doch das war auf einmal gar nicht mehr so wichtig.

Sie schlürften aus Schalen, Kelchen und Flöten, und der geschnitzte Christus blickte vom Kreuz auf sie hinab.

»Nun sag schon. Was hast du für eine Idee?«, drängte Katharina. »Spann uns nicht so auf die Folter.«

Maria dehnte diesen Moment, in dem alle Aufmerksamkeit auf sie gerichtet war, ein wenig aus. Auf einmal zögerte sie. Denn jetzt musste sie daran denken, wie waghalsig ihre Idee eigentlich war, wenn nicht sogar verwerflich, peinlich, sündenvoll. Ihr Blick landete bei dem Gekreuzigten, und in Gedanken bat sie ihn um Verzeihung, und dann fiel ihr Maria Magdalena ein, die Sünderin, der nicht nur verziehen, sondern die von Jesus sogar geliebt worden war. Wer wollte nicht sein wie sie? Maria wusste, gleich würden die anderen ihren Vorschlag in der Luft zerreißen. Sie straffte den Rücken und atmete nur ein einziges Mal noch ganz tief hinunter in ihren Bauch, bevor sie in aller Ruhe und Bestimmtheit sagte:

»Telefonsex.«

Katharina schrak zusammen. »Wie? Hat dieser Perverse schon wieder angerufen? Das ist ja das Allerletzte!«

»Gib ihm doch Lenas Nummer«, grinste Waltraud. Und Lena ließ sich nicht anmerken, dass die Bemerkung ihrer zerbrechlichen Seele einen schmerzhaften Stich versetzt hatte.

»Der traut sich so was bestimmt nicht mehr«, entgegnete Maria, und ein Hauch von Triumph leuchtete in ihren Augen auf, was Waltraud mit Verwunderung wahrnahm. Sie musterte ihre beste

Freundin, während sie an ihrem Glas Sekt nippte. Sie kannte Maria durch und durch. Aber heute wurde sie nicht schlau aus ihr.

»Was soll das denn heißen: Telefonsex?«, fragte sie, nachdem sie das Glas abgestellt hatte.

»Na ja, Sex am Telefon eben«, erklärte Lena beflissen. »Da machst du dich gegenseitig an, verbal, mit Worten.«

»Ach nee. Darauf wäre ich nie gekommen«, gab Waltraud, nun schon leicht gereizt, zurück, während Katharina Lenas ausführliche Beschreibung nur mit einem schrägen Seitenblick und dem Kräuseln ihrer Mundwinkel kommentierte.

»Das hätte ja gut sein können, nachdem du schon so lange verheiratet bist«, rechtfertigte sich Lena und schürzte ihre Oberlippe, was Waltraud jedes Mal so dümmlich fand, dass sie sich sehr zurückhalten musste, um es ihr nicht direkt ins Gesicht zu sagen.

»Also, ihr Lieben, jetzt lasst es doch bitte gut sein«, mischte sich Katharina sanft ein, um nun endlich zu erfahren, was sie aus ihrem Dilemma retten würde. »Erzähl uns lieber von deiner guten Idee, Maria.«

Maria lehnte sich zurück. Sie schaute auf die Sektschale, die sie in beiden Händen drehte und die an einer Stelle angeschlagen war. »Das ist die Idee. Und ich finde sie gut.«

Stille. Für einen Moment sagte niemand etwas.

»Wie?«, murmelte Waltraud ungläubig.

Maria verkniff sich ein Schmunzeln. Super! So perplex hatte sie ihre Freundin noch nie gesehen. Ihr Selbstbewusstsein wuchs über sie hinaus und zog sie mit nach oben – ein herrliches Gefühl. »Wir bieten Sex am Telefon an. Ganz einfach«, erklärte Maria und löste damit eine Lawine aus.

Auf einmal redeten alle durcheinander.

»Du meinst, *wir*?« Katharina war entsetzt. »Das kann doch nicht dein Ernst sein!«

»Ich mache so etwas nicht. Nein. Telefonsex kommt für mich nicht infrage«, betonte Lena und bedeckte ihre Brust, indem sie die schlanken Finger über ihrem freizügigen Dekolleté spreizte.

Waltraud war immer noch so überrascht, dass sie Maria die ganze Zeit mit offenem Mund anstarrte. Jetzt fragte sie: »Wie kommst du denn auf so etwas?«

Und Maria antwortete leicht verlegen, aber doch ganz schön stolz: »Na ja. Letztendlich hat mich dieser notgeile Typ inspiriert.«

Beim Wort »notgeil« zuckte Katharina zusammen. »Das geht überhaupt nicht. Was sollen denn die Leute denken?«, flüsterte sie errötend.

»Wisst ihr vielleicht was Besseres?«

»Wenn schon Telefon, wieso nicht Meinungsumfragen?«, schlug Waltraud vor.

»Mit Sex ist viel mehr zu verdienen. Triebig sind sie doch immer.«

Waltraud dachte an ihren Heinz und an seine Morgenlatte, und insgeheim gab sie Maria recht.

»Ii, wie peinlich! Wenn das jemand erfährt! Nein, bei so was mache ich nicht mit«, jammerte Lena und griff zur rettenden Flasche. Wie auf Kommando überkam auch die anderen ein unbändiger Durst. Gierig hielten sie ihre leeren Gläser in die Höhe, und Lena verteilte den Sekt so gerecht wie möglich bis auf den letzten Tropfen. Es war nun nicht mehr viel, was in den Gläsern war, doch Maria hatte vorgesorgt.

Mit der leeren Flasche eilte sie in die Küche. Lenny, der sie schon längst als Herrscherin über das Futter und somit als momentan wichtigste Person ausgemacht und nicht mehr aus den Augen gelassen hatte, sprang auf und trottete ihr wieder hoffnungsvoll hinterher. In der Küche hörte Maria Lena zaghaft fragen: »Das hat sie doch nicht ernst gemeint, oder?« Und ihr Lächeln wurde noch ein ganzes Stück breiter, als sie Waltrauds Antwort vernahm: »Oh, doch. Sieht ganz danach aus.« Langsam machte ihr die Vorreiterrolle Spaß, und zur Feier des Tages schnitt sie für Lenny ein extragroßes Stück von der Fleischwurst ab. Sie hörte, wie die Haustür ins Schloss fiel und draußen ein Wagen gestartet wurde. Bald, dachte sie zuversichtlich, würde sie den guten Menschen bezahlen können. Kurz darauf tönte aus dem Wohnzimmer das Gedudel einer Volksmusiksendung, die Garantie, dass sie die nächste Stunde ungestört sein würden.

»Sag mal, hast du den ganzen Laden ausgeraubt?«, fragte Waltraud, als Maria nun mit einer neuen Flasche Sekt zurückkam.

Das sprießende Selbstbewusstsein ließ Maria strahlen. »Das ist doch gar nichts im Vergleich zu dem, was mir zusteht«, gab sie zurück und löste den Korken mit einem Knall. »Beziehungsweise zu dem, was *uns* zusteht. Der Kofferraum ist übrigens für euch alle gefüllt.«

Die anderen sahen mit wachsendem Erstaunen zu, wie sie den perlenden Saft erneut auf Schalen, Kelche und Flöten verteilte, die Sektflasche dann als Zeichen ihres ganz persönlichen Sieges mitten auf den Tisch platzierte und sich auf ihrem Stuhl niederließ. Dass die Gläser randvoll waren, störte in dem Moment niemanden, nicht einmal Katharina.

»Du hast …? Du hast wirklich was mitgehen lassen?« Waltraud konnte es nicht glauben.

»Ich lass mich nicht mehr so einfach abservieren. Die Trennung von Manfred reicht mir. Ich hab meine Lektion gelernt, das sag ich euch. Wer sich nicht selbst was nimmt, kriegt nichts.«

»Das ist doch nicht immer so. Du hast einfach Pech gehabt und den Falschen geheiratet«, protestierte Lena.

»So verkehrt war Manfred nicht für mich. Er war halt nicht der Richtige. Obwohl, eigentlich ist gar nichts im Leben falsch, wenn du daraus lernst«, philosophierte Maria in sektbeseelter Laune. »Dann ist selbst der falsche Mann der richtige. Und der richtige der falsche.« Sie überlegte, denn ganz hatte sie das jetzt selbst nicht mehr verstanden. »Glaubst du eigentlich wirklich, dass eine Ehe immer nur Glück bedeutet, Lena?« Maria wollte schon fortfahren und die Ehen von Katharina und Waltraud durchleuchten, doch Waltraud, die so etwas schon befürchtete, kam ihr zuvor.

»Das ist doch jetzt egal. Was ist denn nun mit dem Telefonsex? Wie hast du dir das alles vorgestellt? Rein theoretisch.«

»Ich mach so was nicht«, kam prompt Lenas Einspruch.

»Also, dass *du* damit so ein Problem hast!«, wunderte sich Waltraud.

»Hab ich nicht. Ich mach das nur nicht mit … äh … mit Fremden«, verteidigte sich Lena.

»Jetzt hört aber mal auf mit dem Blödsinn. Das war doch gar nicht ernst gemeint«, warf Katharina ein. Sie nuckelte schon die ganze Zeit zur Beruhigung an ihrem Glas.

»Wieso nicht? Natürlich ist es mein Ernst. Und zwar mein voller. Ich habe das alles bereits ganz genau durchdacht.« Maria klang beängstigend nüchtern.

»Das ist Prostitution, was du da vorhast«, wandte Katharina mit Grabesstimme ein und griff nach der Sektflasche.

»Kann schon sein«, gab Maria zu. »Aber was ist Prostitution und was nicht? Ich kenne jede Menge von Beziehungen, in denen sich die Frauen noch viel mehr prostituieren. Oder wie würdest du das nennen, was Gerti Oberbauer gemacht hat? Sie hat sich den Bürgermeister geschnappt. Liebe war da nicht mit im Spiel.«

Katharina sinnierte noch eine Weile über ähnliche Fälle, und da fielen ihr einige ein, während Maria ihre Pläne offenbarte:

»Wir melden eine Null-Hundertachtziger-Nummer oder so an, und keiner weiß, dass wir es sind. Die Minute kostet den Anrufer fünf Euro, und die Abrechnung erfolgt über die Telekom. Ich habe mich schon informiert. Das geht alles. Wir verteilen überall Flyer, am besten in den einschlägigen Lokalen und an allen Tankstellen im Umkreis, und annoncieren in zwei, drei Zeitungen. Das Einzige, was wir noch brauchen, ist eine Telefonanlage mit vier Nebenstellen. Hier im Haus können wir völlig ungestört telefonieren. Das merkt kein Mensch. Die Mauern sind dick.«

»Na, dein Vater wird sich freuen!«, bemerkte Waltraud.

»Der kriegt das doch gar nicht mit. Er ist inzwischen so schwerhörig, dass er sogar neben dem pfeifenden Wasserkessel döst.«

Hansi Hinterseer jodelte gerade in voller Lautstärke jeden Zweifel hinweg.

»Und wie willst du ihm erklären, warum wir auf einmal so viel telefonieren?«

»Ganz einfach. Du hast es eben selbst gesagt: Meinungsumfragen. Wir arbeiten offiziell für ein Marktforschungsinstitut und machen telefonische Umfragen.«

»Du hast wirklich an alles gedacht«, staunte Katharina.

»Also, eigentlich ist die Idee gar nicht so schlecht«, meinte Waltraud. »Je mehr ich darüber nachdenke, desto …«

»Nee, nee, nee. Ohne mich. Ich mache so etwas nicht mit. Nie im Leben«, stellte Lena erneut klar und wippte auf der Bank wie ein Tier im Käfig vor und zurück. »Wie soll denn das gehen? Ich soll irgend so einen Typen antörnen, den ich gar nicht kenne? So was geht gar nicht. Ich bin doch keine Nutte.«

»Wieso bist *du* jetzt auf einmal so prüde?«, fragte Maria erstaunt und fuhr, ohne eine Antwort abzuwarten, fort: »Jetzt hört mal zu. Wir sind doch alle erwachsen. Ihr müsst das professionell sehen. Da ist überhaupt nichts dabei. Und wenn ihr nichts herumerzählt, erfährt auch kein Mensch etwas davon.« Mein Gott, sind die alle spießig!, dachte Maria und durchbohrte mit ihrem Blick eine nach der anderen.

Waltraud kaute nachdenklich auf ihrer Unterlippe. Lena drehte ihren Kopf zum Fenster und zupfte ihr Taschentuch auseinander. Auf ihrem Hals zeichneten sich schon hochrote kreisrunde Flecken ab. Jetzt schnäuzte sie kräftig in das weiche Papier. Katharina schluckte und hüstelte verhalten. Sie war etwas durcheinander, und es war ihr zu peinlich, es auszusprechen, aber sie fand zunehmend Gefallen an der ganzen Sache.

In der Ecke auf der Ablage der Bank stand eine aus Holz geschnitzte Marienstatue. Maria gefiel diese hölzerne Madonna, sie mochte die freundlich-milden Gesichtszüge, und es spielte keine Rolle, dass die Farbe des königsblauen Kleides, das die Muttergottes trug, nur noch an wenigen einzelnen Stellen zu erkennen war und dass dem Christuskind ein Arm fehlte. Nun schien es Maria, als lächelte ihr die andere, die heilige Maria, aufmunternd zu.

»Also, ich muss Geld verdienen. Für meinen Vater. Wenn er die Behandlungen nicht kriegt, dann geht's mit ihm ziemlich schnell bergab. Im Moment hat er überhaupt keine Schmerzen. Wir müssen das ja nicht ewig machen. Nur so lange, bis wir genügend Geld zusammenhaben. Dann mieten wir den Laden und machen uns selbstständig. Da ist so viel Geld drin! Wir brauchen doch nur Startkapital. Jetzt kommt schon!«, drängte Maria ihre Freundinnen.

Die zweite Sektflasche machte die Runde.

»Das hätte ich dir jetzt nicht zugetraut.« Waltraud war ehrlich beeindruckt. »Und wenn in unserem Dorf dieses Seminar-Zentrum gebaut wird …«

»… dann wird der Laden ein Riesengeschäft«, bestätigte Maria mit glänzenden Augen. »Gerade die Pfaffen, die lassen es sich doch schmecken. Die haben ja sonst nichts.«

»Also, ich meine … Wir können es doch wenigstens versuchen.« Ausgerechnet Katharina war es, die das sagte. Dabei rutschte sie von einer Pobacke auf die andere, denn allein der Gedanke daran ließ ihr Herz schneller pochen. Sie konnte einfach nicht mehr stillsitzen. Endlich hatten sie und ihre Freundinnen wieder eine gemeinsame Zukunft! Und die verhieß, spannend zu werden.

»Super. Was ist mit dir, Lena? Ein Mal wenigstens!« Maria ließ nicht locker.

»Ich kann so was nicht.« Sie kaute auf ihrer Unterlippe und vermied es, die anderen anzusehen. Mehrmals atmete sie tief durch. »Ihr seid ja total bekloppt!« Sie wand sich, zerknüllte das Taschentuch in ihrer Faust. Wenn sie doch Nein sagen könnte! »Na gut. Ein Versuch, und wenn der in die Hose geht, dann höre ich auf.« Damit lehnte sie sich zurück und legte die Arme nach hinten auf die Rückenlehne, sodass sich ihr fantastischer Busen vorwölbte. Und zwar so weit vor, dass niemand einfach so darüber hinwegsehen konnte. Maria konnte die Männer gut verstehen, die Lena paralysiert hinterherstarrten, das musste sie neidlos zugeben.

»Dann kann es also losgehen«, lächelte Maria und hob das Glas. »Auf uns! Auf unser neues Geschäft! Auf den Erfolg!«

Sie ließen die ungleichen Gläser klingen, Maria, Lena und Katharina. Und Waltraud? Sie warteten auf Waltraud.

»Also, ich hab damit echt ein Problem. Tut mir leid.« Waltraud schüttelte den Kopf.

Die anderen schauten sie erstaunt an. Ausgerechnet Waltraud, die Frontfrau, zog auf einmal nicht mit?

Waltraud ließ ihren Hals zwischen den Schultern verschwinden und druckste herum: »Ich weiß nicht, wie es euch geht. Mir fehlt ... hm ... ja, mir fehlt ganz einfach der Wortschatz ... Bei uns wird eben nicht viel geredet.« So, nun war es raus. Sollten die anderen jetzt denken, was sie wollten.

Aus Rücksicht auf ihre Freundin verbarg Maria ihre Überraschung und meinte leichthin: »Das macht doch nichts. Wir stellen einfach eine Liste mit allen Ausdrücken zusammen, die die Männer erregen. Zusammen fallen uns schon genügend ein.«

»Cool. Die können wir ja dann ablesen.« Lena war erleichtert.

»Ja, ganz bestimmt«, meinte Maria kopfschüttelnd.

»Redest *du* denn beim Sex?«, wollte Waltraud von ihrer besten Freundin wissen.

»Ich? Nö«, log Maria, die auf Verbalerotik in Wahrheit total abfuhr. Nur – das war vor langer Zeit mit Alexander gewesen und ging hier niemanden etwas an. Manfred hatte sie all die Jahre höchstens ein schweres, fast grunzendes Stöhnen und hin und wieder eine Art Brunftschrei entlocken können. Sie blickte ihre Freundinnen an. »Aber ich habe eben eine gute Fantasie.«

»Das ist ja schon mal was«, murmelte Waltraud, nun schon ein wenig beruhigter. »Wer fängt denn an? Lena? Du bist wahrscheinlich auf dem neuesten Stand.«

»Ich? Wieso ich?«, fuhr Lena auf. »Ich kann das nicht. Das ist mir zu ... zu abstrakt. Außerdem finde ich das peinlich. Vor euch.«

»Was ist mit dir, Katharina?«

»Na ja, äh ...« Katharina bog sich auf der Bank wie Lenny vor der Tür des Tierarztes. Allein die Vorstellung, jetzt und hier vor ihren Freundinnen irgendwelche Intimitäten auszuposaunen, trieb ihr den Schweiß in den Nacken. Zum Glück fiel ihr die einzig gerechte Lösung ein: »Es war doch deine Idee, Maria, warum fängst du nicht an?«

Maria schob daraufhin ihren Stuhl zurück und stand auf. »Also gut. Dann hole ich uns mal ein wenig Literatur. Vielleicht finden wir darin etwas Passendes.«

»Wie? Du hast so Schweinkram zu Hause?«, entschlüpfte es Katharina, während Waltraud, die für jede Art der Ablenkung von ihrer eigenen Person zum ersten Mal dankbar war, laut ausrief:

»Nur her damit! Vielleicht können wir noch was lernen.« Ihr herausfordernder Blick machte die Runde von Katharina, die sogleich zustimmend nickte, zu Lena, die sich inzwischen in der Ecke ganz klein gemacht hatte.

Maria schob einen DIN-A4-Block und zwei Kugelschreiber über die Tischplatte.

»Hier. Vielleicht fällt euch ja in der Zwischenzeit etwas dazu ein. Man muss der Fantasie auch 'ne Chance geben.«

Dass die Kugelschreiber den Aufdruck *Kleinpreis* trugen, ließ inzwischen keine der Frauen mehr dem Vergangenen nachtrauern.

Als Maria zurückkam, unterhielten sich die anderen zwar angeregt, doch die weiße Leere auf dem Block zeigte ihr deutlich, dass sie noch nicht viel weiter gekommen waren. Maria hatte sich von ihren Freundinnen mehr erhofft, vor allem von Lena, die permanent so dermaßen sexy durch die Gegend trippelte, dass sie den Blutdruck manch eines Mannes in den Gefahrenbereich eines Herzinfarktes katapultierte. Langsam wurde Maria klar, dass Aussehen nicht unbedingt etwas mit Ausüben zu tun hatte.

»Und die frischen Produkte kaufen wir dann bei den Bauern im Umland. Fleisch, Gemüse, Obst, Getreide und so. Ist ja alles vorhanden in der Gegend«, hörte sie Lena gerade sagen. Höchste Zeit, dass sie eingriff, bevor sich alle vergaloppierten!

»Eins nach dem anderen. Wir zäumen den Gaul auch nicht von hinten auf. Erst einmal brauchen wir das Geld für meinen Vater, dann für den Laden, und zuletzt kaufen wir die Ware, und nicht umgekehrt. Hier, Mädels!« Maria brachte das Thema verstärkt auf den Punkt, indem sie einen Stapel Bücher wie Spielkarten verteilte. Darunter waren Bestseller wie *Die Geschichte der O*, *Josefine Mutzenbacher* und *Dein Mann, das unbekannte Wesen* von Oswalt Kolle sowie ein paar billige Taschenbücher, deren Titel sich um das Wort Sex rankten und einander ähnelten, genau wie die darin enthaltenen kontrastlosen, grau in grau verlaufenden Fotografien nackter, wohlfrisierter Paare, die sich in gutbürgerlichen Schlafzimmern aus den Fünfzigern wie Wachsfiguren positionierten – absolute Lustkiller.

Trotzdem – diese Art der Literatur, die letzten Spuren von Manfred, wie Maria zu der Ehrenrettung ihres Vaters behauptete, aus dessen Blütezeit die Dinger in Wahrheit stammten, zog sie alle magisch an. Hände griffen nach vergilbten Drucken und eingerissenen Heften. Leere Seiten wurden vom Block gerissen, Stifte aufgegriffen. Endlich kam Leben in die bayerische Stube. Und Maria blickte kurz auf den hängenden Christus, bittend, dass er ihr diese Tat und einige weitere, die noch folgen würden, verzeihen wollte.

»Was willst du denn mit der Schmonzette?« Waltraud hielt eine Ausgabe von *Angélique* hoch.

»Na ja, zum romantischen Einstimmen für den, der es vielleicht braucht«, antwortete Maria und setzte sich auf ihren Stuhl, sorgfältig darauf bedacht, Lenny nicht zu treten, der es sich unter dem Tisch zu ihren Füßen wieder bequem gemacht hatte.

Da saßen sie nun schweigend und durchforsteten neugierig die einzelnen Exemplare, und das Einzige, was man während der nächsten Minuten hören konnte, waren das Blättern der Seiten, das Ticken der Uhr und der hechelnde Atem des Hundes – und Hansi Hinterseer.

»Entschuldigt, aber kennt jemand von euch die ›Chinesische Schlittenfahrt‹?« Katharina hob eines dieser billigen Exemplare hoch und deutete fragend auf ein Foto, das ein nacktes Paar in klinisch sauberer, erstarrter Position darstellte.

Waltraud studierte das Paar darauf ganz genau, als müsste sie sich die Stellung *en détail* einprägen. Nach einer Weile schüttelte sie verneinend den Kopf; Lena schwieg sich wie immer einfach aus, während Maria meinte, sich erinnern zu können, dass sie so was oder zumindest etwas Ähnliches schon einmal ausprobiert hatte.

»Du?«, entfuhr es Waltraud überrascht, die sich angesichts des Bauches ihrer Freundin, der sich im Sitzen deutlich vorwölbte, der breiten Hüften und der dicken Schenkel weiß Gott nicht vorstellen konnte, wie sich das alles in eine »Chinesische Schlittenfahrt« verwandeln ließ: »Also das kannst du mir nicht erzählen! So gelenkig bist du nicht.«

Marias Verlegenheit irritierte sie ein wenig, und sie blätterte weiter. Konnte es sein, dass Maria im Bett eine ganz andere war? Heimlich warf Waltraud immer wieder einen Blick auf ihre alte Freundin, bis sie sich bei der Vorstellung ertappte, dass unter Marias züchtiger, mit Streublümchen bestickter Bluse blutrote Wäsche die weiße Haut zierte. Erschrocken schob sie den Gedanken beiseite.

»›Ich bin dein feuriger Hengst‹«, las Lena völlig pikiert vor. »Wie bescheuert!«

Sie lachten über Lenas Gesichtsausdruck – allen voran Waltraud, auf die das Lachen befreiend wirkte. »Männer sind so simpel gestrickt«, erklärte sie ihr, was Lena aber gar nicht komisch, sondern eher besorgniserregend fand.

»Psst.« Maria hatte plötzlich vom Gang her ein Geräusch gehört. Hansi Hinterseer und Kollegen waren verstummt. Und da schlurfte auch schon ihr Vater herein. Er blieb in der offenen Tür stehen und kniff die Augen zusammen, was er immer tat, wenn er keine Brille trug. Hier herrschte auf den ersten Blick Arbeitsatmosphäre. Die Bücher, die Blätter, die Schreibutensilien. Das konnte er auch ohne Brille ganz klar erkennen, und das gefiel ihm gar nicht. Er hatte anderes im Sinn gehabt, ein gemütliches Schwätzchen vielleicht. Von Arbeit aber wollte er nichts wissen, denn gearbeitet hatte er sein Leben lang, davon hatte er genug. Darum blieb er auch da stehen, wo er war. »Guten Abend, die Damen.« Der alte Herr wackelte zur

Begrüßung mehrmals mit dem Kopf. »Ich dachte, es gibt was zu essen«, sagte er mit enttäuschter Miene, wobei er mit »essen« vor allem das Drumherum gemeint hatte, nämlich die für ihn erquickende, Hunger stillende Weiblichkeit.

»Ich wärme dir schnell ein paar von den Schinkennudeln mit Ei auf.« Maria wollte sich erheben, doch er winkte mit einer knappen Handbewegung ab.

»Lass mal. Das bringe ich gerade noch zustande. Wenn ihr so viel Arbeit habt, dann will ich euch besser nicht stören.«

Einen Moment wartete er noch, bevor er sich wieder verzog, in der Hoffnung auf eine glückliche Wendung, die ihm vielleicht doch noch eine charmante Unterhaltung zuteil werden ließ, aber Waltraud machte diese sogleich zunichte, indem sie ihm ein freundliches, jedoch deutliches »Guten Appetit!« nachrief.

»Was bin ich?«, fragte er, aber auch die Wiederholung brachte keine Verbesserung, und er seufzte still vor sich hin. Wo sollte das noch hinführen, wenn die Frauen zu beschäftigt waren, um auf die einfachen Bedürfnisse eines alten Mannes einzugehen? Er schlurfte aus dem Raum. Keiner beachtete ihn, bis auf Lenny, der ihm folgte, aufgeweckt und fröhlich wie immer, wenn es für ihn in die richtige Richtung ging.

Kaum hörten sie den alten Herrn in der Küche hantieren, lachte Waltraud auf: »Wenn dein Vater wüsste, über was wir uns hier den Kopf zerbrechen!«

»Vielleicht könnte er uns dabei helfen«, meinte Lena, nahm ihren Vorschlag aber gleich wieder zurück, als sie Marias Blick begegnete. »Ich dachte nur, weil er ja auch ein Mann ist.«

»War, meine Liebe, war«, korrigierte Maria.

Im gleichen Moment drangen aus der Küche laut und ganz klar und in mehreren Wiederholungen die Kommandos »Sitz!«, »Gib Pfötchen!«, »Platz!« Die kurzen Pausen jedes Mal dazwischen ließen darauf schließen, dass sich Opa die Nudeln ohne den Schinken warm machte.

»Mein Vater ist inzwischen wirklich jenseits von solchen Dingen«, sagte Maria mit einem liebevollen Lächeln und quittierte Waltrauds »Bist du sicher?« mit einem überzeugten Nicken.

»Auch bei Männern tickt die biologische Uhr. Irgendwann ist Ende«, erklärte Maria kurz.

»Tja, fragt sich nur, wann«, sinnierte Waltraud und dachte an ihren Heinz.

Maria richtete sich auf, und um wieder zurück zum eigentlichen Thema zu kommen, fragte sie: »Jetzt mal los! Was ist euch inzwischen alles eingefallen?«

Schweigen. Keine wagte sich vor. Lena stieg die Röte schon bis in die Wangen. Katharina räusperte sich.

Schließlich war es Waltraud, die ihre moralische Hürde überwand. »Nimm mich!«, sagte sie mit kräftiger Stimme, reckte ihren Hals ein wenig nach vorne und schloss die Augen, ihre Lippen dabei leicht geöffnet.

Für einen Moment starrten die anderen sie an, dann konnten sie sich nicht mehr zurückhalten und prusteten laut los. Wie das klang! Wie das aussah! Waltrauds konsternierter Blick löste die nächste Lachsalve aus, bis sie schließlich auch über sich selbst lachen musste.

Maria wischte sich die Tränen aus den Augen, holte mehrmals tief Luft und schüttelte dann den Kopf. »So wird das nie was. Jetzt mal bitte mit mehr Ernst!«

Alle bemühten sich um Fassung.

Lena schloss die Augen, als sie raunte: »Ja, los. Los, komm, du … du …«

»Du heißer Hengst«, ergänzte Katharina und errötete so tief, dass ihre Wangen schon beinahe pink schimmerten.

Maria fixierte die weiße Wand. Sie spürte, wie ihr Bauch leicht vibrierte, ihre Nasenflügel kribbelten und ihre Augen wieder feucht wurden. Sie presste die Lippen aufeinander und musste sich schwer beherrschen. Bloß nicht rüberschauen zu den anderen, weil dann … Sie schielte nur kurz hinüber. Und das Gelächter ging wieder von vorne los.

Sie starteten noch ein paar Versuche abwechselnd hintereinander, doch wie sich herausstellte, waren sie alle nicht gerade die Gewandtesten in jener Sprache, die in den Betten geredet wurde – vielleicht hinter geschlossenen Türen, wer weiß, aber auf jeden Fall nicht voreinander.

Fünf

Der alte AUDI von Marias Vater erwies sich wieder einmal als die Rettung. Die vier Grazien machten sich samt Lenny auf den Weg in die Großstadt.

Nachdem sie mit ihrem gesamten Erfahrungsschatz sowie dem Vokabular aus den Büchern, die Maria im Regal stehen hatte, einfach nicht weitergekommen waren, hatte Waltraud vorgeschlagen, es ganz professionell anzugehen. Sie waren zu dem Schluss gekommen, einen Sexshop aufzusuchen, um sich von dem dortigen Angebot inspirieren zu lassen. Natürlich verstand es sich von selbst, dass sie weder in Regen, wo sie jeder kannte, noch im nahe gelegenen Deggendorf, wo man sie eventuell kennen könnte, solch ein Etablissement aufsuchen durften. Also hatten sie einstimmig beschlossen, gleich die einhundertfünfundzwanzig Kilometer bis nach Regensburg zu fahren, ausgestattet mit zwei Thermoskannen Kaffee, einmal mit Milch und Zucker und einmal schwarz, und vielen belegten Bauernbroten zur Stärkung. Darum hatte sich Katharina gekümmert.

»Ich sitz vorne«, bestimmte Waltraud, als Katharina sich auf dem Beifahrersitz niederlassen wollte.

»Aber Lenny hat sonst keinen Platz. Er muss im Fußraum liegen«, protestierte Katharina.

»Ich kann nicht hinten sitzen. Mir wird da schlecht«, behauptete Waltraud, und Katharina befiel der leise Verdacht, dass ihre Freundin flunkerte.

»Lenny stört mich überhaupt nicht.« Und zum Beweis streichelte Waltraud seinen Kopf. Dabei blickte sie genauso treuherzig wie der Hund, sodass Katharina schließlich klein beigab und zu Lena auf die Rückbank rutschte.

Nachdem Waltraud ihren Willen durchgesetzt hatte, fuhren sie los. Maria steuerte den Wagen. Betroffenheit machte sich kurz breit, als sie an dem stillgelegten Glashüttenwerk vorbeikamen, vor dem ein gutes Dutzend Männer gegen den Abriss des Gebäudes demonstrierte. Waltraud wurde ganz schwer ums Herz, als sie unter den Verzweifelten ihren Heinz bemerkte.

»Ein Grund mehr, sich auf eigene Beine zu stellen«, sagte Maria. Und bereits nach fünf Minuten überkam sie der große Hunger, doch Katharina verteidigte den von ihr für die Rückfahrt vorbereiteten Proviant. Erst als Maria damit drohte, nicht weiterzufahren, rückte sie eine belegte Semmel raus. In dem sich ausbreitenden Duft des saftigen Schinkens lösten sich kurz darauf sämtliche Vorsätze in Wohlgefallen auf. So mampften die vier Freundinnen gut gelaunt vor sich hin, krümelten auf Sitzpolster und Boden und ließen die Thermosflaschen gegen den Uhrzeigersinn kreisen.

»Ich bin vielleicht gespannt! Das letzte Mal, das ich in einem Sexshop war, war vor …« Maria verzog das Gesicht. »Oje, vor dreißig Jahren.« Sie schüttelte ungläubig den Kopf.

»Ich war noch nie in einem Sexshop«, gestand Lena und fügte etwas überheblich hinzu: »So was habe *ich* noch nie gebraucht.«

»Das glaub ich gern«, Waltraud warf einen kurzen Blick über die Schulter zu Lena, die hinter Maria saß, und schoss zurück: »Du bestellst wohl über das Internet.«

Lena ignorierte die Bemerkung.

»Und wenn uns doch jemand sieht?«, ließ Katharina leise von der Rückbank aus verlauten.

»Das wäre megapeinlich.« Lena nippte vorsichtig an dem Kaffeebecher, damit ja kein Tropfen der braunen Brühe auf ihren rosa Minirock spritzte.

»Ach, Quatsch. Regensburg ist so groß. Wer soll uns denn da schon sehen? Und wenn! Was soll's? Wir können ja einen Ausflug machen oder einkaufen gehen. Was wir ja eigentlich auch tun. Ich meine, einkaufen«, wiegelte Maria ab und beruhigte sich selbst. Die anderen schwiegen in stillem Einvernehmen auf ein bevorstehendes Abenteuer.

Wie eine Bande kurz vor dem gemeinsam geplanten großen Coup kamen sie sich vor, und sie verspürten ein Kribbeln in sich, von dem sie schon gar nicht mehr gewusst hatten, dass es überhaupt noch existierte. Aus dem Radio dudelte Robbie Williams. Vom Text verstanden sie nur einzelne Worte wie »love« und »kiss«, vielleicht hieß es auch »life« und »his«, aber das war ihnen egal. Sie sangen mit, laut, falsch, aber aus voller Kehle und vollem Herzen.

Als sie in Regensburg ankamen, waren ihre Tagesvorräte schon längst aufgebraucht. Maria ließ es sich nicht nehmen, mit dem Wagen eine Ehrenrunde durch die Altstadt zu drehen. Sie musste Katharina, die noch nie in der oberpfälzischen Hauptstadt gewesen war, doch wenigstens die wichtigsten der vielen Sehenswürdigkeiten zeigen. Der AUDI holperte über das alte Kopfsteinpflaster am gotischen Dom entlang, vor dessen Anblick Katharina ausrief:

»Der sieht ja wirklich genauso aus wie der Kölner Dom!«

»Der Regensburger Dom ist zwar nicht ganz so groß, wurde aber dafür ein paar Jahre früher fertiggestellt. Er heißt Sankt Peter«, trumpfte Waltraud mit ihrem Wissen auf und meinte: »Schau dir mal die Glasfenster an! Die sind noch aus dem Mittelalter.« Inzwischen fuhren sie die Gasse leicht abwärts auf den breiten Fluss zu, der am Ende querte. Waltraud fuhr fort: »Jetzt sind wir gleich bei der Steinernen Brücke. Die Menschen bewunderten sie früher als das achte Weltwunder. Bis heute weiß keiner genau, wie sie es damals geschafft haben, die Fundamente in die Donau zu setzen.«

Maria chauffierte ihre Freundinnen am Ufer entlang, an mächtigen Patrizierhäusern vorbei und die Altstadt hoch, als sie plötzlich auf ihrem Sitz immer weiter in sich zusammenschrumpfte, bis sie nur noch mit der Nasenspitze knapp über das Lenkrad hinaussah. Vor ihnen fuhr Manfreds Opel.

»Was guckst du?«, witzelte Waltraud.

»Da, da! Vor uns«, flüsterte Maria so leise, als könnte Manfred sie sonst hören. Das Herz schlug ihr bis zum Hals. Zum Glück war er allein im Wagen. Der Anblick seiner Tussi hätte sie jetzt emotional sicher wieder ein paar Monate zurückgeworfen, und Tina mit ihm zusammen zu sehen, ohne sie in den Arm schließen zu können, hätte sie in diesem Augenblick am allerwenigsten gebraucht.

»Oje. Das hat uns gerade noch gefehlt!«, sagte Katharina, als sie den Wagen und hinter dem Steuer auch Manfred erkannte.

Maria fuhr nun viel langsamer.

»Was ist denn los? Ich sehe hier keine Polizei«, wunderte sich Lena, die mal wieder nichts raffte.

»Vielleicht schaut er ja gar nicht in den Rückspiegel. Er hat dich bis jetzt auch noch nicht gesehen«, versuchte Waltraud, ihre Freundin zu beruhigen.

Inzwischen hatte sich der Abstand zwischen dem Opel und dem AUDI vergrößert, und nun schob sich zum Glück auch noch ein Geländewagen zwischen sie. Maria fiel erst jetzt auf, dass sie die ganze Zeit vergessen hatte zu atmen. Mit zunehmender Erleichterung beobachtete sie, wie Manfred weiterfuhr, über den großen Platz, ganz rechts, und dann abbog und sich somit ihre Wege endgültig trennten.

Ihr war noch flau im Magen, als sie sich in ihrem Sitz wieder aufrichtete und weiterfuhr, hinein in eine der vielen schmalen Gassen, die die großen, mittelalterlichen Häuser nur um ein paar Meter voneinander trennten. Auf der Suche nach einer Parklücke zwängte Maria den AUDI von einer Gasse in die nächste, bis sie aus dem Labyrinth heraus auf einen großen Platz kamen, der sich vor dem Eingang zum fürstlichen Schloss derer von Thurn und Taxis ausbreitete. Dort fanden sie schließlich einen Parkplatz gegen Gebühr, um ihre Unternehmung zu Fuß fortzusetzen. Lenny sprang aus dem Wagen, streckte und schüttelte sich einmal komplett durch, markierte die Parkuhr und lief, nachdem ihm die Richtung klar war, in die es gehen sollte, allen freudig voraus.

Zielstrebig marschierten Maria, Katharina und Waltraud nebeneinander durch eine Einkaufsgasse, ließen dabei ihre Blicke über die sich in Gewölbe schmiegenden Schaufenster kleiner Boutiquen schweifen und hielten der weiblichen Sehnsucht, nach irgendwelchen Schätzen in textiler Form zu schnüffeln, stand. Nur Lena hatte dafür weder Zeit noch Nerv. Sie war zu sehr damit beschäftigt, ihnen zu folgen, weil sie mit ihren Stöckeln ständig in den Ritzen des Kopfsteinpflasters stecken blieb.

An der nächsten Straßenecke stoppte Maria und sah sich um. »Da«, sagte sie und deutete mit dem Kopf in Richtung eines Ladens, dessen Schaufenster mit Dessous dekoriert waren. Und Lenny hatte nichts Besseres zu tun, als ausgerechnet vor dieser Eingangstür herumzuschnüffeln. Lena stakste heran, sorgsam bemüht, die Bleistiftabsätze richtig zu platzieren. Die vier prüften in alle Himmelsrichtungen, ob die Luft rein war, dann näherte sich die Bayerwald-Gang dem Laden. Nun, auf den zweiten Blick, bemerkten sie den feinen Unterschied zwischen Dessous und erotischer Reizwäsche.

»Ii! Was soll denn der Spalt in dem Höschen?! Widerlich!«, entrüstete sich Lena.

»Kann ganz praktisch sein.« Maria sah das eher pragmatisch, während Waltraud damit gar nichts anfangen konnte:

»Also *ich* würde so nicht herumlaufen. Wer bin ich denn?«

»Die Wäsche ist so was von geschmacklos und billig gemacht. Die Spitze und die Farben! Das hat ja überhaupt keinen Stil«, mokierte sich Katharina.

»Ist ja auch nicht La Perla«, meinte Waltraud.

»Aber trotzdem. Wenn schon, denn schon«, sagte Katharina, und dann erstarrte sie: Maria öffnete beherzt die Tür zum Laden und trat ein.

Lena und Waltraud warfen sich einen kurzen Blick zu und eilten hinter ihr her. Katharina pfiff Lenny heran und ließ ihm den Vortritt. Der Hund machte es sich sofort unter dem Ladentisch bequem.

In den engen Gängen zwischen den Regalen hielt sich Lena zur Sicherheit ganz dicht an Waltraud. Jetzt wäre sie am liebsten im Erdboden versunken angesichts der beiden männlichen Kunden, die sie in ihrem rosa Mini unverhohlen musterten. Hatten die zwei Bedürftigen nicht eine gewisse Ähnlichkeit mit ihren ehemaligen Lehrern aus der Deggendorfer Realschule? Mit einem kurzen Blick vergewisserte sie sich und war froh, dass sie sich getäuscht hatte. Was starrten die denn so? Hätte sie doch nur ihre Jeans angezogen! Ihre Nase begann, verdächtig zu jucken. Sie musste niesen. Als Waltraud Lenas Verlegenheit auffiel, blaffte sie die beiden Suchenden an:

»Meine Herren, ich glaube, Sie finden hier doch genug Erotisches zum Spielen. Sie werden es nicht für möglich halten: Die haben so viel hier, die verkaufen das sogar.« Und dabei deutete sie mit dem Kopf auf eine lebensecht aussehende Gummipuppe, die durchaus vergleichbar mit Lena war – typmäßig. Aber das behielt sie natürlich für sich. Mit Genugtuung sah sie, dass die beiden Kunden gar nicht schnell genug hinter dem Mittelregal abtauchen konnten.

»Das ist wieder mal typisch«, verkündete Waltraud in einer Lautstärke, die bis hinter das Mittelregal reichte. »Nichts in der Hose, aber im Puff drängeln.«

Lena verkniff sich ihr Lachen und nahm die Puppe genauer ins Visier.

Katharina und Maria waren inzwischen völlig in die erotische Welt versunken. Katharina stand vor einer Reihe von Vibratoren in allen Größen, Farben und Formen. Das Angebot reichte vom gekörnten Metall bis zum naturähnlichen Weichgummi. Bei dem rosaroten Riesendildo konnte Katharina dann nicht mehr widerstehen. Als sie ihn in ihrer Hand wog, wurde sie auf einmal nachdenklich, und Geschmack und Stil waren ihr gar nicht mehr so wichtig.

»Der ist ja wirklich eklig«, klang es von Waltraud zu ihr herüber.

»Stimmt«, meinte sie mit leichtem Kratzen im Hals. Sie stellte das Monstrum hastig wieder zurück und drehte sich zu Maria um, die bei den Magazinen angelangt war und diese durchforstete. Sie wollte zu ihr, da schweifte ihr Blick über das nächste Regal und blieb an den Chinesischen Liebeskugeln hängen.

»Was es alles gibt!«, sagte sie sich und studierte die Gebrauchsanweisung. Es las sich gut. Die beiden aneinandergefädelten Kugeln, eingeführt in die Vagina, versprachen Stimulation. Katharina dachte sogleich an einen Orgasmus und seufzte. Für einen Moment grübelte sie, wie sie dieses asiatische Wunderding, von den anderen unbemerkt, erwerben könnte, doch da wurde sie in ihren Überlegungen gestört.

»Also, in Fahrt kommst du mit so was nicht«, sagte Maria in einer Lautstärke, die Katharina zusammenzucken ließ. »Die sind allerdings ganz gut für den Beckenboden. Und wenn du eine Blasenschwäche hast … Hältst du mal?« Bevor sie sich's versah, hatte Maria ihr einen Stapel Pornohefte in den Arm gedrückt und war gleich wieder unterwegs in Richtung DVD-Regal.

»So viele?«, rief Katharina ihr noch hinterher. Es waren mindestens ein Dutzend.

Ohne sich umzudrehen, gab Maria nur kurz zurück: »Recherche!« Und damit war sie schon wieder voll dabei, sämtliche im vorderen Bereich der Auslagen sortierten DVDs und Videos zu durchkämmen.

»Was hast du denn da?«, fragte Waltraud mit Blick auf den Stapel, den Katharina noch immer brav hütete. »Willst du 'ne Kaserne versorgen?« Sie nahm das oberste Heft und blätterte es durch. Katharinas Hals wurde immer länger. Neugierig lugte sie ihr über die Schulter. Der Anblick der vor ihren Augen kopulierenden Männlein und Weiblein löste in ihr einen plötzlichen Hitzeschub aus, den sie als Erstes dem unvermeidlich auf sie zukommenden Klimakterium zuschrieb. Das war normal. Sie war jetzt fünfzig, und ihre Regel hatte sie auch schon seit ein paar Monaten nicht mehr. Allerdings – das Kribbeln im Bauch konnte sie damit nicht entschuldigen, und bevor man ihr die aufsteigende Erregung ansah, wandte sie sich schnell ab.

Waltraud schienen diese schamlos ins Licht gerückten Ansichten glänzender Körperteile gar nicht zu tangieren. »Ich weiß nicht. Ist doch immer das Gleiche. So was Besonderes ist das auch nicht.« Sie trotzte ihren Worten, denn anstatt das Heft wegzulegen, vertiefte sie sich wieder darin und blickte erst auf, als Katharina sie bereits zum zweiten Mal anstupste.

»Weißt du vielleicht, was das sein soll?«

Katharina deutete mit dem Kinn zu einem sehr speziell geformten Teil: ein riesenlanger Plastik-Dildo, in U-form gebogen und mit zwei Eicheln, an jeder Seite eine.

Waltraud zuckte mit den Schultern. Sie hatte nicht die leiseste Ahnung.

»Vielleicht … na ja … wenn die eine abgenutzt ist, kann man die andere benutzen«, spekulierte Katharina.

»Alles hat ein Ende, nur die Wurst hat zwei«, fiel Waltraud dazu bloß ein, und Katharina kicherte.

»Das ist 'ne Doppelaxt«, kam es plötzlich von dem Verkäufer, der an den beiden Ratlosen vorbei auf dem Weg zu einem weiteren Kunden war. Waltraud und Katharina schauten ihn perplex an.

»Wie, 'ne Doppelaxt?«, fragte Waltraud, die es jetzt schon genauer wissen wollte.

»Ein doppelter Dildo«, rief er zurück, als wäre dies das Selbstverständlichste auf der Welt. »Für Lesben eben.«

Dann wandte er sich zu dem bereits auf ihn wartenden Kunden und erklärte ihm die Funktion einer bestimmten Saugglocke. Auf diese Weise erfuhren Katharina und Waltraud, dass der junge Mann, was seine Männlichkeit betraf, nicht gerade glücklich ausgestattet war, denn dieses Gerät diente der Penisvergrößerung. Genauer gesagt, sollte er dadurch dicker werden. Lena, die unweit von ihnen stand, bekam einen Niesanfall.

Den Bemitleidenswerten schien es auch keineswegs zu stören, dass Katharina und Waltraud von nun an sein kleines Problem kannten, denn er stellte ungeniert, ohne seine Stimme zu dämpfen, weitere Fragen zur Sache. Kurz schaute er einmal hinüber zu Katharina, die sich daraufhin hastig abwandte. Waltraud widmete sich ebenfalls wieder ganz schnell ihrem Heft.

»Was ist denn mit Lena los?«, fragte Katharina.

Waltraud sah, dass Lena sich gerade anschickte, den Laden zu verlassen. Hastig legte sie das aufgeschlagene Blatt zurück auf den Stapel, den Katharina noch immer sorgsam hielt, und eilte Lena hinterher. Katharina starrte auf die vor ihr liegenden Seiten und schluckte.

Draußen vor der Tür holte Waltraud Lena ein. »Wieso gehst du denn? Was ist los?«

»Nichts. Ich will jetzt nur einen Kaffee trinken.« Lena deutete auf ein kleines Café an einer Straßenecke in der von mittelalterlichen Häusern gesäumten schmalen Gasse. »Kauft ihr mal ein.« Sie zog ein Taschentuch hervor und schnäuzte kräftig hinein.

»Na gut. Wie du willst. Wir holen dich dann ab.«

Waltraud lächelte verwundert, als sie sah, mit welcher Entschlossenheit Lena wegstöckelte. Na ja, dachte sie, Lena kennt das ja alles schon. Dann drehte sie sich um und ging zurück in das Geschäft.

Eine halbe Stunde später verließen Maria, Waltraud und Katharina diesen Spielzeugladen für Erwachsene. Jede von ihnen mit einer Plastiktüte ausgestattet, stolzierten sie die Gasse entlang, der Hund lief allen voraus. Sie waren froh, ihrem neuen Geschäft einen großen Schritt näher gekommen zu sein, und es war ihnen auch vollkommen egal, dass sie von ein paar Passanten, die sie voll bepackt aus dem Sexshop kommen sahen, begafft wurden.

Vor dem Café blieben sie stehen und lugten durch die große Scheibe. Die schlichten modernen Möbel bildeten einen spannenden Kontrast zu dem mittelalterlichen Gewölbe, in dem sich das Café befand. Maria schmunzelte, als sie Lena ganz hinten erblickte. Wie konnte es anders sein!

»Die Lena wieder. Schaut euch das an!«, brummte Waltraud.

Natürlich saß Lena nicht allein da. Ein junger Mann hatte sich zu ihr an den Tisch gesellt. Die beiden unterhielten sich. Oder vielmehr, er erzählte, und Lena hörte zu und zupfte spielerisch an ihrer Haarsträhne.

»Ich hätte jetzt auch Lust auf einen Kaffee«, meinte Katharina.

»Gute Idee.« Maria steuerte schon auf die Eingangstür zu, als Lena die drei vor dem Fenster bemerkte und so hastig aufbrach, dass sie Maria noch an der Tür abfangen konnte.

»Fahren wir?«, fragte Lena und starrte entsetzt auf die verräterischen Tüten.

»Wir wollten auch noch kurz einen Kaffee trinken.« Maria schickte sich an weiterzugehen.

»Der schmeckt aber nicht besonders. Und die Luft ist hier ziemlich verraucht«, meinte Lena.

»Egal. Ein Kaffee geht schon.« Maria ließ sich nicht abhalten.

»Aber doch nicht mit den Tüten. Ihr könnt mit diesen Tüten auf keinen Fall in das Café gehen«, protestierte Lena, der es schrecklich peinlich war, dass ihre Freundinnen mit Plastiktüten, die solch heiße Ware enthielten, so öffentlich herumspazierten. Ihre Stimme überschlug sich fast, so sehr schämte sie sich für sie.

»Wieso nicht?« Waltraud schob sich an ihr vorbei, und somit war die Entscheidung gefällt.

»Wie ihr wollt. Ich treffe euch dann am Auto.«

»Dann kannst du ja Lenny mitnehmen.«

Ehe Lena sich's versah, hatte Katharina ihr die Hundeleine in die Hand gedrückt.

Maria, Waltraud und Katharina quetschten sich an den Tisch des jungen Mannes, der nun, völlig überrumpelt von so viel geballter Weiblichkeit, kein Wort mehr herausbrachte und nur noch still in einem Eckchen ausharrte, wo er an seinem Latte Macchiato nuckelte.

Maria lächelte ihm zu und dachte dabei an ihre Tochter, die wahrscheinlich in Kürze ihren ersten Freund haben würde.

Waltraud lächelte ihm zu, denn er erinnerte sie an ihre beiden Söhne, die ungefähr in seinem Alter waren und hier in Regensburg lebten. Vielleicht kannte er sie ja. Wer weiß?

Katharina lächelte ihm aus reiner Höflichkeit zu.

Und er blickte verlegen zur Seite. Sein Blick fiel auf die Tüte, aus dem eines der Pornoheftchen blitzte, und auf einmal hatte er es verdammt eilig. Sein Kaffeeglas ließ er halb voll stehen, zahlte an der Bar und verließ fluchtartig das Café.

Lena stöckelte indes über das Kopfsteinpflaster und überließ Lenny den Gerüchen der Jahrhunderte. Sie war verwirrt. Nicht wegen des jungen Mannes, der hatte sie ausnahmsweise überhaupt nicht interessiert – sondern wegen des Sexshops. Sie hatte zum ersten Mal so einen Laden betreten, und dieses Heer von Liebesspielzeugen war ihr einfach zu viel. Sie fand es eklig, es widerte sie an. Und die Vorstellung, dass sich alles nur auf das Eine reduzierte, war für sie unerträglich. Denn dies erklärte ihre vielen Enttäuschungen.

Die Luft in den alten Gassen war trotz der sommerlichen Temperaturen kühl, und Lena fröstelte. Kurz darauf trat sie aus deren Schatten auf den großen Platz, an dem sie Marias alten Wagen abgestellt hatten. Von Weitem bemerkte sie den Strafzettel, der an der Windschutzscheibe unter dem Scheibenwischer klebte. Wenn das kein Zeichen ist!, dachte sie, ohne sich dem Wagen zu nähern. Solche Schweinereien bestraft der liebe Gott sofort.

Lena ging weiter, bis zu dem großen schmiedeeisernen Tor, dessen Flügel zur Auffahrt zum Schloss St. Emeram weit offen standen. Voller romantischer Sehnsucht schaute sie zu dem Gebäude auf, das, so hatte sie gelesen, noch größer sein sollte als der Buckingham Palace und hinter dessen herrschaftlichen Mauern sie die Erfüllung all ihrer Träume vermutete. Ein Rudel Touristen lief an ihr vorbei, einige Männer starrten sie an, wie sie so dastand, die langen nackten Beine leicht gespreizt, weil sie in dieser Haltung auf ihren Absätzen besser Halt fand, in ihrem rosa Minirock, der sich um ihren Hintern spannte. Einer sprach sie an und holte sie aus ihrer Märchenwelt, indem er sie bat, ein Foto von ihm und seiner Freundin zu schießen. Nachdem sie fünf Fotos von den beiden geknipst hatte, waren sie plötzlich von einer ganzen Reisegruppe umgeben. In dem Strom der Fremden fühlte sich Lena so klein und unbedeutend, dass es in ihrem Brustkorb brannte. Sie rief nach Lenny, der seine Nase ins fürstliche Gras eingetaucht hatte. Er sah auf und rannte über das Rasenstück auf sie zu.

Links von dem großen Tor bemerkte sie auf einmal den Eingang zu einer Kirche, und dieser Eingang zog sie magisch an. Sie bat Lenny, sich hinzulegen und auf sie zu warten, dann entfernte sie sich, drückte gegen die schwere Tür und ging hinein. Im Kirchenschiff ließ sie sich in einer der hinteren Bankreihen nieder. Beeindruckt von der barocken Pracht, fing sie langsam an zu beten. Erst ein Vaterunser, neutral, als Einstieg, und dann formten ihre Lippen die Worte: »Lieber Gott, bitte verzeih mir. Verzeih auch Maria, Katharina und Waltraud das, was wir heute getan haben, und das, was wir tun werden. Aber was sollen wir denn machen? Wir haben kein Geld mehr, und Arbeit gibt es auch nicht. Und du, du hast ja auch keine Jobs zu vergeben.«

Schritte hallten in der Stille. Eine ältere Frau ging leicht gebückt zu dem kleinen Altar ganz vorne links, auf dem viele kleine Kerzen in unterschiedlichen Höhen brannten. Lena schaute ihr nach, bis die alte Frau sich vor dem Altar niedergekniet hatte, und erst dann blickte sie sich um.

Außer ihnen war niemand in der Kirche. Niemand konnte sie hören. Nur einer. Und so stellte sie die Frage, die seit ein paar Tagen in ihrem Kopf kreiste: »Lieber Gott, bitte sag es mir! Gib mir ein Zeichen: Findest du Telefonsex etwas Schlimmes?«

Maria, Waltraud und Katharina standen schon beim Wagen, als Lena auf ihren hohen Absätzen durch das große Schlosstor auf sie zustelzte.

»Das war ja klar. Schaut mal, wo die Lena wieder herkommt!«, rief Waltraud, was jedoch völlig unterging, weil Katharina nur Augen für ihren Hund hatte, der sie begrüßte, als hätte er sie schon seit Tagen nicht mehr gesehen, und Maria mit ihren Gedanken ganz woanders war.

Maria setzte sich hinters Steuer und startete den Motor. Den Strafzettel über dreißig Euro hatte sie schweigend eingesteckt und das Angebot der beiden Freundinnen, die Summe aufzuteilen, stolz abgelehnt. Es war ihr Wagen, und sie war dafür verantwortlich. Das wäre ja noch schöner! Es reichte ja schon, dass sich alle am Benzin beteiligten. Aber dreißig Euro waren für Maria viel Geld, und sie zeigten ihr, dass sie schleunigst mit dem Geschäft beginnen mussten.

Auf dem Rückweg schwieg Lena, während alle anderen erst aufgekratzt durcheinanderredeten und dann immer ruhiger wurden.

Katharina blätterte kopfschüttelnd in den Seiten eines der Pornohefte, und Waltraud, die wieder als Beifahrerin vorne saß, bedauerte zutiefst, dass sie in einem fahrenden Auto nicht lesen konnte. Ihr würde schon nach einer Minute kotzübel werden.

Nach fünfzehn weiteren Minuten war es dann so weit. »Kannst du bitte mal anhalten?«, bat Katharina. Sie steckte das Heft zu den anderen in die Plastiktüte, setzte sich aufrecht hin und konzentrierte sich auf ihren Atem. Im Rückspiegel sah Maria, dass sämtliche Farbe aus dem Gesicht ihrer Freundin gewichen war. Katharinas Haut schimmerte blutleer.

Bald kam ein Autobahnparkplatz, und Maria fuhr raus. Dort, zwischen einem Fichtenwäldchen und einer überquellenden Mülltonne marschierte Katharina hin und her und holte nach ein paar Schritten immer wieder tief Luft, bis ihre Wangen rosig schimmerten.

Danach setzten sie ihre Fahrt fort, ohne zu lesen, dafür redeten sie umso mehr. Sie sprachen gerade über die Telefonanlage, die Lena so günstig ersteigert hatte, und Maria informierte sie, dass die neue Nummer in den nächsten Tagen freigeschaltet werden sollte, als Lena aufmerkte.

»Hey! Wieso blinkt der denn?«, fragte sie.

Zum zweiten Mal blendete der entgegenkommende Sportwagen auf. Maria runzelte die Stirn.

»Vielleicht eine Kontrolle. Seht ihr was?« Alle vier schauten nach vorne, doch so weit das Auge reichte, gab es nur Wiesen, Felder und Leitplanken.

»Ich sehe nichts.« Maria hatte einen kleineren Gang eingelegt.

»Aber das hat gar nichts zu sagen. Irgendwo ist da bestimmt eine Radarfalle.«

»Ach was! Der Typ im Porsche wollte uns nur anmachen. Vier Frauen im Auto. Wozu hat der denn so 'nen Wagen? Nein, nein. Da gibt es keine Geschwindigkeitskontrolle. Drück ruhig wieder aufs Gas.«

Waltraud sagte das so überzeugt, dass Maria prompt stärker auf das Gaspedal trat. Die Straße war frei. Kein verdächtiges Auto und nichts, hinter dem etwas lauern konnte. Noch etwas mehr, und der Zeiger des Tachos bewegte sich rasch auf einhundertsechzig zu. Es fühlte sich gut an, über die Straße zu donnern und über die Kuppe und einfach weiter, bis ...

»Oh, Scheiße«, meinte Waltraud. »Tut mir leid.«

Und da hatte Maria sie auch gesehen. Ganz vorne am Ende, wo die Hauptstraße eine Rechtskurve machte, dort standen sie.

»Na bravo! Da haben wir den Salat. Warum kannst du nicht ein Mal deine Klappe halten, Waltraud?«, maulte sie. »Hab ich mir doch gleich gedacht. So 'ne Scheiße!«

»Tut mir echt leid.«

»Die Polizei, dein Freund und Helfer«, murmelte Lena.

»Jetzt wohl eher: Die Polizei, na, Freundchen, dir helfe ich schon«, entgegnete Maria mit düsterer Stimme. Das bisschen Vergnügen würde sie eine Stange Geld kosten, von den Punkten in Flensburg mal ganz abgesehen. Mindestens drei Punkte, so rechnete sie sich aus, sollte ihre Befürchtung wahr werden.

So was Blödes!, dachte sie, denn ganz offensichtlich wurden sie am Ende der Straße auch schon erwartet. Maria hätte das Winken der Kelle gar nicht gebraucht. Sie wusste Bescheid. Vor dem Polizeiwagen ließ sie den Wagen langsam ausrollen.

Einer der beiden Polizisten, der ältere, kam an die Tür. Katharina redete über Waltrauds Schulter beruhigend auf Lenny ein, der völlig außer sich war und das fremde Gesicht im Fenster wie wild anbellte. Der Beamte blieb ungerührt ob des Radaus und ließ sich die Papiere zeigen.

»Gratuliere, die Damen. Sie sind zwar nicht Tagessieger, aber den zweiten Platz haben Sie heute erreicht.«

»Wer war denn der Erste?« Die Frage konnte nur von Lena kommen.

»Ein Ferrari mit einhundertneunzig.«

»Na, bitte. Dann ist das hier doch gar nichts«, meinte Maria.

»Wir haben es wirklich eilig, wir haben … äh … wichtige Medikamente dabei«, schwindelte Waltraud.

»So, so.« Der Ältere begab sich zur Überprüfung von Marias Papieren in seinen Wagen, während der Jüngere um den AUDI streifte. Waltraud war inzwischen ausgestiegen und fasste Lenny so lange am Halsband, bis Katharina ihn an die Leine genommen hatte.

»Komm schon. Mach Pipi!« Das musste sie nicht zwei Mal sagen. Der große Hund zog Katharina zum nächsten Baum. Waltraud tigerte nervös hin und her, fühlte sie sich doch irgendwie schuldig.

Lena öffnete die hintere Wagentür und streckte ihre langen Beine von sich, was dem Auge des Gesetzes nicht entging. Dann stieg sie ganz aus und dehnte ihre Wirbelsäule nach allen Seiten – ihre leichtesten Yoga-Übungen. Der eine Polizist beobachtete Lena verstohlen von der Seite, der andere genauso verstohlen durch die Scheibe seines Dienstwagens. Nachdem Lena zu den weniger spektakulären Atemübungen gewechselt hatte, reichte der ältere Beamte Maria mit einem Lächeln die Papiere zurück.

»Zeigen Sie uns doch mal das Warndreieck und den Verbandskasten«, forderte er sie auf. Das Warndreieck holte sie aus dem Kofferraum. Wo war nun wieder der Verbandskasten? Sie suchte im Kofferraum, unter den Rücksitzen, schob hektisch die Tüten zur Seite, und da passierte es: Eine rutschte aus dem Wagen, und ehe sie sich‘s versah, flutschen die Pornohefte heraus und glitten den beiden Beamten direkt vor die angestaubten Schuhe.

Maria und Waltraud erstarrten für den Bruchteil einer Sekunde. Dann stellten sie sich blitzschnell darauf und rührten sich nicht mehr von der Stelle.

»So, so«, meinte der Ältere nur.

»Der Verbandskasten!«, rief Maria Katharina hektisch zu. Katharina verstand und suchte.

»Unterm Fahrersitz vielleicht!« Endlich hielt Katharina das gute Stück in die Höhe.

»Na, dann scheint ja alles in Ordnung zu sein«, bemerkte der Ältere.

»Und was ist mit der Warnweste?« Der Jungspund natürlich. Der musste sich noch profilieren.

Maria fluchte leise. Die zwei bräuchten sich nur einmal kurz umzudrehen, damit sie diese verdammten Dinger aufheben konnte. Doch der erfahrene Polizist blieb beharrlich stehen.

»Katharina! Die Warnweste! Im Handschuhfach!«

Katharina hisste das orangefarbene Teil, während Lena sich schon längst wieder ins Auto verzogen hatte. Sie war nicht gerade eine Hilfe.

Worauf wartete er noch?

»Sie wissen, wie schnell Sie auf der Landstraße fahren dürfen?«

»Ja. Einhundert. Ich achte sonst immer auf die Regeln. Ehrlich. Das müssen Sie mir glauben. Das ist mir noch nie passiert.«

»Ja, ja, ich weiß. Die Medikamente«, sagte der Beamte. Blitzte da ihm nicht der Schalk aus den Augen? Es dauerte eine Ewigkeit, bis er sich endlich von ihnen abwandte und mit ihm auch der Grünschnabel. Hastig bückte sich Waltraud nach den kompromittierenden Seiten, und genau in diesem Augenblick drehte sich der Ältere wieder um. Waltraud hielt inne und setzte eine Unschuldsmiene auf.

»Also … Sind Sie mit einer Verwarnung einverstanden?«

Maria wurde es angesichts der zu erwartenden Kosten schon ganz schlecht.

»Wenn Sie mir versprechen, dass das nicht mehr vorkommt, dann belassen wir es bei einer mündlichen Verwarnung.«

Verdutzt starrte Maria ihn an. Doch als er auf ihre ausgelatschten Treter blickte, die sie nur zum Autofahren trug und die jetzt zwei kopulierende Pärchen leider nicht ganz verdeckten, beteuerte

Maria ganz schnell: »Nie mehr. Und vielen Dank. Danke. Das ist wirklich sehr nett von Ihnen.«

»Nun fahren Sie schon los. Und passen Sie auf die Medikamente auf. Die verträgt nicht jeder«, grinste der Beamte.

Maria und Waltraud ließen sich nicht lange bitten. Sie griffen sich die Pornos, eilten zum Wagen, und noch bevor Waltraud ihre Tür ganz geschlossen hatte, fuhr Maria bereits los. Während sie sich auf ein überkorrektes Fahren konzentrierte, sahen die anderen, wie sich die beiden Polizisten vor Lachen die Schenkel klopften.

»Die lachen über uns«, stellte Lena sinnigerweise fest.

»Die haben uns ganz schön verarscht«, empörte sich Waltraud – ein Blick zu Maria, und sie prusteten los.

Maria klammerte sich an das Lenkrad. Hauptsache, Spur halten. Die vier rangen nach Atem und wischten sich die Tränen von den Augen. Sie lachten, bis ihnen die Luft ausging und der Bauch schmerzte.

»Ich kann das nicht mitnehmen. Was glaubst du, was los ist, wenn Peter das sieht?« Katharina stieg aus dem Wagen. Sie hatten vor ihrem Haus gehalten, und die Limousine des Ehemanns stand bereits vor der Tür. »Ich muss ihm sowieso erst mal erklären, wo wir um diese Zeit überhaupt herkommen.«

Maria mokierte sich innerlich. Es war schließlich erst sieben. Sie mochte Peter nicht sonderlich und musste sich immer sehr beherrschen, sich das nicht anmerken zu lassen. Sie wusste, wie sehr Katharina ihn liebte. Zu sehr.

»Bring ihm doch eins mit. Vielleicht freut er sich«, rief Waltraud ihr nach.

Mit verräterisch geröteten Wangen betrat Katharina das Haus, und als sie die Geräusche aus dem Wohnzimmer hörte, wusste sie genau, wo und wie sie ihn vorfinden würde. Wie konnte es auch anders sein? Ausgebreitet auf der Couch, die Fernbedienung in der Hand, die Augen am Bildschirm. Nachlässig streichelte er den Hund, der ihn aufgeregt begrüßte. Selbst als Katharina sich zu ihm beugte und ihn küsste, brachte er es nicht über sich, seine Aufmerksamkeit von der Mattscheibe zu lösen, auf der gerade ein Bericht über die neuesten Automodelle lief.

»Wann gibt's denn was zu essen?«, fragte er, ohne aufzuschauen.

»Sofort, mein Schatz«, antwortete Katharina, doch statt wie sonst gleich in die Küche zu huschen, blieb sie stehen. Sie musterte ihn. Seine langen Beine, die er ausgestreckt hatte, seinen kaum merklichen Bauchansatz unter dem gestreiften Hemd, das perfekt zu der hellen Sommerhose passte. Jung sah er aus. Gut sah er aus. Ihr Mann. Und sie setzte sich neben ihn, legte ihre Hand auf seinen Oberschenkel, fühlte die Muskulatur unter dem glatten, kühlen Stoff und spürte, wie er sich verspannte. Er schob ihre Hand weg.

»Machst du das Essen?«, wiederholte er.

Katharina zögerte. Sie seufzte leise, stand auf und ging in die Küche. Dort verweilte sie kurz an der Arbeitsplatte. Vollkommen irreal erschienen ihr die vergangenen Stunden. Vor ihrem inneren Auge bewegten sich nackte Körper wie auf einer Leinwand. Sie schob die störenden Bilder beiseite. Beim Gedanken an die Polizisten schmunzelte sie, und als sie den Kühlschrank öffnete, um den frischen Pansen für Lenny herauszuholen, hatte die alltägliche Routine sie schon längst eingeholt.

Als Nächste setzte Maria Lena vor dem Mietshaus ab.

»Ich will nicht, dass bei mir so ein Zeug rumliegt«, sträubte sich die Jüngste und sah Maria mit großen Augen an. »Meine Wohnung ist dafür viel zu klein. Du hast genügend Platz im Haus, und wir treffen uns doch sowieso alle bei dir.« Sie drehte sich um und trippelte auf die Haustür zu.

Maria und Waltraud sahen sich an.

»Tut die jetzt nur so unschuldig, oder ist sie es?«

Waltraud zuckte die Schultern. »Woher soll ich das wissen?«

Maria parkte auf dem Hof vor ihrem alten Elternhaus. »Kommst du noch mit rein?«

»Ich bin müde.«

Waltraud, die von dort nur noch ein paar Schritte nach Hause hatte, schickte sich an zu gehen.

Maria reichte ihr zwei der vier Tüten.

»Ich? Nee, nee. Behalt du die mal.« Waltraud schüttelte energisch den Kopf.

Maria wunderte sich. Konnte es sein, dass sich Waltraud – die schlagfertige, starke Waltraud – plötzlich zierte?

»Lena hat schon recht. Die Sachen sind bei dir am besten aufgehoben«, erklärte Waltraud.

»Wenn ihr meint … Dann gute Nacht.«

Waltraud bemerkte das kleine Schmunzeln, das Marias Lippen umspielte, als die Freundin sich nun abwandte und mit den Plastiktüten zum Haus ging. Das konnte sie nicht auf sich sitzen lassen.

Rasch eilte sie hinter ihr her und nahm ihr zwei Tüten ab. »Ich komm noch schnell mit dir rein.«

»Bin wieder da!«, brüllte Maria im Flur gegen den Lärm von irgendeiner Sendung an, in die der Großvater gerade vertieft war.

Er sah nicht mal auf, als Maria und Waltraud an der Tür des Wohnzimmers vorbeihuschten und hinauf in den ersten Stock stiegen.

Der beste Ort, um die heiße Ware zu sichern, war Marias Schlafzimmer, denn außer ihr hielt sich dort schon seit Monaten niemand mehr auf. Waltraud und Maria füllten die Schubladen, in denen einst Manfreds Unterhosen, Socken und Hemden sorgfältig gestapelt gewesen waren, mit Pornos in Form von Heften und Filmen auf DVD und Video.

»Ein guter Tausch«, stellte Maria fest, als sie die Schubladen zurückschob und die Schranktür wieder verschloss.

Waltraud traf Heinz in der Küche an. Er hatte den Tisch für das Abendessen gedeckt und holte gerade eine Flasche Bier aus dem Kühlschrank. Als er Waltraud sah, lächelte er.

»Wie war es in Regensburg?«

»Schön.«

»Hast du unsere Jungs gesehen?«

»Dafür war gar keine Zeit. Außerdem haben die Buben bestimmt was Besseres zu tun, als sich mit uns zu treffen.«

Zwischen ihren beiden Tellern lagen ein Holzbrett mit Aufschnitt und Leberwurst und ein zweites Brett mit genau zwei Scheiben Emmentaler Käse. Die nicht mehr ganz frische, aufgeschnittene Tomate, mit der Heinz das dürftige Mahl garniert hatte, erweckte in Waltraud plötzlich ein zartes Gefühl.

»Weißt du, was? Wir sollten auch hin und wieder wegfahren. Das täte uns gut.«

Heinz nickte zustimmend, obwohl er genau wusste, dass sie sich das nicht mehr leisten konnten. Waltraud erriet seine Gedanken. Am liebsten hätte sie ihm jetzt von ihren verwegenen Plänen erzählt, doch sie schwieg und nahm, genau wie er, an dem kleinen Küchentisch ihm gegenüber Platz.

Er zündete eine kleine Kerze an, und sie verfolgte die Bewegung seiner Hände, die immer noch kräftig waren und schön, inzwischen geziert von vielen Altersflecken.

Auf einmal hatte sie das Bedürfnis, ihn in den Arm zu nehmen. Doch sie tat es nicht. Stattdessen beugte sie sich zu ihm und streichelte einmal kurz seinen Arm. Das überraschte Lächeln in seinem Gesicht beschämte sie. Sie lehnte sich zurück, senkte den Kopf und faltete die Hände: »Komm, Herr Jesus, sei unser Gast und segne, was du uns bescheret hast.«

Sechs

Der Raum im Gemeindehaus mit seinen großen bleiverglasten Facettenfenstern und dem alten knarrenden Parkettboden war ein Mal in der Woche für den Katholischen Frauenbund reserviert. Diese große Ehre wurde den Damen nur deswegen zuteil, weil der Frauenbund von keiner Geringeren als von Gerti Oberbauer, der Angetrauten des Bürgermeisters, geleitet wurde. Ansonsten waren diese Gemäuer ausschließlich den Besprechungen des Gemeinderats vorbehalten.

Maria schlüpfte zu der schweren Eichentür herein. Mit leisem Quietschen hob sie die abgegriffene Klinke an.

Drinnen drehte Gerti wieder richtig auf. »Unser Dorf muss den Zuschlag für das Priesterzentrum kriegen! Davon hängt unsere Zukunft ab. Stellt euch vor, was das bedeutet, wenn sich die Kirche für uns entscheidet! Was für ein Ansehen! Unser Dorf würde mit einem Schlag im ganzen Bistum bekannt.«

Hannelore teilte ihre Begeisterung: »Wir sind dann nicht nur Papst, sondern auch quasi so was wie ein katholisches Musterdorf.«

Gerti mochte es nicht, wenn man sie unterbrach. Deshalb ging sie auf den Einwurf nicht ein. »Der Umbau der alten Glashütte in ein Seminarzentrum wird die Wirtschaft neu ankurbeln. Jeder von euch wird davon profitieren. Die Firmen der Region werden vermehrt Aufträge bekommen. Es gibt neue Arbeitsplätze …«

»Und vielleicht wieder einen Lebensmittelladen. Ich habe es satt, immer mit dem Auto fahren zu müssen«, rief jemand dazwischen.

»Das hätte euch mal früher einfallen sollen. Dann gäbe es den Laden nämlich noch.«

Der Kommentar kam von Waltraud. Maria schmunzelte.

Gerti Oberbauer erhob die Stimme. Sie redete vor ungefähr zwanzig Frauen unterschiedlichen Alters, die alle völlig euphorisiert von dieser Neuigkeit waren und mit glühenden Wangen Gertis Ausführungen verfolgten. Das Erste, was Maria auffiel, war, dass sie schon wieder ein neues Kostüm trug – diesmal sandfarben aus leichtem Stoff und mit kurzem Arm. Irgendwie ähnelte es Katharinas Kostüm, das sie bei der Fronleichnamsprozession getragen hatte, nur stammte Gertis bestimmt nicht aus dem Otto-Katalog.

Es waren noch einige Stühle frei. Maria schob sich neben Waltraud in die letzte Reihe. Vor ihnen saßen Katharina und Lena, die nun kurz nach hinten schauten, um sie schweigend zu begrüßen. Ihre Mienen zeigten ihr, dass sie sich von der allgemeinen Begeisterung nicht hatten anstecken lassen. Sie wussten zu genau, dass dieses Projekt in weiter Ferne stand und ihre momentanen Probleme nicht lösen würde. Waltraud nickte ihr zu und verzog das Gesicht zu einer Grimasse. Maria verstand ohne Worte, wer damit gemeint war.

»Wie geht's?«, flüsterte Waltraud.

»Gut«, gab Maria leise zurück.

»Und?« Waltraud sah sie an und grinste. »Hast du schon geguckt?«

Maria schüttelte den Kopf.

»Komm. Gib's zu.«

»Nein. Hab ich nicht. Echt nicht«, raunte Maria zurück.

Und weil Waltraud ihr kein Wort glaubte, flüsterte sie ihr zu: »Tina hat den DVD-Player mitgenommen, und der Videorekorder ist kaputt.«

»Maria, Waltraud! Das gilt ganz besonders für euch!« Gerti Oberbauer klang nicht nur wie eine Lehrerin, sie sah auch so aus, wie sie nun ihr spitzes Kinn vorreckte und die beiden durch ihre Brille für einen kurzen Moment fixierte, bevor sie den Blick wieder über die kleine Gruppe schweifen ließ. Dabei vermaßen ihre Augen Lenas Beine – von den Knöcheln bis zu ihrem Slip, der unter einem straff sitzenden Minirock in Pink hervorblitzte. Gerti räusperte sich und sah hinüber zu ihrer Freundin, der behäbigen Metzgerfrau Hannelore Meier, die ihr mit einem gefälligen Lächeln ihre generelle, uneingeschränkte Unterstützung signalisierte.

»Wir müssen den Kirchenleuten beweisen, dass es keinen besseren Ort für dieses Zentrum gibt als unsere ehemalige Glashütte. Und darum ist jetzt euer persönlicher Einsatz gefragt. Wir werden das Dorf verschönern – alle zusammen. Jeder fängt vor der eigenen Türe an … Maria!«

Die Angesprochene sah sie an. Was war denn jetzt schon wieder?

»Es kann zum Beispiel nicht sein, dass deine Gartenmöbel so vor sich hin gammeln. Die gehören längst neu gestrichen.«

Maria war perplex. »Mir gefallen meine Gartenmöbel«, sagte sie. Mehr fiel ihr im Moment nicht ein. Und selbst wenn, sie hätte gar kein Geld gehabt, Farbe zu kaufen. Doch das ging hier niemanden etwas an.

»Dein persönlicher Geschmack ist egal. Wir müssen für ein harmonisches Bild sorgen.«

Maria ärgerte sich über diese Unverfrorenheit, doch sie schwieg und signalisierte auch Waltraud, jetzt keine längere Diskussion anzuzetteln. Sie rutschte auf dem unbequemen Plastikstuhl ein wenig nach vorne. Heiß war ihr unter ihrem Hintern geworden.

»Darf ich einen Vorschlag machen?«, fragte Katharina zaghaft.

Gerti Oberbauer blickte zu ihr hinüber. Sie würde es zwar nie zugeben, aber jeder wusste, dass sie Katharinas Geschmack schätzte. Deshalb war es auch kein Zufall, dass sie oft, nur ein paar Tage zeitversetzt, etwas Ähnliches trug wie Katharina.

»Ich fände es viel reizvoller, die Vielfalt zu bewahren. Natürlich kann man an jedem Haus etwas verschönern. Aber wenn was erneuert gehört, dann doch die Straße, das Schwimmbad und vor allem der Bahnhof.«

»Ganz genau. Und wenn jeder mit seinem Haus fertig ist, dann machen wir uns daran«, bestimmte Gerti.

»Hat die se noch alle?«, fragte Waltraud zwar halblaut, aber dennoch für alle, auch für Gerti, deutlich vernehmbar. Maria wusste genau, dass ihre Freundin das beabsichtigt hatte.

Gerti tat, als hätte sie die Bemerkung nicht gehört. Sie vermied es, sich mit Waltraud öffentlich anzulegen, weil sie wusste, dass sie Waltrauds spitzer Zunge nicht gewachsen war.

»Wahrscheinlich sollen wir ihren Garten auch gleich neu anlegen«, scherzte Maria.

Lena drehte sich besorgt nach hinten: »Dafür haben wir aber keine Zeit.«

»Psst.« Katharina mahnte zur Ruhe und streichelte Lenny, der sich zu ihren Füßen so klein wie nur möglich zusammengerollt hatte.

»Ihr wollt doch, dass die Glashütte umgebaut wird, oder?«, fragte Gerti abschließend und rein rhetorisch, denn ihr war klar, dass alle zustimmen würden.

So war es dann auch, und Maria wunderte sich: Hatten sie ihre Sorgen denn schon vergessen? Schließlich waren alle von der Arbeitslosigkeit betroffen. In jeder Familie gab es mindestens ein Mitglied, das vor ein paar Monaten entlassen worden war. Erst war das Glashüttenwerk dichtgemacht worden, und vor wenigen Wochen hatte eine nur zwanzig Kilometer entfernt angesiedelte Fabrik eines großen Elektronikkonzerns ihre Pforten geschlossen, was das halbe Dorf auf zwei Schläge zu Hartz-IV-Empfängern gemacht hatte.

»Ich stelle bis zum nächsten Treffen eine Liste zusammen mit den Arbeiten, die durchzuführen sind«, meinte Gerti Oberbauer. »Außerdem habe ich Pfarrer Gandl versprochen, dass seine Kirche am Sonntag voll sein wird. Der liebe Gott sieht alles.«

Ein paar Frauen nicken, andere schwiegen betreten.

»Vergesst das Kleingeld nicht und seid großzügig, denn Geben ist besser als Nehmen«, schloss Gerti und forderte Waltraud mit einem Blick auf, sich zu erheben und nach vorne zu kommen. Dort stand ein Klavier.

Waltraud setzte sich an die Tasten und begann zu spielen – erstaunlich gut sogar, bedachte man, dass sie kein eigenes Klavier hatte, sondern immer nur das im Pfarrhaus der Kirche nutzen konnte, um hin und wieder die Mitglieder der Gemeinde wenigstens ein bisschen aus ihrer Starre zu lösen. Sie schlug die ersten Takte von *Griechischer Wein* an, und Maria entspannte sich. Sie liebte es, ihr zuzuhören. Und sie liebte Udo Jürgens. Im Gegensatz zu den anderen regte sie sich auch nicht über seine Einstellung zu Frauen über vierzig auf. In der letzten Zeit sah sie überhaupt immer häufiger über Aussprüche hinweg, die einem männlichen Gehirn entsprungen waren – ganz besonders wenn dieses Gehirn die fünfzig überschritten hatte. Es gab aber auch noch einen anderen Grund, warum sie Udo Jürgens liebte – und der war sehr persönlich: In seinen Gesichtszügen, vor allem was seine Nase und seinen Mund betraf, fand sie Ähnlichkeiten mit Alexander Hartmann, ihrer heißen Affäre von anno dazumal. Nur war Alexander um einiges jünger als der Sänger und sah auch besser aus – jedenfalls war dies noch vor zwei Jahren der Fall gewesen, als sie ihn zufällig gesehen hatte, an der Tankstelle am Ortsrand von Regen: Eilig hatte er es gehabt in seinem silbergrauen BMW, so eilig, dass er Maria an der Staubsaugeranlage übersehen hatte. Maria dagegen war wie gelähmt gewesen, sie hatte nur dagestanden, während ihr Herz verrückt gespielt hatte. Ob das wohl jemals aufhören würde, dieses Klopfen bis hin zu den Haarwurzeln? Komisch, dachte sie, er lebte nicht weit von hier auf einem Anwesen in der Nähe von Zwiesel in einer sehr urwüchsigen und noch unberührten Gegend. Doch ihrer beider Leben verlief so unterschiedlich, dass es so gut wie keine Berührungspunkte gab. Sie merkte nicht, dass sie seufzte und Lena den Kopf kurz zu ihr drehte und sie fragend ansah.

Eine gute Stunde später standen Waltraud, Katharina, Lena und Maria im schwachen Licht der einzigen Straßenlaterne auf dem Dorfplatz vor dem Gemeindehaus herum, derweil Lenny seinen gusseisernen Lieblings-Baumersatz bespritzte. Die restlichen Mitglieder des Frauenbundes hatten sich schon verabschiedet.

»Wer von euch hat denn nun ein Abspielgerät?«, fragte Maria.

Lena und Waltraud schüttelten bedauernd den Kopf.

»Wir haben keinen Videorekorder mehr. Nur noch einen DVD-Player«, sagte Katharina. »Allerdings will Peter nicht, dass ich ihn benutze. Wegen der Technik, meint er. Die sei so kompliziert.«

»Was soll denn an einem DVD-Player kompliziert sein?«, fragte Lena. »Den verstehe ja sogar ich.«

Waltraud schenkte Lenas schwachem Versuch, selbstironisch zu sein, keine Beachtung. »Wir haben Videorekorder und DVD-Player daheim. Das Problem ist nur, wo wir die Filme ungestört anschauen können«, wiegelte sie ungeduldig ab.

Es war eine laue Sommernacht, trotzdem fröstelte Katharina leicht, und sie schlug den hellen Pashmina-Schal um ihre Schultern. »Na ja. Wenn Peter nicht da ist, können wir ja zu mir gehen.«

»Hey. Du wächst ja glatt über dich hinaus!« Waltraud grinste und schickte sich an aufzubrechen.

»Lieb von dir, Katharina. Aber nicht, dass du Ärger kriegst. Im Gemeindehaus steht doch alles«, meinte Maria.

Waltraud drehte sich zu ihr. »Ja, wunderbar! Und was erzählst du Gerti? Dass wir uns weiterbilden wollen – mit Pornografie?«

Maria schwieg, und sie schlenderten still weiter. Beim Gedanken daran, was für ein Gesicht Gerti bei dieser Eröffnung wohl machen würde, musste sie grinsen. Und dann fiel ihr ein: »Du hast doch so ein gutes Verhältnis zum Bürgermeister. Warum besorgst du dir von ihm nicht einen Schlüssel und gibst vor, Klavier üben zu müssen? Du sagst, du planst ein Stück als Überraschung, wenn die Kirchenleute kommen. Das ist doch ganz einfach.« Waltraud zögerte, und Maria drängte weiter: »Außerdem haben die eine Leinwand und einen Beamer.«

»Also, so genau müssen wir das nicht sehen. Es geht doch nur um das, was die Darsteller reden«, warf Lena ein, aber Maria war da ganz anderer Meinung:

»Alles ist gut zur Inspiration. Ihr müsst mal ein bisschen lockerer werden.«

»Was heißt hier ›lockerer‹?«, entrüstete sich Lena.

»Lass ihr das Vergnügen«, meinte Waltraud augenzwinkernd zu Lena. »Sie hat doch schon so lange nicht mehr …«

Dass sich alle darüber amüsierten, fand Maria nun gar nicht komisch. Sie blaffte Waltraud an: »Du hast leicht reden. Mit voller Hose ist gut stinken.«

Waltraud äußerte sich dazu nicht. Ihr nicht existierendes Sexleben ging niemanden etwas an. Stattdessen nahm sie Maria beschwichtigend in den Arm. »Nichts für ungut. Ich werde meinen ganzen Charme versprühen, damit unser Herr Bürgermeister mir einen Schlüssel anvertraut.«

Es war Abend, Jan Hofer hatte gerade die Nachrichten für Deutschland gesprochen, und bis auf die vier Freundinnen befand sich schon längst niemand mehr in dem alten Gemeindehaus. Spätestens um vier Uhr schlossen dort die Pforten, und beim Postwirt wurde kurz darauf der Stammtisch eröffnet.

»*Oral total!*«, las Waltraud laut und hielt eine DVD in die Höhe. »Wie klingt denn das?«

»Ich weiß nicht. Klingt irgendwie nach Tankstelle«, meinte Katharina und kicherte.

Sie saßen um den großen Tisch, vor sich Notizblöcke, Stifte und jede Menge Videos und DVDs, die sie musterten und weiterreichten, und dabei alberten sie herum und überspielten ihre Aufregung. Lenny hatte es sich neben dem Klavier gemütlich gemacht.

Kopfschüttelnd legte Waltraud die DVD zur Seite. »Das ist ja unglaublich.«

»Erinnerst du dich?« Maria schaute Waltraud mit verschmitztem Grinsen an, und dann erklärte sie Katharina und Lena: »Die Eistüten. Wir haben immer so geschleckt …«

»Jetzt hör aber auf!«

Maria staunte, dass ausgerechnet Waltraud errötete, und vielleicht war es deshalb, dass sie sich nicht mehr zurückhalten konnte. »Wir haben damals an Eiskugeln geübt, wie es wohl ist, wenn man einem Typen einen bläst«, verkündete sie stolz. So, jetzt war es heraus!

Waltraud verschluckte sich. Doch nicht nur sie, vor allem Katharina und Lena sahen Maria sprachlos an.

»Damals waren sie auch noch kleiner«, erklärte Maria mit stoischer Sachlichkeit. »Nicht so Riesendinger wie heute. Die Eistüten, meine ich.«

Waltraud schrumpfte auf ihrem Stuhl in sich zusammen und tat, als konzentrierte sie sich auf die ausgesprochen anspruchsvolle Inhaltsangabe eines Videos mit dem Titel *Die lüsternen Ladys*. Sie konnte nicht glauben, dass Maria ihre schon längst vergessenen pubertären Anwandlungen so offen preisgab.

»Echt? So was habt ihr gemacht?«, fragte Katharina.

»Na klar. Das war 'ne optimale Vorbereitung«, erklärte Maria stolz und drehte sich zu Waltraud. »Du hast es doch dann gleich ausprobiert. Weißt du noch?«

Waltraud wäre nun am liebsten im Erdboden versunken. Ihre Augen wurden schmal und blitzten Maria wütend an. »Das geht hier niemanden was an«, zischte sie und legte das Video geräuschvoll auf die Tischplatte.

»Eiskugeln. Eigentlich nicht schlecht«, sinnierte Katharina. »Also darauf bin ich nicht gekommen.«

»Na ja. Es war eigentlich auch gar nicht so ernst gemeint. Wir waren damals ja noch Teenager. Da macht man doch jeden Blödsinn mit«, schwächte Waltraud ab. Bevor Maria, der das Thema sichtlich Spaß machte, dieses noch weiter vertiefen konnte, schlug sie eilig vor: »Vielleicht schauen wir uns jetzt einfach mal einen Film an.«

»Was ist mit dem?« Katharina nahm das Video, das Waltraud vorher in der Hand gehabt hatte, und schob es über den Tisch Maria zu.

»*Die lüsternen Ladys*«, las Maria und zog die Augenbrauen hoch.

»Ich finde Frauen einfach ästhetischer«, erklärte Katharina.

»Das ist aber Quatsch. Es geht bei unserem Vorhaben doch nicht um Frauen, sondern um Männer.«

Das Video landete bei den bereits ausgemusterten in der Tüte. Im Eifer und in der Eile des Gefechts hatte Maria im Laden alles mitgenommen, was einigermaßen professionell und anständig ausgesehen hatte – anständig nach ihren eigenen Maßstäben.

»Wie ist es mit *Bi-Turbo?*«, kicherte Katharina.

»Oder das: *Damenwahl in Arenal*«, amüsierte sich Maria.

»Ich finde es überhaupt nicht lustig.« Lena stand hastig auf.

Waltraud und Maria schauten sich an und schmunzelten.

»Ihr braucht gar nicht zu gucken!« Sie verzog das Gesicht. »Wie ihr die ganze Zeit redet! Ihr solltet euch mal hören!«

Die anderen verstummten überrascht. Es war dem Küken offensichtlich ernst.

Maria sprach als Erste. »Also, Lena, du wirst jetzt doch nicht päpstlicher sein als der Papst.«

Waltraud sah, dass Lena schluckte, und griff ein: »Ich würde vorschlagen, wir schauen uns jetzt mal einen Film an.«

Da Lena keine Anstalten machte, sich zu setzen, und weiterhin schwieg, erhob sich Katharina und legte einen Arm um sie. »Nun komm schon! Du musst das professionell sehen. Es ist alles Recherche. Wir müssen doch Informationen sammeln.«

»Ich befürchte allerdings, dass wir gar nicht so viel Dialoge hören werden«, meinte Maria augenzwinkernd.

»Das werden wir gleich feststellen«, sagte Waltraud und gab Lena einen leichten Schubs. »Komm, hilf mit mal! Du kennst dich doch mit einem Beamer aus, oder?« Lena lenkte ein und kümmerte sich um die Verkabelung, während sich Waltraud am DVD-Player zu schaffen machte. Die anderen saßen angespannt da und harrten der Dinge, die da auf sie zukommen sollten.

Wie Maria angekündigt hatte, waren die gesprochenen Worte nicht sehr ergiebig. Es wurde gestöhnt, geschrien, gebalzt und geseufzt. Lenny schien das nicht zu stören, er schlief fest, schnarchte hin und wieder, und das gelegentliche Zucken eines Beines zeigte deutlich, dass er sich in seiner eigenen Welt befand.

Anders sein Frauchen: Katharina hatte inzwischen hochrote Ohren. Sie schluckte und fühlte die Trockenheit in ihrer Kehle, denn an alles hatten sie gedacht, nur nicht an etwas Trinkbares. Zum vierten Mal schon ging sie nun zur Toilette, trank aus dem Hahn, benässte ihr Gesicht, ließ das Wasser über ihre Handgelenke laufen und kühlte so die Hitze in ihrem Körper. Wie die vorangegangenen Male blieb sie noch einen Moment stehen, bevor sie zurückging, lehnte an der Tür und atmete tief ein und aus. Sie widerstand der Versuchung, sich auf der Kloschüssel niederzulassen und sich ganz ihrer Lust hinzugeben, denn erstens setzte sie sich wegen der Bakterien niemals auf eine fremde Kloschüssel, und zweitens wollte sie nicht zu lange wegbleiben. Was sollten die anderen sonst von ihr denken?

Sie kam zurück in den Raum, und erst jetzt spürte sie, wie stickig die Luft inzwischen war. Sie öffnete ein Fenster und ließ die frische Abendluft ein. Katharina schmunzelte, als sie Lena sah, die jetzt, nach drei Stunden, immer noch aufrecht dasaß und sich nicht rührte. Wie eine Schülerin, die fürchtete, ausgefragt zu werden, obwohl sie nicht vorbereitet war, versuchte Lena, nicht aufzufallen. Sie schien auf die visuellen Reize gar nicht anzusprechen, was Katharina auf Lenas reges, wechselndes Liebesleben zurückführte. So ist das eben: Wenn man satt ist, kann einem die Kuchentheke nichts anhaben. Und zum ersten Mal dachte Katharina, dass Lenas serielle Monogamie gar nicht so verwerflich war.

Maria befand sich jenseits von Lust und Sehnsucht. Sie war die Einzige, die das Wenige notierte, was es zu notieren gab. Sie ließ sich von den Akteuren nicht mitreißen, sondern betrachtete alles rein geschäftlich und ob der mangelnden Dialoge als nicht sehr befriedigend.

Waltraud dagegen war für Katharina schwer einzuschätzen. Sie war erst zwei Mal zur Toilette gegangen und dann sofort wieder zurückgekommen. Und selbst wenn sie irgendetwas erregte, ließ sie es sich nicht anmerken. Vielleicht waren ihre Wangen leicht gerötet – vielleicht –, aber das konnte auch an der Hitze im Raum liegen. Allerdings war ihre Gelassenheit auch nicht verwunderlich, denn allen war klar, dass Waltraud und Heinz immer noch ein erfülltes Sexleben hatten.

Waltraud schien ihre Gedanken zu erraten, denn sie tätschelte ihre Hand und raunte ihr zu: »Du musst ihn mal richtig verführen.«

Katharina nickte, seufzte und erschrak. Zum ersten Mal hatte sie vor einem anderen Menschen Peters Gleichgültigkeit eingestanden.

Und während die vier noch weitere Stunden zwischen *Bi-Turbo* und *Oral Total* vergehen ließen, übersahen sie völlig, dass die Lustschreie durch das geöffnete Fenster hinausgetragen wurden – zur Metzgerei und dem dahinterliegenden Schweinegehege, wo die Borstentiere schon ganz toll wurden. Die Unruhe ihrer Tiere hatte die Metzgerin Hannelore Meier, beste Freundin und moralische Stütze Gerti Oberbauers, aufhorchen lassen. Sogleich hatte sie Gerti informiert, doch ihr Versuch, in das Gebäude zu gelangen, war gescheitert, da von innen der Schlüssel steckte.

Seit einer halben Stunde verweilten Gerti und Hannelore nun schon auf dem Dorfplatz, in sicherem Abstand zum Schein der Straßenlaterne, und zermarterten sich das Gehirn, welcher der werten Herren sich da oben im ersten Stock dieses ehrwürdigen Hauses wohl mit wem verlustierte. Sie überlegten, ob sie Pfarrer Gandl informieren sollten, der diesem Schweinkram gleich ein Ende bereiten würde, doch angesichts der bevorstehenden Entscheidung der Kirche verwarfen sie den Gedanken wieder.

Irgendwann wurde es ihnen zu viel, und sie gingen konsterniert und unbefriedigt nach Hause.

Sieben

Am Ende der langen Nacht der Pornografie hatten die vier Freundinnen sich schnell und schweigend voneinander verabschiedet und waren in verschiedene Richtungen aufgebrochen. Fast als schämten sie sich einer gemeinsam begangenen Indiskretion, herrschte unter ihnen eine peinliche Betroffenheit.

Maria war als Einzige bloß zu müde gewesen, um sich zu unterhalten. Nachdem die ganze Recherche nicht wirklich ergiebig gewesen war, wollte sie nur noch in ihr Bett. Diese Nacht hätten sie sich weiß Gott nicht um die Ohren schlagen müssen – und all die Ausgaben! Die hätte sie sich sparen können. Sie kam zu Hause an, und da der alte Mann um diese Zeit immer schlief, konnte sie auf direktem Weg in ihre Kissen fallen.

Zum Glück hatte sich Lena bereit erklärt, die schlüpfrige Ware zu entsorgen, beziehungsweise über das Internet zu verscherbeln. Darin kannte sie sich ja bestens aus, und deshalb, nur deshalb, nahm sie den ganzen Schweinkram ausnahmsweise mit in ihre Wohnung.

Dort angekommen, setzte sie sich sogleich an ihren Computer, fuhr ihn hoch und klickte sich ins Internet ein. Sie lächelte, als sie daran dachte, dass sie bei Ebay vor ein paar Tagen für sensationelle neunzehn Euro und fünfzig Cent inklusive Versandkosten eine nagelneue Telefonanlage mit vier Nebenstellen ersteigert hatte. Wie platt ihre Freundinnen über das Schnäppchen gewesen waren! Nun konnte Lena es kaum mehr erwarten, die Anlage, die täglich eintreffen sollte, in Marias Haus aufzustellen. Wer sie installieren würde, war ein anderes Problem. Maria wollte sich dieser Aufgabe nämlich selbst annehmen. Ob das mal klappte, bezweifelte Lena schmunzelnd. Sie surfte weiter im Netz, und ihre Miene wurde wieder ernst. So schnell wie möglich musste sie dieses Schmuddelzeugs loswerden.

Katharina spazierte mit Lenny langsam die Straße entlang. Sie hatte es nicht eilig, denn zu Hause erwarteten sie nur lange düstere Stunden. Peter war wieder einmal geschäftlich unterwegs. Aus dem Grund hatten sie auch diesen Abend zum Pornogucken gewählt, was sie aber nun in ihrem aufgewühlten Zustand sehr bedauerte. Mehr als sonst wünschte sie ihn sich jetzt neben sich unter die gemeinsame Vierjahreszeitenbettdecke. Doch wie hätte sie ihm ihr Treffen erklären sollen? Wenn Peter zu Hause war, ging sie normalerweise nie aus. Und ihn belügen …? Nein. Belügen konnte sie ihn nicht.

Sie wählte einen ziemlich langen Weg und streifte in einem weiten Bogen um das Neubaugebiet mit seinen faden Einfamilienhäusern herum, in der Hoffnung, die Ruhe zu finden, die sie zum Einschlafen brauchte. Totenstille lag über der Siedlung, und die Dunkelheit der Nacht wurde nur vereinzelt von den wenigen Straßenlaternen durchbrochen.

Als sie eine Stunde später um die Ecke bog, erschrak sie. Hinter der Eingangstür des Bungalows brannte Licht, das durch ein Oberlicht nach draußen schimmerte. Katharina war sich sicher, es nicht eingeschaltet zu haben, denn es war noch hell gewesen, als sie kurz vor acht das Haus verlassen hatte. Ihr Puls schlug schneller, sie schickte ein Stoßgebet zum Himmel und war froh, dass der Hund bei ihr war. Lenny blieb mit ihr vor der Tür stehen und spitzte die Ohren. Gemeinsam lauschten sie. Im ganzen Haus war es still.

Katharina ließ einige Minuten verstreichen, bis sie sich nicht mehr sicher war, vielleicht doch den Lichtschalter betätigt zu haben – unbewusst. So leise wie möglich schloss sie die Haustür auf. Als Lenny hineindrängte und seine Pfoten über den Steinboden tapsten, zuckte sie kurz zusammen und hielt den Atem an. Doch im

Haus rührte sich nichts. Und da hatte sie eine Eingebung. Anstatt geradeaus weiterzugehen, drückte sie die Klinke der Tür hinunter, die zur Garage führte. Und darin stand, ordentlich geparkt, Peters Wagen.

Katharina fuhr zusammen. Wie um Himmels willen sollte sie ihr spätes Heimkommen rechtfertigen?

Was sie als Nächstes tat, überraschte sie selbst. Sie entwickelte glatt so etwas wie kriminalistischen Spürsinn, als sie an seinen Wagen ging, ihre Hand auf die Kühlerhaube legte und das glatte Blech befühlte, das sich über dem Motor befand – es war kalt. Und sie wusste nun, dass Peter schon seit vielen Stunden zu Hause war.

Waltraud hatte Heinz von vornherein erzählt, dass sie für den Frauenbund und im Zusammenhang mit der Verschönerung des Dorfes etwas planten und es möglicherweise spät werden würde. Heinz hatte nichts dagegen einzuwenden gehabt. Er befand sich momentan in einer nicht so tollen Phase, und selbst die Aussicht auf einen eventuellen Umbau des Glashüttenwerkes konnte ihn nicht aus seiner Lethargie reißen.

»Ich werde sowieso ab zehn Uhr schlafen. Wann du nach Hause kommst, ist mir insofern egal«, hatte er nur gemurmelt.

Er hatte in der Tat einen tiefen Schlaf. Heinz wachte auch nicht auf, als sich Waltraud neben ihn ins Bett legte, und auch nicht, als sie, was sie seit Jahren nicht mehr getan hatte, seine Bettdecke ein wenig lupfte und ihren Körper darunterschob, ganz vorsichtig, bis ihre Haut die seine berührte.

Die Wärme, die von ihrem schlafenden Mann ausging, war angenehm. Sanft fuhr Waltraud mit ihrer Hand über seinen Rücken. Sie war überrascht, als sie seine Muskeln spürte. Er war zwar nicht mehr ganz so muskulös wie zu jener Zeit, als er noch in der Glashütte gearbeitet hatte, aber immer noch kräftig. Ihre Finger glitten weiter nach unten. Kurz zögerte sie, ließ sie dann aber über seine Lenden nach vorne wandern, so sanft, dass sie ihn fast nicht berührte. Und dann hielt sie erschrocken inne. Er bewegte sich. Mit einem Ruck zog sie ihre Hand zurück. Angespannt und mit klopfendem Herzen wartete sie, ob er vielleicht spürte, dass sie jetzt, in diesem Moment, bereit wäre, sich ihm hinzugeben. Und als er sich endlich – ihr erschien es wie eine Ewigkeit – zu ihr umdrehte, ließ die Hoffnung sie schwerer atmen. Ihre Brüste hoben und senkten sich. Ihre Brustwarzen erinnerten sich an das Gefühl und richteten sich auf, so wie ihr Schoß feucht wurde und sich Heinz entgegendrängen wollte. Ja, ihr Körper hatte ein besseres Gedächtnis als sie.

Aber es passierte nichts. Gar nichts. Er war in seiner Welt, so wie sie in ihrer Welt war. Wie sollte er auch wissen, dass sie nach dreijähriger beharrlicher Verweigerung auf einmal nichts mehr ersehnte, als ihn wieder einmal in sich zu spüren?

Wach auf, Heinz! Komm zu mir, Heinz! Wenigstens ein bisschen, forderten ihre Gedanken.

Heinz jedoch schlummerte ahnungslos neben ihr und verpasste so seine Nacht der Nächte.

Waltraud lag still, verfluchte lautlos die gesamte Pornografie, die ihr solche Flausen in den Kopf gesetzt hatte und ihr jetzt noch den erlösenden Schlaf raubte.

Katharina hatte sich an ihrem schlafenden Mann vorbei und ins Bad geschlichen. Ihr graute vor der Begegnung, doch zugleich war sie auch ein wenig stolz auf ihre Spitzfindigkeit, über das Autoblech herauszufinden, wie lange er schon zu Hause war. Sie spuckte die letzten Reste der Zahnpasta aus, schwemmte sämtliche Spuren mit einem Strahl Wasser hinunter und schob den verchromten Hebel zurück, als sie Peter aus dem Schlafzimmer durch die geschlossene Tür rufen hörte:

»Wie lange brauchst du denn noch?«

Katharina löschte das Badlicht. »Tut mir leid, wenn ich dich geweckt habe.«

Peter hatte seine Nachttischlampe eingeschaltet, und als Katharina ins Zimmer kam, saß er aufrecht im Bett und blickte sie vorwurfsvoll-fragend an. »Sag mal, wo warst du eigentlich?«

Katharina lächelte entschuldigend. »Ich wusste nicht, dass du heute heimkommen würdest. Ich war mit den Frauen im Gemeindehaus.« Sie biss sich auf die Zunge. Das mit dem Gemeindehaus hätte sie wohl besser nicht gesagt, er würde wissen wollen, was sie dort gemacht hatten. Also redete sie schnell weiter. »Wir haben diskutiert, wegen des katholischen Zentrums … Was wir noch alles machen können, um das Dorf zu verschönern. Ich habe gar nicht gemerkt, dass die Zeit so schnell vergangen ist.« Sie rutschte unter die große gemeinsame Daunendecke und kuschelte sich an ihn. »Wenn ich gewusst hätte, dass du heute Abend schon hier bist, hätte ich was Leckeres vorgekocht.« Er könnte sich doch wenigstens wieder zurücklegen, dachte sie.

»Du hättest *vorgekocht*«, wiederholte er gedehnt und drehte sich zu ihr.

»Du hättest mir Bescheid geben sollen. Wieso bist du überhaupt schon da?«, fragte Katharina, der es ehrlich leidtat, dass sie nichts für ihn vorbereitet hatte. Außerdem, wenn sie geahnt hätte, dass er schon da war, wäre sie viel früher nach Hause gekommen. Sehr viel früher. Dann hätte sie nicht so lange mit ihren Gefühlen in der Gegend herumlaufen müssen. Sie schmunzelte in sich hinein. Aber das alles konnte sie ihm nicht erzählen. Oh, wie froh sie nun war, dass er da war und sie ihn spüren konnte! Ohne lange nachzudenken, schob sie ihre Hand unter der Daunendecke zu seinem Oberschenkel und strich zärtlich daran entlang, bis sie seinen Griff spürte, der ihre Hand umfasste und wegführte.

»Ich muss mich also anmelden, wenn ich nach Hause komme?«

Hoppla! Schwang da nicht ein unangenehmer Ton mit? Katharina streichelte liebevoll seinen Arm. »So war das nicht gemeint. Nur damit ich etwas vorbereiten kann. Ich bin so froh, dass du hier bist!«

»Bist du öfter weg, nachts, wenn ich nicht da bin?«

Katharina musste lachen. Er war eifersüchtig! *Das* war es. Wie schön! »Jetzt komm, das ist doch Blödsinn«, gluckste sie.

»Ich habe dich was gefragt!.« Seine Stimme klang so hart, dass sie zusammenzuckte, und sie wich seinem forschenden Blick aus.

»Nein.«

»Das soll ich dir glauben?«

»Wieso sollte ich dich anlügen? Normalerweise bin ich doch immer zu Hause.« Katharina drehte sich jetzt zur Seite, von ihm weg. Sie hatte tatsächlich ein schlechtes Gewissen. Zum einen, weil sie ihm den wahren Grund des Treffens verheimlichen musste, und zum anderen, weil er überhaupt keine Ahnung von der Telefonsex-Geschichte hatte. Das musste sie alles für sich behalten. Sie hatten sich geschworen, es keinem Menschen zu erzählen. Zum ersten Mal hatte sie ein Geheimnis vor Peter, doch angesichts seiner gefürchteten Reaktion, wenn er davon erfahren würde, fiel es ihr längst nicht so schwer, wie sie gedacht hatte. Außerdem erzählte *er* ihr von seinen Geschäften so gut wie gar nichts. Ein gewichtiges Argument, um ihr Schuldgefühl wieder zu vertreiben.

»Ich will nicht, dass du dich bis tief in die Nacht irgendwo herumtreibst. Hast du das verstanden?«

Als sie schwieg, zog er sie unsanft an der Schulter zurück. »Ob du das verstanden hast?«

Katharina nickte. Seine Finger drückten ein wenig fester zu. Er tat ihr weh. »Ja«, antwortete sie. »Hab ich. Autsch.«

Er ließ sie los, löschte die Nachttischlampe und legte sich wieder zurück. »Gute Nacht«, murmelte er und drehte ihr den Rücken zu.

Katharina war verwirrt. Von der Euphorie über seine unerwartete Anwesenheit war längst nichts mehr übrig. Noch nie hatte er in dieser Weise mit ihr gesprochen. Wieder schob sie es auf seine Eifersucht, und wieder übte sie sich in Selbstbetrug. Peter hatte sich sicher Sorgen gemacht, denn schließlich war es noch nie vorgekommen, dass sie bei seiner Heimkehr nicht da gewesen war. Wie sehr er sie doch lieben musste!, dachte sie.

Sie rutschte ganz nah an seinen Rücken, doch heute war es anders als sonst. Und sie verdrängte die leise Ahnung, dass sie sich zum ersten Mal wohler gefühlt hätte, wenn er jetzt nicht neben ihr gelegen hätte.

Die Letzte, die sich in dieser Nacht in ihr Bett fallen ließ, war Lena. Nachdem sie alle Videos zuerst abfotografiert, dann auf den Computer geladen und schließlich in die Netz-Börse gestellt hatte, verstaute sie die prallen Plastiktüten unter der schmalen Küchenzeile in ihrem Wohnraum. Zwischen Geschirrspül- und Parkettpflegemittel, Bad- und WC-Reiniger war dieses Zeug ihrer Meinung nach am besten aufgehoben. Sie duschte lauwarm bis kalt, weil der Warmwasser-Boiler nachts nicht beheizt wurde, und als sie sich ins Bett legte, überfielen sie eine Schwere und eine Traurigkeit, die sie in dieser Stärke bisher nur bei einer ihrer unzähligen Liebeskummer-Attacken empfunden hatte. Sie starrte in der Dunkelheit an die Decke, faltete die Hände, und leise, wie von selbst, formten ihre Lippen die Worte:

»Lieber Gott, ich weiß, es ist nicht richtig, aber bitte verzeih mir, was ich tue. Verzeih!«

Als Lena drei Tage später ein großes Paket in Händen hielt, waren ihre Bedenken vorerst vergessen. Stolz war sie, ein richtiges Schnäppchen gemacht zu haben.

»Endlich! Wurde auch Zeit, dass du wieder einmal was bestellst. Ich hatte mich gewundert. Hab dich schon vermisst«, meinte Willi grinsend, als er ihr das elektronische Kästchen für die Empfangsbestätigung vor die Nase hielt, die Lena mit strahlendem Lächeln quittierte. »Ganz schön schwer, das Teil«, sagte er. »Äh … Soll ich es dir vielleicht reintragen?« Dabei konnte er nicht anders, als wie blöd auf ihr Dekolleté zu starren. Wie ihre Brüste aus dem tiefen Ausschnitt eines rosafarbenen Spitzentops hervorquollen – dazu noch verstärkt, weil sie das Paket an ihren Bauch presste! Dieser Anblick war so verdammt verführerisch, dass er dem Drang, sie zu berühren, nur sehr schwer widerstand.

»Nicht nötig«, antwortete Lena und schloss die Tür.

Willi blieb einen Moment vor der geschlossenen Wohnungstür stehen. Er seufzte. Schade, dass er nicht in Lenas Beuteschema passte. Willi machte sich nichts vor. Er wusste genau, mit wem sie sich wann einließ, denn in dieser Gegend sprach sich alles schnell herum. Lenas Typen waren immer die gleichen. Erfolgreich – und wenn nicht, dann sahen sie zumindest so aus, was mit *gut* aussehen gar nichts zu tun hatte, sondern nur mit der richtigen Kleidung und dem richtigen Zubehör.

Er ging unten gerade zur Haustür hinaus, als Lena vier Etagen höher ihre Wohnung verließ und das Paket, das die neue Telefonanlage enthielt, die Treppen wieder nach unten schleppte.

Maria war zu Hause, der alte Herr lag noch im Bett, und so nutzten Lena und Maria die Gunst der Stunde und wechselten sogleich das alte Telefon gegen das neue aus. Die anthrazitfarbene Anlage mit fünf integrierten Anrufbeantwortern und jeweils drei verschiedenen Ansagemöglichkeiten hatte kaum Platz auf der schmalen Eichenholz-Konsole in der Diele.

Lena trommelte wie wild auf sämtlichen Tasten und Knöpfen herum, ganz nach ihrem Lebensmotto »Learning by Doing«.

»Das ist keine Gebrauchsanleitung, sondern eine Gebrauchsumleitung«, jammerte Maria. Mit dem dicken Buch in zwölf verschiedenen Sprachen konnte sie genauso wenig anfangen wie mit dem Gerät an sich. Erschlagen von so viel geballter Technik in ihrem Haus, hockte sie zurückgelehnt auf einem Stuhl und starrte mit Entsetzen auf das moderne Tableau, das sogar über einen kleinen Bildschirm verfügte, auf dem man das Menü lesen konnte und die Nummern, die man wählte und gewählt hatte, und die eingegangenen Anrufe und und und … »Das lerne ich im Leben nicht.«

Anders Lena. Sie war ganz in ihrem Element; ihre Finger flogen über die Tasten, und dabei notierte sie die wichtigsten Funktionen auf einem Block. Sie liebte technischen Schnickschnack.

»Du musst nicht viel wissen. Wichtig ist nur, wie man raustelefoniert und wie man Anrufe entgegennimmt. Das andere erklär ich dir alles irgendwann noch«, sagte Lena und sah sich suchend um. »Und wo sollen wir jetzt die Nebenstellen aufstellen?«

Lena drückte Maria zwei der drei Telefone samt Ladegerät in die Hand und stiefelte los, um zusammen mit ihr die einzelnen Apparate sogleich in Esszimmer und Küche zu platzieren. Maria folgte ihr schweigend. Lenas plötzlicher Eifer, mit dem sie das Geschäft nun ankurbelte, gab Anlass zur Hoffnung. Sie wusste nicht, dass Lena nur die Hardware im Sinn hatte. Die Software, nämlich die Intimitäten, die in Zukunft diese stillen Plastikteile heißlaufen lassen würden, hatte Lena erfolgreich ausgeblendet. Das alles wurde ihr erst wieder ins Bewusstsein gerufen, als sie vor dem Wohnzimmer haltmachten.

»Das ist tabu«, verkündete Maria und erklärte Lena, dass dieser Raum eine telefon- und somit sexfreie Zone bleiben müsse, da sich der Großvater die meiste Zeit des Tages darin aufhielt. Und der durfte von all dem auf keinen Fall etwas mitbekommen. »Eine Katastrophe wäre das. Rauswerfen würde er mich, und zwar hochkant, und enterben noch dazu«, meinte Maria, als sie in den ersten Stock zu ihrem Schlafzimmer hinaufstiegen.

Lena konnte den alten Herrn gut verstehen. Aber sie ließ sich nicht anmerken, dass sie beim bloßen Gedanken an Telefonsex sofort wieder ein Jucken im Hals fühlte. Sie fragte nur: »Und wenn er doch was hört?«

»Der hat noch nie was gehört«, erwiderte Maria.

Lenas Blick schweifte über das ehemalige Ehebett der Freundin. Sie beeilte sich, den neuen Apparat auf Marias Nachttisch zu platzieren, und versuchte, an etwas anderes zu denken, als an das, was ihr dieser Raum erzählen konnte. Sie musste los. Ein harter Arbeitstag lag vor ihr. Es war drückend schwül.

»Du tust dir das wirklich an, bei dem Wetter?«

»Ich habe für den Notfall ein neues Heuschnupfenmittel. Aber dort draußen fliegen keine Pollen mehr herum. Wir säen heute – Feldsalat und Radieschen.«

»Nimm dir aber gegen die Sonne ein Kopftuch mit!« Maria kam einfach aus ihrer Mutterrolle nicht raus.

»Wenn wir erst mal unseren Laden haben, dann können wir alles bei uns verkaufen. Wir brauchen nämlich keine Kleinpreis-Lieferwagen, die uns irgendwelche holländischen Salatköpfe aufs Auge drücken«, sagte Lena beim Verlassen des Schlafzimmers. »Wir besorgen alles bei unseren Bauern – da weiß man wenigstens, was man hat.«

»Das stimmt.«

»Drum darf echt keiner davon erfahren.« Lena unterstrich ihre Worte mit ernster Miene, bevor sie die Treppen nach unten eilte.

Maria folgte ihr. »Und denk an das Kopftuch!«

An der Haustür drehte sich Lena noch einmal um. Marias Rat hatte sie überhört. »Wenn das rauskommt! Das wäre 'ne Katastrophe.«

Maria sah Lena lächelnd nach, wie sie in ihren alten Polo stieg und zu dem Bauern weiterdüste, für den sie für wenig Lohn heute auf dem Feld die Radieschen säen sollte. Sie schmunzelte bei der Vorstellung, wie Lena allen Feldarbeitern den Kopf verdrehen würde. Auch wenn sich Maria an die Risse in Lenas Jeans niemals gewöhnen würde – eines musste sie zugeben: In ihrem rosafarbenen Spitzentop war die Freundin trotz der fürchterlich abgewetzten und zerschlissenen Jeans, die angeblich modern waren, garantiert das hübscheste Pflänzchen unter den heranreifenden.

Während Maria zurück ins Haus ging, überlegte sie, ob es manchmal vielleicht besser war, sich nicht mit so viel neutechnischem Kram abzumühen, dann fiel einem wenigstens die Kluft zwischen Alter und Jugend nicht so auf. Lena war so jung, und sie selbst, Maria, kam sich vor, als stünde sie kurz vor dem Verfallsdatum.

In der Diele betrachtete sie erneut dieses Monstrum von Anlage. Sie nahm den Hörer, drückte auf den Knopf, der die Leitung A 1 freigab, und lauschte einfach nur dem Summen. In zwei Tagen würde es losgehen mit dem Telefontalk. Klang ihre Stimme dafür nicht zu alt? Sie schob diesen Gedanken augenblicklich beiseite. Selbstzweifel waren nun gar nicht angebracht, denn bis zum Start hatten sie noch einiges zu erledigen: Werben mussten sie dafür, das bedeutete, Anzeigen schalten und Postwurfsendungen verteilen; die Flyer mussten dringend fertig werden, und morgen sollten sie schon in aller Frühe losfahren, um …

»Was ist denn das?«, krächzte es hinter Maria.

Sie drehte sich um, den Hörer noch immer in der Hand, und sah zu, wie sich ihr Vater im Morgenmantel die Treppen hinuntertastete.

»Ein Telefon.«

An der untersten Stufe blieb er kurz stehen, um zu verschnaufen. »Was soll denn das sein?«, wiederholte er seine Frage, und dann steuerte er direkt auf sie zu. Er kniff die Augen zusammen und fixierte die Telefonanlage. »Also so was! Da kann doch kein Mensch was erkennen!«, entrüstete er sich. Dabei schnaubte er wie der Haflinger, der hinter Lenas Haus auf der Wiese stand.

»Was willst du denn erkennen?« Maria schrie ihre Frage, damit er sie verstand.

»Hier!« Mit seinem knochigen Zeigefinger deutete ihr Vater auf den Bildschirm. »Das ist doch unmöglich!«

Maria schüttelte schmunzelnd den Kopf. »Das ist kein Fernseher, Papa. Das ist ein Telefon«, erklärte sie ihm liebevoll.

Der Großvater beugte sich nach unten und betrachtete die Anlage mit ungläubigem Staunen. Dabei drückte er auf den verschiedenen Tasten wahllos herum.

»Vorsicht!«, bat Maria laut.

Hastig zog er seine Hand zurück. »Ja, wofür brauchst du denn so was? Bei uns telefoniert doch kein Mensch.«

Die Frage traf sie völlig unvorbereitet. Maria überlegte fieberhaft. »Das … das wird sich ändern. Es wird hier in Zukunft viel telefoniert. Hoffentlich. Weißt du, wir müssen wieder Geld verdienen, Waltraud, Katharina, Lena und ich. Wir arbeiten ab jetzt für ein Institut für Meinungsumfragen.«

»Für was?«

»Meinungsumfragen!«

Er nickte.

»Und dafür brauchen wir so eine Telefonanlage.« Na, das klang doch sehr plausibel! Sie war mit sich zufrieden und wollte in die Küche gehen, doch so schnell ließ sich ihr Vater nicht abspeisen.

»Wer will denn eure Meinung wissen?«, wunderte sich der alte Herr.

»Es geht doch nicht um unsere Meinung, sondern um die der anderen. Der an-de-ren!«

»Und wem nützt das was? Ich meine, was die anderen denken?«

»Papa, das ist doch jetzt egal.«

»Was bin ich?«

»Egal. Es ist egal.«

»Wer sind überhaupt ›die anderen‹?«

Maria seufzte. Sie kannte ihn. Und sie hätte es wissen müssen!

»Kenn ich die?«, hakte er nach.

»Hauptsache ist, wir verdienen endlich wieder Geld. Wir brauchen es mehr als dringend. Schau, wir müssen das vordere Dach vor dem Winter noch unbedingt reparieren lassen. Das Dach re-pa-rie-ren!«

Das war für den alten Mann das überzeugende Argument. Trotzdem gab er sich nicht geschlagen. Geschlagen gab man sich in seinem Alter gar nicht mehr. »Na ja. Ich versteh das ja nicht. Ihr kriegt Geld für die Meinung von Leuten, die kein Mensch kennt. Ich weiß nicht … Ob das so was Anständiges ist?«

Maria antwortete nicht. Sie fuhr mit der Hand über die Telefonanlage und stellte sich gerade vor, wie die eingehenden Anrufe auf dem Display aufleuchteten.

»Ist der Kaffee fertig?«, fragte der Großvater und schlurfte in die Küche.

»Gleich«, antwortete Maria und eilte ihm voraus.

Später, als ihr Vater seinen Mittagschlaf hielt, genoss sie es, sich zu Nebenstelle eins in die Stube zurückzuziehen, um in aller Ruhe mit ihrer Tochter zu telefonieren.

Obwohl sie sich sicher war, dass Manfred und seine Tusnelda den ganzen Tag außer Haus waren und sie, wenn überhaupt jemanden, dann nur Tina an den Apparat bekommen konnte, fiel ihr doch ein Stein vom Herzen, die Stimme ihrer Tochter zu hören.

»Mami, jetzt ist es ganz schlecht. Ich muss gleich los zum Sport«, klang es hektisch an ihr Ohr.

Natürlich hatte sie dafür Verständnis. Maria hatte für Tina immer Verständnis. Sie wollte nur so gern mehr von ihr wissen, am liebsten alles. »Aber wie geht es dir?«, fragte sie schnell.

»Gut.«

»Was macht die Schule?«, schob sie noch hastig hinterher.

»Gut.«

»Und wie kommst du klar mit …«

»Mami, ich hab jetzt wirklich keine Zeit.«

Marias betroffenes Schweigen wurde unterbrochen.

»Ruf mich doch am Handy an. Ich bin in zehn Minuten im Bus. Wir können ja dann weiterreden.«

Klick. Aufgelegt.

Maria saß da; das Telefon noch am Ohr, lauschte sie in die plötzliche Stille. Sie war zu verwirrt über die Tatsache, dass ihre Tochter auf einmal ein Handy besaß, sodass es eine Weile dauerte, bis ihr auffiel, dass sie diese Handynummer überhaupt nicht kannte.

Waltraud und Katharina staunten nicht schlecht, als Maria ihnen demonstrierte, wie man die Telefonanlage bediente.

»Und damit kennst du dich aus?«, fragte Waltraud beeindruckt.

»Logisch«, behauptete Maria. »Ist doch ganz einfach.« Sie drückte zwei Tasten. »So telefoniert man hinaus. Und mit Stern und der Eins verbindet man zu der ersten Nebenstelle. Darum die Eins.« Rasch, bevor noch weitere Fragen kamen, die sie dann ganz bestimmt nicht beantworten konnte – denn mehr als diese zwei Funktionen beherrschte sie nicht –, eilte sie ihren Freundinnen voraus in die Küche, wo es nach frischem Kaffee und Apfel und Zimt duftete.

Es war Nachmittag, und sie waren zusammengekommen, um den Entwurf für den Flyer abzuschließen, den sie über die Grenzen des Landkreises hinaus verteilen wollten. Lena, die als Einzige auf dem Computer richtig fit war, hätte das sicher ganz anders gemacht, doch ausgerechnet heute schuftete sie auf dem Feld, und so griff Katharina auf altbewährte Mittel zurück.

»Mein Professor für Design in Köln hat mir einmal gesagt, dass die wahre Kreativität fassbar sein muss. Und zwar mit Papier, Schere und Kleber – und nicht virtuell«, erinnerte sie sich an die Zeit, in der sie noch davon geträumt hatte, nach Mailand zu gehen und eine große Designerin zu werden. Es war die Zeit vor Peter gewesen.

Während sie nun Buchstaben und Bilder aus Zeitschriften schnitten und sie auf einem weißen Blatt hin und her schoben, futterten sie den noch warmen Apfelkuchen. Vielleicht war es der Kuchen, vielleicht die ungewohnte Tätigkeit, aber wahrscheinlich war es die Kombination aus beiden, was auch Marias und Waltrauds Kreativität aufblühen ließ.

Die Zeit verging wie im Flug, sie machten nur eine kurze Pause, in der Maria dem alten Herrn das Abendessen wärmte und es ihm im Wohnzimmer servierte. Sie selbst konnten gut und gern auf ein Essen verzichten. Der Apfelkuchen und die Entwürfe wärmten ihre Bäuche. Katharina unternahm indes mit Lenny einen schnellen Zweckspaziergang den Feldweg hinter dem Haus entlang, in die glühende Abendsonne hinein, die am Horizont unterging. Als sie nach einer halben Stunde zu Marias Haus zurückkam, war es bereits dunkel.

Akribisch durchforsteten sie die Journale weiter nach brauchbarem Material. Jetzt, da sie so genau darauf achteten, fiel ihnen zum ersten Mal auf, wie viele Produkte über die sexuelle Schiene beworben wurden. Nicht nur wie erwartet bei Wäsche, Kosmetikprodukten oder Parfums, sondern auch bei Küchengeräten, Autos und Uhren spielte man erfolgreich mit dem Trieb des Mannes. Sie konnten aus dem Vollen schöpfen. Unter Katharinas Anleitung schnipselten und klebten sie und waren am Ende überrascht, wie gut ihnen ihr Entwurf gelungen war: erotisch, aber doch ästhetisch. Und die Namen, die sie sich gegeben hatten, setzten unterschiedliche Fantasien frei und sorgten so für eine breite Klientel. Maria lockte als Heiße Maja, Waltraud nannte sich Lady Sarah, Katharina verführte als Jeannie und Lena als Lolita. Als Sahnehäubchen legte Katharina die neue kostenpflichtige 09005er-Telefonnummer in stylishen Lettern darüber.

»Eine heiße Nummer«, meinte Katharina, während sie die Zahlenfolge festpappte.

»Eine ganz heiße Nummer«, murmelte Waltraud bedächtig und lehnte sich zurück.

Für einen Augenblick starrten die drei Frauen stolz auf ihr Werk. Doch dann, hin- und hergerissen zwischen Vorfreude und Angst, blickten sie sich an und fragten sich, was nun auf sie zukommen würde. Die letzten Zweifel wurden noch einmal richtig laut.

»Sollen wir jetzt wirklich loslegen?«, zögerte Waltraud. »Also, wenn wir das verteilen … Wer weiß, was dann passiert? Vielleicht rennen uns die Typen die Bude ein, und die Leitungen laufen heiß.«

»Na, hoffentlich! Wir brauchen das Geld«, meinte Maria ganz pragmatisch und beruhigte Waltraud gleichzeitig: »Du musst das locker sehen. Sollte es zu schlimm werden, dann melden wir die Nummer einfach wieder ab. Ist doch gar kein Problem. Was ist mit dir?«

Maria fiel auf, dass Katharina noch etwas ganz anderes plagte.

Die Freundin seufzte. »Ach, ich finde das schade. Eigentlich geht das gar nicht.«

Fragend sahen Waltraud und Maria sie an. Maria war sich sicher, dass dies der Moment war, an dem Katharina aussteigen würde. Sie war die Einzige unter ihnen, die es finanziell gesehen nicht nötig hatte zu arbeiten. Maria legte sich gerade Argumente zurecht, um die Freundin vom Gegenteil zu überzeugen, als Katharina den Flyer nahm, ihn mit bedauerndem Seufzer betrachtete und meinte: »Dass wir niemandem sagen können, dass wir dieses tolle Ding entworfen haben. Das ist echt schade.«

»So ein Pech aber auch«, meinte Maria und schmunzelte.

»Du kannst ja deinen Namen daruntersetzen«, grinste Waltraud.

Obwohl Maria nicht so viel von Optik verstand, fand sie auch, dass der Flyer verdammt gut gelungen war. Es gab nur eines, woran sie sich nach wie vor störte. »Bloß ein Euro neunundneunzig in der Minute. Das ist doch viel zu billig«, sagte sie. Wenn es nach ihr gegangen wäre, hätte sie fünf Euro angesetzt.

»Nein, ist es nicht«, versicherte ihr Waltraud zum x-ten Mal. »Es kann ja auch dauern. Manchmal geht das Stunden. Das können die Typen sich sonst nicht leisten. Rechne mal aus, wenn zum Beispiel …«

»Aha«, bemerkte Maria und sah sie neugierig an.

Waltraud wusste, was Maria dachte. Und sie konnte es ihr auch nicht verdenken. Wer ahnte schließlich schon, dass sich in ihrem Schlafzimmer gar nichts mehr abspielte, weil sie, Waltraud, ihren Schoß unter Verschluss hielt wie die Wächterin eines Sarkophags? Bevor ihr vermeintliches Liebesleben noch thematisiert wurde, schickte sie sich an aufzubrechen. Sie packte Stifte, Zeitschriften, Scheren, Kleber und Papier zusammen. »Mädels, wir müssen los! Unsere Arbeit ist noch längst nicht getan.«

Inzwischen war es später Abend und kein Mensch mehr auf der Straße. Die drei schlichen um das Gemeindehaus herum und zum Haupteingang. Waltraud sperrte die schwere Tür auf, und sie schlüpften hinein.

Kurz darauf ließen Maria und Katharina den Kopierer heißlaufen.

Nach fünfzig Kopien stoppte Katharina den Fluss. Ihr schlechtes

Gewissen meldete sich. »Alles auf Kosten der Gemeinde«, meinte sie. »Das find ich nicht in Ordnung.«

»Wieso denn? Die Gemeinde profitiert doch schließlich am meisten davon«, sagte Maria.

Katharina sah sie erstaunt an.

»Erstens von den Steuern, die sie uns abnehmen, und zweitens wird der ein oder andere aus dem Dorf sicher auch mal bei uns anrufen … Bei der Werbung!«

An Letzteres hätte Katharina nie im Leben gedacht. »Was, wenn uns jemand am Telefon erkennt?«, fragte sie besorgt.

»Unwahrscheinlich.« Maria schüttelte den Kopf. »Wer bitte weiß denn schon, wie du stöhnst? Außerdem muss erst mal jemand auf uns kommen. Die Nummer ist ja völlig anonym.«

Während das Gerät wieder Seite für Seite ausspuckte, dachte Katharina nach. Ihr Peter würde bestimmt nicht anrufen. Ganz sicher nicht. Er würde nicht einen Cent für so etwas ausgeben, dazu war er viel zu geizig. Außerdem konnte er gar nicht wissen, wie sie stöhnte. Sie wusste es ja selbst kaum mehr. Viel zu lange war es her. Als sie Peter damals kennengelernt hatte, hatte er in ihrer Annäherungsphase nur ein einziges Mal erwähnen müssen, dass er es primitiv fand, wenn man im Bett herumstöhnte. Das Wort »primitiv« war für Katharina seit jeher ein K.-o.-Kriterium gewesen. Von da an hatte sie das Stöhnen eingestellt und sich immer perfekt unter Kontrolle gehabt. Beruhigt setzte sie den Kopiervorgang fort.

Sie fabrizierte mehr als zweitausend Kopien, die von Maria ordentlich gefaltet wurden. Waltraud spielte derweil zur Sicherheit, falls doch jemand vorbeikäme und die notdürftige Beleuchtung bemerkte, *Pour Elise* und Die *kleine Nachtmusik* auf dem Klavier rauf und runter.

Nachdem sie alle Lichter gelöscht, die Türen abgeschlossen und das Gemeindehaus verlassen hatten, verstauten sie im Schutz der Dunkelheit sämtliche Blätter in Marias Wagen. Zum Glück hatte keine Menschenseele etwas bemerkt.

Am frühen Morgen des nächsten Tages starteten sie mit ihrer Promotion-Tour. Nachdem ihnen zwei Autos zur Verfügung standen, nämlich Marias alter AUDI und Lenas noch älterer Polo, dessen Beifahrertür sich nur noch mit einem kräftigen Tritt in die Seite öffnen ließ, teilten sie sich in zwei Teams auf.

Maria und Waltraud machten ihre Runde von Zwiesel über Bodenmais nach Regen, wo sie die Flyer an den Mann bringen wollten. Lena und Katharina nahmen die Südroute. Das hieß, sie würden in Deggendorf, Straubing und Regensburg ihr Unwesen treiben.

Diese Aufteilung hatte sich nicht zufällig ergeben. Für Maria kam Regensburg auf gar keinen Fall infrage. Allein die Vorstellung, Manfred oder sogar Tina könnten ihr irgendwo über den Weg laufen, ließ sie erschaudern. Und auch Waltraud war die Stadt ihrer Söhne wegen nicht zuzumuten.

Natürlich trafen die vier Freundinnen noch zusätzliche Vorkehrungen, um nicht erkannt zu werden. Wie Undercover-Agenten fühlten sie sich. Längst vergessene Kopftücher und Sonnenbrillen wurden aus Schubladen gekramt und kamen endlich wieder einmal zum Einsatz.

Maria und Waltraud brachen in bester Abenteuererstimmung auf. Sie hatten auch keinerlei Hemmungen, im Vorbeifahren noch schnell einen Stapel Flyer vor dem Zeitungskiosk zu platzieren, der in einer Stunde öffnen würde, sowie einen weiteren im Eingang der Metzgerei. Dabei sahen sie schon die entrüsteten Mienen von Hannelore und ihrer guten Freundin Gerti und erst recht von Pfarrer Gandl vor sich, was sie nur noch mehr erheiterte. Keiner dieser selbst ernannten Moralapostel würde ahnen, dass jenes sündige Treiben mitten in ihrem sauberen Dorf seine Kernzelle hatte.

Ganz so beschwingt war die Stimmung bei Lena und Katharina nicht. Die beiden redeten nicht viel. Jede hatte sich in ihre eigenen Gedanken verstrickt. Lena war die ganze Zeit schon nicht wohl bei der Vorstellung, mit fremden Männern am Telefon Intimitäten auszutauschen, und Katharina hatte einfach nur Angst, gesehen zu werden.

In Deggendorf stoppten sie das erste Mal. Sie hatten einen der grauen Wohnblöcke im Visier, in dem sich die Nachbarn auch nach zwanzig Jahren höchstens ein flüchtiges Grüß Gott zubrummten und Träume in den vier Wänden verschlossen blieben, wenn sie nicht gar erdrückt wurden. Die zwei Frauen sahen aus, als wollten sie eine Bank überfallen. Beide hatten die Tücher tief in die Stirn gezogen und trugen jene tellergroßen dunklen Sonnenbrillen, wie sie gerade modern waren. Sie schauten sich um und vergewisserten sich, dass niemand in der Nähe war.

Dann war es so weit: Katharina schlug das Herz bis zum Hals, als sie aus dem Polo sprang, zur Haustür jenes grauen Betonmonsters hechtete und dort ganz schnell einen Packen Zettel vor die Haustür legte. Lena wendete derweil den Wagen mit schwingender Beifahrertür, und als sie auf gleicher Höhe mit der Haustür war, hielt sie nur kurz an, um Katharina reinspringen zu lassen. Dann drückte sie das Gaspedal voll durch, sodass die alte Blechlaube aufheulte und Katharina schon fürchtete, der Polo und sie beide würden den Nachhauseweg nicht überleben.

Der Angstschweiß stand Katharina auf der Stirn, doch gleichzeitig nahm sie erstaunt wahr, dass sie sich so lebendig fühlte wie nie zuvor. Mit zunehmendem Eifer ging sie weiter ans Werk. Außerdem waren sie ein gutes Team, auch wenn Lenas Ruhe nicht ihrer Coolness zugeschrieben werden konnte, wie Katharina vermutete, sondern eher ihrer Beklemmung. Sie achteten ganz genau auf mögliche Zeugen, und sobald die Luft rein war, schlugen sie wieder zu.

Selbst vor Krankenhäusern machte Katharina nicht halt. »Schließlich brauchen ja gerade die Kranken eine besondere Zuwendung«, meinte sie, und Lena fragte sich, ob sie in ihrer Euphorie nicht etwas verwechselte. Mit Telefon-Seelsorge hatte das hier ja wohl nichts zu tun – oder vielleicht doch?

Später, zwischen Hotel und Möbelhaus, fiel Katharina ein, dass sie heute Abend eigentlich für Peter kochen müsste. *Eigentlich.* Dieses Wort hatte sich in letzter Zeit gehäuft in ihren Wortschatz geschlichen. Sie hielten an einem riesigen Supermarkt. Lena suchte mit Lenny ein Stück Rasen mit Baum und landete bei ein paar Grashalmen mit Fahrrad, das Lenny mit einigen Spritzern verzierte, während Katharina im Eilverfahren eine Pizza Funghi, eine Pizza Quattro Stagioni sowie einen großen gemischten Salat vom Büfett auftrieb. Hinter der Kasse, neben dem Ausgang ließ sie noch schnell einige Flyer auf die graue Resopal-Platte gleiten, die sich unter dem Brett mit den *Gesucht-Gefunden-Meldungen* befand. Sehr zufrieden setzte sie an Lenas Seite ihre Tour fort. Sie wurde immer besser, und das gefiel ihr.

Maria und Waltraud waren nicht ganz so rasant unterwegs wie die beiden jüngeren. Sie unterhielten sich während der Fahrt über ihre erwachsenen beziehungsweise fast schon erwachsenen Kinder und schlemmten mittags sogar in einem der besten Restaurants des Bayerischen Waldes. Das Restaurant gehörte zu einem Hotel in Bodenmais, und beides weckte in Maria Erinnerungen, die sie in eine über fünfzehn Jahre zurückliegende Erregung versetzten.

»Bist du verrückt!?«, zischte Waltraud ihr ins Ohr, als sie die Hotelhalle betraten. »Wir können uns das doch nie im Leben leisten! Oder willst du die Zeche prellen?«

»Ich habe meine Kaffeedose ausgeleert«, sagte Maria.

Waltraud starrte sie an.

»Wenn wir schon mal in der Gegend sind …«

»Aber doch nicht für ein Essen! Das meinst du nicht im Ernst?«

»Doch. Das ist es mir wert. Und keine Widerrede. Ich lade dich ein.«

Waltraud folgte Maria kopfschüttelnd. »Du scheinst dich hier auszukennen«, stellte sie fest, nachdem Maria zielgenau den schönsten Raum des Restaurants ausgemacht hatte.

»Ich war hier schon öfter«, erwiderte Maria nur und senkte den Kopf, als sie am Fenster Platz nahm. Waltraud entging nicht die leichte Röte auf den Wangen ihrer Freundin, doch sie fragte nicht weiter nach.

Sie bestellten das Menü des Tages, das aus einer Tafelspitz-Consommé mit Nockerln, einer frischen Bachforelle Müllerin und einer *Mousse au Chocolat* bestand.

Der leichte Weißwein, die vertraute Atmosphäre und die Verbundenheit ihrer geheimen Mission lösten Marias Zunge. »Ich war hier mit einem Mann«, sagte sie genauso behutsam, wie sie ihre Forelle gerade filetierte. »Das ist aber schon viele Jahre her.«

Waltraud sah sie völlig überrascht an, und jetzt, da sie einmal damit angefangen hatte, fiel es Maria gar nicht so schwer weiterzusprechen.

»Wir haben uns fast jede Woche getroffen.«

»Hier?«, fragte Waltraud nur, weil sie es nicht glauben konnte.

»Auch. Aber nicht nur hier. An allen möglichen Plätzen, in den verschiedenen Hotels.« Ein verträumtes Lächeln umspielte ihre Lippen. »Es waren immer schöne Hotels.« Die Sehnsucht, die dabei in ihrer Stimme lag, galt mit Sicherheit nicht den Hotels, das war Waltraud sonnenklar.

»Und was ist aus ihm geworden?«, wollte sie wissen und zwang gleichzeitig ihr Gehirn, in der Erinnerung zu forschen, ob nicht im Nachhinein irgendetwas beziehungsweise irgendjemand auftauchte, der ihr damals hätte ins Auge stechen müssen.

»Er war verheiratet.«

Waltraud war erst sprachlos, dann konnte sie nur schwerfällig wiederholen: »Du hattest eine Affäre mit einem verheirateten Mann?«

Maria schüttelte den Kopf. »Es war mehr als das.«

Waltraud musterte ihre Freundin. »Wie lange ging dieses ›mehr als das‹?«

»Ein paar Jahre«, flüsterte Maria und aß ein Stück von ihrer Forelle, bevor das zarte Fleisch ganz kalt wurde.

Waltraud schluckte. Sie wollte mehr wissen, doch sie merkte, dass Maria nicht weiter darüber sprechen mochte, und so widmete auch sie sich wieder ihrer Forelle. Obwohl die feinen Gräten ihre ganze Aufmerksamkeit in Anspruch nahmen, beschäftigte Marias Liebesleben sie über das Menü hinaus.

Die beiden saßen längst wieder im Wagen, unterwegs zwischen Bodenmais und Zwiesel, als Waltraud sich schließlich nicht mehr beherrschen konnte. »Es kann doch nicht sein, dass ich das nicht bemerkt habe«, fing sie an.

Maria musste lachen. »Doch. Aber sei beruhigt. Du bist nicht die Einzige. Niemand hat es gemerkt.«

»Aber wann war das denn?«

»Ach, das ist lange her. Fast zwanzig Jahre.«

Waltraud rechnete kurz nach. »Da war ich mit meinen zwei Buben voll beschäftigt. Darum habe ich nichts gemerkt.«

Maria lächelte. Sie wusste, dass Waltraud es sich nicht eingestehen konnte, dass ihr etwas so Wichtiges im Leben ihrer Freundin entgangen war, und deshalb beruhigte sie sie: »In der Zeit haben wir uns auch wenig gesehen. Erinnerst du dich? Ich war noch nicht verheiratet, du hattest Familie. Und wenn wir uns getroffen haben, dann waren entweder deine Kinder um uns herum oder sonst jemand.«

»Trotzdem. Du hättest es mir erzählen sollen. Es war doch bestimmt nicht leicht für dich.«

Maria schüttelte den Kopf. »Das ging ja nicht. Du warst verheiratet, und ich hatte mich in einen verheirateten Mann verliebt.«

Waltraud verstand erst nicht. Was hatte das denn damit zu tun? Doch dann erkannte sie plötzlich das Dilemma, in dem sich Maria befunden hatte. »Es war dir peinlich. Du dachtest, ich als Ehefrau würde mich auf die Seite der Betrogenen schlagen.«

»Kann schon sein«, meinte Maria mit gespielter Leichtigkeit, dabei hatte Waltraud es auf den Punkt getroffen.

»So ein Blödsinn. Du bist doch meine Freundin«, bekräftigte Waltraud.

Maria schwieg. Sie setzte den Blinker rechts, bog ab und fuhr auf den Parkplatz eines großen Baumarkts. Hier wimmelte es von Männern.

»Na, das ist doch perfekt«, stellte sie fest, griff nach ihrer Sonnenbrille, die auf der Ablage lag, nahm vom Rücksitz einen großen Packen Flyer und stieg aus. Waltraud starrte ihr nach, wie sie in aufrechter, geradezu heroischer Haltung an den potenziellen Kunden vorbeistolzierte und die Flyer genau dort platzierte, wo sie nicht zu übersehen waren. Nämlich direkt auf den gestapelten Prospekten für die tüchtigen Heimwerker.

Ohne sich umzudrehen, ging sie zurück zum Wagen. Hinter ihr standen auch schon zwei bierbäuchige Möchtegern-Rohrverleger am Rand des weitläufigen Parkplatzes, die neben verzinkten Leitungen und Plastikabflussrohren auch einen der Flyer in den Händen hielten und jetzt ziemlich verdattert in ihre Richtung schauten.

Waltraud versank immer tiefer in ihrem Sitz. »Na bravo! Wenn du so weitermachst, weiß es bald der ganze Wald«, meinte sie, als Maria einstieg und den Wagen startete.

Maria schwieg und schob die Unterlippe trotzig vor. Waltraud kannte sie zu gut, um ihr weitere Vorwürfe zu machen. Zu schnell nahm dann das schlechte Gewissen überhand, und sie zog sich zurück.

Während der Weiterfahrt überlegte Waltraud immer wieder, mit wem Maria wohl ihr Techtelmechtel gehabt haben könnte. Diese ungeheuerliche Neuigkeit ließ sie einfach nicht mehr los.

»Nun sag doch mal: Kenn ich ihn?«

Von Maria kam keine Antwort.

»Ist er aus unserem Dorf?«, hakte sie nach.

Maria konzentrierte sich aufs Fahren.

»Warum ging das denn auseinander? Hat er …?«

»Ich bin keine Ehebrecherin«, stellte Maria nur klar – und dann schwiegen sie beide.

Sie fuhren den Hügel hinauf durch den Wald, der sich über Felsen und kleine Schluchten erstreckte. Die alten Bäume links und rechts von ihnen warfen einen einzigen, kilometerlangen düsteren Schatten auf die Landstraße.

Im Zwielicht betrachtete Waltraud Maria von der Seite: Sie trug noch immer die schützende Sonnenbrille. Doch ihre Gefühle konnte sie damit nicht tarnen, denn ihr Körper sprach eine eigene Sprache, die sie nicht kontrollieren konnte: Wie sie sich auf den Straßenverlauf vor ihr konzentrierte, ihren Oberkörper angespannt nach vorne geneigt hielt und wie ihre Hände das Lenkrad umklammerten, war es offensichtlich, dass sie dieses späte Geständnis aufgewühlt hatte und ihr das Ganze noch heute zu schaffen machte. Von ihrem Hals bis zu den Wangen hatten sich inzwischen rötliche Flecken ausgebreitet, und Waltraud wusste, die ganzen Jahre über hatte sie geschwiegen, weil sie sich für diese Liaison schämte.

»Du hast ihn wirklich geliebt«, sagte Waltraud.

Maria presste ihre Lippen zusammen, und Waltraud gab es schließlich auf, weitere Fragen zu stellen.

Sie fuhren aus dem Wald heraus. Vor ihnen auf dem Hügel lag das nächste Dorf, und weiter hinten im Tal konnten sie bereits den Kirchturm von Zwiesel ausmachen und nicht weit davon entfernt, nämlich am großen Regen entlang, nach der Kirche irgendwann rechts und dann ungefähr drei Kilometer weiter, befand sich das Anwesen Alexander Hartmanns. Maria schluckte und kämpfte gegen ihre Gedanken.

Schweigend saß sie hinter dem Steuer, doch dann, als sie sich den ersten Häusern näherten, blitzte die Abenteuerlust auch wieder aus ihren Augen.

Am späten Nachmittag dieses Tages waren unzählige Wohnblöcke, Kneipen, Krankenhäuser, Glashütten, Supermärkte, Baumärkte, Kaufhäuser und kleinere florierende Geschäfte über die Grenzen des Bayerischen Waldes hinaus bis nach Regensburg mit den Flyern übersät.

Als Katharina und Lena so gegen achtzehn Uhr zu Hause ankamen, war Lena heilfroh, dass sie ihre Mission nun erfüllt hatten. Zum Glück hatte es keinen Ärger gegeben, und sie waren niemandem besonders aufgefallen. Jetzt wollte sie nur noch eines: nach Hause und die Tür hinter sich schließen.

Sie ließ sich ein Bad einlaufen und blieb so lange in dem schaumigen Wasser liegen, bis sich die Haut an ihren Fingern und an ihren Zehen wellte. In Bademantel und Socken hockte sie sich dann auf ihre Couch und schaute sich eine Romantic Comedy auf DVD an. Dabei aß sie gedankenlos zwei Scheiben Brot mit fettarmem Camembert.

Für ganze neunzig Minuten vergaß sie all ihre unerfüllten Träume; sie war die Heldin auf der Leinwand, das Happy End gehörte ihr. Aber kaum lief der Abspann des Films, spürte sie eine Leere, die sie fast nicht ertragen konnte. Wo war denn *ihr* Traumprinz? Wieso klingelte nie ein Mann an *ihrer* Tür – außer Willi? Was war denn an ihr bloß so verkehrt? War sie denn wirklich so schlecht?

Die plötzliche Erkenntnis, dass selbst Willi immer nur dann bei ihr klingelte, wenn er die Post brachte, gab ihr schließlich den Rest. Tränen schossen ihr in die Augen. Oh, wie sehnte sie sich danach, geliebt zu werden! Ein Mal geliebt. Düster starrte sie auf den Bildschirm, auf dem nun ständig von Neuem der Trailer mit innig küssenden Paaren lief. Und dann noch die Musik! Zum Heulen war das! Und in diesem Augenblick fiel ihr ein, dass sie ab morgen ihr Dasein mit Telefonsex fristen würde, und sie schluchzte laut auf. Von allen Menschen auf der Welt bedauerte sie sich selbst am meisten.

Katharina hatte Lena vor ihrer Haustür abgesetzt und sich ganz schnell von ihr verabschiedet. Auch sie war in Eile und wollte nach Hause. Sie musste das Essen für Peter vorbereiten.

Kaum hatte sie die Fahrertür geöffnet, sprang Lenny mit einem Satz von der Rückbank direkt auf die Straße und raste in den Garten, um der schwarz-weißen Katze des Nachbarn zu zeigen, wer hier der Herr im Hause war.

Zum ersten Mal war Katharina froh, dass Peter noch nicht heimgekehrt war. So konnte sie in aller Ruhe den Tisch decken, das Bier kaltstellen, den Backofen vorheizen und den Salat vom Büffet aus seiner Plastikschachtel dekorativ auf zwei Teller verteilen. Sie holte das vorgekochte Fressen für Lenny aus dem Kühlschrank, vermengte es mit ein wenig heißem Wasser und füllte es in seinen Napf. Dass es sich um einen ganz edlen Napf handelte, um den sich kunstvoll kleine und große Knochen aus Porzellan schlangen, war dem Hund egal, doch Katharina erfreute sich heute ganz besonders daran. Sie stellte Lennys Napf auf den Boden und sah ihm zu, wie er sein Fressen ruckzuck verschlang. Dabei summte sie vor sich hin. Was für ein Tag!, dachte sie.

»Wieso denn Pizza?«, fragte Peter leicht verstimmt, als sie ein wenig später die Quattro Stagioni auf seinen vorgewärmten Teller gleiten ließ. Der Salat hatte ihm geschmeckt. Mit ein bisschen Olivenöl und ein paar frischen Kräutern hatte Katharina ihn aufgepeppt und das beginnende Dahinwelken einiger grüner Blätter gerade noch kaschieren können.

»Die waren im Sonderangebot«, schwindelte sie und nahm mit Genugtuung wahr, dass sie ihn damit zufriedenstellte. Er konnte mit seinem flüchtigen Misstrauen ihre gute Stimmung nicht dämpfen, heute nicht, dazu war sie innerlich viel zu aufgewühlt. Natürlich hatte sie ihm von ihrer Rundreise nichts erzählt. Allein schon bei dem Gedanken an den nächsten Tag, an dem Maria, Lena, Waltraud und sie auf unbekannte Anrufer warten würden, spürte sie ein kleines Feuerwerk in sich. Sie strahlte Peter über ihre Pizza hinweg an, hob das Glas Wein und prostete seinem Bier zu.

Schließlich fand er, dass die Pizza gar nicht so schlecht schmeckte. Er fing an, von seinen Geschäften zu erzählen, dass er an diesem

Tag ein Architekturbüro mit einer Computeranlage auf den neuesten Stand gebracht hatte, aber nachdem sie den Schokoladen-Pudding gegessen hatten, hatte die Normalität sie wieder eingeholt. Fast, denn immer wieder schossen kleine übermütige Blitze aus Katharinas Augen. Doch die bemerkte Peter nicht.

Als Maria mit Waltraud das Haus betrat, erwartete sie schon ein völlig erboster Großvater. Er hatte sie durch das Fenster heranfahren sehen und die übliche Lautstärke des Fernsehers runtergedreht, sodass er ihnen jetzt von seinem Sessel im Wohnzimmer aus zurief: »Die ganze Zeit hat dieses blöde Telefon geklingelt!«

Maria und Waltraud erschraken. Sie waren immer davon ausgegangen, dass sie am nächsten Tag mit dem Telefonsex beginnen würden, sodass sie eventuelle frühere Anrufe gar nicht in Betracht gezogen hatten. Sie blieben im Flur stehen.

»Wer hat denn angerufen?«, rief Maria.

»Woher soll ich das denn wissen? War ja nie jemand dran«, kam es genervt zurück.

Maria und Waltraud sahen sich an und atmeten auf.

»Das liegt bestimmt an dem Telefon. Dieses neumodische Zeug bringt alles durcheinander. Ich hab's dir ja gleich gesagt«, schimpfte er weiter.

Die beiden Frauen schmunzelten.

»Ein Mal war es ein Mann«, meinte er.

Sie erschraken. Maria zögerte. Dann gab sie sich einen Ruck und ging zu ihrem Vater ins Wohnzimmer. Er hatte wie immer den Fernseher im Visier, nur den Ton hatte er noch immer leise gestellt.

»Und?«, hakte sie vorsichtig nach. »Was hat er gesagt?«

»Was bin ich?«, wollte der alte Herr wissen.

»Was er gesagt hat«, wiederholte Maria laut.

»Wer?«

»Der Anrufer!« Diesmal schrie sie.

»Ach, der! Der hatte sich verwählt.«

Waltraud war ihr gefolgt und stand jetzt neben ihr. Nun lächelte sie Maria erleichtert zu und ging an ihr vorbei, um ihren Vater zu begrüßen.

»Der wollte Sex. Und zwar am Telefon.«

Die beiden Frauen erstarrten.

»Stellt euch das mal vor. Am Telefon! Ja, so was. Wo gibt's denn das? Mit irgendeiner, die er gar nicht kennt. Was die jungen Leute alles machen heutzutage.« Kopfschüttelnd griff er nach der Fernbedienung. »Sex über das Telefon«, murmelte er. »Telefonsex. So was!« Er überlegte. »Und du regst dich wegen meines *Playboys* auf!«, warf er Maria vor. Dann drehte er sich um, damit die beiden sein winziges Lächeln nicht sehen konnten, drückte die Lautstärke hoch und lehnte sich in seinem Sessel zurück. Das Thema war für ihn gegessen.

Maria war heiß und kalt zugleich. Das war gerade noch mal gut gegangen!

Waltraud sah sie beunruhigt an. »Du musst den Klingelton ausstellen«, zischte sie.

Maria nickte. Waltraud hatte leicht reden. Sie hatte keine Ahnung, wie man das machte. In dem Moment klingelte das Telefon erneut. Beide zuckten zusammen und sahen sich erschrocken an. Maria zögerte einen Moment. Waltraud schüttelte fast unmerklich warnend den Kopf und fixierte sie mit ihrem Blick. Maria war trotzdem versucht, das Gespräch entgegenzunehmen. Es könnte doch Tina sein, die endlich mal anrief. Was aber, wenn nicht? Auf welcher Leitung gingen denn nun die Anrufe für die alte Nummer ein? Sie wusste es nicht, und überhaupt ging ihr alles viel zu schnell, sodass sie sich beim nächsten Klingelton entschieden hatte und kurzerhand den Stecker aus der Wand zog. So, nun hatte sie wenigstens eine ruhige Nacht vor sich.

Sie stiegen in die Küche hinunter. Maria öffnete aus ihrem Kleinpreis-Bestand eine Flasche Prosecco. Sie setzten sich und erhoben das Glas auf ihren erfolgreichen Tag.

Eine halbe Stunde später brach Waltraud auf.

»Wir haben den Anrufbeantworter vergessen«, fiel Maria ein, als sie schon vor dem Haus standen, um sich zu verabschieden, und stöhnte: »Mein Gott, woran man alles denken muss!«

»Heute nicht mehr«, winkte Waltraud ab und schickte sich an zu gehen.

»Wir müssen ihn unbedingt besprechen. Wir haben fünf Telefonnummern und können bei jeder drei verschiedene Ansagen aufzeichnen.«

»Ging's nicht noch größer?«, fragte Waltraud mit erschöpftem Lächeln.

Maria lächelte müde zurück und hob resigniert die Schultern. Für heute hatte sie wirklich genug, dachte sie, als eine Stimme sie aufschreckte.

»Ja, hallo! Was macht ihr denn hier?« Es war Hannelore Meier, die bei ihnen stehen blieb und sie neugierig anstarrte.

»'n Abend, Hannelore«, sagte Maria. Waltraud nickte ihr nur zu, was Hannelore nicht sonderlich interessierte, denn sie war voll damit beschäftig, die beiden von Kopf bis Fuß zu mustern. Das tat sie jedes Mal, wenn sie auf jemanden traf, und Maria wunderte sich stets über diese Dreistigkeit.

»Brauchst nicht so zu schauen, Hannelore. Immer noch dasselbe Kleid und immer noch dieselben Schuhe«, erklärte Waltraud mit einem schmallippigen Lächeln, das Maria genau zu interpretieren wusste. »Gibt nichts Neues.«

»Ich hab euch heute wegfahren sehen. Wo wart ihr denn?«

»Ich war mit meinem Liebhaber zugange, und Maria hat das Ganze gefilmt.«

Maria verkniff sich ein Lachen.

»Witzig«, meinte Hannelore und verzog das Gesicht. »Jetzt erzählt schon!«

»Du glaubst uns nicht? Wir haben uns den Streifen gerade angeschaut. Vom Allerfeinsten. Wir können ihn dir zeigen, wenn du willst. Komm doch rein!« Waltraud legte ihren Arm um Hannelore, um sie zum Haus zu geleiten.

»So ein Blödsinn! Lass mich! Ich habe keine Zeit«, sagte Hannelore, wand sich aus Waltrauds Arm und suchte das Weite.

»So macht man sich Freunde«, murmelte Maria, während sie ihr nachschauten.

»Es gibt Menschen, die können einen einfach nicht leiden. Da kannst du ihnen Geschenke machen oder Kuchen backen oder dich auf den Kopf stellen, sie hacken immer auf dir herum. Egal, was du tust.« Waltraud drehte sich mit einem stolzen Lächeln zu Maria. »So gebe ich ihnen wenigstens einen Grund, mich nicht zu mögen. Und habe meinen Spaß.«

Maria zweifelte sehr, ob Waltraud das wirklich so spaßig fand, aber sie sagte nichts.

»Also morgen. Um zehn. Okay?«, fragte Waltraud.

Auf einmal war beiden ganz bang bei dem Gedanken an den morgigen Tag. Waltraud umarmte Maria und drückte sie an sich.

»Den Anrufbeantworter können wir gleich in der Früh besprechen«, schlug Waltraud vor und machte sich auf den Weg. Nach ein paar Metern drehte sie sich um. Ihre Augen und ihr Haar glänzten im Licht der Dämmerung. »Ich bin überhaupt nicht vorbereitet.« Ihre Stimme klang brüchig.

»Ich auch nicht«, bekannte Maria.

Sie standen sich gegenüber, schweigend und in stillem Einvernehmen, und ließen die Zeit einfach verstreichen. Sie wussten beide, dass sie sich heute in ihrer Freundschaft wieder einmal ein Stückchen nähergekommen waren. Sie würden auch das, was auf sie zukam, zusammen meistern.

Waltraud brach das Schweigen. »Also dann, schlaf gut!«, sagte sie.

»Du auch«, meinte Maria und sah ihrer Freundin mit leisem Lächeln hinterher.

Acht

Kurz nach zehn Uhr saßen die vier Freundinnen in der bayerischen Stube, in der Maria den Tisch gedeckt und das Frühstück angerichtet hatte, und Lenny dämmerte unter der Bank in einer Art Halbschlaf, in dem ihm aber nichts Wichtiges wie eine Scheibe Schinken oder ein Stückchen Leberwurstbrot entgehen würde. Maria war heute schon um sechs Uhr aufgestanden, nach einer katastrophalen Nacht, in der zur permanenten Sorge um Tina noch die Angst vor dem Telefonsex gekommen war. Danach hatte sie die Fenster geputzt, das Bad auf Hochglanz poliert und die Wäsche gebügelt. Sie bügelte für ihr Leben gern. Für sie war Bügeln Meditation. Es beruhigte ihre Nerven.

Nachdem die Wäsche ordentlich gestapelt in Schränken und Kommoden verstaut gewesen war, hatte sie ihrem Vater ein großes Frühstück ans Bett gebracht. So, wie er es am liebsten mochte: zum süßen Milchkaffee eine ordentliche Portion Rührei mit Speck und anschließend noch eine Scheibe Bauernbrot mit extraviel Butter und Honig. Höchst erfreut war er über diese unerwartete Zuwendung gewesen, die von Maria genau geplant war. Sie wusste, dass er danach noch einmal tief und fest schlafen würde, weil sein Körper bis in den frühen Nachmittag hinein damit beschäftigt war, die vielen Eiweiße und Kohlenhydrate zu verdauen. Und dies garantierte ihnen ein ungestörtes Arbeiten.

Maria sah ihren Freundinnen die Aufregung an. Sie hatten wohl alle in der letzten Nacht nicht viel Schlaf abbekommen. Blass waren sie, mit Augenringen. Am schlechtesten ging es offensichtlich Lena. Sie hatte sich einen Schal umgebunden. Ihre Stimme hatte sie verlassen.

Vor ihrem ersten Talk langten sie noch einmal richtig zu und stärkten sich mit heißem Kaffee, frischen Brötchen, Aufschnitt und selbst gemachter Marmelade. Nur Lena rührte nichts an. Sie brachte keinen Bissen runter. Allein die Vorstellung, jetzt gleich irgendeinen Typen befriedigen zu müssen, schlug ihr nicht nur auf die Stimmbänder, sondern auch auf den Magen.

Maria meinte es gut. Sie kam mit einem Geschirrtuch und in Scheiben geschnittenen rohen Zwiebeln aus der Küche. Trotz heftigem Prostest bedeckte sie Lenas Hals mit den Zwiebelscheiben und band dann das karierte Tuch darum.

»Das hilft immer«, sagte sie und legte Lenas Schal zusammengefaltet auf die Ablage.

»So was kann kein Mensch ertragen«, flüsterte Lena heiser und verzog angewidert das Gesicht. Der scharfe Geruch der Zwiebel trieb ihr Tränen in die Augen.

»Siehst du«, feixte Waltraud. »Das ist schon mal der Vorteil von Telefonsex. Im Bett würde, so wie du jetzt aussiehst, gar nichts mehr laufen.«

»Deine Stimme klingt auf jeden Fall supersexy«, versicherte Katharina tröstend.

Lena war das egal. Sie saß wie ein Häufchen Elend auf dem Stuhl, die Strickjacke bis obenhin zugeknöpft, das Geschirrtuch um den Hals gewickelt.

»Senderinnen sind wir jetzt«, meinte sie mit rauchiger Stimme und fügte hinzu: »Hab ich im Netz gelesen. So nennt man die Frauen, die Telefonsex machen oder sich vor der Webcam zeigen.« Sie hüstelte und stand auf.

»Was ist denn eine Webcam?«, fragte Waltraud.

»Eine Kamera, mit der du dich filmst, und das kann man dann gleichzeitig im Internet sehen«, mischte sich Katharina ein. Lena nutzte die Gelegenheit, um zum zweiten Mal in dieser knappen Stunde auf die Toilette zu verschwinden.

Auf Waltrauds und Marias erstaunte Blicke hin erklärte Katharina mit gespielter Sachlichkeit: »Ich hab jetzt auch mal im Netz recherchiert. Man muss sich ja informieren, was die Konkurrenz so macht.«

Maria staunte über Katharinas unerwarteten Eifer, Waltraud interessierte sich indes weiter:

»Die ziehen sich doch nicht etwa vor der Kamera aus?«

»Nicht nur das.«

Waltrauds Augen wurden immer größer. Marias Miene wurde langsam ernst. Und Katharina kostete ihren Wissensvorsprung genüsslich aus.

»Was denn?«, drängte Waltraud. »Die machen doch nicht …?«

Sie sah die Bestätigung in Katharinas Blick und verstummte.

»Die machen das, was der Mann am Telefon von ihnen verlangt.«

»Du meinst, sie … sie …?«

Katharina nickte. »Die zeigen alles.«

Damit war klar, was sie ihnen sagen wollte. Maria schluckte. Sie dachte an das Geschäft. »Ja, aber … macht das denn für uns überhaupt noch Sinn?«, fragte sie verunsichert.

»Natürlich.« Katharina beruhigte sie. »Sorg dich da mal nicht. Ich meine, Peter handelt zwar mit Computern, aber schau dir doch mal die meisten Männer an! Wer von denen geht denn wirklich ins Netz? Und dann muss er dazu ja noch allein sein. Im Büro wird er sich das ja kaum wagen.«

Maria und Waltraud hörten ihren Ausführungen erstaunt zu. Katharina fuhr fort: »Ich war auch erschrocken, als ich das entdeckt habe. Aber glaubt mir: Mit dem Internet ist das alles viel zu kompliziert. Anrufen geht einfacher.«

Maria fiel noch ein gewichtigeres Argument ein: »Außerdem ist der Reiz oft viel größer, wenn man nur die Stimme hört.«

Waltraud bereitete den Spekulationen nun kurzerhand ein Ende. »Was soll das ganze Gerede? Am besten, wir fangen an.« Sie schlürfte den letzten Schluck Kaffee. »Jetzt schauen wir mal, wie viele Kerle überhaupt anrufen, und dann sehen wir schon.« Dabei schaute sie Maria und Katharina herausfordernd an. Ebenso blickte sie Lena an, die gerade von der Toilette zurückkam, und hob mit kräftiger Stimme hervor: »Als Senderinnen verkünden wir jetzt mal den Herren der Schöpfung eine frohe Botschaft.«

Auf diese Ansage hin rutschte Lena ganz schnell wieder nach hinten auf die Bank und drückte ostentativ das Geschirrtuch fester an ihren Hals.

»Wunderbar«, meinte Maria zu Waltraud. »Dann kannst du ja gleich damit anfangen.«

Die Freundin schluckte. Drei Augenpaare fixierten sie. Waltraud versuchte, sich ihre akute innere Spannung nicht anmerken zu lassen. »Ich? Wieso ich?« Sie schluckte ein weiteres Mal. »Es war deine Idee. Du solltest damit anfangen«, schlug sie Maria vor, die jedoch anderweitig verplant war.

»Ich muss mich noch um die Technik kümmern und den anderen die Nebenstellen zeigen, damit alles läuft. Den ersten Anruf überlasse ich gern dir.«

»Ich glaube, ich gehe jetzt erst mal ein wenig an die frische Luft«, erklärte Waltraud. Ihr war nach einer Zigarette zumute.

»Du rauchst doch nicht mehr.« Maria durchschaute sie. »Und du fängst auch jetzt nicht wieder damit an.«

»Dann nehme ich eben den ersten Anruf entgegen«, sagte Katharina. »Mir macht das, glaub ich, nicht so viel aus.«

Das konnte Waltraud nun nicht auf sich sitzen lassen. Sie gab sich einen Ruck, füllte ihre Tasse randvoll mit heißem Kaffee und erhob sich. »Ich kann das schon«, behauptete sie selbstbewusst.

Maria schaute in die Runde und holte tief Luft. »Gut«, sagte sie. »Wenn wir alle so weit sind … dann stecke ich das Telefon jetzt wieder ein.«

Schweigend sahen die anderen ihr dabei zu, wie sie das Geschirr auf dem Tablett zusammenstellte. Als sie den Raum verließ, rief Katharina: »Und wenn gleich mehrere anrufen?«

»Dann gehst du an das Telefon in der Küche, Lena nimmt das im Flur, und ich verzieh mich in mein Schlafzimmer.«

»Ich mach das aber nicht im Flur«, weigerte sich Lena mit einem rauen Flüstern.

»Dann gehst du halt in mein Schlafzimmer. Außerdem werden so viele bestimmt nicht auf einmal anrufen«, erwiderte Maria und trug das volle Tablett in die Küche.

Die anderen halfen ihr nun beim Abräumen. Einzig Waltraud tigerte in der Stube hin und her und starrte dabei immer geradeaus.

»Hallo«, hauchte sie gedehnt. »Ich bin Sarah.« Und dann versuchte sie es wieder: »Hallo, ich bin Sarah. Lady Sarah.«

Katharina und Maria stießen sich gegenseitig an und kicherten. Waltraud durfte sich jetzt nicht stören lassen. Sie konzentrierte sich und probte mit tiefer Stimme: »Was kann ich für dich tun, mein Süßer?« Dabei runzelte sie die Stirn, als wollte sie den Empfänger nicht stimulieren, sondern strangulieren.

Katharina und Maria brachen in lautes Lachen aus und ernteten von Waltraud einen entrüsteten Blick.

»Macht *ihr* das erst mal besser!«, empörte sie sich, drehte ihnen den Rücken zu und vertiefte sich wieder in ihre Rolle.

Lachend verschwanden die beiden anderen in der Küche.

Lena fand das alles gar nicht komisch. Sie drehte sich weg und knabberte an einem Stück Brot. Ihr Blick fiel auf die geschnitzte Marienfigur, die auf der Ablage der Eckbank in der Nische stand. Die Milde in ihrem Gesicht berührte Lena. Sie starrte die alte Holzfigur einen Moment an, erst peinlich berührt, dann hilflos. Stumm bat sie die Muttergottes um Rat. Was sollte sie denn bloß tun? Das feine Lächeln gab ihr Trost, und sie fühlte sich plötzlich auf unerklärliche Weise gestärkt. Sie raffte sich auf und schob sich an Waltraud vorbei, um den Brotkorb und das Brett mit dem restlichen Aufschnitt in die Küche zu befördern. »Lena?!«, hallte bereits Marias Stimme aus dem Flur zu ihr herüber, und dann kam noch: »Du wirst gebraucht!«

Lena trippelte hinaus, und Waltraud kam es vor, als wären ihre Schritte noch kürzer als sonst.

Es klingelte. Waltraud fuhr zusammen. Das Blut gefror in ihren Adern.

»Keine Panik!«, rief Maria ihr aus dem Flur zu. »Wir probieren nur das Telefon aus.«

Und während Lena die Telefonanlage so einstellte, dass sich der Klingelton für die alte Nummer von dem der kostenpflichtigen 09005er-Nummer deutlich unterschied, schritt Waltraud in der Stube weiter bedächtig auf und ab. Im Ausschreiten lagen die Ruhe und die Kraft. Sie hatte sich schon wieder voll auf ihren Text konzentriert, der sich jedoch nach wie vor im Unwesentlichen verhakt hatte. »Hallo, ich bin Sarah. Guten Tag, ich bin Sarah. Hi, hier ist Sarah«, leierte sie ständig vor sich hin.

»Aufregend, wirklich aufregend, wie das klingt!«, neckte Maria sie und stellte Waltraud eine Flasche Mineralwasser und ein Glas auf den Tisch.

Waltraud war nicht nach Scherzen zumute. Sie drehte sich mit ernster Miene zu ihr um und entgegnete mit getragener Stimme: »Von mir aus kannst du das Telefon wieder einstecken. Ich bin bereit.«

»Schon längst geschehen«, meinte Maria leichthin.

»Wie?« Entsetzen lag in Waltrauds Augen.

»Das Telefon funktioniert.«

»Oh Gott! Ich bin doch noch nicht so vorbereitet.« Waltrauds Bewegungen wurden hektisch. »Was mach ich denn nur? Ich muss noch üben. Scheiße. Was sag ich denn?«

»Du sollst hier keinen wissenschaftlichen Vortrag halten. Es reicht, wenn du ordentlich stöhnst«, antwortete Maria. »Komm, Waltraud, so schwierig ist das nicht. Mach einfach die Augen zu und stell dir vor, es wär dein Heinz.«

Heinz, dachte Waltraud. Wenn der wüsste! Und zum ersten Mal überkam sie ein derart schlechtes Gewissen, dass sie stark versucht war, alles sofort abzublasen. Worauf hatte sie sich da nur eingelassen? Sie musste verrückt gewesen sein. Nein, sie machte da nicht mit!

»Es tut mir leid, Maria …«, setzte sie an. Weiter kam sie nicht. Denn in dem Moment setzte eine Melodie ein, und Marias Blick ließ sie deutlich erkennen, dass diese Klänge der unmissverständliche Aufruf an sie waren. Ihre Gedanken wirbelten wie wild durcheinander, und darüber vernahm sie die Stimme von Xavier Naidoo mit den Worten: »Was wir allein nicht schaffen, das schaffen wir dann zusammen ...«

Natürlich, dachte Waltraud – es war Lena gewesen, die den Klingelton eingestellt hatte, und er traf voll ins Schwarze. In diesem Fall in ihre Magengrube.

»Viel Glück!«

Bevor sie sich noch weitere Gedanken machen konnte, hielt ihr Maria den Hörer einfach hin. In diesem Moment hätte sie ihre Freundin erwürgen können. »Raus!«, zischte sie. Sie schluckte. Ihre Kehle war trocken, und ihre Handflächen waren kalt und feucht. Sie führte den Hörer ans Ohr. »Hallo?«, fragte sie zaghaft ins Telefon und erschrak gleichzeitig, weil sie vergessen hatte, ihre Stimme zu verstellen. Oh Gott! Wenn jemand sie erkannte!

Maria stand in der Tür und sah sie mitfühlend an. Erst auf Waltrauds hektisches Winken hin verließ sie die Bauernstube und schloss die Tür hinter sich.

Waltraud fröstelte. Nun war sie allein mit dem Unbekannten. »Hi, hier Sarah«, verbesserte sie sich und erschrak, als sie eine unfreundliche Stimme hörte, die ins Telefon blaffte: »Wenn du Zeit schinden willst, sag ich dir eines gleich: Nicht mit mir! Abzocken lass ich mich nicht!«

Was bildet der sich ein?, dachte sie, laut aber sagte sie: »Entschuldigung.«

»Jetzt fang schon an!«

Waltraud konnte ihr Herz schlagen hören. Nur gut, dass der Anrufer es nicht hörte! »Was kann ich für dich tun, mein Süßer?«

»Du kannst deine Schenkel spreizen und dich reiben. Ich schau dir zu.« Waltraud erstarrte. Musste sie sich das wirklich anhören? War sie so tief gesunken? Sie schluckte und war nahe dran, das Gespräch wegzudrücken.

»Was ist?«, klang die Stimme fordernd.

Waltraud brachte keinen Ton heraus.

»Macht dich das geil?«

»Ja«, hörte sie sich zaghaft antworten.

»Hey, du Schlampe, lauter! Ich will es von dir hören!«

Waltrauds Hand, mit der sie den Hörer hielt, zitterte. Zusammennehmen!, befahl sie sich. Waltraud, reiß dich zusammen, verdammt! »Ja«, wiederholte sie lauter. Es blieb still in der Leitung.

Du bist hier an der Front, redete sie sich ein. Es ist Krieg. Nein, Krieg ist viel schlimmer. »Ja, ich bin geil auf dich.« Im selben Moment fiel ihr ein, dass sie für dieses Wort schon einmal ihren damals noch pubertierenden Söhnen Hausarrest erteilt hatte. Oje, wie sie sich schämte!

Ein kurzes Stöhnen ließ sie aufhorchen. Das war ja schon mal was, dachte sie, und sie überwand ihre Scham: »Richtig geil.«

Er stöhnte erneut auf.

»Ich will, dass du mich nimmst!« Meine Güte, sie traute sich vielleicht was! Das Stöhnen nahm zu. Waltraud wagte sich weiter vor. »Gib's mir! Los!« Heftig klang der fremde Atem zu ihr. Sie vermied es, sich vorzustellen, was der Empfänger gerade machte. Das war etwas, was sie lieber nicht wissen wollte.

»Und?«, presste er unter Stöhnen hervor. »Was ist mit dir?«

Oh, Mist, dachte sie, jetzt war sie dran! Unbewusst seufzte sie tief.

»Ha, das gefällt dir, du Schlampe!«, kam es sofort retour, und Waltraud war überrascht, wie einfach das ging. Sie überlegte, was sie sonst noch im Repertoire hatte, und dann fiel ihr die Orgasmus-Szene aus dem Film *Harry und Sally* ein. Wunderbar. Das half. Was Meg Ryan konnte, konnte sie auch. Sie war nun Lady Sarah – und Lady Sarah fing erst einmal leise an. Und dann wurde sie lauter, während der Unbekannte mit entfesselter Lust immer wieder wütend schrie:

»Ich fick dich! Ich fick dich!«

Mit zunehmender Sicherheit stöhnte Waltraud, was das Zeug hielt, bis er nach einem ziemlich geräuschvollen, lang gezogenen Aufstöhnen erschöpft durchatmete.

Waltraud triumphierte innerlich. Sie hatte es geschafft. In dieser Schlacht hatte sie sich bravourös geschlagen. Bravourös!

»Servus«, sagte er knapp. Dann machte es Klick.

Waltraud blieb noch einen Moment auf der Bank sitzen und starrte einfach nur vor sich hin. Sie fühlte, dass der Stoff ihrer Bluse unter ihrem Arm und unter ihrer Brust klebte, und erst jetzt wurde ihr bewusst, wie erledigt sie war. Anstrengend war es gewesen, aber sie hatte es geschafft, und es war längst nicht so schwer, wie sie geglaubt hatte. Sie hatte ihren Kopf aufgestützt. Nun fuhr sie mit der Hand unter ihr dichtes, schweres Haar und fächerte es durch, um ihren Nacken ein wenig zu kühlen.

Sie schaute auf ihre Armbanduhr. Wenn sie sich nicht irrte, hatte sie jetzt elf Euro vierundneunzig umgesetzt. Länger als sechs Minuten hatte das Ganze nicht gedauert. War das nun gut oder nicht?

Sie rechnete gerade nach, wie viele Anrufer sie an einem Tag befriedigen musste, sodass es sich lohnte, als die Tür geöffnet wurde. Maria steckte den Kopf ins Zimmer und sah sie besorgt an.

»Und? Wie war's?«, wollte sie wissen. Sie eilte zu ihr und rutschte neben sie auf die Bank. Ihre Neugierde wuchs, als Waltraud nicht gleich antwortete, sondern erst in aller Ruhe die Mineralwasserflasche nahm, sich ein Glas einschenkte und dieses halb leer trank. Danach lehnte sie sich zurück und blickte Maria zufrieden an.

»War gut. War richtig … geil.« Waltraud ließ dieses Unwort genussvoll über ihren Gaumen rollen. Mit einem zufriedenen Lächeln streckte sie ihren Rücken. Maria war so perplex, dass Waltraud nicht anders konnte, als hinzuzufügen »Ich bin dabei mindestens fünf Mal gekommen«.

Maria blieb der Mund offen stehen. Sie sah zu, wie Waltraud ihr Glas austrank und sich erneut einschenkte. »Das macht Durst«, meinte Waltraud.

»Fünf Mal?«, hakte Maria nach.

Waltraud lachte laut auf. »Quatsch. Aber es war schon okay. Längst nicht so schlimm, wie ich dachte.«

Maria schüttelte empört den Kopf. Sie so auf den Arm zu nehmen! Dann jedoch rutschte sie näher an ihre Freundin heran und vergewisserte sich: »Du machst also weiter?«

Waltraud nickte. »Logisch. Man kann sich daran gewöhnen.«

»Gott sei Dank«, murmelte Maria. »Den nächsten Anrufer übernehme ich. Lena hat sich oben hingelegt. Ihr scheint es nicht so gut zu gehen.«

In dem Moment kam auch schon Katharina in die gute Stube. Mit glühenden Wangen, völlig aufgewühlt und durcheinander, ließ sie sich auf den Stuhl fallen. »Huh! Das war vielleicht was!«

Maria und Waltraud schauten sie gespannt an.

»Der wollte, dass ich die Domina spiele.«

»Du – eine Domina?« Maria lachte auf.

»Darf ich?« Katharina griff zum Wasser, worauf Maria aufstand, um noch drei weitere Gläser aus dem alten Büffet zu holen.

»Meine Güte«, stöhnte Katharina. »So was aber auch!« Sie wartete nicht, sondern nahm schon mal einen Schluck aus Waltrauds Glas, bevor Maria mit frischen Gläsern zurückkam. »Stellt euch vor, ich sollte ihm Anweisungen geben, was er machen soll!«

»Und? Hast du?«

Waltraud und Maria hingen an Katharinas Lippen.

»Ich hab's versucht«, antwortete Katharina. »Der wollte richtige Befehle.«

»Was für Befehle?«, hakte Maria nach.

»Was heißt ›versucht‹?«, wollte Waltraud wissen.

»Ja, irgendwie ging es wohl auch. Aber ich habe ihm gesagt, wenn er das nächste Mal anruft, soll er nach Lady Sarah fragen.«

»Wieso denn das?«, entfuhr es Waltraud.

»Na, das entspricht doch deinem Naturell viel mehr«, meinte sie schulterzuckend. »Du kommandierst doch so gern herum.«

»Ich bin keine Domina!«, regte Waltraud sich auf und drehte sich zu Maria. »Sag ihr, dass ich keine Domina bin!«

Doch ihre beste Freundin sah sie nur feixend an.

»Ihr seid ja so was von bescheuert!« Das kam von der Tür.

Waltraud, Maria und Katharina sahen zu Lena, die mit vorwurfsvollem Blick hereinkam. Um ihren Hals war immer noch das Geschirrtuch mit den Zwiebelscheiben gewickelt.

»Ihr amüsiert euch hier unten, und ich hocke die ganze Zeit da oben und warte, dass etwas passiert.« Sie räusperte sich und griff nach ihrem Schal, der noch immer zusammengefaltet auf der Ablage lag.

»Du kommst schon noch dran«, meinte Maria. »Waltraud hatte bereits ihren multiplen Orgasmus.«

Katharinas Augen weiteten sich. »Echt?«

Lena erstarrte.

Waltraud und Maria schüttelten sich vor Lachen, bis Katharina aufhorchte.

»Moment mal. Seid doch mal leise! Das Telefon!«

Tatsächlich. Schon wieder sang Xavier Naidoo.

»Jetzt bist du dran, Maria. Los geht's!«, forderte Waltraud sie auf und hielt ihr sozusagen als kleine Revanche das Telefon direkt ans Ohr.

Maria griff nach dem Apparat. Sie war gut vorbereitet und kam ohne Umschweife direkt zur Sache: »Haalloo. Hier ist Maja. Die heiße Biene wartet auf deinen Stachel.« Waltraud musste sich beherrschen, um nicht laut loszulachen. Maria nahm einen Schluck Wasser, dann fuhr sie fort: »Wow. Mir wird heiß, wenn ich dich höre.«

In ihre Stimme packte sie tonnenweise Erotik, sodass die anderen einfach nur fasziniert zuhörten und jede ihrer Bewegungen schweigend verfolgten. Jetzt erhob sie sich und drehte ihren Freundinnen den Rücken zu. Die sahen nun, wie sie ihren Kopf zur Seite legte und raunte: »Ich mache alles für dich. Sag mir, was du willst.« Sie stöhnte auf. Eigentlich war es eher ein kurzes Quietschen. Katharina saß senkrecht auf ihrem Stuhl. Sie hätte nur zu gern gehört, was der Anrufer darauf erwiderte.

»Natürlich kannst du das haben. Nachher. Erst gibst du's mir!«

Lena nagte inzwischen an ihrer Unterlippe wie an einem Stück Hühnerknochen.

»Ja, ich spür dich«, gurrte Maria und setzte ihr Spiel fort. Sie fing nun an, kehlig zu stöhnen, lehnte dabei am Fensterbrett und blickte hinaus auf den Hof. »Ganz tief. Noch tiefer … Ja, jetzt!«

Maria legte noch einige Dezibel zu. Hinter ihr ertönte plötzlich ein heller, fast weinerlicher Ton, der leise begann und langsam lauter wurde. Katharina schreckte zusammen, dann sprang sie auf und stürzte zu Lenny, der glaubte, Maria Konkurrenz machen zu müssen. Der Hund saß da, Kopf gen Himmel, und heulte, was das Zeug hielt. Waltraud presste ihre Hand auf ihren Mund, um ihr Lachen zu ersticken. Lena biss kräftig in ihren Schal und auf eine Zwiebel. Die war aber nicht daran schuld, dass ihre Augen feucht wurden, denn auch Waltraud sah vor lauter Tränen alles nur noch verschwommen, und sie krümmten sich auf der Bank, während Katharina Lenny hastig aus dem Zimmer bugsierte, die Tür hinter ihm schloss und sich wieder auf ihren Stuhl setzte. Nur nichts verpassen. Sie war erleichtert, dass sich Maria von Lenny nicht aus dem Takt hatte bringen lassen und ordentlich weiterstöhnte. Keine andere hätte das gekonnt. Eine Meisterleistung.

Aber dann brach Maria ab und runzelte die Stirn. »Lass mir noch Zeit, mein Süßer«, meinte sie. Während er offensichtlich versuchte, sie zu etwas zu überreden, überlegte Maria.

Sie drehte sich um und schaute prüfend durch den Raum. Dann deutete sie auf die Tischplatte. Es war offensichtlich, dass sie etwas wollte, aber selbst Waltraud verstand Maria diesmal nicht. Ein Blatt Papier vielleicht oder den Stift?

Wieso führt sie ihr Telefonat nicht erst zu Ende?, überlegte Waltraud und sah Maria nur ratlos an, als sie an den Tisch trat, an dem sie alle saßen.

»Na gut«, sagte Maria in dem Moment ins Telefon und klemmte den Hörer zwischen Ohr und Schulter. »Wenn du unbedingt willst.«

Waltraud, Lena und Katharina sahen irritiert zu, wie sie die volle Flasche Mineralwasser vom Tisch nahm. Katharina wollte das Einschenken übernehmen, doch Maria winkte ab.

Sie drehte den Verschluss auf. Dann schob sie alle vier Gläser nebeneinander, so nah, dass sich ihre Ränder berührten. Ihre Freundinnen beobachteten verständnislos, wie sie die Flasche hob.

Dann wendete sie diese und ließ den Wasserstrahl mit fast einem halben Meter Abstand direkt in das Glas laufen, dabei zwinkerte sie den Freundinnen zu. Als das erste Glas voll war, schwenkte sie übergangslos zum nächsten.

»Na«, hauchte sie ins Telefon. »Was glaubst du, was ich jetzt mache?«

Waltraud starrte Maria verdattert an. Als sie begriff, was Maria gerade vortäuschte zu tun, verzog sie angewidert das Gesicht und drehte ihr sofort den Rücken zu. Dass dies zu weit ging, fand wohl auch Katharina, die auf dem Stuhl kauerte, als hätte sie eine akute Gallenkolik.

Nur Lena hatte wieder einmal gar nichts verstanden. Sie nickte dankend, nahm das erste volle Glas und balancierte es, langsam und konzentriert, um nichts zu verschütten, zu ihrem Mund.

Ein paar Minuten später, nachdem sie das Gespräch erfolgreich beendet hatte, hob Maria entschuldigend die Schultern. »Diese Arbeit erfordert halt Fantasie«, meinte sie zu Waltraud und Katharina, die peinlich berührt dasaßen und nicht wussten, was sie zu Marias Auftritt sagen sollten.

»Das ist eben Geschmacksache«, bemerkte Katharina schließlich. »Man muss ja nicht alles machen.«

»Jetzt komm!«, meinte Maria. »Stell dir doch einfach vor, du bist in einem Tonstudio. Da ist auch nichts echt. Alles simuliert.«

»Für dich ist es vielleicht nicht echt, aber für den anderen schon«, widersprach Katharina.

»Wenn du die Domina spielst, ist das auch alles andere als echt«, begehrte Maria auf. Sie hasste Belehrungen. Katharinas Augen erstarrten nur eine Sekunde, doch lange genug, um Maria zu zeigen, dass sie sich im Ton vergriffen hatte.

»Wer bestimmt denn, wo die Grenzen sind? Du vielleicht?«, fragte Maria. Sie sah es nicht ein, klein beizugeben.

Waltraud wollte gerade etwas zur allgemeinen Besänftigung beitragen, als sich Lena einmischte:

»Na ja, ich weiß nicht«, murmelte sie und räusperte sich. Die anderen guckten erstaunt zu ihr. Verlegen und mit der ihr eigenen, Männer aller Altersstufen betörenden Kindlichkeit befand sie: »Wenn der Typ zufrieden ist, ist es doch gut.«

Waltraud musste unweigerlich schmunzeln. So einfach war das.

»Da hörst du es, Katharina«, meinte Maria, als wäre Lenas Meinung auf einmal das Maß aller Dinge, und fügte hinzu: »Der Kunde ist König.«

Katharina gab sich geschlagen, aber nur weil sie wusste, dass sich Maria niemals einen Fehler eingestehen würde.

Neun

Kurz vor zwölf sah Maria auf die Uhr. Es war höchste Zeit, sich um ihren Vater zu kümmern. Ihr Plan mit dem Frühstück war aufgegangen. Der alte Herr hatte bis jetzt tief und fest geschlafen. Später, während er im Bad seine tägliche obligatorische halbe Stunde verweilte, schüttelte sie die Daunen auf, lüftete den Raum, legte ihm frische Wäsche aufs Bett und trug das Tablett mit dem letzten Rest des erkalteten Milchkaffees nach unten in die Küche.

Dort telefonierte Katharina schon wieder eifrig. Mit hochrotem Kopf saß sie am Küchentisch und ließ sich auch vom leisen Klirren des Geschirrs nicht stören, als Maria die Spülmaschine ganz sachte einräumte. Maria rechnete schnell im Kopf, dass sie seit dem Start um zehn Uhr am Vormittag immerhin schon elf Anrufer verzeichnen konnten. Keine schlechte Ausbeute für den Anfang, wenn man bedachte, dass sie nur zu dritt aktiv waren, da Lena noch immer nicht einsatzfähig war.

Katharina seufzte jetzt dermaßen unanständig, dass Maria auch dann noch ein breites Lächeln auf ihrem Gesicht trug, als sie die Treppen wieder hinaufstieg, um ihren Vater herunterzugeleiten.

Lena hatte sich inzwischen ganz der Technik verschrieben und war wieder mit der Telefonanlage beschäftigt. Mit kehliger Stimme textete sie für die Warteschleifen verschiedene Ansagen auf die integrierten Anrufbeantworter:

»Im Moment ist Biene Maja leider zu sehr beschäftigt, aber sie ist gleich wieder für dich da.«

»Jeannie wird dich sofort verwöhnen.«

»Lady Sarah sagt dir gleich, wo's langgeht.«

»Hab Geduld. Lolita wartet schon auf dich.«

Zwischen jeder Ansage klärte dann eine weibliche Computerstimme den Anrufer auf, dass die Wartezeit gebührenfrei war.

Als der alte Herr an Marias Arm die Treppen hinunterstieg, war Lena zwar längst mit ihren Aufzeichnungen fertig, doch sie fummelte noch immer alibimäßig an der Telefonanlage herum. Marias Vater hielt am ersten Absatz inne und atmete schwer.

»Ich muss kurz mal stehen bleiben«, murmelte er mit gepresster Stimme und klammerte sich erschöpft an das Treppengeländer. »Geh du ruhig schon mal.«

Sein Blick duldete keinen Widerspruch, und so ließ Maria ihn zurück, und er hatte erreicht, was er wollte. Still und heimlich, für sich und in aller Ruhe konnte er Lenas Anblick genießen, die fünfzehn Stufen weiter unten über das Telefon gebeugt stand, um Datum und Uhrzeit zu programmieren. Ihr Pullover war nach oben gerutscht, und er sah eine wunderbar schlanke Taille und Hüften – göttliche Hüften, wie er fand. Und dann blieb sein Blick an einem pinkfarbenen Spitzenetwas hängen, das aus der knappen Jeans ragte. Er atmete tief ein und stellte sich den Duft dieser glatten, leicht sonnengetönten Haut vor – fein roch sie mit Sicherheit. Er krauste die Nase, fein wie ... ja wie frische Butter. Er liebte den Duft von frischer Butter.

Maria nutzte die Zeit, die sich ihr Vater am Treppenabsatz scheinbar ausruhte. Aus der Küche strömte inzwischen der Geruch von leicht angebratener Butter. In drei großen Pfannen brutzelten jede Menge Fischstäbchen. Katharina wusch und zerpflückte grünen Salat, dabei summte sie vor sich hin. Waltraud deckte den Küchentisch und grinste ihr zu. Sie hatte heute immerhin schon vier Empfänger abgefertigt. Maria lächelte zurück. Sie hatten diese Pause mehr als verdient. Dann stutzte sie: Hatte Lena das Telefon lautlos gestellt?

Sie hatte. Doch Maria traute der Technik nicht. Obwohl Lena beteuerte, dass ganz bestimmt kein Klingelton zu hören sei, ging sie lieber auf Nummer sicher und zog den Telefonstecker aus der Wand.

Allen war klar, dass ab jetzt mindestens eine von ihnen das Telefon hüten musste, um einen Anruf entgegennehmen zu können. Besser noch, sie wären zu zweit.

»Künftig ist immer jemand von uns im Haus«, erklärte Maria ihrem Vater, als sie in der Runde am Mittagstisch saßen. »Die Telefonanlage muss ständig besetzt sein – wegen der Meinungsforschung.«

»Was bin ich?«, fragte er.

Maria winkte ab, tätschelte kurz seinen Arm und erkundigte sich dann laut: »Willst du noch Salat?«

Marias Vater nickte. Er zerteilte sein Fischstäbchen und schielte dabei über den Tellerrand hinüber zu Lena, der es offensichtlich besser ging. Sie hatte ihre Strickjacke wieder aufgeknöpft, und ihre prallen Brüste drohten das dünne Spitzentop zu sprengen. Ja, Marias Vater war über die Entwicklung im Hause höchst erfreut.

Nach dem Mittagessen machte sich Katharina auf, um mit Lenny eine Runde zu drehen. Lena nutzte die Gelegenheit, um noch etwas Zeit vor ihrem ersten Talk zu schinden, und schloss sich ihr an.

Die beiden Frauen spazierten zügig den Weg hinterm Haus entlang und von dort aus weiter auf die freien Felder. Sie sprachen wenig und schauten Lenny nach, der über den abgeernteten Boden einem Hasen hinterherjagte, den er niemals erwischen würde. Irgendwann gab er auf und kam mit heraushängender Zunge hechelnd zurück. Er war keineswegs enttäuscht, sondern hatte ein Lachen auf dem Gesicht, das Katharina jedes Mal aufs Neue erfreute.

»Sag doch mal. Wie war das für dich? War es schlimm?«, fragte Lena zaghaft.

»Nein. Gar nicht«, meinte Katharina leichthin.

»Ja, aber ist das nicht widerlich?«

Katharina schüttelte den Kopf. »Weißt du, ich hab das vorher auch gedacht.« Sie lächelte.

»Aber dass es dir gar nichts ausmacht! Du bist doch sonst eigentlich eher … na ja … so fein«, hakte sie nach.

Katharina schmunzelte. »Ich hatte ja auch nicht irgendeinen an der Strippe.« Lena verstand nicht. Katharina grinste. »Erst war es Richard Gere und dann Robert Redford.«

Lena riss die Augen auf. »Redford als der große Gatsby«, fügte Katharina hinzu.

Lena starrte sie an. »Da bescheißt du dich ganz schön.«

»Was ist denn schon die Wahrheit?«, entgegnete Katharina mit einem frisch gewachsenen Selbstbewusstsein, das Lena fast umhaute. »Die Wahrheit ist das, was ich fühle. Und das war verdammt gut.«

»Du … du hast auch noch Spaß dabei?«, hakte Lena verdattert nach.

»Klar – und wie.«

Und damit setzte sie ihren Spaziergang fort. Lena blieb stehen und starrte ihr fassungslos nach. Erst als Katharina sich lachend zu ihr umdrehte, gab sie sich einen Ruck und stieß zu ihr auf. Katharina ging kräftig voran, und Lena musste zusehen, dass sie mit ihr Schritt hielt.

Kurz vor Marias Haus liefen sie Gerti Oberbauer in die Arme.

»Na, ihr zwei. Ich suche Waltraud. Wisst ihr, wo sie ist?«

Lena und Katharina warfen sich einen kurzen Blick zu. Doch bevor Lena wieder wahrheitsgetreu antwortete, sagte Katharina rasch:

»Waltraud hat gerade einen Termin.«

»Termin?«, fragte Gerti Oberbauer und reckte den Hals wie ein Huhn vor.

Es brauchte wirklich nicht viel, um ihre Neugierde zu wecken, dachte Katharina und überlegte, wie sie diese dämpfen könnte. »Es geht um eine Anstellung … äh … in einem Supermarkt«, schwindelte sie und stellte zufrieden fest, dass Gertis Interesse augenblicklich erlosch.

»Ach so«, meinte die Frau des Bürgermeisters, blieb jedoch stehen.

»Können wir ihr etwas ausrichten?«, erkundigte sich Katharina aus reiner Höflichkeit.

»Ich weiß nicht. Es ist etwas delikat.« Gerti zögerte. »Was riecht denn hier so?«, fragte sie und schnupperte.

Beide wussten genau, was sie meinte. Lena verströmte noch immer den Duft der rohen Zwiebeln. Katharina und Lena zuckten die Schultern.

»Nun ja, egal«, bemerkte Gerti und kam zu dem zurück, was ihr schon die ganze Zeit auf der Zunge brannte. »Hm. Wie soll ich das jetzt ausdrücken?«

»Na ja, wenn es dir so schwerfällt, dann ist es vielleicht besser, du sagst es Waltraud einfach selbst«, schlug Lena vor und wandte sich ab, da sie sich in Gegenwart Gertis nie besonders wohlfühlte.

»Wie geht es Waltraud? Geht's ihr gut?«

»Eigentlich schon. Sie hat halt die gleichen Probleme wie wir alle.«

Gerti zog eine Augenbraue hoch.

»Der Laden«, erklärte Katharina.

»Ach ja, euer Laden. Und wie geht's ihr sonst? Ich meine, bei ihr zu Hause alles in Ordnung?«

»Klar ist alles in Ordnung«, behauptete Katharina.

»Sicher?«

»Also, wir wissen auf jeden Fall nichts«, sagte Lena.

»Kannst du mir mal erklären, was die ganze Fragerei hier eigentlich soll?«, fuhr Katharina leicht gereizt auf.

Gerti trat näher an die beiden heran: »Ihr müsst versprechen, nichts weiterzuerzählen.«

Katharina vermutete sofort das Schlimmste. Hatte Heinz vielleicht eine Affäre? Doch sie verwarf den Gedanken gleich wieder. Nein. Heinz liebte seine Waltraud. Ohne Waltraud ging für ihn nichts.

»Waltraud hat sich vor Kurzem erst einen Schlüssel zum Gemeindehaus besorgt«, begann Gerti und durchbohrte die beiden mit ihrem Blick.

Die lange Nacht der Pornos kam Katharina in den Sinn. Hatten sie vielleicht Spuren hinterlassen? Lenas erschrockene Augen zeigten ihr, dass ihr Ähnliches schwante.

»Keine Ahnung«, erwiderte Katharina laut. »Da musst du sie schon selbst fragen.«

»Sie wollte im Gemeindehaus auf dem Klavier üben«, erklärte Gerti.

»Ach ja, das kann schon sein«, stimmte Katharina mit gespielter Leichtigkeit zu, dabei war sie auf der Hut.

»Das ist so. Sie übt dort«, sagte Gerti.

Lena schwieg. Sie beugte sich zu Lenny und streichelte ihn. Der Hund war ganz wach. Seine bernsteinfarbenen Augen verfolgten jede Bewegung Gerti Oberbauers, und dabei zuckte die feuchte Nasenspitze ständig hin und her.

»Na, dann ist ja gut. Tut mir leid, wir müssen los. Maria wartet«, meinte Katharina. »Also dann, wir sehen uns ja nächste Woche beim Frauenbund.«

Als Katharina und Lena Anstalten machten weiterzugehen, legte Lenny einen Quickstart hin und stürmte auf Marias Haus zu. Doch Gerti ließ sie noch nicht aus ihren Fängen. Sie hielt beide im Visier ihrer blassblauen Augen, als sie die Bombe platzen ließ.

»Waltraud hat eine Affäre.«

»Wie bitte?!«, fragte Katharina konsterniert.

»Nein. Das glaub ich nicht«, murmelte Lena mit der Unschuld eines Kindes.

Gerti sonnte sich im Zentrum der Aufmerksamkeit. Dahin war ihre taktische Zurückhaltung. Sie plauderte alles, was sie wusste, auf einmal aus. »Eine Affäre! Stellt euch vor: Waltraud hat sich im Gemeindehaus mit ihm getroffen. Im Gemeindehaus! Als niemand da war. Und dort haben sie es getrieben, bis spät in die Nacht. Und wie! Ganz wild und laut und ewig lange. Die Schweine von Hannelore waren schon ganz damisch. Hannelore hat mich gleich gerufen. Ich habe es mit eigenen Ohren gehört.«

Katharina und Lena starrten sie mit großen Augen an. Was Gerti für Entsetzen hielt, war von Katharina nur der verzweifelte Versuch, nicht laut loszulachen, während Lena einen Aufschrei unterdrückte und vor Schmerz die Zähne fest zusammenbiss. Damit sie den Mund hielt, kniff Katharina ihr nämlich schon die ganze Zeit in den Arm.

»Ich würde nur zu gern wissen, wer ihr Liebhaber ist.«

Schweigen.

»Ihr habt wohl gar keine Ahnung?« Gerti sah sie forschend an. Die beiden schüttelten den Kopf. Sie waren noch immer sprachlos, was Gerti dem durchschlagenden Erfolg ihrer Meldung zuschrieb. Das war endlich mal eine Nachricht – ganz nach ihrem Geschmack! »Wir rätseln, wer es sein könnte. Hm ...« Sie hob resigniert ihre spitzen Schultern.

»Wahrscheinlich Robert Redford«, entfuhr es Lena. Katharina musste sich abwenden, um ernst zu bleiben.

»Witzig«, entgegnete Gerti nur und verdrehte die Augen. »Wisst ihr, was wir annehmen?« Sie machte eine Pause. Katharina befürchtete schon, sie meinte die Pornos. »Der ist nicht aus unserem Dorf. Sonst hätten sie es nicht hier im Gemeindehaus treiben müssen. Oder?« Ungeachtet einer Antwort fuhr sie fort: »Geschmacklos ist das. Im Gemeindehaus! Die müssen es schon sehr nötig gehabt haben. Was glaubt ihr, was los ist, wenn sich das herumspricht! Ich weiß nicht, wie die Kirche reagieren wird. Die Glashütte können wir dann vergessen.«

»Also, Moment mal! Das geht aber jetzt wirklich zu weit. Waltraud – eine Affäre? Das kann nicht sein. Das ist völlig unmöglich!« Katharina hatte sich wieder unter Kontrolle und verteidigte ihre Freundin. »Vielleicht hat noch jemand einen Schlüssel?«

»Vom Bürgermeister weiß ich, dass Waltraud die Einzige ist, die einen Schlüssel hat«, trumpfte Gerti auf.

»Du meinst deinen Mann?«, korrigierte Katharina sie. Sie fand es bescheuert, dass Gerti immer nur von ihrem Mann als dem Bürgermeister sprach.

»Ja klar, vom Bürgermeister«, bekräftigte Gerti.

»Aber der hat doch auch einen Schlüssel«, sinnierte Lena. »Könnte der nicht …? Ach nee. Kann er ja nicht dürfen. Darf er nicht«, stammelte sie auf ihre einmalig naive Art. Katharina hätte Lena dafür glatt abknutschen können.

Gertis Miene war plötzlich wie versteinert.

»Wann soll das denn gewesen sein?«, erkundigte sich Katharina scheinbar besorgt.

»Freitag vor zwei Wochen. Ich habe aber erst jetzt erfahren, dass Waltraud einen Schlüssel hat.«

»Moment, Freitag, sagst du? Da waren wir doch alle zusammen und haben ewig Filme geguckt. Waltraud war die ganze Zeit bei uns. Sie kann es also gar nicht gewesen sein«, erklärte Katharina und atmete durch, denn somit hatte sie auch nicht wirklich gelogen.

»Na ja«, meinte Gerti pikiert. »Wir passen künftig auf jeden Fall auf, was im Gemeindehaus so abgeht.«

Katharina nickte. »Macht das«, antwortete sie. »Aber denk daran, es kann auch genauso gut jemand anderer aus dem Dorf sein. Jemand anderer, der ebenfalls verheiratet ist.« Und damit verabschiedete sie sich mit einem freundlichen Lächeln.

Als Lena und sie auf Marias Haus zugingen, rief Gerti ihnen noch nach: »Schönen Gruß an Maria. Sie soll nicht vergessen, ihre Gartenmöbel zu streichen. In zwei Wochen kommen die Kirchenleute wegen der Glashütte. Da muss alles picobello sein.«

»Sie kann's einfach nicht lassen«, meinte Maria schmunzelnd, als Katharina Gertis Grüße überbrachte.

Sie lachten nun alle herzlich über Gertis wilde Mutmaßungen, und als Katharina von Lenas Ablenkungsmanöver in Richtung Bürgermeister berichtete, grinste Waltraud. »Wo sie doch so eifersüchtig ist! Glaubt mir, der hat heute nichts zu lachen.«

Maria wurde ernst. »So lustig ist das nicht. Sie und Hannelore schnüffeln überall herum. Pfarrer Gandl schleicht auch so herum.

Jetzt, nachdem sie Waltraud auf dem Kieker haben, müssen wir echt vorsichtig sein. Was glaubt ihr, was los ist, wenn sie erst davon erfährt.« Ihr Blick zeigte auf das Telefon.

Sie starrten es alle an. Lena bekam ein beklemmendes Gefühl.

»Scheiße wäre das, große Scheiße«, murmelte sie.

»Die Wände sind dick, die haben keine Ohren. Wir müssen nur darauf achten, dass die Türen immer geschlossen sind«, stellte Waltraud fest. Tatsächlich konnte man auch hier in der Küche von dem auf volle Touren laufenden Programm nebenan im Wohnzimmer kaum etwas vernehmen.

»Wie lief es denn inzwischen? War viel los?« Katharina kam auf das Geschäftliche zurück.

»Drei Schnelldurchläufe. Sonst nichts. Die halten wohl alle ihren Mittagsschlaf«, sagte Maria.

Lena wickelte sich ihren Schal wieder um den Hals, der, sobald sie nur daran dachte, unangenehm kratzte.

Und dann sang Xavier Naidoo, und Lena wusste, es gab kein Zurück. Jetzt war sie an der Reihe. Ihr Herz pochte laut in ihren Schläfen, ihr Magen zog sich zusammen, und sie hatte das Gefühl, dass alle Schweißdrüsen gleichzeitig in Aktion traten. Ihre Kehle war vollkommen trocken, und sie schluckte ein paar Mal kurz hintereinander. Doch es half nicht wirklich. Mit feuchtkalter Hand nahm sie das mobile Teil und drückte auf Empfang.

»Hallo?«, hauchte sie mit einem dünnen Stimmchen ins Telefon. Das Zittern war nicht zu überhören.

Maria, Waltraud und Katharina blickten ihr nach. Irgendwie tat sie ihnen leid, wie sie so aus der Küche trippelte und niemanden anschaute.

Waltraud räusperte sich. »Ich weiß nicht, was mit ihr los ist. Sie ist doch eigentlich die Sexbombe von uns«, wandte sie sich an Maria und Katharina, die nichts erwiderten, sondern nachdenklich schwiegen.

Waltraud (Gisela Schneeberger) im Lebensmittelladen

Am Arbersee unterbreitet Maria (Bettina Mittendorfer) ihren Freudinnen Lena (Rosalie Thomass) und Waltraud (Gisela Schneeberger) ihre Idee.

Lena (Rosalie Thomass) auf dem Rückweg von München

Keine einfache Sache, die Recherche, für Lena (Rosalie Thomass), Waltraud (Gisela Schneeberger) und Maria (Bettina Mittendorfer).

Jakob (Ferdinand Schmidt-Modrow) ertappt Maria (Bettina Mittendorfer), Waltraud (Gisela Schneeberger) und Lena (Rosalie Thomass).

Die Flyer sind fertig.

Lena (Rosalie Thomass) beim Verteilen der Flyer.

Wird jemand anrufen?

Maria (Bettina Mittendorfer), Lena (Rosalie Thomass) und Waltraud (Gisela Schneeberger) werden beim ersten Telefonat gestört.

Waltraud (Gisela Schneeberger) bei ihrem ersten „Liebesgeflüster".

Maria (Bettina Mittendorfer) am Telefon.

Pfarrer Gandl (Sigi Zimmerschied) redet Lena (Rosalie Thomass) ins Gewissen. Willi (Matthias Ransberger) kommt dazu.

Tina (Alicia von Rittberg) ist enttäuscht von ihrer Mutter (Bettina Mittendorfer).

Das Dorf ist aufgebracht. Allen voran Gerti (Monika Gruber), die Frau des Bürgermeisters (Hans Schuler), und ihre Freundin Hannelore (Cleo Maria Kretschmer).

Hört das denn nie auf? Lena (Rosalie Thomass), Waltraud (Gisela Schneeberger) und Maria (Bettina Mittendorfer) beim toten Vater (Peter Mitterrutzner).

Stefan (Andreas Lust), der sich Thomas nennt, trifft Maria (Bettina Mittendorfer) gerade noch an.

Lena hatte sich mit dem Telefon oben in Marias Schlafzimmer verkrochen. Sie hatte sich auf das Bett gelegt und die Decke über sich gezogen, sodass sie im Dunkel lag und das Gefühl hatte, geschützt zu sein. Lena hatte angenommen, dass es ihr so leichter fallen würde.

Doch die Vorstellung, was dieser Mensch an der anderen Leitung in dem Moment gerade tat, widerte sie an. Bevor sie aufgab und ihn wegdrückte, dachte sie an Katharinas Rat. Es lag an ihr und ihrer Fantasie. Sie hatte die Freiheit, sich alles und jeden vorzustellen. Und da musste sie gar nicht so viel überlegen. Es war Brad Pitt, der ihr gerade anschaffte, sie solle ihr Höschen runterziehen und sich zu ihm drehen. Er kam langsam auf sie zu. Seine Hände hatte er auf sein Becken gestützt. Jetzt beugte er sich über sie und ließ sich nieder. Lena seufzte tief, als sie seine vollen Lippen vor sich sah, die ihrem Mund immer näher kamen, und seine Augen, die sogar im Dunkeln leuchteten. Eine Haarsträhne fiel ihm weich in die Stirn. Jetzt war er so nah, dass sie ihre Wange streifte, kaum spürbar, und doch erzeugte die winzige Berührung ein elektrisierendes Gefühl, das mehr wollte.

Der Typ am Telefon schnaufte inzwischen wie ihr Nachbar, nachdem er zu Fuß endlich im dritten Stock angekommen war. Es klang sehr nach einer Raucherlunge. Wo war Brad Pitt? Hilfe! Lena suchte ihn, konnte ihn nicht mehr finden.

»Ich will, dass du deine Fotze massierst. Los!«

Damit war Brad Pitt für immer verschwunden, und die Leinwand ihrer Fantasie war nichts als eine graue, leere Fläche.

»Was ist?«, fragte der Asthmatiker auf ihr Schweigen hin.

Lena schluckte. Ihr wurde langsam übel. Auf einmal hatte sich Brad Pitt in ein fettes, fleischiges Monster verwandelt, dessen Hautfarbe zwischen Blutrot und Orange changierte; diese Haut spannte über den dicken Wülsten, die seinen gesamten Körper bedeckten, sein Schädel ähnelte dem eines Stiers, nur war sein Mund ein riesiger Schlund, und seine Augen starrten gierig auf sie herab.

»Nein«, stieß Lena hervor und atmete schwer, was ihn nur noch heißer machte.

»Los! Du tust, was ich dir sage! Zeig es mir!«

Lena schluchzte auf und presste ihren Mund in das Kissen. Das Telefon lag neben ihrem Kopf. Vielleicht hielt er Lenas gedämpftes Schluchzen für ein Stöhnen, vielleicht auch nicht. Plötzlich vernahm sie ein tiefes, animalisches Röhren, und dann war es plötzlich still. Lena schniefte.

»Hallo«, fragte sie vorsichtig.

Nichts. Stille.

Sie wartete einen Atemzug lang, dann drückte sie den Anruf weg. Sie war sich nicht sicher, ob er schon aufgelegt hatte. Aber das war ihr egal. Vielleicht war er auch tot. Auch das war ihr egal. Sie hatte das Gefühl, sich übergeben zu müssen. Noch nie im Leben hatte sie sich übergeben, weil sie es nicht konnte. Doch heute bedauerte sie das.

Lena blieb noch eine ganze Weile unter der Decke liegen. Geld hin, Geld her: Sie musste sich etwas anderes suchen. Irgendeinen annehmbaren Job würde sie schon finden. Sie musste den anderen mitteilen, dass sie das nicht machen würde. Aber erst wollte sie noch liegen bleiben. Die Augen schließen und vergessen und einfach nur schlafen und schlafen bis …

»Lena.« Irgendjemand sagte ihren Namen. Es kam von ganz weit her. Lena blinzelte gegen das Tageslicht und erkannte Maria, die ihre Hand auf ihre Schulter gelegt hat.

»Es ist fast drei. Unten gibt es Kaffee und Kuchen. Kommst du?«, fragte sie sanft und lächelte sie an. Lena war heilfroh, aus ihrem Albtraum erwacht zu sein. Sie setzte sich auf, dehnte sich – und dann sah sie das Telefon neben sich auf dem glatten weißen Stoff des Bettbezugs liegen. Nein, es war kein Albtraum gewesen. Es war wahr. Sie hatte es tatsächlich mit irgendeinem Schwein am Telefon getrieben.

»Und? Wie lief es?«, fragte Maria.

Lenas Miene verfinsterte sich, und Maria legte kurz ihre Hand auf Lenas Schulter.

»Der Anfang ist am schwersten. Aber man gewöhnt sich daran. Du musst einfach eine Distanz dazu aufbauen.«

Lena folgte Maria nach unten und dachte darüber nach, wie sie den anderen ihren Ausstieg am besten klarmachen konnte.

Katharinas Schokoladenkuchen schmeckte so himmlisch intensiv, dass sich Lena langsam wieder ein wenig besser fühlte. Sie hatte zwar für sich ihren Entschluss gefasst, doch erst einmal schwieg sie zu den Ausführungen der anderen, die in der Zwischenzeit auch nicht untätig gewesen waren. Sie hegte noch kurz die vage Hoffnung, eine von ihnen würde vielleicht genauso denken wie sie. Doch das Gegenteil war der Fall, denn die anderen fieberten schon dem Abend entgegen und erst recht der Nacht, in der die Einsamkeit in vielen Betten Einzug hielt und die Dunkelheit die letzte Scheu von den Seelen nahm. Von jenen dunklen Stunden versprachen sie sich viel.

»Wer von euch will denn jetzt aufhören?«, fragte Maria.

Mit einer direkten Frage hatte Lena nicht gerechnet. Sie war erleichtert, dass die Freundin das Thema ansprach. Gerade wollte sie sich zu Wort melden, als Maria fortfuhr:

»Ich denke, um neun kommt dann die nächste Schicht wieder an die Reihe.«

Lena erkannte, dass die Frage nur darauf abgezielt hatte, wer wann Telefondienst haben würde.

»Wir können ja nicht alle rund um die Uhr arbeiten«, erklärte Maria, die Lenas erstarrten Blick falsch interpretierte. »Wir brauchen einen Dienstplan. Also: Wer bleibt, und wer geht jetzt nach Hause und legt sich hin?«

Je mehr Zeit verstrich, desto mehr bröckelte Lenas Vorsatz auszusteigen. Sie brachte es nicht übers Herz, denn sie wäre sich schäbig vorgekommen, ihre Freundinnen im Stich zu lassen, nicht in diesem Moment, nicht schon am ersten Tag. Morgen vielleicht. Diesen einen Tag würde sie noch überstehen. Aber die Nachtschicht wollte sie auf keinen Fall übernehmen. Wenn Betrunkene anriefen ... Nein, da machte sie lieber gleich weiter und hatte es hinter sich.

Die Frauen einigten sich schnell. Es war klar, dass jetzt, in der Anfangszeit, immer je zwei von ihnen abwechselnd in Bereitschaft sein sollten. Katharina und Maria würden heute die erste Nachtschicht übernehmen. Katharina hatte Zeit, weil Peter wieder einmal auf Geschäftsreise war, und Maria war sowieso im Haus. Sie wollte sich lieber jetzt hinlegen und schlafen, denn ihren Vater wusste sie versorgt. Er war zufrieden, solange der Fernseher lief und ihm jemand später, in diesem Fall Waltraud, das Essen servieren würde.

Nun waren alle gespannt, wie die ersten vierundzwanzig Stunden verlaufen würden.

Insgeheim hoffte Lena, dass sich dieses Geschäft nicht lohnen würde. Nachdem sich Katharina und Maria zurückgezogen hatten und Waltraud in der Küche bereits wieder am Telefon hing, setzte sie sich in die bayerische Stube vor die holzgeschnitzte Maria und senkte den Kopf. Sie betete – schon wieder. Früher hatte sie nie für sich allein gebetet, sondern ausschließlich an Sonntagen in der Kirche unter all den anderen, und das auch nur, weil man es von ihr erwartete. Doch in letzter Zeit schien ihr, als gäbe das Beten ihr die Kraft und den Halt, die sie brauchte, um das alles durchzustehen.

Fünf Stunden später hatte Lena sieben weitere Anrufer überstanden, ihre Stimme fast vollständig zurückbekommen, und ihr Entsetzen war einer Mattheit gewichen. Ihre Strickjacke hatte sie tief aufgeknöpft, wie in besten Zeiten, was aber nicht auf irgendwelche Stimulationen zurückzuführen war, sondern schlicht und einfach auf die Gewohnheit. Vergessen waren längst Geschirrtuch und Zwiebeln. Nach dem dritten Anrufer war es nur noch halb so schlimm gewesen, und beim letzten hatte sie es trotz der schleichenden Müdigkeit geschafft, eine Nummer mit Johnny Depp durchzuziehen, die so real war, dass ihr sogar der Name Johnny über ihre geschürzten Lippen geglitten war. Den Anrufer hatte es nicht gestört, im Gegenteil, den Geräuschen nach zu schließen, die er daraufhin von sich gegeben hatte, hatte dieser nach Freiheit und Abenteuer klingende Name nicht nur sein Ego gestreichelt, sondern vor allem seinen Eros, und so konnte sich Lena in ihrer visuellen Welt vor der Wirklichkeit schützen.

Waltraud hatte mehr als doppelt so viele Männer abgefertigt, und zwar ganz praktisch, pragmatisch und jedes Mal möglichst ausdauernd, um eine nächste, kostbare Minute zu gewinnen. Sie war von sich selbst überrascht, wie gut sie diese erotische Manipulation beherrschte. Aber vielleicht lag es auch in ihrer Natur, Männer so lange hinhalten zu können, dass sie trotzdem die Lust an ihr nicht verloren. Ihr Mann Heinz konnte ein Lied davon singen, und genau deshalb war er auch noch heute so scharf auf sie, nur waren heutzutage jede Bemühung und jedes Warten umsonst. Waltraud hatte dichtgemacht.

Momentan herrschte Ruhe im Haus. Das Telefon schwieg seit einer Viertelstunde. Die beiden Frauen saßen in der Küche. Den Großvater wussten sie vor dem Fernseher gut aufgehoben, und jede von ihnen trank ein Glas Rotwein, um zu entspannen und abzuschalten. Für diesen Tag hatten sie ihre Schuldigkeit getan, und keine wollte über ihre Erlebnisse sprechen. Mit der Stille hatte sich die Peinlichkeit eingeschlichen. Das Ticken der Wanduhr schien sie zum Reden auffordern zu wollen.

»Denken Männer eigentlich nur an Sex?«, wollte Lena plötzlich wissen. Waltraud schaute sie ungläubig an. Das Ticken trat in den Hintergrund.

»Du fragst mich, ob Männer nur an Sex denken? Ausgerechnet du?« Ihr Blick blieb an der einladenden Oberweite der Freundin hängen.

Lena rutschte auf dem Stuhl ein wenig nach vorne und redete leiser. »Na ja, ich dachte, das sei nur am Anfang so, wenn man jung ist … Ich war der Meinung, das flaue wieder ab, wenn man dann verheiratet oder älter ist …«

»Kindchen, Männer denken nur an Sex, jedenfalls die meisten«, sagte Waltraud, und als sie Lenas enttäuschte Miene sah, lächelte sie. »Was hast du denn erwartet? Konversation?«

Lena nippte schweigend an ihrem Glas. »Nun ja, dass es so schlimm ist, hätte ich nicht gedacht«, bekannte sie geknickt. »Ich habe heute einen gefragt, woher er kommt, weil er so einen lustigen Akzent hatte, sächsisch vielleicht oder schwäbisch.«

»Oje«, murmelte Waltraud, weil sie sich die Reaktion des Anrufers ganz genau vorstellen konnte.

Lena verstand sie mal wieder falsch. »Das hat sich echt total süß angehört.«

Waltraud hob resigniert den Blick. »Ich meine, was hat er gesagt?«

»Ach so. Ja, stell dir vor: Der hat mich glatt beschimpft. Von wegen, ich solle hier keine Zeit schinden.«

»Siehst du, Männer sind einfach gestrickt. Die wollen nichts anderes. Und vor allem nicht am Telefon, wo jede Minute kostbar ist.«

»Mir ist auch jede Minute kostbar«, erwiderte Lena trotzig.

Waltraud nippte an ihrem Wein. Dann stellte sie das Glas ab und sah Lena direkt an: »Sag mal, glaubst du im Ernst, es gibt einen Mann, der mit dir einfach nur ausgeht und nicht mit dir ins Bett will – so wie du herumläufst?« So, jetzt war es gesagt. Das hatte ihr schon immer auf der Zunge gebrannt. Und weil sie gerade einmal dabei war, holte sie noch weiter aus. »Was erwartest du denn? Die Männer können doch an gar nichts anderes mehr denken, weil ihnen bei dem Anblick deiner Brüste das Gehirn schon längst in die Hose gerutscht ist.«

Lena griff hastig nach dem Wein. Sie nahm einen großen Schluck und hielt sich dann an dem Glas fest. Betroffen starrte sie Waltraud an. Die redete sich immer mehr in Rage.

»Du brauchst dich nicht zu wundern, dass keiner bei dir bleibt. Du lässt dich auch viel zu schnell mit jedem Mann ein. Da ist der Reiz weg. Glaub mir. Außerdem spricht sich das herum. So was vergessen die Leute nicht. Vor allem nicht die Männer – aber auch die Frauen nicht. Ich weiß heute noch ganz genau, welche vor zwanzig Jahren mit wem ins Bett gestiegen ist. Die eine hatte den Spitznamen ›Matratze‹, die andere war der ›Wanderpokal‹.«

Lenas Augen füllten sich mit Tränen. In dem Moment bedauerte Waltraud ihren Ausbruch, und sie wurde milde. Sie nahm Lenas Hand.

»Männer sind tolle Kerle, wenn sie wie wild herumvögeln. Frauen dagegen sind Schlampen. Es ist verdammt ungerecht, doch es ist mal so. Du musst einfach ein bisschen besser auf deinen Ruf achten. Wenn du dich austoben willst, dann fahr nicht nach Regen oder Deggendorf in die Disco, sondern lieber nach Regensburg. Dort kennt dich wenigstens niemand.«

»Aber ich will das doch gar nicht«, platzte Lena heraus. »Es ... es ergibt sich einfach nur so.«

Waltraud war nun fassungslos. »Was soll das heißen? ›Es ergibt sich einfach so.‹«

Lena war heilfroh, dass in dem Moment Katharina das Haus betrat und Lenny ihr voraus in die Küche stürzte, der sie überschwänglich begrüßte. Somit wurde das Gespräch fürs Erste unterbrochen. Was Waltraud ihr gerade vorgehalten hatte, hatte sie zutiefst verwirrt.

Erleichtert kraulte sie Lenny den Nacken und fuhr mit den Fingern durch sein weiches Fell, während sie über ihre eigenen Worte nachdachte. Es war vielleicht falsch gewesen zu sagen, dass sie es gar nicht wollte. Aber irgendwie stimmte es auch, denn glücklich war sie dabei nicht.

»Na, wie war's?«, wollte Katharina schon beim Reinkommen wissen, und bei näherem Hingucken meinte sie: »War anstrengend, oder?«

Lena nickte, nutzte aber gleichzeitig die Gelegenheit, um zu verschwinden. Jetzt noch über die Sexstorys zu reden, das wäre definitiv über ihre Grenzen gegangen. Sollte Waltraud das tun. Die kam damit ja auch ganz wunderbar zurecht. Sie hörte Maria einen Stock höher herumfuhrwerken. Die würde sich auch gleich zu ihnen gesellen und wissen wollen, wie es gewesen war.

»Ich muss ins Bett. Ich bin müde«, murmelte sie, winkte Waltraud und Katharina einmal kurz zu und machte, dass sie davonkam. Sie hatte genug für heute. Lena wollte niemandem begegnen. Sie wollte mit niemandem reden. Sie wollte nur noch für sich sein.

»Was war denn los?«, erkundigte sich Katharina und blickte Lena hinterher.

»Nichts«, meinte Waltraud und zuckte unmerklich zusammen, als die Haustür ins Schloss fiel. Sie erhob sich rasch, nahm Lenas Glas und reinigte es unter dem Wasserstrahl in der Spüle. Könnte sie doch bloß auch ihre harschen Worte von vorhin wegwaschen! Jetzt plagte sie doch glatt das schlechte Gewissen.

Draußen auf der Straße war zu dieser Stunde kein Mensch unterwegs. Beim Postwirt tagte der Stammtisch. Es wurde geraucht und getrunken, so viel konnte Lena durch die beschlagenen Scheiben erkennen, als sie rasch daran vorbeiging. In den einzelnen Häusern am Wegrand brannte hier und da noch Licht, und in mindestens einem Fenster jedes Hauses oder jeder Etage flimmerte es bläulich von einem Fernseher. Lena wusste ganz genau, wer in welchem Haus wohnte. Hier kannte jeder jeden. Sie fühlte sich elend. Nicht, weil sie sich sorgte, was die Leute über sie reden könnten. Ihr war schon immer klar gewesen, dass im Dorf viel getratscht wurde, vor allem über sie. Doch so direkt wie Waltraud hatte noch niemand sie darauf angesprochen. Langsam wurde ihr bewusst, dass ihr die scheinbaren Freuden nicht wirklich etwas gebracht hatten. Was hatte sie denn schon davon gehabt? Einen kurzen Spaß, der in keinem Verhältnis zu dem stand, was danach immer kam: nämlich Liebeskummer, Leid und letztendlich nur wieder die Hoffnung auf ein neues flüchtiges Glück. Die Suche nach ihrem Traumprinzen hatte sich bisher nicht gerade als Spaziergang gestaltet – eher als ein ständiges Stürzen.

Normalerweise hätte sie sich an so einem Donnerstagabend Gedanken gemacht, was sie am Wochenende in die Disco anziehen sollte, ob sie nach Regen oder nach Deggendorf fahren sollte und ob ihr Geld für den Sprit noch reichen würde. Dann hätte sie in ihrem kleinen Bad ein Deluxe-Vollpflegeprogramm gestartet, das Maniküre, Pediküre, Haarspülung, Gesichtsmaske, Enthaarung beinhaltete sowie ein Mal im Monat die Aufhellung ihrer blonden Strähnen.

Als sie nun vom Weg abbog und auf ihr Haus zusteuerte – zweifellos der hässlichste Bau des Dorfes –, war die schöne Illusion wie eine Seifenblase zerplatzt. Für Lena gab es keine Traumprinzen mehr. Für Lena gab es nur noch Männer, die sich befriedigten: am Telefon, vor den Hochglanzfotos einschlägiger Magazine, vor dem Bildschirm, der Leinwand – oder mit ihr.

Zehn

»So eine Frechheit!«

»Unglaublich, was es alles gibt!«

»Und das in unserem Dorf!«

Beim nächsten Treffen des Frauenbundes herrschte helle Aufregung. Die katholischen Damen standen in Grüppchen beisammen und diskutierten – und mitten unter ihnen Pfarrer Gandl.

»Wo ist denn Waltraud?«, wandte sich Gerti an Maria, die kurz hinter Lena und Katharina den Raum betrat.

»Ihr geht es heute nicht so gut«, erklärte sie. »Sie hat sich erkältet.«

»Ach so«, meinte Gerti nur knapp, doch Maria entging Gertis Enttäuschung nicht. Sie kannte die Frau des Bürgermeisters gut genug, um zu wissen, dass sie Waltraud hier im Gemeindehaus zu gern beobachtet hätte, um weitere Indizien zu finden, die ihren Verdacht erhärteten. Genau das war auch der Grund, warum sie beschlossen hatten, dass Waltraud heute Abend den Telefondienst übernehmen sollte.

Gertis Bedauern währte indes nicht lange, denn es gab ein viel brisanteres Thema, über das sich die ländlichen Gemüter erhitzten.

»Schaut euch das an!«, rief Gerti. »Hier! Bitte schön.« Sie drückte Maria, Katharina und dann Lena ein Stück Papier in die Hand. »Eine bodenlose Unverschämtheit! So eine Schweinerei, so was bei uns auszulegen!«

Maria brauchte nur einen Blick, um den Flyer – ihren Flyer – zu erkennen. Aus dem Augenwinkel konnte sie sehen, wie auch Katharina und Lena das Papier betrachteten. Katharina hielt den Flyer etwas hoch und betrachtete ihn voll Entzücken, während Lena nur entsetzt darauf starrte. Maria drehte ihren Kopf zur Seite, um nicht laut loszulachen. Sie war heute besonders gut aufgelegt, denn Tina hatte sich für das kommende Wochenende angekündigt.

»Habt ihr mitgekriegt, wer das hier bei uns verteilt hat?«, bohrte Gerti nach.

»Vor drei Tagen hatte ich einen ganzen Packen von diesem Schweinkram vor meiner Ladentür«, regte sich Hannelore auf. Ihre vom ständigen Rein und Raus zwischen Laden und Kühlhaus ohnehin schon stark geröteten Wangen leuchteten nun pink.

»Bei mir lag das Zeug auch vor der Tür«, mischte sich Petra vom Zeitungsstand ein.

»Ich versteh gar nicht, was ihr wollt«, meinte Katharina. »Das sieht doch sehr gut aus.« Sie war wieder einmal sichtlich angetan von ihrer Arbeit. Die anderen gingen sofort auf Distanz und schauten sie misstrauisch an.

»Katharina sieht das wieder nur unter dem ästhetischen Aspekt.« Maria rettete die Situation und knuffte ihrer Freundin in die Seite.

Die pflichtete ihr nun mit einem eifrigen Kopfnicken bei. »Wieso? Was steht denn da? Ah. Telefonsex«, stammelte sie, sodass man ihr abnahm, dass sie dieses Blatt zum ersten Mal sah. »Ja, damit können wir nichts anfangen. Das ist wohl eher was für die Männer«, fügte sie dann aber hinzu und erntete sogleich vorwurfsvolle Blicke von den anderen.

Lena schwieg die ganze Zeit über. Sie schämte sich in Grund und Boden.

»Ich weiß nicht, warum ihr euch aufregt. Ich finde das auch nicht so schlimm«, befand Maria, um von Katharina abzulenken. »Werft die Dinger doch einfach weg.«

»Stellt euch vor, so was liegt herum, wenn der Dekan kommt, um sich unser Dorf anzuschauen.«

»Die Kirchenleute stehen den weltlichen Dingen oft aufgeschlossener gegenüber als ihr«, entgegnete Maria und erschrak, als sie sich der Gegenwart des Geistlichen bewusst wurde. Sie drehte sich zu Pfarrer Gandl um. »Ich meine, sie verzeihen den Sündern. Nicht wahr, Herr Pfarrer? Steht das nicht in der *Bergpredigt?*«

»In der Tat. Christus lehrte die Menschen zu verzeihen: ›Liebet eure Feinde.‹« Pfarrer Gandl mied es, Maria anzusehen. »Wobei ›lieben‹ auch mit ›wohlgesonnen sein‹ übersetzt werden kann. ›Seid euren Feinden wohlgesonnen.‹« Er räusperte sich. »Nun gut. Kommen wir zu dem leidlichen Thema. Ich denke, wenn diese sündigen Blätter alle schnellstens vernichtet werden, dann drückt Gott noch mal ein Auge zu. Arm sind die Seelen, die sich dieser Mittel bedienen. Wir werden in der Sonntagsmesse diese armen Seelen in unser Gebet einschließen.«

»Natürlich, Herr Pfarrer, das werden wir selbstverständlich tun, Herr Pfarrer«, versicherte Gerti hastig, und alle stimmten dem zu, sodass Pfarrer Gandl zufrieden von dannen ziehen konnte. Er hatte seine Schäflein im Griff.

»Nun gut«, sagte Gerti, als sie die Tür hinter ihm geschlossen hatte. »Keiner weiß offensichtlich, wo die Dinger herkommen. Ich schmeiß den ganzen Dreck nachher weg, aber in Zukunft passt jede von euch auf, ob ihr etwas Verdächtiges ins Auge sticht oder ob sie etwas hört. Vor zwei Wochen drangen auch hier aus dem Gemeindehaus seltsame Geräusche.« Dabei blickte sie zwar Maria an, doch sie ließ sich nicht weiter über das Thema aus, denn sie traute sich nicht, ihren immer noch schwelenden Verdacht gegen Waltraud offen auszusprechen.

»Was denn für Geräusche?«, erkundigten sich zwei der Damen laut.

»Was schon!«, erwiderte Gerti mit einer Bewegung und einer Miene, die keinen Zweifel daran mehr ließen, um welche Geräusche es sich handelte.

»Aber hallo. Das war hier kein Blümchensex, das klang nach einer richtigen Orgie«, betonte Hannelore. »Ich weiß nicht, wie lange das noch ging. Es war ja schon eins. Wir wollten dann auch nicht länger nur blöd herumstehen und das Ganze mit anhören. Wir sind dann nach Hause.«

Das daraufhin beginnende Getuschel nahm zu und hörte sich bald an wie das Summen in einem Bienenkorb. Alle waren konsterniert, mehrere Augenpaare blitzten immer wieder heimlich zu Gerti, die feststellte, dass offensichtlich keine der anderen etwas davon mitbekommen hatte. Gerti war andererseits jedoch auch klar, dass die Gerüchte nun brodelten, und zwar um ihren Mann. Um diese etwas runterzukühlen, erhob sie ihre Stimme erneut: »Damit hier keine falschen Gedanken aufkommen: Die Einzigen, die einen Schlüssel haben, nämlich der Bürgermeister und Waltraud, waren es definitiv nicht. Der Bürgermeister war beim Postwirt beim Stammtisch, und Waltraud war den ganzen Abend mit ihren Freundinnen zusammen.« Dabei ließ sie ihren Blick über Maria, Lena und Katharina schweifen, die das mit gutem Gewissen bejahen konnten. Gerti erklärte dann weiter: »Und beide hatten ihre Schlüssel auch die ganze Zeit dabei. Wir, das heißt, der Bürgermeister und ich, nehmen an, dass diese … äh … diese Personen über irgendein offenes Fenster hereingekommen sind. Wenn ihr also irgendwas in dieser Richtung mitkriegt, gebt mir umgehend Bescheid.«

Damit war für Gerti das Thema erst einmal erledigt. Kaum hatte sie sich ihren Notizen zugewandt, wurde Hannelore von Neugierigen umringt, die noch mehr pikante Details über jene Nacht hören wollten. Die Spekulationen liefen auf Hochtouren, bis Gerti diese unterbrach, indem sie eine weitere Neuigkeit kundtat. »Nächste Woche erwarten wir den hohen Besuch. Vier Vertreter der Kirche. Ihr wisst alle, was das bedeutet und was ihr zu tun habt. Macht unserem Dorf und dem Pfarrer keine Schande.«

Nach nochmaligem Wiederholen der Aufgaben jeder Einzelnen gingen sie dann zum gemütlichen Teil des Abends über. Bevor sie sich jedoch die selbst gemachten Kartoffel-, Tomaten- und Nudelsalate, Fleischpflanzerln, Sülze und Obatztn schmecken lassen konnten, forderte Gerti alle auf, noch ein Lied zu singen. Sie hatte ein Kirchenlied ausgewählt, und da Waltraud nicht anwesend war, setzte sie sich selbst an den Flügel, um den Ton vorzugeben. Sie sangen, aber sie sangen alle etwas falsch, denn natürlich – wie konnte es anders sein? – hatte sich Gerti wieder einmal in der Tonlage vergriffen.

Während aus dem Gemeindehaus die katholischen Klänge in die Nacht hinausschwebten, hallten aus Marias Haus jene Klänge, die den gesamten Frauenbund in Alarmstufe eins versetzt hätten.

Waltraud hatte es sich im Esszimmer gemütlich gemacht. Zurückgelehnt, ein Kissen im Rücken, saß sie auf der Eckbank, die Beine auf einen Stuhl gelegt, vor sich auf dem Tisch in greifbarer Nähe eine Flasche Rotwein und eine Auswahl verschiedener Käsesorten. So ließ es sich aushalten. So konnte sie entspannt telefonieren. Auch das auf voller Lautstärke laufende Fernsehprogramm des Großvaters im Wohnzimmer gegenüber störte sie nicht, denn solange die massive Holztür zum Flur geschlossen blieb, drang weder ein Ton heraus noch herein. Sie fühlte sich innerhalb dieser vier Wände gut geschützt, allerdings hatte die Sache einen großen Nachteil: Der Sauerstoff zirkulierte nicht.

Nach den ersten Gesprächen stand die Luft stickig im Raum, und Waltraud ging zum Fenster, um ein Mal tief durchzuatmen. Vor dem Fenster standen zwei Apfelbäume. Und in der späten Dämmerung konnte Waltraud an einigen Zweigen die reifen, süßsauren Früchte ausmachen. Lange würden sie dort nicht mehr hängen. Dann würde Maria sie pflücken und zu einem jener köstlichen Kuchen verarbeiten, mit denen sie schon früher ihren Manfred beglückt hatte. Die Nacht war still. Da begann Xavier Naidoo, erneut zu singen, und Waltraud dachte sich auch gar nichts dabei, das Fenster noch eine Weile offen stehen zu lassen. Die leichte Brise, die von draußen hereinwehte, streichelte kühlend ihren Nacken, und als sie sich als Lady Sarah dem neuen Kunden widmete, hatte sie das offene Fenster längst vergessen.

Von fünfzehn Anrufen hatte Waltraud genau zwölf Anrufer bedienen können. Einer hatte explizit nach Jeannie gefragt, und zwei andere hatten ganz schnell wieder aufgelegt.

Sie war gerade dabei, Nummer dreizehn zu bedienen. Jetzt, nach mehr als einer halben Flasche Rotwein, hatte Waltraud ihre letzte Scheu abgelegt.

»Ja, ja. Ich bin geil auf dich!«, raunte sie, und inzwischen kam ihr dieses Wort so problemlos über die Lippen, dass sie darüber fast schon so was wie Stolz empfand. »Zeig mir deinen Schwanz. Ich will ihn ganz tief in mir spüren!« Hastig nippte sie an ihrem Weinglas, und der aufsteigende Hustenreiz ließ nach. Noch vor Kurzem hätte sie sich eher steinigen lassen, als so etwas auszusprechen.

Sie stöhnte frivol-fröhlich drauflos, viel lauter als sonst, als gerade Marias Vater mit schnellen, kurzen Schritten am Esszimmer vorbeischlurfte. Waltrauds erotische Kundgebungen waren nun so heftig, dass man diese trotz dicker Holztür in gedämpfter Form hätte vernehmen können. Das Gehör des alten Herrn reichte dazu allerdings nicht mehr aus, zumal er seine volle Konzentration auf ein anderes Organ gelenkt hatte. Seine Blase drückte. Und damit nicht, wie erst vor Kurzem einmal, ein kleines, aber peinliches Malheur passierte, musste er auf dem schnellsten Weg zur Schüssel.

Wahrscheinlich hätte er überhaupt nichts mitbekommen, wäre Maria nicht so eine Frischluftfanatikerin und hätte sie ihrem Vater nicht hundert Mal eingetrichtert, nach Verrichtung aller Geschäfte das kleine Fenster hinter der Toilette zu öffnen. Und genau dieser erste frische Luftzug trug Waltrauds Stöhnen direkt an sein Ohr.

Der alte Mann verharrte einen Moment völlig erstarrt. Er schüttelte den Kopf, ob sich das Geräusch dadurch eventuell verflüchtigen würde. Ganz still stand er und hielt den Atem an. »Ja! Ja! Jetzt!«, presste eine weibliche Stimme hervor und seufzte danach so inbrünstig auf, dass er, einem ersten Impuls folgend, die Toilette schnellstens verlassen wollte. Irgendetwas passierte gerade, und zwar in seiner unmittelbaren Nähe. Mit Blick auf die noch immer geschlossene Toilettentür wurde er gewahr, dass es nicht durch die Tür, sondern durch das Fenster zu ihm drang. Flugs machte er wieder kehrt und quetschte sich an der Kloschüssel vorbei zur Außenwand.

Regungslos stand er dort und genoss. So etwas Herrliches hatte er schon lange nicht mehr gehört. Was für Töne! Er lauschte so verzückt, dass er darüber beinahe vergessen hätte zu atmen. Endlich spürte er sein Blut wieder, erst im Kopf, wie es in Wallung kam und von dort aus dann seinen alten Körper wärmte.

Mit einem Mal wurde es draußen still. Nun war er derjenige, der ächzte und stöhnte, denn erst jetzt spürte er seine schmerzenden Gelenke und die Schwäche in seinen mageren, muskelschwachen Beinen.

Langsam ließ er sich auf dem geschlossenen Klodeckel nieder, und dann hockte er auf dem harten Plastik, zwar erschöpft, aber mit einem Lächeln auf dem Gesicht. Während er vor sich hin grübelte und nach einer sinnvollen Erklärung für dieses lustvolle Beben suchte, das direkt vor diesem unwirtlichen Örtchen stattgefunden hatte, klingelte das Telefon, vielmehr sang Xavier Naidoo.

Es hatte eine Weile gedauert, doch inzwischen verstand der alte Herr, dass ein Klingelton heutzutage kein Klingeln mehr sein musste. Er war nur heilfroh, dass er sich in den letzten Jahren darin geübt hatte, Worte, die ihn nicht interessierten oder die ihm nicht gefielen, zu überhören. Genauso hielt er es nun mit Xavier Naidoo. Sein Vorschlag, Hansi Hinterseer singen zu lassen, war von den Frauen einstimmig und in aller Deutlichkeit abgeschmettert worden.

Diesmal aber hörte er nicht weg. Er schloss die Augen und reduzierte seine ganze Wahrnehmung auf sein Gehör.

»Lady Sarah zeigt dir, wo es langgeht«, klang eine weibliche Stimme zu ihm herüber. »Los! Zieh dich aus!«, ging es in harschem Ton weiter.

Dem alten Herrn blieb die Luft weg. Er verschluckte sich. Zum ersten Mal kam ihm der Gedanke, dass sich das Ganze womöglich innerhalb dieser dicken Mauern abspielte. Konnte das denn sein? Er überlegte fieberhaft. Maria war nicht da, sie war mit ihren Freundinnen beim Frauenbund. Aber Waltraud war hier. Sie war die Einzige, die im Haus geblieben war. Wegen der Meinungsumfragen, hatten ihm alle vier erklärt.

Er hangelte sich etwas schwerfällig hoch und lehnte sich erneut in Richtung Fenster.

»Hosen runter!«, lautete ein weiterer Befehl, bei dem er vor Schreck zusammenfuhr. »Auf die Knie!«

Wieder zuckte er zusammen. Dieses Mal aber, weil er den Tonfall ganz klar Waltraud zuordnen konnte. Wann immer sie Lenny einen Befehl erteilte, klang es genauso. Er schüttelte den Kopf, und dabei schmunzelte er. Er war in einem Alter, in dem man das Richten einem Höheren überließ. Dass er Waltraud in flagranti ertappt hatte, amüsierte ihn und stimmte ihn gleichermaßen zufrieden. Überhaupt hörte er noch ziemlich gut, wenn er sich konzentrierte. Er fragte sich, mit wem sich Waltraud hier gerade vergnügte, denn sicher nicht mit Heinz, ihrem Mann. Jetzt fing das Stöhnen wieder an, und im selben Maße nahm die Frequenz seines Pulsschlages zu. Wieder lauschte der alte Mann mit geschlossenen Augen.

Die Geräusche kamen aus dem Esszimmer. So viel konnte er feststellen. Er hätte jetzt natürlich zurück ins Wohnzimmer gehen und alles vergessen können, doch das fiel ihm im Traum nicht ein. Endlich war mal was los im Haus! Und wieder spürte er die Hitze, wie sie von seinem Nacken die Wirbelsäule entlang nach unten zog. Das war ein verdammt gutes Gefühl – und das auf seine alten Tage.

Doch plötzlich kehrte Ruhe ein. Unerwartet und für seine Vorstellungen viel zu schnell. Er wartete ab, gebeugt und beide Hände auf den Klodeckel gestützt. Kurz setzen wollte er sich nicht, das Aufstehen war wegen seiner morschen Knie jedes Mal eine Qual. Ein paar Minuten ließ er verstreichen, und als sich dann immer noch nichts rührte, schlich er aus der Toilette und den Gang entlang und blieb vor der Esszimmertür stehen.

Vorsichtig presste er sein Ohr an die Tür. Nichts. Gar nichts. Absolute Stille in der guten Stube. Er wunderte sich, zögerte und überlegte, ob er anklopfen oder einfach hineingehen sollte, aber im selben Augenblick verwarf er den Gedanken. Diese Peinlichkeit wollte er allen Beteiligten doch lieber ersparen.

Langsam und noch etwas benommen ob der unerwarteten Gefühle, schlurfte er zurück zum Wohnzimmer. Dort erwartete ihn die sonore Stimme des Spätnachrichtensprechers, der ihn mit seinem professionellen Gleichmut gegenüber den andauernden Streitigkeiten innerhalb der CSU die letzten Abende fast zur Weißglut getrieben hatte. Doch heute waren dem alten Mann die Ränkespiele der Macht egal. Etwas anderes beschäftigte ihn viel mehr: Waltraud und ihre einladenden Hüften. Er hatte schon immer gefunden, dass sie ein Klasseweib war, allerdings hätte er ihr solche Eskapaden niemals zugetraut. Gute siebenundachtzig Jahre lebte er nun schon, und noch immer konnte er die Frauen nicht richtig einschätzen.

Gerade als er die Wohnzimmertür hinter sich zudrücken wollte, klingelte das Telefon erneut und wie eben nur ganz kurz, denn Waltraud hatte schon wieder abgehoben. Er runzelte die Stirn. Dass sie übergangslos vom Sex zur Meinungsumfrage wechselte, gefiel ihm gar nicht. Der alte Herr betrachtete es als bedenkliches Zeichen zunehmender Lieblosigkeit, denn wo sollte das noch hinführen, wenn die Frauen ihre Geschäfte schon mit ins Bett nahmen?

Doch auf einmal durchfuhr ihn ein unglaublicher Gedanke, und er war hellwach. Mit kurzen, entschlossenen Schritten schlurfte er, so schnell er konnte, zurück. Wieder stand er vor der massiven Holztür und presste er sein Ohr dagegen, und wieder konnte er nichts hören. Die Toilette! Hastig eilte er auf das stille Örtchen, ließ sich diesmal ungeachtet der schmerzenden Gelenke auf dem Klodeckel nieder und horchte durch das noch sperrangelweit offen stehende Fenster hinaus in die Stille der Nacht, die nun durchbrochen wurde von Waltrauds Stimme:

»Was kann ich für dich tun, mein Süßer?«

Der Blutdruck des alten Mannes stieg, sein Puls ging schneller. Noch ungeübt in seiner Rolle als Lauscher, fühlte er sich nervös, und als er weiter zuhörte, raste sein Puls. Nein, Waltraud war allein hier, und sie hatte Sex über das Telefon. TELEFONSEX! Diese Erkenntnis traf ihn wie ein Blitzschlag.

Noch stärker traf ihn die Tatsache, dass Maria und Lena im Flur standen und ihn anstarrten. Er hatte sie nicht zurückkommen hören. Und er hatte die Klotür nicht geschlossen. Er saß auf dem geschlossenen Klodeckel und hielt seine Hände auf seinem allerbesten Stück. Schnellstens fasste er zu seinem Brustkorb, ungefähr dorthin, wo sich das Herz befand.

»Äh, äh«, ächzte er mühsam.

»Um Gottes willen! Du bist ja ganz rot im Gesicht! Was ist denn passiert?« Maria eilte besorgt zu ihm.

Der alte Herr überlegte kurz, dann deutete er immer wieder auf sein Herz und murmelte mehrmals hintereinander: »Luft, Luft.«

Maria sah, dass das Fenster bereits offen stand. Hastig knöpfte sie sein Hemd ein wenig auf, und dann erstarrte sie.

»Meine Muschi ist schon ganz feucht«, klang es von draußen herein. Maria fuhr es brennend heiß in den Bauch. »Mir ist heiß.« Das kam nun von Waltraud. Maria schluckte. Ihre Gedanken rasten. Hatte ihr Vater etwas mitbekommen? Und wenn ja, wie viel?

Der alte Herr merkte, dass sie ihn musterte. »Luft, Luft!«, presste er immer wieder hervor und löste Maria aus ihrer Erstarrung. Während sie nun in aller Eile seinen Gürtel sowie den obersten Knopf seiner Hose öffnete und in mütterlicher Sorge zusah, wie er tief und schwer atmete, kam Waltraud ihrem gespielten Höhepunkt immer näher. Das Fenster zu schließen war wegen der Atemnot ihres Vaters schlichtweg unmöglich. Und so stand Maria hilflos bei dem alten Mann, der sich langsam wieder erholte, und musste Waltrauds ansteigendes Stöhnen über sich ergehen lassen.

»War wohl ein Schwächeanfall«, meinte der Großvater ein wenig später, nachdem Maria ihm beim Aufstehen geholfen hatte und ihn nun langsam aus der Toilette geleitete. Weiter hatten sie nicht miteinander gesprochen. Maria hatte ein ungutes Gefühl.

»Ich bring dich jetzt in dein Bett«, sagte sie.

»Was bin ich?«, fragte ihr Vater.

Maria fiel ein Stein vom Herzen. Jubeln hätte sie können über seine Schwerhörigkeit, und zur Erklärung deutete sie liebevoll lächelnd nach oben in Richtung Schlafzimmer.

Der alte Mann verstand. Er nickte.

Schritt für Schritt bewegten sie sich vorsichtig vorwärts, und Maria war viel zu sehr damit beschäftigt, dass ihr Vater nicht über die Falte im Perserteppich vor ihnen stolperte, um das verschmitzte Blitzen in seinen Augen wahrzunehmen, als sie an der Tür zum Esszimmer vorbeikamen.

Dahinter war es nun still geworden. Maria hatte Lena gleich zu Anfang signalisiert, sie mit ihrem Vater allein zu lassen, und so war Lena schnell zu Waltraud in das Esszimmer gehuscht, nachdem sie mitbekommen hatte, dass diese das Gespräch beendet hatte.

Beide saßen eine Weile einfach nur schweigend am Tisch und hingen ihren Gedanken nach. Lena beneidete Katharina, die direkt zu Peter nach Hause gegangen war, während sie mit Maria für die nächste Schicht eingeteilt war. Andererseits war sie froh, dass sie nicht wie Waltraud heute oder Katharina morgen allein Dienst schieben musste. Waltraud sah völlig fertig aus.

Die Freundin war tatsächlich ziemlich erschöpft, doch ihre Sinne waren sensibilisiert. Der Rotwein breitete seinen holzigen Geschmack an ihrem Gaumen aus, und dann streichelte er ihre Kehle bis in den Bauch hinunter. Dort spielte er mit ihrer Kraft. Sie nahm noch einen weiteren Schluck und lehnte sich wohlig zurück. »Willst du?«, fragte sie und schob Lena das Glas hin.

»Ich trinke keinen Alkohol mehr. Ich will nicht immer benebelt durch die Welt laufen«, meinte Lena mit einer Ernsthaftigkeit, die der Älteren ein Schmunzeln entlockte.

Dann trank sie ihn eben selbst, den letzten, guten Schluck. »So viele Orgasmen hintereinander, das ist schon anstrengend.« Lena starrte sie so verdutzt an, dass sie laut auflachte. »Was denkst du? Ich will ja schließlich auch was davon haben.«

Lenas Augen wurden groß. »Heißt das, du …?«

»Es kommt einfach wie von selbst«, sagte Waltraud und grinste dabei so breit, dass jeder darauf gekommen wäre, dass sie flunkerte, nur Lena nicht.

Lena schrumpfte immer mehr in sich zusammen.

»Mentales Training. Es spielt sich alles da ab.« Waltraud tippte sich an die Schläfe. »Du kannst allein über deinen Kopf schon einen Orgasmus erzielen«, spann sie weiter, und Lena traute sich gar nicht mehr, sie anzusehen.

»Lass dir nichts weismachen.«

Lena blickte auf. Maria war hereingekommen, eine neue Flasche Rotwein in der Hand.

Waltraud räkelte sich promilleselig auf der Bank und amüsierte sich über sich selbst. »Natürlich passiert alles im Kopf«, wiederholte sie.

»Noch passiert alles da unten«, stellte Maria klar und deutete auf ihren Schoß. »Wenn es überhaupt passiert«, fügte sie hinzu.

»Wie meinst du das?« Lena horchte auf.

Maria nahm zwei Gläser aus dem Schrank und stellte sie auf den Tisch. Dann sah sie Lena an. »Na ja, manchmal passiert eben nichts«, erklärte sie schulterzuckend und schenkte die beiden frischen Weingläser fast voll. Waltrauds Glas ließ sie wohlweislich aus.

»Und was machst du dann? Ich meine, wenn du mit einem Mann zusammen bist«, hakte Lena vorsichtig nach.

»Was genau willst du wissen?«, fragte Waltraud.

»Ach, nichts.« Lena zierte sich, doch Waltraud ließ nicht locker. »Jetzt sag schon. Wir sind doch unter uns.«

»Also, ich habe schon öfter einen Orgasmus vorgespielt. Wenn es das ist, was du meinst«, gab Maria freimütig zu und wandte sich an Waltraud. »Du doch auch, oder?«

Nun wurde die sonst so forsche Waltraud plötzlich verlegen. »Na ja, hin und wieder«, gab sie widerstrebend zu. »Aber nur, wenn es mir zu lange gedauert hat.«

»Eigentlich total bescheuert. Als müsste man mit dem Mann zur gleichen Zeit kommen«, überlegte Maria laut.

»Wir haben eben gelernt, uns anzupassen«, sagte Waltraud und schenkte sich selbst Wein nach. Die anderen schwiegen und starrten vor sich hin, jede in ihre Gedanken versunken.

»Das erwarten die Männer doch auch«, kam es schließlich zögernd von Lena.

»Daran sind wir selbst schuld«, entgegnete Maria. »Würden wir ihnen nichts vormachen, dann würden sie vielleicht auch lernen, auf uns einzugehen. Woher aber sollen sie es denn können?«

Waltraud wusste nicht, was sie dazu sagen sollte. Sie starrte Maria an, als sähe sie ihre Freundin heute zum ersten Mal – perplex, was die so freimütig von sich gab.

»Eigentlich ist das echt ein Teufelskreis«, sinnierte Maria weiter. »Als ich das erste Mal mit einem Mann im Bett war, dachte ich, ich sei frigide, weil sich überhaupt nichts rührte. Aber so was von gar nichts.« Lenas Augen hingen an Marias Lippen, die fortfuhr: »Und weil ich nicht wollte, dass er das merkte – das wäre ja oberpeinlich gewesen –, spielte ich ihm was vor. So dachte er, es sei alles wunderbar, und er hielt sich für einen tollen Liebhaber. Das war der Anfang einer großen Lüge. Ich musste ihm jedes Mal was vormachen, weil ich ihm ja nicht sagen konnte, dass ich von Anfang an alles nur vorgetäuscht hatte.«

Lena nickte und schluckte.

Maria lachte. »Und wahrscheinlich glaubt er heute noch, er sei der beste Liebhaber aller Zeiten.«

»Hat er das nie gemerkt?«

Maria schüttelte den Kopf. »Kein Mann merkt das. Und weißt du, warum? Weil kein Mann das merken will. Das wäre ja ein Eingeständnis seiner Unwissenheit.«

»Und dann?«, fragte Lena.

»Dann kam Alexander«, antwortete Maria, und ihre Stimme wurde mit einem Mal ganz weich.

Waltraud horchte auf. Alexander? So hieß also Marias heimlicher Liebhaber. Sie forschte im Gesicht ihrer besten Freundin und bemerkte den seltsamen Glanz in deren Augen.

»War das der, mit dem du …?«, setzte sie an, doch Marias Blick deutete ihr zu schweigen, und sie kam der wortlosen Bitte ihrer Freundin nach.

In stillem Einvernehmen griffen die beiden gleichzeitig nach ihren Gläsern. Während Waltraud den Geschmack des Weines auf ihrer Zunge zerfließen ließ, überlegte sie fieberhaft, wer denn nun dieser ominöse Alexander sein konnte. Sie kannte nur einen Alexander hier in der Gegend, und der war ganz weit von ihnen entfernt – er war zu reich für sie.

»Ich hatte noch nie einen Orgasmus«, platzte Lena plötzlich in das Schweigen und in Waltrauds Gedanken.

»Den besten Orgasmus hatte ich nach Alexander eigentlich immer nur mit mir alleine«, bekannte Maria, die nicht so genau zugehört hatte.

Und dann brach es plötzlich aus Lena heraus: »Aber ich hatte noch *nie* einen Orgasmus! Versteht ihr? Noch nie! Ich weiß gar nicht, was das ist, ein Orgasmus. Ich weiß, wie er sich anhört, aber nicht, wie er sich anfühlt.«

Waltraud und Maria waren völlig perplex und hatten Mühe, es zu begreifen: Lena, die Versuchung schlechthin, war völlig ahnungslos.

»Das glaub ich jetzt nicht«, murmelte Waltraud, als sie die erste Sprachlosigkeit überwunden hatte.

Lena saß da, erstarrt, errötet und verzweifelt.

»Und die vielen Männer? Entschuldige, aber du hast ja nicht gerade wie eine Nonne gelebt.«

Lena schüttelte den Kopf, Tränen schossen ihr in die Augen.

»Und du selbst, ich meine, hast du es dir nie selbst gemacht?«

Maria stieß Waltraud unsanft in die Seite. Was um Himmels willen redete sie da? Hatte sie denn überhaupt kein Feingefühl?

Doch Waltraud war nicht mehr zu bremsen. Sie lief gerade zur Hochform auf. »Du musst deinen Körper doch selbst erst einmal kennenlernen. Du musst dich erforschen, streicheln und liebkosen, am besten …«

Jetzt trat ihr Maria mit dem Absatz, so fest sie konnte, auf den Fuß. »Am besten, du trinkst jetzt nichts mehr.«

»Autsch!« Waltraud verzog das Gesicht vor Schmerz und warf

Maria gleichzeitig einen vorwurfsvollen Blick zu. »Wieso, du hast doch auch …«

»Mir ist das alles nicht wichtig. Ich will ja nur, dass mich einer liebt. Versteht ihr? *Liebt!*«, stieß Lena hervor, und dabei liefen ihr Tränen über die Wangen. Betroffen legte Maria ihren Arm um sie.

»Du musst aufhören, nach einem Mann zu suchen. Wenn du ihn nicht suchst, wirst du ihn finden. Du trägst die Liebe in dir«, sagte sie sanft. »Du musst es nur zulassen, dein Gefühl.«

Waltraud verdrehte die Augen. »Das ist mir jetzt echt zu abgehoben.«

»Kann ja nicht jeder so befriedigt herumlaufen wie du«, warf Maria ihr vor. »Du hast leicht reden. Du hast ja deinen Heinz.«

Waltraud wusste selbst nicht, wie es geschah, dass sie auf einmal etwas preisgab, das sie niemals aus ihrem Schlafzimmer hatte tragen wollen. »Heinz und ich haben schon seit Jahren keinen Sex mehr«, hörte sie sich sagen.

Maria und Lena starrten sie fassungslos an. Lenas Tränen versiegten. Schniefend wischte sie sich über das Gesicht.

»Nicht seinetwegen. Er kann schon noch. Er will auch noch. Ich … ich wollte die ganze Zeit nicht mehr. Es ist mir lästig«, stammelte Waltraud, die sich nun unter den verständnislosen Blicken ihrer Freundinnen am liebsten in Luft aufgelöst hätte.

Maria schwieg zwar, doch Waltraud sah ihr an, dass es in ihrem Gehirn bereits wieder arbeitete. »Danke. Ich brauche jetzt keine Analyse«, kam sie ihrer Freundin zuvor und erhob sich. Einen Moment hielt sie inne und fixierte Lena. »Und du kriegst das auch noch gebacken mit dem Orgasmus. So – und jetzt geh ich heim.«

Maria wollte sie gerade fragen, warum sie ausgerechnet ihr, ihrer besten Freundin, immer etwas vorgemacht hatte mit ihrem angeblich so intakten und in Wahrheit gar nicht vorhandenen Liebesleben, als das Telefon schon wieder dudelte und sie an die vor ihr liegende Aufgabe erinnerte.

»Hallo, was kann ich für dich tun?«

»Ich weiß nicht. Stimulieren vielleicht.« Eine ernste Stimme, angenehmer Tonfall.

»Auf was stehst du denn? Du kannst mich übrigens Maja nennen.« Maria schloss die Schlafzimmertür und schlug das Bett auf. »Willst du mir deine Wünsche nicht verraten?«, hakte sie nach und legte den nötigen Schmelz in ihre Stimme.

»Sagen wir mal … Standard. Nichts Besonderes.«

»Irgendwelche Vorlieben wirst du doch haben?«

Kurzes Schweigen. »Ich lasse mich gern überraschen.«

»Weißt du, dass du eine schöne Stimme hast? Mir wird langsam warm. Deine Stimme macht mich an.«

Schweigen.

»Hast du was dagegen, wenn ich mich jetzt ausziehe?«

Schweigen.

»Ich knöpfe gerade meine Bluse auf.«

Ausnahmsweise tat Maria das auch wirklich. Während Lena es sich für die Nachtschicht unten auf der Couch gemütlich machte, hatte sie sich in ihr Schlafzimmer zurückgezogen.

»Und nun löse ich meinen BH und lass ihn auf den Boden fallen. Meine Brüste sind schwer. Magst du das? Ich hebe sie, fasse sie an, streichle sie mit den Händen. Während ich sie massiere, wird mir noch wärmer. Ich strecke meinen Körper.«

Maria schlüpfte aus ihrem Rock und in ihr Nachthemd. Sie musste den Kerl mehr rannehmen. Sonst würde das nie was werden. »Willst du mich anfassen?«

Schweigen. Inzwischen lag sie unter der Daunendecke. Sie konnte seinen Atem hören. Er klang vollkommen regelmäßig.

»Was ist mit meinen Brüsten? Du darfst sie streicheln. Sie mögen es, wenn du sie massierst.«

Ein schwieriger Fall. Sie hörte, wie er seufzte. Erregt war zwar was anderes. Aber sie hatte das Gefühl, dass sich zumindest etwas tut. Endlich.

»Meine Brustwarzen sind schon ganz hart.« Sie würde das schon hinbekommen. Sie musste was anderes versuchen. »Wie geht's dir denn? Spürst du schon was?«

Schweigen. Oje, ein ganz Verklemmter.

»Entspann dich mal und atme einfach tief durch.«

Sie hörte ihn atmen. Das klang aber ganz armselig. So was ging ja gar nicht.

»Noch mal. Tiefer.«

Er stieß den Atem aus, etwas stolpernd am Ende.

»Komm. Füll deinen Körper mit Atem.«

Sie war jetzt ganz aufmerksam. Konzentrierte sich auf jedes noch so kleine Geräusch.

»Mehr noch.«

Auf einmal spürte sie seine Anspannung, spürte den Druck, der auf seinem Brustkorb lastete. Sie hatte seinen Atem übernommen.

»Weiter. Atme weiter. Es wird dich befreien.«

Sie hörte, wie er die Luft einsog, und tat es ihm gleich.

»Lass einfach los!«

Sie hatte das Gefühl zu zerspringen. In ihrem Kopf dröhnte es.

»Öffne dich. Und lass alles los. Alles, was dich belastet.«

Beide atmeten mehrmals ein und aus.

Und plötzlich überkam sie eine Traurigkeit, die ihr Tränen in die Augen trieb.

»Atme weiter. Weiter! Über deinen Schmerz hinaus.«

Sie atmete, und es bedurfte keiner weiteren Worte. Sie fühlte seine Einsamkeit, fühlte seine Verzweiflung. Es war kaum zu ertragen. Und sie weinte – mit ihm gemeinsam.

»Danke. Vielen Dank«, flüsterte der Mann, von dem sie nichts und doch so viel wusste. Sie konnte nichts sagen. Auf so etwas war sie nicht vorbereitet gewesen.

Er zögerte noch, dann legte er auf.

Elf

Das schlechte Gewissen hatte Katharina nach dem Treffen des Frauenbundes im Eilschritt nach Hause getrieben. Sie hatte Peter gesagt, dass sie nur eine Stunde bleiben würde, doch nun waren drei Stunden daraus geworden. Viel zu schnell war die Zeit vergangen, denn über all den Mutmaßungen über Waltrauds Intimleben hatte sie ihn schlichtweg vergessen.

Lenny kratzte schon ungeduldig an der Tür, als er sie kommen hörte. Er sprang freudig um sie herum und aus dem Haus und wieder zurück, und wenn er nicht gerade das Bein hob, um sein Revier zu markieren, kreiste seine Rute wie ein Propeller. Heute schenkte ihm Katharina jedoch kaum Beachtung, sondern hastete gleich in die Diele.

Ihre Erleichterung, als sie das Bang, Tschttt, Datteradatsch eines Computerspiels hörte, war so groß, dass es ihr eigentlich hätte seltsam vorkommen müssen.

Mit einem tiefen Glücksgefühl betrachtete sie Peter, der, völlig aufgesaugt von einer virtuellen Welt, vor dem Bildschirm saß und ihr nur kurz zunickte, als sie ihre Hand auf seine Schulter legte. Sie nahm die leere Schale, in der noch Spuren des Schokopuddings hafteten, und ging dann weiter zum Esstisch, um ihn abzuräumen. Bevor sie das Haus verlassen hatte, hatte sie Peters Leibgericht, Fleischpflanzerl mit frischem Kartoffelbrei und Salat, auf dem Küchentisch liebevoll angerichtet. Gleich drei Stück davon hatte er verdrückt. Auch vom Kartoffelbrei war nichts mehr übrig, den Topf hatte er regelrecht ausgeschabt. Sie schmunzelte.

Sie hatte Spüle und Arbeitsfläche blitzblank poliert und räumte gerade den Lappen weg, als Peter hereinkam. Durstig war er. Er hatte sein Spiel beendet, sich in der Schlacht erfolgreich geschlagen und seine Gegner vernichtet. Katharina nährte sich an seiner guten Laune. Das Glas Wasser kippte er in einem Zug hinunter. Sie störte sich weder daran, dass er beim Abbrechen der Schokolade bröselte noch dass er sein Glas beim Abstellen nachlässig über die glänzende Arbeitsplatte schob. Sie spürte, wie seine Hand über ihren Po strich, der sich unter dem dünnen Stoff ihres Kleides abzeichnete, und wischte nur schnell die frischen Wasserspuren weg, um ihm ins Schlafzimmer zu folgen.

Verwegen schoss es ihr in den Kopf, dass sie sich noch nie in der Küche geliebt hatten. Hier auf der Arbeitsplatte neben der Spüle. Bilder von nackten kopulierenden Körpern, die sie in der Nacht der Pornografie gesehen hatte, reihten sich wie einzelne Fragmente aneinander und übten einen unwiderstehlichen Reiz auf sie aus. Mit klopfendem Herzen umklammerte sie seine Hand, und im gleichen Moment küsste er ihren Hals, ihren Nacken, und sie stöhnte leicht auf. Sie lehnte sich zurück, presste sich an seinen Oberkörper, ihr Busen hob und senkte sich, und ihre Brustwarzen reckten sich seiner Hand entgegen, als er mit leichtem Druck darüberglitt. Sie griff nach hinten, fasste seine Lenden und tastete sich weiter. Warum nicht hier in der Küche?, fragte sie sich, während sie seine Männlichkeit genoss und sich eine betäubende Lust über ihre kühnen Gedanken legte.

Sie fühlte, wie seine Hände ihr Kleid nach oben schoben. Sie konnte es nicht erwarten, wollte nur noch eines: ihren Slip loswerden, ihre eigene Nacktheit spüren und ihm ihren feuchten Schoß entgegenstrecken. Katharina wurde immer forscher. Ihre Hände fingerten an seinem Hosenschlitz, sie zerrte an seinem Reißverschluss, der sich verdammt noch mal nicht öffnen ließ.

Peter zog ihn schließlich selbst auf. Gereizt und mitgerissen von der unerwarteten Leidenschaft, packte er sie an den Hüften, drehte sie zu sich herum und setzte sie vor sich auf die polierte Arbeitsplatte, in der sich ihre angezogenen, weit gespreizten Schenkel spiegelten.

»Komm, schnell!«, stöhnte sie ungeduldig, um ihn endlich in

sich zu spüren. Er kam ihrer Aufforderung nach. »Ja, fick mich!«, spornte sie ihn an. Sie wollte ordinär sein, wollte endlich einmal selbst den Sex haben, den sie seit Wochen nur im Kopf hatte. »Gib mir deinen Schwanz!«

Obszönitäten, auf die sie früher nicht einmal in ihren kühnsten Träumen gekommen wäre, perlten einfach so aus ihrem Mund, und sie redete Peter dermaßen heiß, dass er im Nu in ihr explodierte. Sie hatte allerdings noch längst nicht genug, stimulierte ihn mit verbaler Erotik vom Feinsten, sodass er erneut in sie hätte eindringen können. Doch er tat es nicht, er hielt inne, und dann trat er einen Schritt zurück. Verwirrt über die unterdrückte Leidenschaft, atmete sie hastig. Sie sah ihn an, wie er schweigend vor ihr stand, den Mund vor Sprachlosigkeit leicht geöffnet und in seinen Augen ungläubige Verwunderung. Sie lächelte, fast schon ein wenig keck, und streckte ihren Arm aus, um ihn liebevoll zu sich herzuziehen. Doch er blieb stehen und sagte nichts. Er schaute sie nur an, und in seinen Augen fand sie nichts von dem, was sie suchte: kein Lächeln, keine Freude – nicht einmal Befriedigung.

In dem Moment wusste sie, dass jetzt etwas schieflief. Peter liebte sie nicht. Panik stieg in ihr auf. Gab es eine andere? Die Kälte, mit der er sie nun musterte, ließ sie frösteln.

»Wer ist es?«, fragte er.

Katharina schaute ihn verdutzt an.

»Wer ist der Kerl?«

Sie lachte erleichtert auf. »Es gibt nur dich.«

»Das glaube ich dir nicht.«

Ein wenig stolz war sie schon, dass er jetzt eifersüchtig war. Unterstellte er ihr doch tatsächlich ein Verhältnis! Lächelnd versuchte sie, ihn zu beruhigen: »Ich lüge doch nicht. Ich schwöre dir, es gibt niemanden.«

Er bückte sich nach seiner Hose und zog sie hoch. Dann blickte er sie an – kritisch. »Du bist total verändert. So was passiert doch nicht so einfach aus heiterem Himmel. Ich merke schon seit einiger Zeit, dass etwas nicht stimmt. Du verheimlichst mir was.«

Katharina saß noch immer auf der Ablage. Sie zupfte an ihrem Kleid, um ihre Schenkel zu bedecken. Plötzlich schämte sie sich ihrer Nacktheit.

»Es gibt niemanden«, beteuerte sie. Sie rutschte von der Küchenzeile und legte ihre Hand auf seinen Arm.

Mit einer unwirschen Bewegung fegte er sie weg. »Du redest auf einmal wie eine Schlampe. Das fällt dir alles so einfach ein. Nach all den Jahren! Erzähl mir doch nichts! Wer ist es? Ich will es jetzt wissen.«

»Peter. Ich liebe dich. Du bist der einzige Mann in meinem Leben. Es gibt niemand anderen. Jetzt komm!«

Er ignorierte ihre zärtliche Geste und drehte sich um. Mit großen Schritten eilte er aus der Küche. Lenny konnte gerade noch hereinschlüpfen, bevor Peter die Tür hinter sich zuschlug, und Katharina hörte, wie er wütend über den Flur zum Schlafzimmer stapfte.

Betroffen starrte sie auf die Küchentür, biss sich auf die Lippen und kämpfte gegen die aufsteigenden Tränen an. So wütend hatte sie Peter noch nie gesehen, und sie fragte sich, ob es vielleicht daran lag, dass sie bisher immer nur das gemacht hatte, was *er* wollte. Sie hob ihren Slip von dem kühlen Granitboden auf und zog ihn wieder an. Ernüchtert strich sie sich die Haare aus dem Gesicht und versuchte, ihre Gedanken zu ordnen.

Es war das erste Mal, dass sie ihm etwas verschwieg. Vielleicht wäre es besser gewesen, ihn in die ganze Geschichte einzuweihen.

Katharina verließ die Küche, und der Hund eilte ihr hinterher. Sie ging zum Schlafzimmer und dann leise an der geschlossenen Tür vorbei. Aus dem Einbauschrank im Flur nahm sie sich eine Strickjacke.

»Wo gehst du hin?«, rief Peter ihr aus dem Schlafzimmer so fordernd nach, dass sie kurz zusammenzuckte.

»Ich drehe nur eine Runde mit dem Hund«, antwortete sie und trat zusammen mit Lenny aus dem Haus, hinaus in die Dunkelheit.

Auf dem Heimweg dachte Waltraud noch über Lena nach. Dass manche Frauen niemals einen Orgasmus hatten, konnte sie gut nachvollziehen. Bei ihr hatte es auch Jahre gedauert, bis sie dahintergekommen war, wie es funktionierte; aber dass ausgerechnet Lena ... Sie schüttelte den Kopf. Was dieses Thema betraf, war wirklich noch jede Menge Entwicklungsarbeit nötig.

Weinselig und nicht mehr ganz so realitätsbewusst, grübelte Waltraud weiter: Was hatte sie nur ihren Freundinnen vorhin offenbart! Wie konnte sie nur? Sie sah deren Gesichter vor sich, wie entsetzt die beiden über ihre jahrelange Abstinenz gewesen waren, und sie schämte sich ihrer leichtsinnigen Worte. Wie stand sie denn jetzt vor ihnen da? Egal, meinte ihr Trotz. Sollten die beiden erst mal zweiunddreißig Jahre Ehe hinter sich bringen, bevor sie über sie urteilten. Eine lange Zeit. Eine verdammt lange Zeit. Und dafür verstanden sie sich noch sehr gut, ihr Heinz und sie. Ihr armer Heinz! Vielleicht griff auch er hin und wieder mal zum Telefon, um sich anderweitig das zu holen, was sie ihm seit über drei Jahren verwehrte. Sie schüttelte den Kopf. Nein. Heinz' Geldbeutel und der Telefonrechnung nach zu urteilen, war das eher auszuschließen. Sie schmunzelte.

Kurz vor dem Haus blieb Waltraud stehen. Aber irgendwie musste er seine Lust doch befriedigen, oder?, fragte sie sich. Und dann, zum ersten Mal, seit sie mit ihm zusammen war, kam ihr der Gedanke, dass er eine Affäre haben könnte. Wieso denn nicht? Heinz? Nein, niemals! Mit einem noch heftigeren Kopfschütteln warf sie diese absurde Vorstellung ganz schnell von sich. Ihr Heinz würde so etwas nie machen, dafür liebte er sie zu sehr. Allerdings wusste sie nun auch, spätestens nach ein paar Telefonsex-Nummern, dass Männer sehr wohl zwischen Liebe und Sex trennen konnten. Männer waren zwar nicht in der Lage, zwei Dinge auf einmal zu erledigen, aber mehrere Frauen parallel zu haben, war für sie kein Problem. Sie runzelte die Stirn. Konnte es sein, dass Heinz sie betrog? Allein schon bei dem Gedanken, dass er mit einer anderen Frau Sex haben könnte, fing es an, in ihrem Magen zu brennen.

Lachhaft, dachte sie und tat diese Möglichkeit erneut ab, doch in ihrem Kopf machten sich die Bilder selbstständig. Sie sah ihn mit irgendwelchen Frauen vor sich, wie sie es hemmungslos trieben, in einem Stellungsmarathon. Und je länger Waltraud sich in diesen Vorstellungen verstrickte, desto stärker brannte es in ihrem Magen, und es gelang ihr auch nicht, diese abstoßenden Szenen zu löschen. Sie hafteten an ihrem inneren Auge und begleiteten sie die letzten Schritte bis ins Haus.

Kurz darauf saß sie neben Heinz im Wohnzimmer auf der Couch. Während er interessiert eine Talkrunde im Fernsehen verfolgte, warf sie ihm immer wieder einen prüfenden Blick von der Seite zu. Er musste es spüren, ließ sich davon jedoch nicht stören. Ob das schon ein Indiz war, dass er ihre Blicke ignorierte?

Tausend Nadelstiche folterten weiter ihren Magen, bis Waltraud es irgendwann nicht mehr aushielt. Sie unterbrach die tränenreiche Stellungnahme einer Schauspielerin zu der ach so bösen öffentlichen Aussage ihres dritten Exmannes mit der Frage, die ihr selbst nun keine Ruhe mehr ließ:

»Heinz, ich muss es einfach wissen … Hast du mich schon mal betrogen?«

Er blickte sie an – herausgerissen aus einer ganz anderen Welt, völlig verständnislos.

»Ich meine«, fuhr Waltraud fort, »ich könnte es ja verstehen. Wir sind jetzt so lange zusammen. Da kann es schon mal passieren, und ich weiß nicht, die letzten Jahre … Es war nicht richtig von mir. Ich war …« Sie stockte, und dann brach es aus ihr heraus: »Ich hätte mit dir schlafen müssen. Ich hätte nicht so kalt sein dürfen … Wo bist du denn hin mit deinen Bedürfnissen?«

Oh, mein Gott, was redete sie denn da? Und wieso sprach Heinz nicht? Etwas stach ihr mitten in ihre Brust. Es war die Gewissheit, dass er eine andere hatte. Plötzlich verlor sie den Boden unter den Füßen, ihre Augen klammerten sich verzweifelt an das ihr so vertraute Gesicht. Und auf einmal wusste sie, dass sie ihn nicht verlieren wollte, nicht verlieren *durfte* – weil sie ihn noch immer liebte. Ja, sie liebte ihren Heinz.

Und dann, es erschien ihr wie eine Ewigkeit, nahm er einfach nur ihre Hand und drückte sie sanft. Er lächelte, und in seinem Blick sah sie alles: Freundschaft, Stärke, Vertrauen und vor allem Liebe. Tränen liefen über ihre Wangen. Etwas ungeschickt versuchte er, sie mit seinem Finger wegzuwischen. Er war es nicht gewöhnt, mit Tränen umzugehen. Genauso wenig wie Waltraud, die jetzt erst bemerkte, dass seine Augen ebenfalls verdächtig feucht glänzten.

»Ich bin doch zu alt«, murmelte sie unglücklich. Und dann spürte sie seine Lippen erst an ihren feuchten Wangen, dann auf ihrem Mund, der vom Rotwein ganz ausgetrocknet war, und Heinz' Zunge begann, ihren großen Durst ganz langsam zu stillen.

Als sie Stunden später eng umschlungen auf der Couch lagen, genossen sie die neu entdeckte Nähe. Und als sie gemeinsam über Waltrauds eifersüchtige Fantasien lachten, war Waltraud der glücklichste Mensch auf der Welt. Sie hatte ihre Liebe wiedergefunden. In ihrer tiefen Verbundenheit hätte sie ihm um ein Haar die ganze Sache mit dem Telefonsex gebeichtet, aber das unterließ sie dann doch – zum Glück. Erstens hätte er dafür sicher kein Verständnis gehabt, und zweitens hatte sie ihren Freundinnen ein Versprechen gegeben. Und so wich sie seinen Fragen zur Marktforschung aus und redete lieber von dem Therapeuten, den Maria für ihren Vater bezahlen musste, und von den zehntausend Euro, die sie als Startkapital für einen kleinen Laden benötigten und die sie in ein paar Monaten zusammenhaben würden. Dass ihr neuer Laden besser laufen würde als die Kleinpreis-Filiale stand inzwischen fest, denn die Frauen im Dorf waren alle geläutert. Die Kundschaft war also gesichert.

Der Morgen graute schon, als Maria zu Lena ins Wohnzimmer tapste. Nach jenem seltsamen Telefonat hatte sie alle folgenden Anrufer, so schnell es ging, abgefertigt, um nachzusinnen, was da eigentlich passiert war. Seltsam war dieser Anruf gewesen. Sehr seltsam. Ob der Mann sich noch mal melden würde? Wie hatte sie bei einem Fremden überhaupt so etwas auslösen können – und auch bei sich selbst? Sie konnte es sich noch immer nicht erklären. Und da in den frühen Morgenstunden niemand mehr ihre Dienste in Anspruch hatte nehmen wollen, war sie über ihr Grübeln irgendwann eingeschlafen.

Lena, die nach jedem Telefonat einer allergischen Niesattacke ausgesetzt gewesen war, schnarchte nun auf der Couch. Sanft weckte Maria die Schlummernde.

»War ganz schön heftig, das alles«, meinte Maria. Sie hatte sich entschieden, dieses seltsame Telefonat für sich zu behalten. So was konnte man auch nicht beschreiben. Völlig unmöglich!

»Normalerweise bin ich um die Zeit grade von der Disco zu Hause. Das heute war aber noch viel anstrengender«, gähnte Lena, nachdem sie sich langsam aufgerappelt hatte.

»Mach dir nicht zu viele Gedanken.« Maria war auch zum Umfallen müde. Sie würde sich gleich wieder hinlegen. »Das wird schon alles. Und wenn Tina morgen Nachmittag kommt, legen wir die Tage, an denen sie hier ist, eine Rufumleitung in deine Wohnung.«

»Aber … ich habe doch keinen Platz.«

»Muss halt eine ins Bad ausweichen, wenn die andere im Zimmer telefoniert.«

»Das … das geht nicht!«, wehrte Lena ab und bekam vor Aufregung gleich wieder rote Flecken am Hals. Allein die Vorstellung war ihr ein Gräuel.

»Wieso? Kriegst du Besuch?«

»Nein, das nicht, aber ich wollte auch noch bei der Ernte aushelfen.«

»Die anderen können doch in deiner Wohnung arbeiten. Und die Anrufe für dich leiten wir auf dein Handy um«, wandte Maria ein. »Das ist doch technisch alles machbar.«

»Aber das ist einfach so ... so ...« Lena wand sich. Wie konnte sie sich wehren, ohne Marias Erwartungen zu enttäuschen? Hilflos hob sie die Arme und ließ sie wieder sinken. »Ich weiß nicht. Diese ganzen Typen ... Ich will die gar nicht in meinem Telefon haben. Ich weiß nicht, ob du verstehst, was ich meine. Die Energie ... Aber wenn es nicht anders geht ...« Flehentlich blickte sie Maria an.

Die hatte längst verstanden. Seit heute verstand sie so etwas. »Kein Problem«, sagte sie. »Wir finden da schon eine andere Lösung. Dann sind wir eben erst am Montag wieder zu sprechen.«

Lena schluckte erstaunt.

»Wozu haben wir schließlich die vielen Anrufbeantworter«, lächelte Maria.

»Ich kümmere mich auch um alle Ansagen«, schlug Lena erleichtert vor.

»Übrigens, was ich dir schon lange sagen wollte«, fing Maria an und weckte mit ihren Worten bei Lena sofort Schuldgefühle. »Ich finde es großartig, dass du dich so engagierst. Ich weiß – und auch die anderen wissen –, wie sehr du diesen Job hasst. Und wir alle rechnen es dir wirklich hoch an. Du machst das toll.«

Mit Demütigungen konnte Lena umgehen. Mit Komplimenten nicht, denn die berührten ihre Seele.

»Hoffentlich haben wir dann das Geld für den Laden bald zusammen«, murmelte sie nur und wandte sich ganz schnell ab, um ihre Rührung zu verbergen.

Sie machte sich direkt auf den Heimweg. Und auf einmal lächelte sie, als sie den Weg entlang an den Wiesen vorbeiging, über denen der Nebel wie ein dichter Schleier lag, der jedoch an seiner Oberfläche bereits darauf wartete, sich langsam aufzulösen.

Maria schaute ihr noch eine ganze Weile nachdenklich hinterher. Sie dachte, wie verletzlich dieses hübsche Pflänzchen doch war.

Aber irgendetwas hatte sich an Lena verändert. Und plötzlich wusste sie es: Lena trippelte nicht mehr.

»Lena hat sich echt einen Orden verdient«, meinte Maria am nächsten Tag zu Waltraud. »Der fällt es so schwer! Sie macht diesen Job, glaub ich, nur für uns.« Die beiden waren Gertis Aufforderung nachgekommen und schmirgelten den Lack von Marias Gartenmöbeln, während Katharina im Haus den Telefondienst versah.

Waltraud seufzte: »Ist ja auch Scheiße. Ich meine, dass ich Heinz anlügen muss. Das fällt mit wirklich nicht leicht. Ich war nahe dran, ihm alles zu erzählen.«

»Bloß nicht! Diese Sache darf auf keinen Fall rauskommen. Was glaubst du, was dann los ist. Die ganze Kirche steigt uns aufs Dach.«

Waltraud riss ein Stück frisches Sandpapier ab und rieb kräftig über das Holz.

»Oder ahnt er schon was?«, hakte Maria misstrauisch nach.

Waltraud schüttelte den Kopf und arbeitete, ohne aufzusehen, weiter. Maria betrachtete sie. Es gab eine Sache, die beschäftigte sie schon die ganze Zeit.

»Hast du das eigentlich nur wegen Lena gesagt, oder habt ihr wirklich seit Jahren keinen Sex mehr?«

»So unglaublich es klingt, es war tatsächlich so.«

Maria konnte es immer noch kaum glauben. Ausgerechnet Waltraud und Heinz. Die ganze Zeit hatte sie angenommen, dass deren Ehe als einzige noch richtig funktionierte. Doch bevor sie etwas sagen konnte, bekannte Waltraud:

»Aber inzwischen ist die Information überholt.« Und dabei blitzten ihre Augen.

»Ihr habt wieder …?«, rief Maria aus.

Waltraud schmunzelte. »Noch lauter bitte. Damit es auch jeder mitkriegt.«

Ein wohlwollendes Lächeln lag auf Marias Gesicht. Dann dachte sie nach, und ihre Miene wurde ernst. »Du hast immer so getan, als wäre alles bestens«, wandte sie ein, und ein leiser Vorwurf schwang in ihrer Stimme mit.

»Mit so was geht man ja auch nicht gern hausieren«, verteidigte sich Waltraud. Für einen Moment schwiegen beide. »Und was ist mit dir? Du bist selbst nicht viel besser.«

Maria dachte als Erstes an das aufwühlende Telefonat mit dem Unbekannten, da fuhr Waltraud fort:

»Du hattest jahrelang eine Affäre, und ich hatte keinen blassen Schimmer davon.«

Darüber wollte sie erst recht nicht sprechen. »Das war mehr als eine Affäre«, antwortete sie schlicht.

»Alexander, oder? So hieß er doch.«

Maria wandte sich ab, nahm einen nassen Lappen und rieb die abgesplitterten Farbreste von der Bank. Waltraud war jedoch das kurze Leuchten in Marias Augen nicht entgangen; es bestätigte ihre Vermutung.

»Alexander. Wie noch?«

Maria wrang den Lappen im Putzwasser aus.

»Also, wenn wir schon die ganze Zeit bei der Wahrheit sind, dann bist du auch mal an der Reihe.« Waltraud ließ nicht locker. Dieses Kapitel in Marias Leben beschäftigte sie schließlich schon die ganze Zeit. Sie wollte endlich wissen, wer er war, dieser mysteriöse Super-Liebhaber. »Kenn ich ihn?«

Maria schüttelte den Lappen aus.

»Hör mal, du kannst *mir* nicht Heimlichtuerei vorwerfen und erzählst deinerseits gar nichts.«

Maria hielt in ihrer Arbeit inne und blickte Waltraud direkt an. Sie zögerte ein letztes Mal, bevor sie ihr sorgsam gehütetes Geheimnis lüftete. So beiläufig wie möglich, als hätte es heute überhaupt keine Bedeutung mehr, sagte sie: »Alexander Hartmann.«

Waltraud entfuhr ein kurzer überraschter Laut, dann lachte sie ungläubig. Maria drehte sich schweigend um und säuberte nun den Stuhl.

Ihre Freundin beobachtete sie dabei. »Heiliger Bimbam, das stimmt wirklich.« Waltraud ließ sich auf der Bank nieder. Ungeachtet der Nässe, hockte sie auf dem abgewaschenen Holz und schaute Maria staunend an. »Du bist mir vielleicht eine. So was! Alexander Hartmann.«

Während sie die Neuigkeit langsam verdaute, sah sie Alexander Hartmann vor sich. Ein mittelgroßer, stattlicher Mann. Er hatte ganze Wälder in der Umgebung seines alten Heimatdorfes erworben, nachdem er von einem Studium in den USA zurückgekommen war. Sein Vater hatte Gewürze hergestellt, und Alexander hatte dann das Unternehmen zu einem der führenden in Europa gemacht. Er lebte meist in München und irgendwo in Südfrankreich, erzählte man sich.

Waltraud erinnerte sich noch an seine Hochzeit, die irrsinnig groß gefeiert worden war. Heinz und sie waren damals schon verheiratet gewesen. Sie hatte für das Fest extra ihr Hochzeitskleid einfärben lassen. Flaschengrün. Maria musste zu der Zeit noch ein Teenager gewesen sein. Das ganze Dorf war damals eingeladen gewesen. So etwas hatte es seitdem auch nicht mehr gegeben.

»Ihr habt gar keinen Kontakt mehr?«

Maria schüttelte den Kopf.

»Er wollte sich scheiden lassen – meinetwegen. Kannst du dir das vorstellen?« Sie schüttelte heftig den Kopf. »Das konnte ich nicht verantworten, nicht vor mir und erst recht nicht vor dem da oben.« Sie wies mit dem Finger zum Himmel empor. »Alexander hätte keine Ruhe gegeben, und ich hatte Angst, er würde mich eines Tages tatsächlich noch dazu überreden. Indem ich Manfred geheiratet habe, habe ich die Brücke zu ihm vollkommen zerstört. Seit dem Tag hat er nie wieder ein Wort mit mir gesprochen.«

»Du hast Manfred geheiratet, obwohl du ihn nicht geliebt hast? Das verstehe ich nicht.«

»Ich habe Manfred auch geliebt. Nicht so wie Alexander, anders eben. Alexander war wie Champagner, und Manfred war eher wie Bier.«

»Ich hätte mich für Champagner entschieden«, meinte Waltraud.

»Ich dachte, Bier sei gesünder«, scherzte Maria. »Von wegen bayerisches Reinheitsgebot. Das war ein Irrtum.«

Waltraud konnte es immer noch nicht fassen. Plötzlich hatte sie eine Idee. »Du könntest dich doch wieder mit ihm treffen, jetzt, da Manfred weg ist? Wäre doch interessant zu wissen, was er so macht. Ich habe ihn schon Jahre nicht mehr im Dorf gesehen.«

»Auf gar keinen Fall.«

»Ja, aber ...«

»Vergiss es!« Und damit war für Maria die Sache gegessen.

Waltraud schwieg. Sie fragte sich, was denn wäre, wenn sich die beiden wiedersehen würden. Doch es machte keinen Sinn, noch weiter auf Maria einzureden. Deshalb beschloss Waltraud, eine Erfrischung zu holen. Für sie beide. Die hatten sie dringend nötig.

Kurz vor der Haustür schob sie ihre Spekulationen beiseite. Katharina stöhnte. Und wie sie stöhnte! Mannomann, dachte Waltraud. Katharina versah ihren Dienst wirklich mit Bravour. Wie man sich doch täuschen konnte!

Waltraud betrat das Haus und wollte noch schnell einen Abstecher zur Toilette machen. Sie drückte die Klinke herunter, doch die Tür war verschlossen. Während sie davorstand und wartete, nahm sie die Geräusche um sich herum wahr: Katharinas Stöhnen war nur noch ganz schwach zu hören und sonst ... Sonst war es still. Aus der Toilette kam kein Ton. Waltraud horchte. Nachdem sich immer noch nichts rührte, klopfte sie an die Tür. Nichts. Sie klopfte noch mal fester. »Hallo?«

Keine Antwort. Hinter der Tür konnte sich nur Marias Vater befinden. Und angesichts seines hohen Alters rief sie lauter und zugleich besorgt: »Hallo?«

»Ja, Herrgott noch mal!«, kam es unwirsch und überaus lebendig zurück.

»Tut mir leid«, rief sie.

»Was?«

»Schon gut!«, antwortete Waltraud laut.

Um Himmels willen. Nur nicht drängen. Sie stieg die Treppen hinauf in den ersten Stock, wo sich Marias Bad befand.

Als das Telefon klingelte und nicht aufhörte, war Waltraud klar, dass Katharina noch beschäftigt war. Sie nahm den Anruf in Marias Schlafzimmer entgegen.

Das Gespräch begann mit der knappen wie simplen Aufforderung: »Mach's mir!«

Während Waltraud ihre Standardsätze abspulte, schlenderte sie ins Bad und schnappte sich die Nagelschere von der Porzellanablage. Mit einer Schulter klemmte sie den Hörer an ihr Ohr, setzte sich auf den Wannenrand, schlüpfte mit einem Fuß aus der bequemen Sandale und fing an, ihre Fußnägel mit der Schere abzuknipsen, derweil sie dem Typen verbal einen runterholte.

Von kurzen, rhythmischen Atemstößen begleitet, artikulierte er seine sexuellen Allerwelts-Fantasien. Lange würde es nicht mehr dauern, wusste Waltraud, und um noch ein paar der kostbaren Minuten zu schinden, ließ sie ihn auf ihre Reaktion ein wenig warten. Er war in Fahrt, textete sie zu – und Waltraud schnitt sich kräftig in die Nagelhaut. »Oh, nein, autsch, ah« jammerte sie.

»Oh ja, ja, jaaaaaaa …«, hallte es in dem Moment an ihr Ohr. Noch ein tiefes Stöhnen und klick – dann war es still in der Leitung.

Konsterniert blieb Waltraud auf dem Wannenrand hocken. Sie hasste es, wenn sich die Typen nicht bedankten. Ihr Heinz war da ganz anders. Der sagte auch heute noch jedes Mal Danke, wenn sie für ihn gekocht oder ihm seine Hemden gebügelt hatte. Er war schon etwas Besonderes, ihr Heinz. Waltraud ließ das Telefon sinken und überlegte. Sie kannte diese Stimme. Kein Zweifel, sie hatte sie schon irgendwo einmal gehört, sie wusste nur nicht, wo.

Unten auf dem Hof hörte sie eine andere Stimme, und die versetzte sie in Aufruhr und ließ sie den schmerzenden Zeh vergessen: Tina war angekommen – ein paar Stunden früher als erwartet.

Maria konnte sich nicht satt riechen an Tinas Haut und Haaren. Sie hatte den festen, jungen Körper in ihre Arme geschlossen und drückte ihn an sich. Vergessen waren die qualvollen Stunden, in denen sie über Tinas neues Leben in der Stadt gegrübelt hatte. Dort war es so viel gefährlicher als hier auf dem Dorf. Aber jetzt war ihr Kind bei ihr. Und nur das zählte.

Während sie beim Anblick ihrer Tochter alles andere um sich herum vergessen hatte, waren Katharina und Waltraud verzweifelt damit beschäftigt, die Telefonanlage so zu programmieren, dass die Anrufe direkt und ohne Ton auf ein Band geleitet wurden. Die Rufumleitung ohne Ton ging schon mal völlig daneben.

»Wir sind das Wochenende über leider verreist, sind aber am Montag wieder voll und ganz für dich da«, hörte Maria Waltraud vom Band raunen und erstarrte. Geistesgegenwärtig fuhr sie über Tinas dunkles Haar, speziell über ihre Ohren, und versuchte, sich nicht anmerken zu lassen, wie entsetzt sie war, Katharinas Stimme zu vernehmen, die gerade wie der verführerische Duft von Kaffee über den Hof streifte:

»Wir erwarten dich …«

Tina wehrte diese seltsame Liebesbezeugung ihrer Mutter besorgt ab. War sie übergeschnappt? Und genau da hörten Mutter und Tochter Katharinas Stimme aus dem Anrufbeantworter:

»Jeannie wartet darauf, dich zu verwöhnen.«

Und dann Waltraud, die raunte: »Sarah besorgt es dir.«

»Was geht denn da ab?«, fragte Tina irritiert.

»Äh. Das? Das ist das Radio«, stammelte Maria und betete, dass die beiden Freundinnen diese verdammte Technik endlich in den Griff bekommen würden. Eigentlich hatte Lena das erledigen wollen. Aber wer konnte denn wissen, dass Manfred Tina bereits so früh herfahren würde? Nun war das Mädchen hier, und Maria freute sich, auch wenn sie das vor unerwartete Herausforderungen stellte.

»Jeannie«, sagte sie und überlegte fieberhaft. »Äh … Ist das nicht ein Song von Falco? Aber den kennt ihr jungen Leute ja nicht mehr.«

Tina schaute sie verständnislos an. Zum Glück wurde sie von Waltraud abgelenkt, die mit einem strahlenden Lächeln aus der Tür trat.

»Hallo, Tina-Kind!«

»Hallo, Tante Waltraud.« Solange sie sich erinnern konnte, nannte Tina ihre Taufpatin »Tante«, auch wenn sie nicht verwandt waren. Die beiden umarmten sich herzlich. »Wie geht es euch denn? Ihr habt gut geschrubbt?«

Waltraud und Maria warfen sich einen verunsicherten Blick zu. Wie hatten sie denn dieses Wort aus dem Mund einer Pubertierenden zu deuten?

Als Tina auf die abgeschliffenen Gartenmöbel zusteuerte, atmeten sie erleichtert auf.

»Das ganze Dorf muss auf Hochglanz poliert werden, weil nächste Woche die Delegation von der Kirche kommt. Und die Gartenmöbel deiner Mutter haben es eben auch nötig«, erklärte ihr Waltraud.

»Cool. Wenn ihr wollt, helfe ich euch … Ich brauch nur einen dicken Pinsel, und dann kann's losgehen.«

Marias und Waltrauds Blicke trafen sich. Sie dachten beide das Gleiche.

Tina musterte sie argwöhnisch. »Was ist denn mit euch los?!«, fragte sie leicht brüskiert.

»Nichts, gar nichts. Ich weiß nur nicht … äh … ob wir noch einen Pinsel haben«, redete sich Maria heraus, und Waltraud nickte beflissen. Das kam davon, wenn man den ganzen Tag nur mit Sex beschäftigt war!, dachte Maria. Wie albern! So was darf nicht mehr passieren.

Tina nahm ihren Koffer und machte sich auf den Weg ins Haus.

Oh Gott! Maria erschrak. Hoffentlich hatte Katharina die Anlage inzwischen programmieren können! »Tina?!«, rief sie ihr hastig nach.

»Ja?« Das Mädchen drehte sich um.

»Ich koche uns dann gleich was … Schön, dass du da bist«, sagte sie und lächelte, und Tina grinste breit zurück. Dann stiefelte sie auf das Haus zu, und zu Marias Erleichterung trat Katharina in diesem Augenblick heraus.

»Hey, das ist ja ein richtiges Frauenhaus hier! Hallo, Kate!« Tina küsste Katharina auf beide Wangen. Sie war die Einzige, die Katharina »Kate« nannte, und zwar seit ein paar Jahren. Damals hatte sie festgestellt, dass Katharina eigentlich nicht in dieses Dorf passte. Noch heute fand sie, dass Katharina etwas Großstädtisches hatte. Tina stellte ihren Koffer ab und streichelte Lenny, der wie wild an ihr hochsprang und jedes Stückchen Haut, das er erwischen konnte, mit seiner rosa Zunge abschleckte.

Hinter Tinas Rücken signalisierte Katharina den beiden anderen, dass alles in Ordnung war.

So konnte Tina nun endlich ungehindert das Haus betreten, und das Erste, was sie sah, war die neue Telefonanlage. »Wow! Endlich! Willkommen im neuen Jahrtausend!« Ihr Kopf erschien in der Tür. »Ihr müsst mir unbedingt zeigen, wie das so läuft mit den Meinungsumfragen. Ich helfe euch da gern. Echt spannend!« Und somit verschwand sie wieder im Haus.

Diese geballte Ladung an jugendlichem Selbstvertrauen verschlug den drei Frauen fast den Atem. Waltraud nahm sich schweigend den halb abgeschliffenen Stuhl vor, Katharina verabschiedete sich zögerlich.

»Tja, blöd, dass Peter da ist. Sonst hätten wir die Nummer zu uns nach Hause umleiten können, und ich hätte über das Wochenende mit Waltraud und Lena weitergearbeitet.«

»Macht nichts. Wir haben wegen dieser ganzen Kirchenaktion nächste Woche ja sowieso noch genug vorzubereiten. Und Lena hilft ohnehin bei der Ernte«, winkte Maria ab.

»Lena hat eine Pause auch ganz dringend nötig, sie …«, bemerkte Waltraud und unterbrach sich, weil plötzlich ein Handy klingelte.

Katharina zog ihr beige-goldenes Nokia-Mobiltelefon aus der Tasche, sah auf das Display und krauste die Stirn. Mit knappen Worten versicherte sie Peter, in Kürze heimzukommen.

Ganz offensichtlich hatte sie es jedoch damit nicht eilig. Sie überlegte mit Maria noch eine Weile hin und her, wie sie am besten das Gestrüpp zurechtschneiden und wo sie die Gartenmöbel später platzieren sollte, anschließend machte sie sich zwar mit Lenny auf den Heimweg, wollte aber vorher noch rüber zu Gerti, der sie versprochen hatte, einen Plan aufzustellen, welche Blumen auf welchen Balkonen im Dorf noch ganz schnell frisch eingepflanzt werden mussten, damit das Gesamtbild farblich stimmig war.

»Du lässt ihn warten?«, fragte Maria ungläubig.

Katharina überlegte kurz, und dann lächelte sie freundlich. »Weißt du, ich habe mein halbes Leben auf ihn gewartet. Jetzt ist er mal dran.« Beschwingten Schrittes marschierte sie los, Lenny stürmte voraus, und Waltraud und Maria schauten sich an. Sie verstanden die Welt nicht mehr.

»Es geschehen doch noch Wunder«, meinte Waltraud schließlich.

»Was so ein bisschen Telefonsex alles bewirken kann«, grinste Maria und eilte dann ins Haus, um das Mittagessen vorzubereiten, während sich Waltraud wieder den Gartenmöbeln widmete.

Später, so gegen drei, nach einer ausgedehnten Mittagspause, als der Großvater wie üblich vor dem Fernseher Stellung bezog, machten sie sich wieder an die Gartenarbeit. Diesmal mit Unterstützung von Tina, die dafür sogar ein Treffen mit ihrer besten Freundin auf den nächsten Tag verschoben hatte.

Maria wusste das sehr wohl zu schätzen und war gerührt und glücklich zugleich.

»Mama, du hast dich irgendwie verändert«, hatte Tina beim Mittagsessen festgestellt und ihr dann noch bescheinigt: »Du bist richtig cool.« Solche Worte aus dem Mund einer Fünfzehnjährigen kamen schon fast einer Absolution gleich.

Den Rest des Tages hobelten, schmirgelten, polierten und putzten sie das Holz, sodass es am Abend bereit war für einen neuen Anstrich. Zwischendurch allerdings musterte Waltraud ihre Freundin immer wieder heimlich aus den Augenwinkeln. Es war schon seltsam. Dass Maria ein Verhältnis mit Alexander Hartmann gehabt hatte, stellte sie auf einmal in ein völlig neues Licht.

Zwölf

Zwetschgenbäume zierten die Wiese, so weit das Auge reichte. Zur Freude des Bauern trugen sie in diesem Jahr einen reichen Behang. Bisher hatte er Glück gehabt mit dem Wetter, das sich immer mehr den alten Bauernregeln entzog und einer über Jahrhunderte währenden Gesetzmäßigkeit ihre Berechtigung nahm. Hatte er früher spätestens Ende August die Zwetschgen geerntet, so konnte er dieses Jahr fast bis in den Oktober hinein warten. Die Sommergewitter waren ausgeblieben, aber jetzt kündigten sich wütende Stürme an, und der Bauer hatte in höchster Eile so viele fleißige Hände wie möglich zusammengetrommelt.

Lena befand sich mitten unter den Erntehelfern. Stück für Stück zupfte sie die bläulich violetten Früchte von einem der vielen mittelgroßen Zwetschgenbäume und prüfte jede einzelne mit leichtem Fingerdruck, bevor sie diese in den großen Plastikeimer gleiten ließ. Sie nahm sich als Erstes der dünneren, weit ausladenden Zweige an, die schwer an ihrer Last zu tragen hatten.

Kurz darauf schleppte sie zwei volle Eimer zu dem Hänger des Traktors, der die saftigsüße Fracht vom Feld auf den Hof ziehen würde. Sie war gerade dabei, den ersten Eimer auf die Ladefläche zu wuchten, als ihr kräftige Hände dabei halfen.

»Na, Lena, ist doch ganz schön schwer.«

Sie drehte sich zu Willi um, der ihr mit breitem Grinsen den zweiten Eimer abnahm.

Verlegen wischte sie die Hände an ihren Jeans ab – es war die mit den Designer-Rissen – und war froh, dazu heute wenigstens ein weites Hemd zu tragen, das nicht sofort die Aufmerksamkeit auf ihre Brüste lenkte. Zum ersten Mal war ihr der aufgeschlitzte blaue Denim peinlich. »Danke. Nett von dir.«

Willi musterte sie. »Also, dich hätte ich am allerwenigsten hier erwartet«, meinte er. »Und noch dazu ganz ohne Ghettobluster.«

»Schon mal was von I-Pod gehört?«, fragte Lena und nahm zwei leere Eimer vom Stapel.

»Du hast 'nen I-Pod dabei? Was hörst du denn?«

Lena lächelte verhalten. »Hab ich nicht. Aber wenn, würde ich jetzt Ayo hören. Ich finde, die passt hier aufs Feld.« Und damit machte sie sich wieder auf den Weg zurück zu ihrem Zwetschgenbaum. Ayo wird ihm sowieso nichts sagen, dachte sie.

»Meinst du vielleicht *Down on my knees?*«, rief er ihr nach.

Verblüfft drehte sie sich zu ihm um. Sein freches Grinsen machte sie verlegen – schon wieder. »Unter anderem«, antwortete sie kurz und stapfte weiter.

Den ganzen Nachmittag pflückte und verlas sie die violettblauen Früchte. Und jedes Mal, wenn sie die vollen Eimer zum Traktor schleppte, spürte sie, dass Willi sie dabei von Weitem beobachtete. Vergangen war die provokante Selbstsicherheit, die sie vor Kurzem noch in ihren heißen Klamotten zur Schau gestellt hatte. Jetzt schien es ihr, als hätte sie sich damit zum Köder degradiert. Sie vermied es, Willi anzusehen. Sie hatte die Haare nachlässig zu einem Knoten zusammengebunden, und sie fühlte es ganz genau, wenn er von seiner Arbeit aufsah und den Blick auf ihren Nacken richtete.

In der Mittagspause, in der die Erntehelfer an langen, schmalen Tischen und auf Bierbänken saßen und sich Wiener Würstchen mit Kraut schmecken ließen, stand Willi plötzlich mit seinem Teller vor ihr.

»Darf ich?«, fragte er.

Lena zuckte mit den Schultern.

Mit einem breiten Lächeln rutschte er ihr gegenüber auf die Bank. »'tschuldige. Ich wollte dich vorhin nicht blöd anmachen. Ich meine, ich hatte dich wirklich nicht hier erwartet.«

»Schon gut«, meinte Lena und aß schweigend und mit gesenktem Kopf zu Ende. Sie hatte keine Lust auf ein Gespräch, vor allem nicht mit Willi. Sie kannte zwar keinerlei Frauengeschichten von ihm, aber allein die Tatsache, dass er ein männliches Wesen mit einem männlichen Ego und einem – zugegebenermaßen – ziemlich ansprechenden Charme war, weckte in Lena zurzeit eine generelle Ablehnung.

»Ebay wird's wohl bald nicht mehr geben.« Mit dieser Aussage ließ er Lena aufhorchen. Sie sah in seine Augen, aus denen der Schalk blitzte: »Nachdem du in den letzten Monaten nur ein Mal bei Ebay eingekauft hast, nämlich vor drei Wochen, ist die Pleite vorprogrammiert.«

Unweigerlich musste sie schmunzeln. Sie stand auf und nahm ihr Gedeck. Dabei blieb ihr erstaunter Blick für einen kurzen Moment auf Willis Teller hängen, auf dem sich ein Berg Kraut türmte.

»Ich steh nicht auf Fleisch«, erklärte er ihr ganz einfach.

Lena wollte sich nicht weiter in dieses Thema vertiefen. Sie nickte nur und ging zurück an die Arbeit. Ihre Gedanken aber blieben bei Willi, dem Postboten, hängen, aus dem sie einfach nicht schlau wurde. Ja, irgendwie irritierte er sie.

Katharina war an diesem telefonsexfreien Wochenende mit Peter nach Regensburg zum Einkaufen gefahren. Er hatte sie am Samstagmorgen während des Frühstücks mit dem Vorschlag überrascht. Lenny hatten sie kurzfristig bei Waltraud und Heinz abgeben können, die den vierbeinigen Besuch gleich zum Anlass genommen hatten, endlich einen schon lange geplanten Ausflug in das famose Naturschutzgebiet des Bayerischen Waldes zu machen.

So bummelten Katharina und Peter nun durch die mittelalterliche Stadt. Nachdem sie schon zwei Stunden über holprige Kopfsteinpflaster gelaufen waren und etliche kleine Läden betreten und wieder verlassen hatten, ohne ein Stück eingekauft zu haben, war Katharinas anfängliche Freude um ein beträchtliches Stück gesunken. Ihre Fußsohlen brannten, und ihr Magen grummelte.

»Wollen wir vielleicht in die ›Wurstkuchl‹ gehen?«, schlug sie vor, als sie aus der schmalen Gasse kamen und direkt vor dem Domportal auf den breiten Platz zuhielten. Katharina erinnerte sich vage daran, dass diese kulinarische Institution ganz in der Nähe sein musste.

»Wieso? Warst du schon mal hier?«, fragte Peter wie aus der Pistole geschossen. Sein Misstrauen war geweckt.

Katharina seufzte, und auf einmal war ihr egal, was er dachte.

»Klar. Mit Maria, Waltraud und Lena. In einem Pornoshop«, hörte sie sich sagen. Es war ihr in dem Moment auch egal, wenn Peter ausflippte. Doch das tat er nicht. Zum ersten Mal nahm er sie nicht ernst.

»Woher weißt du denn, dass es die ›Wurstkuchl‹ gibt?«, hakte er nach und war nun wieder auf der Hut.

»Weil Maria und Waltraud kürzlich davon erzählt haben.«

»Und wo soll die bitte sein?«

Katharina kannte inzwischen seine Fangfragen und zuckte mit den Schultern. »Keine Ahnung. Irgendwo bei dieser bekannten Brücke, glaube ich. Am besten, wir fragen jemanden.«

Peter gab sich mit der Antwort zufrieden, und Katharina atmete auf.

Als sie ein wenig später mit ihm am Ufer der Donau saß und frische Rostbratwürstel vom Grill aß, kam ihr zum ersten Mal der Gedanke, dass ein Ausflug mit ihren Freundinnen nach Regensburg wesentlich lustiger gewesen wäre. Peters Laune konnte sie so schnell herunterziehen wie die tückischen Strudel einen Schwimmer an jener Stelle der Donau, auf die die Bedienung sie eben voller Stolz aufmerksam gemacht hatte.

Maria konnte es doch nicht lassen. Kaum war Tina aus dem Haus, um sich mit ihrer Freundin zu treffen, wanderten ihre Gedanken zurück zu der einzigen Einnahmequelle, die sie momentan hatte. Ihr alter Vater war mit Fernbedienung und Bier im Wohnzimmer bestens versorgt, und sämtliche Gartenmöbel glänzten von der noch feuchten Farbe. Sie hatte nichts Besonderes zu tun, Tina würde frühestens zum Abendessen zurück sein, und die Telefonanlage zog sie nun magisch an. Vielleicht würde sich der unbekannte Traurige ja noch einmal melden.

Wenn nur Lena da wäre! Sie ärgerte sich, dass sie sich bisher nicht intensiver mit der Technik auseinandergesetzt, sondern die Bedienung der Anlage immer den anderen überlassen hatte. Aus purer Bequemlichkeit. Irgendwann holte die Technik einen dann doch ein. Das war immer so.

Maria zog die Beschreibung aus der Schublade und seufzte. Das war keine Beschreibung, das war eine Enzyklopädie! Nun gut. Was man in der Not nicht alles anstellte!

Sie zog sich den alten Holzstuhl heran und fing an, die Anleitungen zum Ein- und Ausschalten des Anrufbeantworters zu studieren. Nachdem sie die Theorie endlich durchhatte, wurde es ernst. Sie zauderte. Bei genauerem Betrachten machten die Symbole auf den einzelnen Tasten langsam Sinn. Und als Maria dann auf einen Knopf drückte – und es schien tatsächlich der richtige zu sein, da ihr die Anlage nicht um den Kopf flog –, hatte sie ihrer Ansicht nach eine kleine Heldenleistung vollbracht. Nach zehn weiteren Minuten hatte sie es sogar geschafft, die Anlage so einzustellen, dass sich der Anrufbeantworter automatisch einschaltete, wenn sie telefonierte. Diese Aktion war doch an Genialität nicht mehr zu übertreffen, oder?

Bester Laune versorgte sie sich mit Chips, Salzstangen, Wasser sowie einer Flasche Bier und machte es sich mit einem wohligen Gefühl in der bayerischen Stube, dem erkorenen Lieblingsplatz aller, gemütlich. Innerhalb dieser dicken Wände ließ es sich ungestört und in jeder Lautstärke stöhnen, und gleichzeitig konnte man durch das Fenster den Hof und den Eingang im Auge behalten, um rechtzeitig mitzubekommen, wenn sich unerwarteter Besuch ankündigte.

Maria war wildentschlossen, die Zeit bestens zu nutzen. Ihre Freundinnen würden Augen machen!

Tatsächlich war an diesem Samstag eine Menge los. Ein Anruf reihte sich an den nächsten. Maria hatte inzwischen gelernt, ganz genau hinzuhören. Bei einem der Kunden, dem Dialekt nach ein richtiger Hinterwäldler, ließ sie sich wieder einmal von ihrer Intuition leiten.

»Du wärst doch jetzt eigentlich viel lieber bei deiner Freundin«, hörte sie sich feststellen, wunderte sich über ihre eigene Vermessenheit und traf den Nagel auf den Kopf.

Schweigen antwortete ihr, bevor der Anrufer in einem rotzigen Ton fragte: »Woher willst du das denn wissen?«

»Wie wäre es, wenn du ihr das sagen würdest«, schlug Maria vor. »Es ist keine Schande, zu seinem Gefühl zu stehen.«

Der Anrufer schwieg. Maria spürte die Betroffenheit und fuhr fort: »Aber eine Schande wäre es, sich selbst und dem anderen etwas vorzumachen.«

»Ich kann das nicht«, stieß er hervor, und Maria erfasste seine Angst vor Ablehnung.

»Natürlich kannst du es. Und du weißt es auch. Sonst würdest du jetzt nicht noch weiter dein Geld ausgeben, um mir zuzuhören.«

Schweigen. Und dann: »Und wenn sie nicht mehr will?«

»Dann hast du dein Gefühl ausgedrückt und hast dir später nichts vorzuwerfen. Du tust es in erster Linie für dich.«

Schweigen.

Maria kannte dieses Schweigen gut. Ein tiefes Gefühl der Verbundenheit stieg in ihr auf.

»Wer bist du?«, wollte er wissen.

»Ich bin einfach ein guter Zuhörer«, sagte sie mit einem leisen Lächeln. »Ich mach dir einen Vorschlag: Du rufst sie jetzt an, und ich schicke euch gute Gedanken. Und wenn du willst, kannst du dich nachher noch mal bei mir melden. Okay?«

Sie wartete und hörte, wie der Mann tief durchatmete.

»Also gut«, meinte er, bedankte sich und hängte auf.

Im gleichen Moment klingelte das Telefon erneut. »Gott schütze ihn«, murmelte Maria, bevor sie den Anruf annahm.

Ein neuer Kunde beanspruchte jetzt ihre erotischen Dienste, und Maria blieb keine Zeit, über das Gespräch weiter nachzudenken.

Dass der Hinterwäldler zwischendurch eine positive Rückmeldung gab, beflügelte sie. Mit Elan setzte sie ihre Arbeit fort, auch wenn die nächsten Anrufer nur ihre sexuellen Gelüste befriedigt wissen wollten.

Nach ein paar Stunden, als sie sich das Ohr heiß und den Rücken steif telefoniert hatte, drückte die Blase sie – und sie nahm den Empfänger mit auf die Toilette. Der merkte nichts. Alles ging gut. Im Haus war es still. Ihr Vater klebte an der Mattscheibe. Inzwischen fühlte Maria sich so sicher, dass sie mit dem Telefon herumspazierte, nach der Wäsche schaute sowie herumliegende Gegenstände wegräumte.

Langsam musste sie sich um das Abendessen kümmern, dachte sie und ging in die Küche. Sie brauchte unbedingt Kopfhörer, überlegte sie, als sie mit dem Mobilteil am Ohr herumhantierte und sich ihr Nacken immer mehr verspannte. Maria holte die Lebensmittel aus Speisekammer und Kühlschrank, legte irgendwann das Telefon auf der Arbeitsfläche ab und schaltete die Lautsprechanlage ein. Nachdem sie auf diese Weise zwei Anrufern jene kurzen, vorübergehenden Glücksmomente beschieden hatte, wurde sie leichtsinniger. Während sie Kopfsalat zerpflückte, Tomaten in Achtel säbelte und Schinken, Wurst und Käse auf zwei großen Holzplatten dekorierte, beugte sie sich immer wieder über das Telefon und absolvierte ihren Job als Maja, indem sie in den Hörer stöhnte, was das Zeug hielt.

»Ich habe meine Beine jetzt ganz weit für dich gespreizt«, raunte sie mit einem lang gezogenen Seufzer und garnierte dabei die Platten mit Radieschen und Cornichons.

»Du Schlampe, gleich fick ich dich!«, klang es durch den Raum. »Jetzt. Gleich.« Sein Atem ging stoßweise und wurde immer lauter. Marias Stöhnen ging im Gleichklang mit seinem. »Ja, komm schon! Ich …«

Maria hielt inne und hörte auf zu atmen. Ihre Knie wurden weich. Entsetzt starrte sie zur Tür. Jenes erlösende Aufstöhnen, das ihr den Vollzug bescheinigte, bekam sie gar nicht mehr mit. Vor ihr stand Tina und schaute sie mit großen ungläubigen Augen an. Automatisch griff sie nach dem Telefon und drückte auf den Knopf. Es klickte in der Leitung, und im Raum wurde es still.

Schweigend standen sich Mutter und Tochter gegenüber. Maria fühlte sich wie damals, auf dem Höhepunkt ihrer Pubertät, als sie von ihrer Mutter beim Onanieren erwischt worden war. Ihre Wangen glühten, ihr Magen, ihre Kehle – einfach alles hatte sich zusammengepresst.

»Sorry. Ich wollte euch nicht stören«, meinte Tina betont lässig und nahm sich ein Radieschen. Sie aß es ungesalzen und nahm ein zweites. »Du hättest mir ruhig sagen können, dass du 'ne Beziehung hast.« Dabei schaute sie Maria nicht an, sondern zupfte weiter an dem Gemüse herum.

Maria gewann langsam ihre Fassung wieder zurück.

»Wer ist es denn? Jemand von hier?«, wollte Tina wissen.

Maria schüttelte den Kopf. »Niemand.«

»Aha.« Tina verzog die Mundwinkel und musterte sie mit schrägem Blick.

Maria zögerte einen Moment. Sie sah, dass sich ihre Tochter enttäuscht abwandte. Wenn sie jetzt nichts sagte, wäre das der erste Vertrauensbruch zwischen ihnen. War es das wert? Sie entschied sich für die Wahrheit. »Hör mal, Tina. Ich lüge dich nicht an. Du kannst mir glauben. Es gibt niemanden. Das ist alles nur geschäftlich.«

»Mama, erzähl mir keinen Scheiß.«

Maria gab sich einen letzten Ruck. »Ich habe keine Beziehung. Ich wollte, ich hätte eine. Dann wärst du die Erste, die davon erfahren würde. Hier handelt es sich wirklich um ein Geschäft. Wir verdienen unser Geld mit Telefonsex.« So, jetzt war es heraus. Bang wartete sie auf die Reaktion ihrer Tochter, und die ließ auf sich warten.

Tina war perplex. Sie machte den Mund auf und klappte ihn wieder zu. In ihrem Kopf schien es zu arbeiten, sie runzelte die Stirn und setzte neu an, bis sie schließlich meinte: »Also, das hätte ich dir nicht zugetraut.«

Auf Marias besorgten Blick hin fing sie an zu grinsen. »Das ist ja ein Ding. Du und Telefonsex!« Sie kringelte sich vor Lachen. »Und Lena und Katharina auch?«, kicherte sie. »Und Tante Waltraud?«

Maria nickte verlegen, worauf Tina losprustete. »Mann, ist das cool!« Maria betrachtete ihre Tochter anfangs noch konsterniert, dann begannen ihre Mundwinkel, verräterisch zu zucken, und schließlich konnte auch sie sich nicht mehr beherrschen. Die beiden lachten, sie lachten, bis ihnen die Tränen über die Wangen liefen und der Bauch schmerzte, und jedes Mal, wenn sie sich ansahen, lachten sie erneut los – bis Xavier Naidoo zu singen anfing.

Beide starrten auf das Telefon. Maria wischte sich über die Augen.

»Ich geh ran«, sagte Tina.

»Kommt gar nicht infrage!«

»Wieso denn nicht?«

»Du bist fünfzehn!«

»Ja und? Das bisschen Stöhnen kann ich auch.«

»Jetzt aber raus!« Obwohl ihre Augen noch immer lachten, setzte sich Maria mit einer deutlichen Geste und einem Ton, der keinen Widerspruch duldete, durch.

Tina zog eine Schnute und trollte sich. »Wäre doch geil. 'ne Jungfrau«, brummte sie noch.

Maria hatte keine Zeit, sich Gedanken ob etwaiger erzieherischer Notwendigkeiten zu machen. Sie schüttelte den Kopf und wartete, bis sich die Tür hinter ihrer Tochter geschlossen hatte. Dann nahm sie das Gespräch entgegen, straffte die Schultern und hauchte ins Telefon: »Hallooo.« Und während der nächste Kandidat noch der Befriedigung seiner Gelüste entgegenfieberte, ging sie zur Küchentür und drehte den Schlüssel zwei Mal um. Sicher war sicher.

»Wann kommen denn deine Freundinnen wieder?«, erkundigte sich der alte Herr mit kräftiger Stimme. Maria hatte ihn nach dem gemeinsamen Abendessen nach oben geleitet. Jetzt wusch sie ihn gerade mit einem Waschlappen ab.

»Am Montag«, meinte sie.

»Wann?«, fragte er nach.

»Montag!«, wiederholte sie deutlich und verstärkte den Druck auf den Lappen, mit dem sie über seinen faltigen Rücken strich. Der alte Mann hielt sich mit beiden Händen wacker am Waschbecken fest.

»Und welcher Tag ist heute?«

»Samstag!«, antwortete sie, und er nickte eine Weile vor sich hin, während Maria mit geübten Griffen die Reinigung fortsetzte. Sie hatte sich längst an die schlaffe Haut, die hängenden Pobacken und die knochigen Extremitäten gewöhnt.

»Dass du so was kannst!«, bemerkte Tina zwei Stunden später staunend. Sie konnte sich nicht vorstellen, einen alten Menschen so zu pflegen, wie ihre Mutter seit Kurzem ihren Großvater pflegte. Der Spielfilm, den sich Tina angesehen hatte, war zu Ende, und sie schaltete den Fernseher aus.

Maria setzte sich zu ihr auf die Couch. Sie wählte die Worte ganz vorsichtig. »Natürlich hat es mich am Anfang Überwindung gekostet.« Sie zögerte. Sie konnte ihrer Tochter doch keine Anleitung zum Telefonsex geben. »Aber man muss das abstrakt sehen. Ich stell mir einfach einen Adonis vor, und dann geht es schon.«

»Na, ich weiß nicht«, zweifelte Tina, erstaunt, weil sie ihren Großvater vor Augen hatte. »Da brauchst du schon 'ne Menge Fantasie.«

»Das geht ganz einfach. Du kannst dir auch zum Beispiel George Clooney oder Brad Pitt vorstellen. Oder auch …«

»Also Mama! Das ist doch wirklich was ganz anderes.«

Maria blickte sie verständnislos an.

»Er war vielleicht mal knackig, im letzten Jahrtausend, doch jetzt ...«, wandte Tina ein.

Maria war völlig irritiert.

»Er ist bald *neunzig.*«

Mit einem Schlag war ihr klar, vom wem Tina die ganze Zeit redete. Wie peinlich! Maria versuchte, den Irrtum herunterzuspielen. »Da hast du schon recht. Ja ... äh ... da hast du recht. Weißt du, anfangs war das auch nicht leicht. Aber inzwischen kommt er mir vor wie ein Baby, das man füttern, waschen und zu Bett bringen muss. Der Kreis schließt sich wieder.«

»Ich weiß nicht«, Tina verzog das Gesicht. »Ein Baby ist süß, aber Opa ... also echt ...«

»Opas können auch süß sein, und Babys können nerven«, stellte Maria mit einem sanften Lächeln fest, heilfroh, dass sie die Kurve noch gekriegt hatte. »Beide sind von dir abhängig. Beide brauchen dich. Der eine, um das Leben zu beginnen, der andere, um es zu beenden. Und unsere Aufgabe ist es, Ihnen dabei zu helfen.«

Maria legte ihren Arm um die Schultern ihrer Tochter und hielt sie, während Tina vor sich hin schwieg. Maria spürte, dass sie etwas belastete. Schon während des Abendessens war ihr aufgefallen, dass Tina ein Problem hatte, und sie machte sich zum x-ten Mal Vorwürfe, dass sie heute mit dem Telefon nicht besser aufgepasst hatte.

»Es tut mir leid«, sagte sie. »Das hätte nicht passieren dürfen. Das war dumm von mir. Es muss ein Schock für dich gewesen sein, das mit dem Telefonsex. Wir brauchen das Geld. Dein Großvater braucht seine Therapie. Wovon soll ich die bezahlen? Wir wollen das Ganze auch nur so lange machen, bis wir das Geld für die Grundausstattung eines kleinen Ladens zusammenhaben. Von den Banken haben wir keinen Kredit gekriegt. Wir sind nicht kreditwürdig.«

Tina lächelte ihre Mutter an und drückte ihr einen Kuss auf die Wange. »Jetzt sei mal ganz cool. Telefonsex ist für mich echt okay. Es ist nur ...« Sie zögerte. »Ich glaube, es ist die Stadt. Die Stadt ist nichts für mich. Ich möchte lieber wieder hier leben. Ich will eigentlich nicht mehr zurück. Wenn du verstehst, was ich meine ...«

Marias Herz schlug einen Salto. »Von mir aus, gern. Bleib hier!« Sie nahm ihr Mädchen in die Arme und hielt es ganz nah an ihrer Brust. Ihr schien, als durchflutete Tinas Atem ihren ganzen Körper mit einem unglaublichen Glücksgefühl. Tränen stiegen ihr in die Augen, und erst jetzt merkte sie auf einmal, wie unendlich groß der Schmerz gewesen sein musste, als Tina sie verlassen hatte. Sie hatte ihn bis jetzt verdrängt. Zärtlich strich sie ihrem Mädchen eine Haarsträhne aus dem Gesicht.

Auch Tina war ergriffen. Sie rückte auf der Bank etwas von ihrer Mutter ab und räusperte sich. »Weißt du«, meinte sie zögernd. »Die Stadt ist eigentlich auch ganz okay. Das Problem ist Sybille. Die geht gar nicht. So was von ätzend. Und Papa ist echt pubertär. Egal, was ich sage, er ist immer auf ihrer Seite. Der merkt überhaupt nicht, wenn sie Stuss redet. Sybille hat prinzipiell immer recht. Und die redet wirklich Stuss.«

Verzückt lauschte Maria eine Weile den Ausführungen ihrer Tochter. Wie gut tat das ihrer verwundeten Seele – so gut! Sie hätte ihr stundenlang zuhören können, doch dann sammelte sie sich. Manfred war schließlich Tinas Vater. Sie durfte sich ihrer Tochter gegenüber den inneren Triumph nicht anmerken lassen. »Du darfst das nicht so streng beurteilen. Liebe macht eben blind«, antwortete sie deshalb und fügte hinzu: »Das wirst du auch noch erfahren. Aber ich weiß, dass dein Vater dich liebt.«

Tina sagte dazu nichts, sondern fragte abschließend: »Redest *du* mit Papa?«

Maria nickte.

»Zeit, ins Bett zu gehen«, erwiderte Maria, nahm ihre leere Teetasse und erhob sich von der Bank.

Gemeinsam verließen sie den Raum. Maria war auf dem Weg in die Küche, da blieb Tina nach den ersten Stufen stehen.

»Mama?«

Maria drehte sich zu ihr um.

»Danke.«

Maria ging zutiefst gerührt weiter. Tina schaute ihr nach, und auf einmal lächelte sie schelmisch. »Sag mal, kann ich nicht wenigstens … ich meine, ein Gespräch …?«

Mit gespielter Empörung fuhr Maria herum und sah nur noch Tinas nackte Beine, als sie blitzschnell die Treppen hinaufhechtete. Ihr fröhliches Lachen hallte zu Maria hinunter, und Maria konnte sich nicht vorstellen, jemals im Leben noch einmal glücklicher zu sein als in diesem Moment.

Hellwach wie sie jetzt war, schaltete sie die Telefonanlage wieder frei. Als sie oben angekommen war, klingelte es bereits. Sie schaffte es gerade noch, unter die schalldämpfenden Daunen zu gleiten, um den nächsten Kunden in aller Heimlichkeit zufriedenzustellen. Heiß war es unter der Decke, und in regelmäßigen Abständen, kurz vor einer Ohnmacht, lupfte sie den Stoff und schnappte nach Luft. In sicheren Federn wiegend, blieb sie dann bis zum Morgengrauen stand-by, und weil Samstagnacht war, bedeutete das Dauerbetrieb.

Dreizehn

»›Lasset die Kinder zu mir kommen; hindert sie nicht daran! Denn solchen gehört das Himmelreich‹«, zitierte Pfarrer Gandl und bohrte seinen Blick in Katharinas größte Wunde. »Ihr solltet der Aufforderung Jesu nachkommen.«

Katharina schossen Tränen in die Augen.

»So war das doch gar nicht gemeint«, sagte Waltraud nach der Messe, als sie die Kirche verlassen hatten.

»Hast du nicht gesehen, wie er mich angeschaut hat?«, widersprach ihre Freundin.

»Ich meinte Jesus. Der Text ist doch völlig aus dem Zusammenhang gerissen. Pfarrer Gandl bastelt sich immer alles so zurecht, wie es ihm in den Kram passt.«

»Trotzdem. Es ist einfach alles so traurig!« Katharina kämpfte gegen ihre Tränen an.

»Waltraud hat recht«, warf Lena ein. »Du kannst das nachlesen. Bei Matthäus neunzehn.«

»Ich wusste gar nicht, dass du so bibelfest bist«, entfuhr es Waltraud erstaunt, und sie vergaß für einen kurzen Moment das Leid ihrer Freundin.

Lena ging auf die Bemerkung nicht ein, sondern erklärte stattdessen Katharina: »Jesus hat das zu seinen Jüngern gesagt, als sie die Kinder wegschicken wollten. Mit Kinderkriegen hat das gar nichts zu tun.«

»Siehst du«, meinte Waltraud. »Pfarrer Gandl biegt sich das so hin, wie er es braucht. Nur, um dir ein schlechtes Gewissen zu machen, damit du ordentlich was in den Klingelbeutel wirfst.« Sie schmunzelte: »Ich hab dich schon gesehen.« Damit versuchte sie, das Ganze aufzulockern. Vergeblich. Katharina war am Boden zerstört.

»Aber der muss doch wissen, dass er mich damit verletzt«, klagte sie.

»Wie soll er das denn? Ist doch ein Theoretiker – im Gegensatz zu Jesus. Der hatte nämlich Mitgefühl.«

»Lies doch mal die Bibel. Die baut dich wirklich auf. Da steht alles drin – alles«, schlug Lena vor, merkte jedoch, dass sie Katharina gar nicht erreichte. Pfarrer Gandl hatte ihr – zumindest momentan – die Bibellektüre gründlich verleidet.

»Ich muss jetzt gehen«, verabschiedete Katharina sich sofort. Sie hatte für ihre Traurigkeit keine Zeit mehr, denn Peter war im Anmarsch zum gemeinsamen Spaziergang mit Lenny, bevor er am frühen Abend wieder in eine neue Arbeitswoche aufbrechen musste.

»Wir sehen uns dann um acht bei Maria«, rief Waltraud ihr nach.

»Echt cool, Tante Waltraud. Hätte ich euch gar nicht zugetraut«, meinte Tina und verzog sich wieder ins Wohnzimmer. Am Sonntagabend schlug die Stunde für den »Tatort«.

Tina und ihre Mutter waren kurz zuvor von Regensburg zurückgekommen, und Maria war noch immer heilfroh, dass Manfred nicht versucht hatte, Tina zurückzuhalten. Sie hatte allerdings schon vermutet, dass er in Anwesenheit seiner Sybille ganz zahm sein würde. Jüngere Frauen übten auf Männer in Manfreds Alter meist eine psychotrope Wirkung aus, das heißt, sie beeinflussten nicht nur Geist und Seele, sondern gleich das ganze Nervensystem. Dadurch veränderten sie das Verhalten der Männer oft auf das Erstaunlichste. Genau das war bei Manfred geschehen. Maria hatte also voll auf Sybille gesetzt und war deshalb gleich an diesem Vormittag im Anschluss an den Zehn-Uhr-Gottesdienst mit Tina nach Regensburg gebraust, um in Sybilles Beisein die notwendigsten Sachen wieder nach Hause zu schaffen.

Und wie Maria vermutet hatte, war Manfreds Neue auch überhaupt nicht unglücklich, dass Tina ab jetzt nur noch jedes zweite Wochenende bei ihnen verweilen würde.

Diese Neuigkeit, verbunden mit der Tatsache, dass Tina über den neuen Job ihrer Mutter und deren drei Freundinnen Bescheid wusste, hatte Waltraud und Katharina gerade förmlich umgehauen. Waltraud sank im Flur auf den einzigen Stuhl neben der Telefonanlage, Katharina lehnte am Türstock. Für Katharina war der Tag sowieso gelaufen gewesen, nachdem ihr Pfarrer Gandl die Kinderlosigkeit zum Vorwurf gemacht hatte.

Peinlich berührt starrten sie der vorlauten Heranreifenden hinterher.

»Viel Erfolg! Und lasst euch nicht stören!«, rief Tina ihnen zu guter Letzt noch augenzwinkernd zu, bevor sie die Tür hinter sich schloss.

Maria lächelte über ihre Tochter, die sich im Kampf um das Sonntagabendprogramm beim Großvater durchgesetzt hatte. Ihr zuliebe verzichtete er auf seine heile Welt und guckte Krimi. Mit den Jahren wurde auch er nachsichtiger, dachte sie.

Als sie sich nun ihren Freundinnen zuwandte, zuckte sie entschuldigend die Schultern.

Während Katharinas Wangen noch immer auffallend rot leuchteten, verwandelte sich Waltrauds Gesichtsfarbe langsam wieder zurück in den Normalzustand.

»Musste das denn sein?!«, fragte sie, noch immer konsterniert.

»Wie hätte ich es denn vor ihr verheimlichen sollen, wenn sie jetzt wieder zu Hause lebt?« Maria schüttelte den Kopf. »Ich habe ihr aber auch genau erklärt, dass wir das nur so lange tun, bis wir genug Geld zusammenhaben, und sie hat toll reagiert.«

»Toll reagiert«, äffte Waltraud sie nach. »Ich bin ihre *Patentante*!« Der Vorwurf in ihrer Stimme war deutlich.

»Was soll *ich* denn sagen? Ich bin ihre *Mutter*.« Marias Relativierungsversuch schlug fehl.

»Na bravo! Und was soll sie jetzt von uns denken? Unverantwortlich ist das! Sie bekommt doch ein ganz falsches Bild vom Leben. Sie ist ja noch ein Kind!«

»Tina ist fast sechzehn«, warf Maria ein.

»Ja, eben«, schoss Waltraud zurück.

Maria dachte an Waltrauds Jugendsünden, zu denen sie sich in manch einer der langen durchtratschten, feuchtfröhlichen Nächte mit glänzenden Augen bekannt hatte. Sie musste unweigerlich schmunzeln, gerade weil ihre Freundin so aufgebracht war.

»Was bitte ist daran so komisch?«, schnappte Waltraud.

»Ich überlege nur gerade, wie alt *du* beim ersten Mal warst.«

»Das war was ganz anderes«, konterte Waltraud. Nachdem nicht nur Maria, sondern auch Katharina sie mit großen Augen verwundert ansah, besann sie sich und rief teils verzweifelt, teils amüsiert aus: »Das ist ja grauenhaft! Ist sie echt schon so alt?«

Feixend gedachten sie nun gemeinsam ihrer Jugendtage, doch irgendwann wurde Katharinas Miene ernst.

»Wir müssen schon aufpassen mit den Anrufen«, warnte sie die anderen. »Dass Tina bloß nicht ans Telefon geht! Und dass sie uns nicht belauscht!«

»Wenn, dann geht die Welt auch nicht unter«, meinte Waltraud, die nun, nachdem sie sich mit der Situation abgefunden hatte, wesentlich entspannter und somit wieder in der Lage war, logisch zu denken. »Der Reiz liegt doch im Verbotenen.«

Sie sah die wachsende Sorge im Gesicht der beiden anderen und sagte mit leisem Augenzwinkern zu Katharina: »So ist es, wenn du Kinder hast.«

Lena reagierte mit ungewohnter Gelassenheit, als sie am nächsten Tag von Maria über die neue Mitwisserin aufgeklärt wurde. »Gut so. Dann kriegt sie wenigstens gleich mit, wie Männer so drauf sind«, sagte sie und stellte zur Überraschung aller eine Platte mit Zwetschgendatschi mitten auf den Tisch.

»Den hast du aber nicht selbst gebacken«, unterstellte ihr Waltraud spontan.

»Klar doch.« Sie strich über ihr Kleid, ein einfaches Sommerkleid, nicht eines dieser explosiven Dinger, die sie sonst immer trug und die so knalleng waren, dass sie in den so leicht manipulierbaren männlichen Gehirnen sämtliche Endorphine tanzen ließen. »Ich habe auch noch jede Menge Zwetschgen eingeweckt«, erklärte sie ihren Freundinnen, die aus dem Staunen gar nicht mehr herauskamen. »Wir haben Tausende geerntet …«

Waltraud brannte es auf der Zunge. Und die konnte sie wieder einmal nicht im Zaum halten. »So ändern sich die Zeiten! Früher waren es Männer, heute sind es Zwetschgen«, entfuhr es ihr, und noch bevor sie von Maria und Katharina mit Blicken beschossen wurde, hätte sie sich selbst für diese Bemerkung ohrfeigen können. Warum musste sie gerade jetzt davon anfangen, wo sie doch alle insgeheim froh waren, dass Lena schon einen dreiwöchigen Disco-Entzug hinter sich gebracht hatte? Und dies bekam ihr offensichtlich gut: Die Barbie-Kopie war auf dem besten Weg, sich in ein Lena-Original zu verwandeln.

Aber Lena lachte nur. »Zwetschgen kann man wenigstens konservieren – und zwar über Jahrzehnte –, Männer nicht.« Bester Laune verteilte sie den Datschi und klatschte noch ordentlich frische Schlagsahne obendrauf. »Die Gläser können wir dann direkt im Laden verkaufen«, meinte sie und kündigte in diesem Zusammenhang an, ab sofort die unterschiedlichsten Gemüsesorten einzulegen und Marmeladen zu kochen, sodass sie die selbst produzierten Waren dann gleich direkt im Laden vertreiben könnten, denn erstens sei es gesünder und zweitens wesentlich lukrativer. So viel unternehmerischer Enthusiasmus infizierte auch Katharina, die sich sofort Gedanken über einen passenden Firmennamen machte.

Es dauerte jedoch nicht lange, und ihre Fantasien wurden von der digitalen Realität eingeholt. Der erste Anrufer meldete seine Ansprüche an, und Lenas Begeisterungspegel sank in den Keller.

»Ich weiß einen Namen für die Produkte. Wie wäre es mit ›Naschkatze‹?«, fragte Katharina und erntete einen ablehnenden Blick von Lena.

»Seid ihr mal weiter kreativ, und ich verdiene das Geld«, brummte Waltraud und verzog sich mit dem Telefon in die Küche, während Lena ein Stoßgebet gen Himmel schickte: Möge der liebe Gott sie bald von diesem unsauberen Tun befreien!

Als Lena ein wenig später beim Aufklang eines Akkords nach ihrem Handy griff, das Display verzückt anstarrte und dann hektisch drauflostippte, warfen sich Maria und Katharina einen bedeutungsvollen Blick zu. Trotz des Eifers fing Lena diesen auf.

»Nee, nee. Nicht, was ihr denkt«, stellte sie klar. »Das ist nur Willi.«

Die beiden lächelten einander wissend zu.

»Doch nicht Willi!«, wehrte sie ab.

»Und was war gestern in der Kirche?«, fragte Maria, der es nicht entgangen war, dass sich Lena zwei Mal nach ihm ungedreht hatte.

»Nichts war da«, behauptete die.

Da die beiden hartnäckig mehr in die Sache hineininterpretierten, als tatsächlich existierte, fühlte sich Lena bemüßigt, ihnen ausführlich zu erklären, wie sie ihn bei der Ernte getroffen hatte. Als Waltraud wieder in den Raum kam, schloss Lena gerade mit der Feststellung:

»Willi ist doch kein Mann. Er ist nur ein guter Bekannter. Das ist ganz was anderes. Von Männern habe ich für die nächsten Jahre genug.«

Waltraud hatte nicht zugehört. Sie war so in Gedanken versunken, dass es den anderen sofort auffiel. »Ich weiß nicht«, meinte sie sinnierend. »Der Typ war kürzlich schon mal dran.«

»Na, das spricht doch für dich. Du hast deinen ersten Stammkunden«, erwiderte Maria. »Gratuliere!«

»Nein, das meine ich nicht.« Waltraud schüttelte den Kopf. »Wen er am Telefon hat, ist ihm total egal. Es ist seine Stimme. Die ist mir beim letzten Mal auch schon aufgefallen. Ich könnte wetten, dass ich sie schon irgendwo einmal gehört habe.«

Mit einem Schlag war das Thema Willi vom Tisch, und der Platz wurde frei für neue Spekulationen.

Spekuliert wurde auch im Dorf. Beim Treffen des Katholischen Frauenbundes am darauffolgenden Donnerstag waren alle Mitglieder vollzählig erschienen. Eine aufgekratzte Gerti erklärte mit stolz geschwellter Brust, dass sie den Kirchenherren ihr Dorf so gut präsentiert hätten, dass es nur noch eine Frage von wenigen Wochen sei, bis der Zuschlag nun tatsächlich an sie gehen würde. Die Entscheidung sei quasi schon gefallen. Nämlich beim Mittagessen beim Postwirt.

Völlig unscheinbar in ihren Staubmänteln, waren die pigmentarmen Geistlichen noch vor dem Zwölf-Uhr-Läuten eingekehrt, um sich an einem ordentlichen Hellen, an frischen Weißwürsten und an einer extragroßen Portion Krustenschweinebraten zu laben.

Vergessen waren alte Eifersüchteleien und heimliche Verdächtigungen gegen Waltraud. Die Stimmung unter den Frauen war so gut wie noch nie, und selbst die vier Freundinnen ließen sich davon anstecken. Mit einem großen Priester-Zentrum am Dorfrand würde alles anders werden. Welche Ehre! In allen Bistümern und selbst im Vatikan wird der Name ihres Dorfes bekannt sein, und der des Bürgermeisters dazu.

Gerti hatte schon am *Nachmittag*, gleich nachdem sie ihren Mann in bierseliger Laune in seinem Büro vorgefunden und ihm alle wichtigen Informationen aus der Nase gezogen hatte, einen Karton Prosecco zum Gemeindehaus geschleppt und zum Kühlen eingestellt. Nun knallten die Korken, und der Prosecco schäumte in die bleikristallenen Gläser. In feierlicher Einheit erhoben sie die schönen Kelche aus dem ehemaligen Glashüttenwerk und tranken auf die Auferstehung des Werkes als ein Seminarzentrum. Von dem Projekt erwarteten alle zusammen und jede für sich *die* große Veränderung. Augen würden sie machen, die in den anderen Gemeinden! Beim Gedanken an eine Audienz beim Papst – bei ihrem Papst, dem bayerischen Papst – wurde Gerti ganz anders. So eine Audienz verstünde sich dann doch von selbst, erklärte sie Waltraud und Katharina.

Lena schickte ein Dankgebet gen Himmel. Sie sah es als Zeichen, dass Gott ihnen den Telefonsex verzieh. Kurz darauf entschuldigte sie sich und brach auf. Ihre Schicht begann.

Beim vierten Glas wurde Gerti von Sentimentalitäten überwältigt und fiel einer gänzlich überraschten Maria um den Hals.

»… so wunderbar, dass Tina wieder da ist. Wunderbar«, sagte sie mit proseccobelegter Zunge.

Maria versuchte, Abstand zu gewinnen, indem sie mit ihrem Stuhl wegrutschte, doch Gerti hielt sie beharrlich umklammert und atmete ihr ins Gesicht. »Es war so schrecklich für dich. Was für ein Schicksal! Ich weiß doch, wie dir damals zumute war.«

Marias Augen suchten Waltraud und Katharina, doch die hielten sich wie immer, wenn man sie brauchte, nicht in ihrem Blickfeld auf. Wer hätte auch ahnen können, dass auf einmal, nach Jahrzehnten, ausgerechnet die Geschichte mit Tina die Frau des Bürgermeisters zu Tränen rühren würde! Gertis Getue war Maria unangenehm. Sie wollte das nicht, und es ging ihr auf die Nerven.

»Du Arme!«, rief Gerti nun aus. »Erst läuft dir dein Mann weg und dann noch dein Kind! Wie furchtbar!«

Ah, da war sie wieder, ihre Boshaftigkeit! Gerti schüttete das halbe Glas Prosecco in einem Zug hinunter, und Maria nutzte diesen kurzen Moment, um sich ganz schnell zu verziehen. Sie musste schnellstens an die Luft. Denn wenn eines für sie gerade furchtbar war, dann Gertis Mundgeruch.

Kurz nach elf kam Maria nach Hause. Dem Licht in Tinas Zimmer nach zu urteilen, war sie noch wach. Lena schob in der bayerischen Stube noch Dienst, denn die Tür zum Esszimmer war fest verschlossen.

Tinas wegen achteten sie jetzt alle peinlich genau darauf, dass kein Geräusch nach außen drang. Was in die Muschel gesprochen, gestöhnt, gehaucht und gesäuselt wurde, war und blieb ein absolutes Tabu. Vier Augenpaare waren mehr denn je darauf geeicht, dass das Telefon immer sofort, wenn sie nicht arbeiteten, abgeschaltet und mit Geheimcode gesichert wurde, sodass sie es Tina unmöglich machten, auch nur ein Gespräch abzufangen.

Aus dem Wohnzimmer vernahm Maria die ihr bekannte Stimme eines TV-Kommissars. Sie warf einen Blick hinein und sah, dass der Sessel ihres Vaters leer war. Maria lächelte milde. Der alte Herr verbrachte nun immer mehr Zeit auf der Toilette, was niemanden sonderlich verwunderte. Alle schrieben es seiner Prostata zu. Da dauerte es eben. Und doch machte ihr Vater gerade in den letzten Tagen auf sie einen viel zufriedeneren Eindruck als früher. Die Akupunktur und die Massagen bekamen ihm gut. Und mit den kleinen, alterstypischen Wehwehchen hatte er sich offensichtlich arrangiert. Er nörgelte nicht einmal mehr, wenn Maria ihm zum Abendessen den verhassten Getreidebrei mit dem gedämpften Gemüse vorsetzte.

Maria erklärte sich diese erfreuliche Wandlung auch mit der Rückkehr seiner einzigen Enkelin. Und beim Gedanken an Tina durchströmte sie ein heißes Glücksgefühl, das jäh abbrach, als sie die Tür zur Küche öffnete.

Zuerst hörte sie nur ein Wimmern. Dann ließ ein Schauder sie zusammenfahren, als sie Tina auf dem Küchenboden halb liegend vorfand. Sie unterdrückte gerade noch einen Aufschrei. Entsetzt starrte sie auf das Telefon in der Hand ihrer Tochter. In dem Moment war ihr klar, dass dieses seltsame Wimmern nur der vergebliche Versuch der noch nicht ganz Sechzehnjährigen war, ordentlich ins Telefon zu stöhnen und gleichzeitig ihr pubertäres Gekicher zu unterdrücken. Der Teenager hing am Hörer und fand das alles sehr, sehr lustig.

Noch hatte Tina die Anwesenheit ihrer Mutter nicht bemerkt. Maria entschied sich, ihren Verstand Herr über ihre Gefühle werden zu lassen. Mit einem Blick nahm sie alle Details im Raum auf. Das Rotweinglas, die Flasche Chianti, die sie gestern halb voll stehen gelassen hatten – sie war nun fast leer. Sie überlegte fieberhaft. Mutter sein war kein leichter Job. Noch wusste sie nicht, was sie sagen, wie sie reagieren sollte. Lieber Gott, lass mich das Richtige tun!, flehte sie stumm. Sie atmete durch und trat einen Schritt vor.

Entsetzt drückte Tina das Gespräch weg und erstarrte in ihrer Position. Mit hochrotem Kopf schielte sie an Maria hinauf, traute sich jedoch nicht, ihr direkt in die Augen zu schauen. Ihre Hände krampften sich so fest um das Telefon, dass ihre Knöchel weiß hervortraten.

Maria war sauer. »Der Reiz des Verbotenen«, hallte Waltrauds Stimme in ihrem Ohr nach. Nein, sie durfte sich nichts vormachen! Sie hätte an Tinas Stelle ihrer Neugier ebenfalls nachgegeben, auch wenn sie das im Moment gar nicht lustig fand.

»Tut mit leid«, kam es nun stockend von Tina, dem Blick ihrer Mutter ausweichend. »Ich weiß auch nicht, warum ich das gemacht habe.«

»Ich glaube, ich hätte an deiner Stelle auch nicht anders gekonnt«, gab Maria unverblümt zu.

Verdutzt schaute Tina sie an.

Maria lächelte. »Ich kann verstehen, dass du wissen wolltest, was da abgeht. Nur hoffe ich …«

Maria war Tinas Blick gefolgt, der plötzlich zur Tür gewandert war. Sie sah Lena, die nun fragend von Mutter zu Tochter schaute. Tina erhob sich, und bevor sich Lena etwas zusammenreimen konnte, meinte Maria:

»Tina hat gerade mit Manfred telefoniert.« Dabei hob sie bedauernd die Schultern, als hätte dieses Gespräch wieder einmal zu nichts geführt. Obwohl sie Tinas überraschten Blick sehr wohl wahrnahm, redete sie weiter: »Ich sage dir, Lena, du hast vorhin wirklich noch was versäumt.« Im stillen Einvernehmen standen Mutter und Tochter nebeneinander, während Maria von Gertis emotionalem Ausbruch erzählte. Maria wusste, dass das Kapitel »Telefonsex« für Tina von nun an ein für alle Mal erledigt war. Und während sie sprach, spürte sie, wie sich das Band zwischen ihrer Tochter und ihr festigte und dass dieses Band niemals abreißen würde – wo immer Tina einmal leben würde.

Als das Telefon klingelte und Lena den Anruf entgegennahm, drückte Tina ihrer Mutter einen Kuss auf die Wange und verschwand unaufgefordert ins Bett.

»Ein Stammkunde.« Lena stand mit dem Mobilteil wieder in der Tür und hielt es Maria hin. »Er hat ausdrücklich nach Maja gefragt.«

Erstaunt nahm Maria das Telefon. Sie wartete, bis Lena die Küche verlassen hatte, bevor sie in den Hörer hauchte: »Hallo, hier ist Maja.«

»Hallo.«

Maria erkannte die Stimme auf Anhieb.

»Ich wollte mich bedanken.«

Es war derselbe angenehme Tonfall.

»Kein Problem. Ich habe es doch gern gemacht.«

»Wissen Sie denn überhaupt, wer ich bin?«

»Du atmest schon viel freier«, bemerkte Maria. Sie lächelte und spürte, dass sich der Anrufer etwas entspannte. »Schön, dass du wieder anrufst! Was kann ich für dich tun?«

Hilfloses Schweigen in der Leitung. Maria ließ ihm die Zeit, die er brauchte.

»Ich dachte, du sagst mir irgendwas«, meinte er schließlich.

Maria wusste, dass es nicht die erotischen Worte waren, die er hören wollte. Dieser Mann brauchte etwas anderes. »Bist du denn zu Hause?«, fragte sie ihn.

Er zögerte, überrascht von der Frage. »Nein, ich bin noch im Büro.«

Es war nach Mitternacht.

»Warum gehst du nicht nach Hause?«

Schweigen. Maria spürte seine Einsamkeit.

»Ich arbeite viel. Nachts ist es ruhig. Da komme ich zu den Sachen, die im Tagesgeschäft liegen bleiben.«

Das war also die Wand, hinter der er sich versteckte. Maria lächelte leise.

»Du hast einen wichtigen Job?«

»Ja.«

»Bist du für viele Menschen verantwortlich?«

»Ja, für ziemlich viele.«

»Und für dich?«

Schweigen.

»Wie wäre es, wenn du dich ein wenig um dich kümmern würdest?«, hakte Maria nach.

»Ich arbeite gern.«

»An der Spitze der Pyramide ist die Luft sehr dünn. Dort ist man sehr allein.« Damit hatte sie ihn. Sie hörte, wie sein Atem unregelmäßiger wurde. Die Wand begann zu bröckeln. Maria war gespannt, was sie dahinter erwarten würde.

»Du brauchst kein Indianer mehr zu sein«, sagte sie behutsam. »Du darfst deine Wunden ruhig zeigen. Niemand wird dich deswegen verurteilen.«

Mehr als drei Stunden hatte Maria mit dem Mann, dessen Namen sie nicht kannte, geredet, und am Ende war er kein Indianer mehr. Er hatte von seinem Schmerz erzählt, von seiner Einsamkeit, seit ihn seine Frau verlassen hatte, und ihr am Ende versprochen, seinen Stolz außer Acht zu lassen und zwei alte Freunde wieder anzurufen.

Weil nicht so viel los war, war Lena zwischendurch eingeschlafen und hatte sich irgendwann davongemacht, um Maria nicht bei einem ihrer, wie sie glaubte, Sex-Talks zu stören.

Bevor Maria in den frühen Morgenstunden erschöpft, aber sehr zufrieden endlich zu Bett gehen konnte, schaute sie noch in Tinas Zimmer. Zwischen ihnen hatte sich etwas geändert. Sie blickte auf ihre schlafende Tochter hinab und zog die Bettdecke liebevoll über ihre nackte, sonnengebräunte Schulter – genauso, wie sie es immer getan hatte, als Tina noch ein kleines Mädchen gewesen war. Kaum war sie in die Vergangenheit eingetaucht, holte Tina sie wieder zurück.

Verschlafen murmelte sie: »Hirnforscher haben übrigens herausgefunden, dass in der Pubertät Nervenverbindungen im Gehirn umgebaut werden. Und es deshalb oft zu unerklärlichen Handlungen kommt. Hab ich gelesen.«

Maria schmunzelte. »Danke, dass du das sagst. Aber bis jetzt habe ich bei dir noch nichts Unerklärliches bemerkt. Ich kann dich beruhigen. Soweit ich das beurteilen kann, ist mit dir alles okay. Sehr okay.«

»Was nicht ist, kann ja noch werden«, meinte Tina und nahm wieder ihre Einschlafposition ein. »Männer haben das übrigens ein zweites Mal. In der Midlife-Crisis.«

Maria lächelte. »Da kannst du recht haben. Jetzt schlaf schön«, erwiderte sie sanft.

Sie lächelte auch noch, als sie schon längst in ihrem Bett lag, das viel zu breit war für nur eine Person. Nein, sie war nicht einsam – sie wäre jetzt nur lieber nicht allein gewesen.

Am nächsten Vormittag war bis auf den Großvater und Maria niemand im Haus. Der alte Herr ruhte noch im Bett, und Maria hantierte in der Küche herum. Während sie das Mittagessen vorbereitete, telefonierte sie mit einem neuen Kunden der Sex-Hotline. Der rief, so behauptete er jedenfalls, aus dem Baureferat der Stadt München an und wollte sich Zeit lassen, denn die Vorstellung, dass einer der vor seiner Bürotür Wartenden jeden Moment zu ihm hereinplatzen könnte, erregte ihn umso mehr. Maria hörte die Kasse klingeln. Ihr war das nur recht. Und sie beherrschte die feinen Nuancen in der Stimme, sodass sie den Reiz wie ein Gummiband spannen und lockern konnte.

»Hältst du es noch aus?«, gurrte sie und fing an, lauter zu atmen.

Dabei übersah sie, dass das Fenster offen stand und dass in diesem Moment ausgerechnet Gerti daran vorbeigehen wollte.

»Du weißt, du darfst noch nicht kommen. Erst, wenn ich es dir sage«, erklärte sie dem lustvoll Leidenden. Ihre Worte garnierte sie mit einem genussvollen Seufzen.

Sie setzte gerade an, in ein heftiges Stöhnen überzugehen, als sie den Blick hob und Gertis Gesicht direkt vor sich sah. Gerti, die unmittelbar vor dem Fenster stehen geblieben war, blickte irritiert zu ihr in die Küche. Leicht verunsichert hob sie die Hand zum Gruß. Maria reagierte blitzschnell und wandte sich zur Seite.

Unter einem langen Seufzer presste sie schnell das Notwendigste hervor, nämlich: »Ah, jetzt!« Das sollte wohl reichen. Dann räusperte sie sich und fing an zu husten, während sie durch den Hörer das erfolgreiche Resultat ihrer Bemühungen in Form eines unterdrückten Aufschreis vernahm.

Maria täuschte einen anhaltenden Hustenreiz so lange vor, bis sie ihre glühenden Wangen vor Gerti rechtfertigen konnte.

»Ich wollte nicht stören«, sagte diese und kräuselte pikiert die Lippen.

Maria legte das Telefon auf den Küchentisch. »Das war … äh … Manfred«, log sie. »Es ist immer so anstrengend mit ihm.« Gertis Blick hilflos ausgeliefert, stand sie in der Mitte der Küche und spielte mit ihren Händen. »Er will andauernd mit mir reden«, fuhr sie fort, dabei zupfte sie an ihrem Kleid und strich sich die Haare aus dem Gesicht. »Aber es gibt nichts mehr zu reden.«

»So?«, meinte Gerti gedehnt.

Maria fiel ein, dass es schwachsinnig war, sich zu verteidigen. Ein großer Fehler. Sie musste angreifen. »Brauchst du irgendwas, oder warum bist du gekommen?«

Gerti antwortete hastig: »Ich wollte mich eigentlich nur für gestern Abend entschuldigen.«

Hatte sie richtig gehört? Das wäre ja das erste Mal, dass sich Gerti für irgendwas entschuldigte. Nein, Maria nahm ihr das Gesülze nicht ab. »Wofür denn?«, fragte sie.

»Für meine Gefühlsduselei. Es tut mir leid. Ich wollte bei dir wirklich keine alten Wunden aufreißen. Ich hatte wohl ein Gläschen zu viel getrunken.« Gertis Mund lächelte breit, doch dieses Lächeln erreichte ihre Augen nicht. Maria blieb auf der Hut.

Ausgerechnet in diesem Augenblick begann Xavier Naidoo zu

singen. Maria entschied sich, den Song zu ignorieren, und lächelte höflich zurück. »Kein Problem, Gerti. Wirklich nicht.«

Die Tatsache, dass Maria keine Anstalten machte, das Gespräch entgegenzunehmen, machte Gert nervös. Immer wieder schweifte ihr Blick zu dem vibrierenden Apparat.

»Ja, willst du nicht rangehen?«

»Nein.«

Misstrauen blitzte in Gertis blassen Augen auf.

»Das wird nur wieder Manfred sein oder irgendein Verehrer. Weißt du, seitdem ich wieder solo bin und es sich herumgesprochen hat, klingelt bei mir ständig das Telefon. Ich war noch nie so begehrt wie jetzt. Und das mit fast Ende vierzig.« Das wirkte. Mit Genugtuung sah sie, dass Gerti völlig platt war.

Maria schwieg. Sie wartete nur darauf, dass ihre ungeliebte Besucherin endlich ging. Schließlich sagte sie: »Ja, danke, dass du extra vorbeigekommen bist. Und mach dir keine Sorgen. Mir geht es besser denn je. Wir sehen uns dann die Tage. Und hoffentlich bekommen wir bald den Bescheid von der Kirche.«

Nachdem sie Gerti endlich losgeworden war, verharrte Maria am Fenster und lauschte hinaus, bis der scharfe Klang von Gertis Absätzen auf dem Asphalt verhallt war.

Kurz darauf widmete sie sich dem nächsten Kunden, aber die Tatsache, dass Gerti an ihrem Fenster aufgetaucht war, ließ sie den ganzen Tag nicht mehr ruhen.

Die darauffolgenden beiden Wochen verliefen jedoch in harmonischer Routine. Von der Kirche gab es noch keinen definitiven Bescheid, sodass der Rhythmus des dörflichen Lebens durch nichts aus seinem behäbig-dumpfen Takt geworfen wurde. Tinas Anwesenheit war inzwischen für alle zu einer alltäglichen und äußerst angenehmen Normalität geworden. Bald wollten sie Tina auch während ihres Dienstes nicht mehr missen, denn wenn sie im Haus war, wussten sie sich sicher. Mit Lenny als Frühwarnsystem und Tina als Abschirmjägerin konnte ihnen keiner mehr auf die Schliche kommen.

An den Tagen allerdings, an denen Tina in der Schule war, näherten sich Gerti und Hannelore immer wieder mal überraschend dem Haus. Sie mussten einfach herausfinden, was es mit Marias Heimlichtuerei auf sich hatte. Denn die Geschichte mit Manfred und den Verehrern nahmen sie ihr nicht ab. Sie waren überzeugt: Maria hatte ein heimliches Verhältnis – denn vielleicht hatte sich ja Waltrauds beste Freundin vor ein paar Wochen nachts im Gemeindehaus mit einem Lover amüsiert.

Vierzehn

»*Zehntausendsiebenhundertfünfundzwanzig*«, las Maria vor und holte tief Luft. Fassungslos blickte sie von der Abrechnung auf und ließ sich am Küchentisch nieder.

Waltraud, Katharina und Lena standen vor ihr und starrten sie mit offenem Mund an.

»Nee«, murmelte Katharina und schüttelte den Kopf. »Nee, das kann nicht sein.«

»Jetzt sag schon! Wie viel?«, forderte Waltraud sie ungeduldig auf.

Lenas große Augen wanderten von Katharina zu Waltraud. Da Maria nicht weitersprach, nahm ihr Waltraud das Blatt schließlich aus der Hand. Und nun schluckte auch sie.

»Das … das … das gibt's doch nicht …« Benommen schaute Waltraud zu den anderen und hielt ihnen das Papier hin.

Katharina und Lena beugten sich darüber, doch es dauerte einen Moment, bis sie sich in dem Gedruckten zurechtfanden. Lenas Kreischen riss die anderen aus ihrer Erstarrung. Und nun schrien sie durcheinander und jubelten. Zehntausendsiebenhundertfünfundzwanzig Euro waren der Lohn für ihren unermüdlichen Einsatz. Lachend fielen sie sich in die Arme und hüpften singend um den Tisch – bis Maria einfiel, dass sich heute der Frauenbund traf und dass wenigstens zwei von ihnen dort auftauchen sollten, um keinen Verdacht zu erregen.

Als Maria und Katharina den Raum betraten, spürten sie gleich, dass irgendetwas in der Luft lag. Wenn ein gutes Dutzend Frauen nur schweigend herumstand, war das kein gutes Zeichen. Sofort kam ihnen das Kirchen-Projekt in den Sinn. Es war offensichtlich, dass die Kirche anders entschieden hatte. Ohne den Umbau der alten Glashütte zu einem Seminarzentrum und den zu erwartenden Seminarteilnehmern sah das mit dem Laden schon wieder ganz anders aus. Wo sollten all die Kunden herkommen, die sie brauchten? Ihrer Illusionen ein wenig beraubt, verharrten sie in der Nähe der Tür.

»Oje. Schlechte Nachrichten«, sagte Katharina leise.

»Hm. Wird wohl nichts werden«, flüsterte Maria enttäuscht zurück.

Sie schaute als Erstes hinüber zu Gerti, doch die sah ostentativ weg, wie auch die anderen, mit denen sie Blickkontakt aufzunehmen versuchte. Dann, auf einmal, spürte sie die Augen einiger ihrer Geschlechtsgenossinnen auf sich gerichtet. Und deren Blicke waren alles andere als freundlich. Kalt waren sie, fast feindselig. Ein ungutes Gefühl beschlich Maria, und das sagte ihr, dass ihre Geschäfte aufgeflogen waren. Und in diesem Moment der Erkenntnis brach das Unwetter auch schon über sie herein.

»Wir wissen Bescheid«, erklärte Gerti in anklagendem Ton. »Das ganze Dorf weiß Bescheid.«

»Wieso, worüber wisst ihr Bescheid?«, versuchte Maria entgegenzuhalten.

»Die Kirche hat abgesagt, oder?«, vermutete Katharina, deren Sensoren noch nicht so fein geeicht waren wie Marias.

»Bis jetzt noch nicht, *aber* wenn sie hinter euer Treiben kommt, dann bestimmt.«

»Seid ihr völlig verrückt geworden? Telefonsex! Das ist ja das Allerletzte!«, keifte Hannelore mit hochroten, fast ins Violette übergehenden Wangen, während Katharina leichenblass wurde. Und Petra, die Besitzerin des Zeitungskioskes, schnappte hörbar nach Luft, bevor sie losgeiferte:

»Dann habt *ihr* also diese Schweinerei vor meinem Laden ausgelegt. *Ihr* wart das!«

Hannelore öffnete den Mund und klappte ihn wieder zu, denn

Gerti hatte ihr mit einer raschen Handbewegung gedeutet zu schweigen.

»Ich meine, dass Lena so was macht, kann ich ja noch verstehen«, bemerkte sie betont ruhig und in dozierendem Ton, da sie sich in ihrer Rolle als Leiterin des Frauenbundes einen emotionalen Ausbruch nicht leisten wollte. »Aber ausgerechnet du, Katharina? Und du, Maria? Was ist denn bloß in euch gefahren?«

Bevor Maria antworten konnte, hetzte Hannelore weiter: »Da hat euch Lena reingerissen. Dieses Früchtchen! Ich wusste schon immer, dass …«

»Jetzt macht mal halblang!« Maria wollte Lena entschlossen verteidigen, doch die anderen ließen sie nicht zu Wort kommen.

»Wir schämen uns für euch!«, keifte eine.

»Dabei gehen wir nicht einmal stempeln«, gab Maria zurück. »Es ist immer noch besser, Geld zu verdienen, als nur die Hand aufzuhalten und vom Staat zu kassieren.«

Nun ging die Tirade erst richtig los.

»Da könnt ihr ja gleich auf den Strich gehen. Das ist noch viel lukrativer!«, rief eine der Frauen von ganz hinten, und weitere Stimmen machten ihrem Groll Luft.

»Ihr habt hier nichts mehr zu suchen. Wir sind ein anständiger Verein. Ihr bringt das ganze Dorf in Verruf!«

»Schlampen!«

»Ihr seid schuld, wenn aus dem Umbau der Glashütte nichts wird!«

Maria und Katharina merkten, dass an den aufgebrachten Gemütern jegliche Logik abprallte. Sie drehten sich um und verließen den Raum, während hinter ihnen Wut und Gezeter überschäumten.

»Haltung«, zischte Katharina, als Maria nach draußen stürmen wollte.

Um sich keine Blöße zu geben, gingen sie geziemten Schrittes den Gang entlang. Die Verwünschungen verfolgten sie bis ans Ende des langen Flures. Als sie endlich außer Sichtweite der geifernden

Meute waren, eilten die beiden auf dem roten, ihre Schritte dämpfenden Läufer die alten Holztreppe hinunter, und dort verloren sich dann auch endlich alle beißenden Worte.

»Und was jetzt?«, fragte Katharina. Die geschnitzte Madonna schaute auf sie herab. Geknickt saßen die vier Freundinnen um den Tisch in der bayerischen Stube, an dem vor einigen Wochen alles so erfolgreich begonnen hatte, und selbst Lenny, der seinen Kopf auf Katharinas Knie gelegt hatte, konnte sein Frauchen nicht aufmuntern. Maria hatte die beiden anderen mit wenigen Worten auf den neuesten Stand der Frauenbund-Aktivitäten gebracht. Jetzt war die Stimmung auf dem Nullpunkt. Sie hatten das Telefon ausgesteckt und brüteten vor sich hin.

Tina, die zur Tür hereinlugte, hatte die letzten Sätze gehört und meinte vorlaut: »Ach, die sind alle so was von spießig! Ich würde mir nicht so viele Gedanken machen. Es wird alles nicht so heiß gemampft, wie es gekocht wird. Ich finde euch cool.«

Maria machte ihr mit einer knappen, aber unmissverständlichen Geste klar, dass ihre Meinung momentan gar nicht gefragt war.

»Schon gut. Doch bis ihr euch einig seid, könnte ich euch ja vertreten«, schlug Tina grinsend vor, verzog sich dann jedoch blitzschnell, bevor der scharfe Blick ihrer Mutter sie treffen konnte.

»Das war's dann wohl«, seufzte Waltraud, nachdem die Tür hinter Tina sicher ins Schloss gefallen war.

»Wieso denn? Wir machen weiter«, erklärte Maria. Sie dachte gar nicht daran aufzugeben. Jetzt erst recht nicht! »Wir lassen uns nicht unterkriegen. Das kommt nicht infrage.«

»Richtig. Niemand kann uns vorschreiben, wie und womit wir unser Geld verdienen«, stimmte Katharina ihr gleich zu.

»Wir lassen uns auch nicht ins Bockshorn jagen. Wir haben schließlich die Freiheit zu tun, was wir wollen.«

»Was, wenn die Kirche davon Wind bekommt? Und wenn dann alles unsertwegen scheitert?«, fragte Lena völlig eingeschüchtert.

Sie stand ganz offensichtlich kurz vor einem Tränenausbruch. »Das geht doch nicht.«

»Natürlich nicht. Wir brauchen das Zentrum. Nicht wegen des Ansehens des Dorfes, sondern wegen der Arbeitsplätze. Allein die Umbauarbeiten. Was die bringen!«, gab Waltraud zu bedenken.

Lena musste gleich mehrmals hintereinander niesen. Tränen hatten aber schon vorher in ihren Augen geglitzert. »Wir können unmöglich weitermachen«, klagte sie. »Ausgerechnet die Kirche. Das ist doch ein Zeichen, dass Gott das nicht gut findet. Wir hätten nie damit anfangen sollen. Wir hätten das nicht tun dürfen!«

»So ein Quatsch. Mit Gott hat das gar nichts zu tun. Hier geht es doch nur um sein Bodenpersonal. Und außerdem hat die Kirche noch nicht abgesagt«, widersprach Maria.

»Vergesst das Geld nicht. Wir haben noch nicht genug«, warf Waltraud ein.

»Oje, oje. Ich wollte das nicht«, jammerte Lena und schrumpfte immer mehr in sich zusammen. »Und alle sind jetzt gegen uns.«

Maria runzelte die Stirn. »Auf einmal machst du einen auf moralisch. Dir war doch früher auch egal, was die Leute im Dorf von dir gedacht haben.«

»Das war mir nicht egal. Warum, glaubst du, bin ich immer so weit weg in die Discos gefahren?«

Maria lachte kurz auf. »Und du hast echt gedacht, das würde keiner erfahren? Das ganze Dorf hat über dich geredet.«

Katharina sah, dass Lena unter dem Hieb zusammenzuckte. Milde sagte sie: »Du hast doch nichts Schlimmes verbrochen. Steh einfach zu dem, was du tust. Und dann kann dir niemand was anhaben.« Plötzlich verstummte sie, weil ihr siedend heiß eingefallen war, was ihr blühen würde, wenn Peter von ihrem Job erfuhr. »Ich hoffe nur, dass Peter nichts mitkriegt«, murmelte sie und schluckte.

Auch Waltraud wurde eine Nuance blasser, als sie an ihren Heinz dachte, der zwar mit vielem, aber sicher nicht damit würde umgehen können. »Ich muss sofort heim«, sagte Waltraud, machte aber keine Anstalten zu gehen. Sie war auf einmal völlig kraftlos.

»Morgen geht's wieder weiter. Überlegt doch mal! Was sollen wir denn sonst tun? Wir brauchen das Geld. Wir haben es ja bald zusammen.« Maria gab nicht auf.

»Stimmt. Ohne Geld können wir die Idee von unserem Laden gleich begraben. Wir brauchen zumindest die Grundausstattung«, stimmte Katharina ihr zu, für die sich der Gedanke, von Peter wieder so abhängig wie früher zu sein, zu einem immer größer werdenden Gräuel entwickelte.

»Wir könnten ja mein Zwetschgen-Kompott verkaufen«, schlug Lena zaghaft vor. »Ich habe schon fast zwanzig Gläser eingeweckt. Und alles Bio.«

»Gute Idee, Lena«, meinte Waltraud gereizt, und ihre Augen funkelten. »Dein Kompott. Das wird uns retten.«

Lena schwieg beleidigt.

In dem Moment wurde die Tür geöffnet, und alle verstummten. Der Großvater kam herein. Seine wässrigen Augen machten die Runde und fixierten eine nach der anderen. »Na, was macht eure Umfrage?«, erkundigte er sich. »Müsst ihr nicht längst wieder an die Arbeit?«

»Wir sind fertig«, antwortete Waltraud rasch.

»Für heute«, fügte Maria hinzu.

»Was bin ich?«, fragte der alte Herr.

»Morgen wieder! Morgen!« Maria betonte laut und deutlich jede Silbe.

Die alten Augen leuchteten kurz auf. Dann nickte er behäbig und ließ sich langsam, seine schmerzenden Knie schonend, auf dem Stuhl nieder. »Lasst euch durch mich nicht stören«, ächzte er, lehnte sich mit einem Kissen im Rücken zurück und musterte die weibliche Runde. Dass die hübsche Lena mit ihren Reizen in letzter Zeit so geizte, fand er sehr bedauerlich. Auch heute trug sie eine schlichte weiße Bluse, an der sie, wie er fand, ruhig noch ein, zwei Knöpfe mehr hätte öffnen können. Missmutig griff er nach der Wasserflasche und winkte energisch ab, als Katharina ihm beim Einschenken behilflich sein wollte. Mit einem leichten Schulterzucken beugte sie sich dem Starrsinn des Alters.

Plötzlich setzte sich Waltraud auf. »Ich weiß, wo wir das restliche Geld herkriegen.«

Während sich der Senior ausschließlich darauf konzentrierte, sein Glas mit Wasser zu füllen, ohne die Hälfte davon zu verschütten, horchten die drei Frauen auf.

Waltraud fixierte Maria. »Du hast doch so gute Kontakte«, sagte sie und schmunzelte hintergründig. Maria verstand zunächst gar nichts. Waltraud half ihr ein wenig auf die Sprünge. »Du könntest doch mal mit deinem Bekannten reden. Mit dem von früher.«

Unmerklich zuckte Maria zusammen. Sie hatte verstanden. Ihr Blick hätte jetzt jeden verstummen lassen, nur Waltraud nicht. Der Freundschaftsbonus war noch lange nicht ausgereizt.

»Das wäre doch einen Versuch wert.«

Maria schwieg.

»Überleg doch mal …«, drängte Waltraud weiter.

»Niemals!«, zischte Maria.

Katharina und Lena hatten überhaupt keine Ahnung, wovon die beiden redeten. Sie sahen nur, dass sich Maria abrupt abwandte und zum Weinglas griff, und zum ersten Mal bemerkten sie einen harten Zug um ihren Mund, der nun auch Waltraud verstummen ließ. Sie kannte ihre Freundin und wusste, dass spätestens jetzt genug war. Es bestand null Chance, dass Maria je über ihren Schatten springen würde.

An diesem Abend gingen sie sehr bedrückt auseinander. Für den Rest der Nacht würden die Telefone schweigen, und auch ihnen war ausnahmsweise nicht nach vielen Worten zumute, als sie sich verabschiedeten, um dann in verschiedene Richtungen davonzugehen.

Katharina zog gar nichts nach Hause. Sie wählte mit Lenny nicht den kürzesten Weg, sondern den, der sie an der großen Wiese vorbeiführte, und dort würde sie noch entscheiden können, eine noch größere Runde bis in den Wald zu drehen.

Lena dagegen nahm für die fünfhundert Meter zu ihrer Wohnung den Wagen, denn sicher war sicher. Bei so vielen aufgebrachten Frauen konnte man schließlich nie wissen.

Waltraud hatte zunächst noch gewartet. Sie hatte gehofft, mit ihrer besten Freundin ein paar Vertraulichkeiten austauschen zu können, nachdem die anderen beiden aufgebrochen waren, doch diesem unausgesprochenen Wunsch war Maria nicht nachgekommen. Viel zu schnell hatte sie die Haustür geschlossen. So machte sich Waltraud auf den gewohnten Heimweg, dabei grübelte sie über ihre beste Freundin, die heute völlig überreagiert hatte. Für Waltraud unverständlich, schließlich lag die Sache mit Alexander eine Ewigkeit zurück.

Kurz vor dem Gemeindehaus kam ihr in der Dunkelheit jemand entgegen. In Gedanken versunken, sah sie die Gestalt erst, als sie unmittelbar vor ihr war. Waltraud erstarrte, doch dann erkannte sie in dem gelblich flimmernden Laternenlicht Pfarrer Gandl.

»Herr Pfarrer, Sie haben mich aber erschreckt!«

»Ich habe gehört, dass in Marias Haus gewisse Begierden befriedigt werden. Die Kirche muss die Sittlichkeit schützen.«

Waltraud schwieg.

»Habt ihr das neunte Gebot Mose vergessen: ›Du sollst keine Begehrlichkeit wecken!‹«

Waltraud verteidigte sich. »Ich kenne das aber anders. ›Du sollst nicht begehren deines Nächsten Weib und Haus‹ oder so ähnlich. Das ist was ganz anderes.«

»Guten Abend, Herr Pfarrer.« Waltraud drehte sich um. Heinz. Sie hatte ihn nicht kommen hören.

Pfarrer Gandl nickte ihm zu. »Ich erwarte Sie zur Beichte«, sagte er zu Waltraud und verabschiedete sich.

Nach dem ersten Schreck war sie sowohl erleichtert als auch irritiert, ihren Mann hier anzutreffen.

»Ich dachte, ich schau mal nach dir«, beantwortete er ihren fragenden Blick.

Sie schaute ihn ängstlich an. War die Neuigkeit bis zu ihm gedrungen?

»Es ist besser, wenn du heute nicht allein nach Hause gehst«, fügte er hinzu.

Heinz wusste also Bescheid. Waltraud wich seinem Blick aus. Auf einmal dachte sie an die Zigarettenschachtel, die sie seit geraumer Zeit nicht mehr dabeihatte. Das Bedürfnis zu rauchen wurde immer stärker.

Heinz lächelte. »Du bist und bleibst eine Kämpferin«, meinte er, und in seiner Stimme schwang so viel Liebe mit, dass Waltraud verlegen schluckte.

»Es tut mir leid«, murmelte sie. »Ich wollte dich nicht anlügen. Aber ich dachte, du könntest damit nicht umgehen.«

Heinz gab ihr einen kleinen, liebevollen Kuss auf die Wange.

»Du bist nicht böse?«

Er legte einfach nur den Arm um sie. Zum ersten Mal seit langer Zeit spürte sie die ungeheure Kraft, die sie aus seiner Loyalität schöpfte. Müde lehnte sie sich an ihn, und gemeinsam machten sie sich auf den Heimweg. Als sie an Hannelores Haus mit der Metzgerei im Untergeschoss vorbeikamen, war Waltraud plötzlich, als wäre jemand hinter ihnen. Sie sprach ihre Vermutungen nicht aus und beherrschte sich, sich umzudrehen. Dann hörte sie das rostige Quietschen einer Haustür, und plötzlich war alles wieder ruhig. Nur der Wind spielte seine sanfte Melodie im Geäst der beiden großen Ahornbäume. In stillem Einvernehmen schritten Waltraud und Heinz dahin.

»Danke«, flüsterte sie in die Dunkelheit.

»Wofür?« Seine Stimme klang weich.

»Danke, dass ich dir alles sagen kann.« Sie berührte seine Hand, die auf ihrer Schulter lag. »Und dafür, dass ich dir nicht alles sagen muss.«

Sie hörte das dumpfe Klappern ihrer Schritte auf den Pflastersteinen. Im Gleichklang: eins-zwei-drei, eins-zwei-drei. Und dann lächelte sie, weil sie wusste, dass sie sich richtig entschieden hatte, damals, vor fünfundzwanzig Jahren. Und plötzlich hatte sie eine Idee, aber die behielt sie erst einmal für sich.

Noch in derselben Nacht machte die Nachricht von der Existenz der Telefonsex-Hotline sowie die Namen der sogenannten Senderinnen im ganzen Dorf und darüber hinaus im Umkreis von fünfzig Kilometern bis zum Ende des Bayerischen Waldes im Westen und zur tschechischen Grenze im Osten die Runde.

Lena traute sich am nächsten Tag gar nicht erst auf die Straße. Sie hatte ihr Handy ausgestellt und ging auch nicht ans Telefon, das in ihrer Wohnung seit acht Uhr in der Frühe immer wieder läutete. Sie wollte nichts hören und niemanden sehen – vor allem nicht Willi. Ihr war klar, dass er spätestens bei der ersten Postübergabe an diesem Morgen von jener Neuigkeit gehört hatte, die sich wie ein Lauffeuer verbreitet und die Gemüter erhitzt hatte.

Sie hockte auf ihrem Sofa und schlürfte in selbstzerstörerischer Absicht bereits die dritte Tasse Kaffee, was ihr tatsächlich gar nicht gut bekam. Ihr Magen rumorte schon seit dem ersten Schluck. Aber sie trank tapfer weiter – extra. Nicht einmal ihre guten Verkaufsergebnisse bei Ebay, wo sie das alte Versace-Teil zum doppelten Preis verkauft hatte, konnten sie fröhlicher stimmen. Sie grübelte nur, wie sie die Pakete mit all den unsäglichen Sex-DVDs und Sex-Videos, die sie schon am Vortag gepackt hatte, von ihrer Wohnung zur Post transportieren konnte, ohne unterwegs jemandem zu begegnen.

Da klingelte es an der Tür. Vor Schreck begann ihr Puls zu jagen, ihre Hand fing augenblicklich zu zittern an, und ihr wurde vollends schlecht. Das Koffein wirkte in jeder Hinsicht als Beschleuniger. Sie blieb sitzen und hielt den Atem an.

Es klingelte noch einmal, diesmal länger. Lena bewegte sich nicht. Sie wartete. Es blieb still. Einen Moment verharrte sie noch. Dann tapste sie barfuß zur Tür, schob die Klappe des Gucklochs zur Seite und linste durch die kleine, runde Öffnung – direkt in die Pupille eines fremden Auges. Entsetzt prallte sie zurück. Zu spät.

»Lena, ich bin's«, klang Willis Stimme durch die geschlossene Tür. »Ich muss mit dir sprechen.«

»Ich bin nicht da«, antwortete Lena rasch.

»Bitte, Lena, mach auf!«

Als könnte er sie sehen, schüttelte Lena den Kopf.

Willi ließ nicht locker. Mit sanften Worten versuchte er, sie umzustimmen.

Lenas Gedanken wirbelten durcheinander. Sollte sie seinem Drängen nachgeben, oder sollte sie ihn wegschicken? Was sollte sie ihm nur sagen? Lieber Gott, flehte sie, bitte hilf mir! Und dann, sie war gerade versucht nachzugeben, wurde ihr Bitten erhört – und zwar direkt von oben: aus dem Äther. Das Läuten des Telefons rettete sie – zumindest für den Moment – vor der Konfrontation, die sie schon für unausweichlich gehalten hatte.

»Ich kann jetzt nicht. Sorry! Ich muss ans Telefon«, rief sie Willi durch Pressholz und Eichenfurnier zu und eilte zurück zum Sofa.

Dort zögerte sie nur kurz, doch als Alternative zu Willi vor der Tür erschien ihr jeder Anrufer als das kleinere Übel. Vorsichtig nahm sie den Hörer und formulierte ein kaum hörbares »Hallo«. Zu ihrer großen Erleichterung war es Maria, die sich nur erkundigen wollte, wann Lena heute zu ihr kommen würde. Der liebe Gott persönlich musste sie ans Telefon getrieben haben, dachte Lena und lauschte dankbar Marias Bericht von der Front.

»Ich war gerade einkaufen, bei Hannelore. Ich musste. Wir hatten keine Wurst mehr im Haus«, erzählte Maria heiter. »Hannelore hat kein Wort mit mir gesprochen. Das heißt, das Einzige, was sie gesagt hat, war ›drei Euro vierzig‹. Du glaubst gar nicht, wie angenehm das war. Herrlich!«

Lena hörte Marias Lachen. Ihr war leider gar nicht zum Lachen zumute. Der Guckloch-Schock saß ihr noch immer in den Gliedern.

»Wann kommst du?«, hakte Maria noch einmal nach.

»Ich glaub, ich bleib heute hier. Mir geht es nicht so gut.«

»Bloß nicht«, widersprach Maria sofort. »Ich weiß genau, wie du dich fühlst. Aber du kannst dich nicht die ganze Zeit verstecken. Besser, du stellst dich dem Ganzen gleich, dann hast du es hinter dir. Kopf hoch und durch!«

Lena wand sich noch, obwohl sie längst wusste, dass Maria recht hatte. »Heute aber nicht. Ich muss auch noch ein paar Pakete aufgeben«, seufzte Lena. Schon die Fahrt nach Regen, wo sie mit großer Wahrscheinlichkeit auf Bekannte treffen würde, war eine den Magen reizende Vorstellung.

»Gib die Pakete doch Willi mit«, empfahl ihr Maria, die das Unbehagen in Lenas Stimme vernommen hatte.

Allein dieser Name versetzte Lena einen Stich. Brüsk lehnte sie den wohlgemeinten Vorschlag ab. Die Vorstellung, Willi jetzt in die Augen schauen zu müssen, war noch um ein Vielfaches ärger als der Gedanke, der ganzen Dorf- und Kirchengemeinschaft entgegenzutreten. Da fuhr sie doch lieber selbst nach Regen zur Post.

»Waltraud ist auch nirgends zu erreichen. Hoffentlich ist Heinz nicht ausgerastet. Hast du was von ihr gehört? Weißt du, wo sie ist?«, erkundigte sich Maria. Diese Frage konnte ihr Lena auch nicht beantworten, aber sie versprach, gleich nach ihrer Rückkehr aus Regen bei Maria vorbeizukommen.

Nachdem die Freundin aufgelegt hatte, nahm Lena ihre Stellung auf dem Sofa wieder ein. Sie schloss die Augen und fing an zu beten. »Vater unser ...« und: »Gegrüßet seist du, Maria ...« Immer im Wechsel. Als sie auf die Uhr sah, war eine halbe Stunde vergangen, und sie fühlte sich schon etwas besser.

Vom Glauben gestärkt, überzeugte sie sich kurz darauf, dass die Luft rein war, und eilte zu ihrem Auto, das sie in der Nacht zum Glück in weiser Voraussicht gleich neben der Haustür abgestellt hatte. Mit sieben Päckchen im Arm war das nicht so einfach. Prompt rutschten ihr beim Öffnen der Haustür zwei davon aus der Hand und fielen zu Boden. Nachdem sie die verbleibenden auf dem Beifahrersitz verstaut hatte, hastete sie wieder zurück und schnappte sich die beiden letzten.

Im Treppenhaus hörte sie ein Geräusch. Verflogen war nun auch der letzte Rest der himmlischen Gelassenheit. Sie floh regelrecht aus dem Haus, sprang in ihren Wagen, knallte die Tür zu und gab Gas.

Lena war schon fast an ihm vorbei. Und dann sah sie ihn. Am Dorfausgang. Jäh drehte sie ihren Kopf zu ihm, und in dem Moment trafen sich ihre Augen. Sie schaute schnell wieder weg, gab vor, ihn nicht wahrgenommen zu haben, und konzentrierte sich auf die Straße vor ihr. Im Weiterfahren beobachtete sie ihn im Rückspiegel, wie er mit seiner Posttasche den letzten Hof im Dorf verließ und die Straße entlang in dieselbe Richtung weitermarschierte.

Ungefähr einen Kilometer nach dem Ortsschild bog sie ab nach Regen und verlor ihn aus dem Blick. Aber die ganze Fahrt über ging er ihr nicht mehr aus dem Sinn. Die Versuche, ihr Selbstvertrauen aufzubauen, waren kläglich gescheitert. Lena beschäftigte nur ein verzweifelter Gedanke: Was musste er jetzt nur von ihr denken?

An einer Kapelle am Wegesrand hielt sie an und betrat das kleine Gotteshaus – einen weiß getünchten Raum mit schlichten Wandmalereien und einem zierlichen Altar. Außer ihr war niemand da. Nachdem sie eine Kerze angezündet und ihren Ein-Euro-Obolus geleistet hatte, wollte sie sich hinknien und erneut ein Vaterunser beten. Stattdessen blieb sie einfach stehen. Ihr Blick war auf die naiven Zeichnungen des Kreuzweges Jesu gefallen. Sie las die Worte aus dem Lukas-Evangelium: *Richtet nicht, dann werdet auch ihr nicht gerichtet werden … Segnet die, die euch verfluchen.*

Und auf einmal lächelte sie. Andere Leute! Wer waren denn schon die anderen Leute? Und was nutzte ihr ihr schöner Glaube, wenn sie nicht an sich *selbst* glaubte?

Für Maria und Katharina war klar, dass sie ungeachtet des vielen Geredes ihre Geschäftstätigkeit fortsetzen würden. Sie scherten sich nicht um die anderen, schließlich würden die, so argumentierte Maria, ihnen kein Geld geben, wenn sie das Brot beim Bäcker nicht mehr bezahlen konnten. Sie entschieden sich für ihre neue Unabhängigkeit und telefonierten sich die Seele aus dem Leib.

Das Klingeln an der Tür riss sie aus ihrem Eifer, und es dauerte einen Moment, bis Maria einfiel, dass der Behandlungstermin ihres

Vaters anstand: Akupunktur und Qigong. Mit leicht gemischten Gefühlen öffnete sie die Tür und ließ den guten Mann eintreten. Der begrüßte sie herzlich wie immer und ging schnurstracks mit seiner tragbaren Liege und seinem Arztköfferchen ins Wohnzimmer. Offensichtlich war die Nachricht noch nicht bis zu ihm vorgedrungen, was auch nicht verwunderlich war. Maria wusste ja, dass er Klatsch und Tratsch aller Art mied und sich lieber, wenn er nicht gerade in einer Behandlung steckte, mit seiner eigenen Wissens- und Bewusstseinserweiterung befasste.

Es war bereits mitten am Nachmittag, als sie die erste Pause einlegten, und das auch nur, weil Katharina vor Hunger schwindelig geworden war. Maria hätte dank ihrer gut verteilten Fettdepots noch locker weitertelefonieren können, aber der Gedanke an ihren Vater scheuchte sie auf. Sie hatte den alten Herrn, der nach seiner Behandlung immer in einen Entspannungsschlaf fiel, komplett vergessen!

Nachdem sie das Mittagessen gewärmt und es ihrem Vater mit zwei Stunden Verspätung im Wohnzimmer serviert hatte, setzte sie sich zu Katharina an den Küchentisch. Der Geruch von Linsen und Speck hing im Raum.

»Die Behandlungen wirken Wunder. Der Großvater ist so entspannt. Er wird immer milder«, bemerkte sie Katharina gegenüber. »Was hat er sich früher aufgeregt, wenn das Essen nicht pünktlich auf dem Tisch stand! Heute scheint ihm das gar nicht mehr wichtig zu sein. Er nimmt so vieles leichter.«

»Vielleicht reduziert sich im Alter alles nur noch auf das Wesentliche«, sagte Katharina.

»Wahrscheinlich. Ein Glück, dass er von dem ganzen Trubel hier nichts mitkriegt! Stell dir mal vor, er wüsste davon! Telefonsex in seinem Haus. Das brächte ihn direkt ins Grab.«

Katharina aß nachdenklich vor sich hin. »Ich bin echt froh, dass Peter die nächsten Tage auf Geschäftsreise ist«, stellte sie fest.

»Du solltest ihn vielleicht besser vorwarnen«, meinte Maria.

Katharina schüttelte den Kopf. »Lieber nicht. Er muss es ja nicht unbedingt erfahren. Wenn's ihm keiner sagt …«

»Und wenn doch?«

»Das wäre, glaub ich, ganz große Scheiße – aber auch nicht mehr zu ändern.«

Maria war erstaunt, und das nicht nur über Katharinas erweiterten Wortschatz.

»Was ist? Machen wir weiter?«, fragte Katharina und stand auf, um das Telefon wieder auf Betrieb zu schalten.

Maria hockte auf der Bank in der Bauernstube, auf dem Tisch vor sich reihenweise Zinnteller, Zinnkrüge, Zinnschalen und Zinnbecher, die sie nun, ein Teil nach dem anderen, mit einer weißen, zähen Spezialflüssigkeit sorgfältig blank rieb. Dabei stöhnte sie laut und lustvoll und brillierte mit einem deftig-fleischigen Gassenjargon. Die Tür war geschlossen, es drang kein Laut hinaus und keiner herein, sodass Maria die Raumsprechanlage wieder einmal völlig ungeniert voll aufgedreht hatte. Weil sie sich innerhalb der eigenen vier Wände in totaler Sicherheit wiegte, zog Maria alle Register, und es ging richtig ab in der guten Stube.

Als nun urplötzlich die Tür geöffnet wurde, fuhr sie zusammen. Der Zinnteller entglitt ihr und rollte scheppernd auf dem Boden aus. Es war Waltraud, die hereingehuscht war, die Tür rasch hinter sich schloss und somit das Tabu brach. Maria griff mit hochrotem Kopf zum Telefon und schaltete hastig den Lautsprecher aus. Mit einem Mal war es still im Raum. Aufgebracht deutete sie Waltraud zu verschwinden, während sie den Hörer an ihr Ohr gepresst hielt. Mit ihrem Blick schickte sie ihrer Freundin viele giftige Pfeile, doch die prallten an ihr ab.

Waltraud machte keinerlei Anstalten, den Raum zu verlassen, sondern signalisierte Maria wild gestikulierend, den Erregten so schnell wie möglich abzufertigen. Dabei strahlte sie bis über beide Ohren, sodass Marias Ärger über die begangene Indiskretion langsam schwand. Irgendetwas musste passiert sein! Diese unerwartete Störung machte sie neugierig, und sie nickte ihr verständig zu.

Leider entpuppte sich dieser Kunde als hartnäckiger Fall. So sehr sich Maria auch verbal abmühte, er wollte einfach nicht zum Höhepunkt kommen. Dass der Minutentakt lief und das Vergnügen ziemlich teuer für ihn wurde, schien ihn nicht zu stören. Im Gegenteil, er genoss die Langsamkeit. Maria fluchte innerlich. Ausgerechnet jetzt hatte sie eine Rarität der Schöpfung an der Strippe: einen Mann, der weder Zeit noch Kosten scheute.

Maria wandte sich mit einer hilflosen Geste an Waltraud. Langsam gingen ihr die Vokabeln aus, und sie fing an, sich zu wiederholen. Ihre Freundin kam ihr zu Hilfe. Erst soufflierte sie leise, dann etwas lauter, und ehe sie sich's versahen, waren beide in einen flotten Dreier involviert – und dann, endlich, irgendwann, sie glaubten schon gar nicht mehr, dass es noch passieren würde, ergoss sich der Empfänger in einem lang gezogenen Stöhnen.

»Über hundertzwanzig Euro. Mehr als 'ne Stunde«, flüsterte Maria heiser. »Danke.« Entkräftet von diesem erotischen Marathon, lehnte sie sich zurück. »Das war jetzt die Krönung«, meinte sie. »Vielleicht sollten wir das generell anbieten.«

»Das war ein krönender Abschluss«, korrigierte Waltraud sie mit einem vielsagenden Lächeln. Sie ging zur Tür und rief nach Katharina.

Was immer Waltraud ihnen sagen wollte – es schien wichtig zu sein. Marias Spannung wuchs. Inzwischen war auch Lena von ihrer Fahrt nach Regen zurückgekehrt. Sie warteten alle nur noch auf Katharina, deren Schritte sie bereits die Treppe vom Schlafzimmer herunterkommen hörten.

»Wir sollten bald aufhören«, sagte Lena. »Bei der Post in Regen haben sie mich gefragt, ob ich 'ne heiße Nummer wüsste. Ganz witzig.« Sie zog die Mundwinkel verdrießlich nach unten.

»Wie hast du reagiert?«, fragte Maria besorgt.

»Ich habe dem Typen erklärt, dass ich seine Stimme auch schon vom Telefon kenne.«

»Das hast du gesagt?«

»Da war vielleicht was los!« Lena nickte stolz und grinste über die verdutzten Gesichter ihrer Freundinnen.

Katharina kam herein. Und dann, als sie gesammelt um den Tisch herumsaßen, fing Waltraud endlich an, ihr Geheimnis zu lüften.

»Wir können aufhören«, verkündete sie stolz.

»Ja, ja«, brummte Lena.

»Nein, nein. Wir können wirklich aufhören. Wir haben das Geld. Wir können morgen einen Laden mieten; für die Grundausstattung reicht es locker.«

Alle drei starrten sie an.

»Ich habe die feste Zusage: Wir bekommen zwanzigtausend Euro!«, verkündete Waltraud stolz. »Schluss mit Telefonsex!«

»Woher hast du bitte zwanzigtausend Euro? Tut mir leid. Kein Mensch gibt dir einfach so zwanzigtausend Euro«, widersprach Maria, die ihr nicht glaubte.

»Dein Freund!«, kam es zurück.

Maria verstand gar nichts.

»Ich habe ihn angerufen«, fügte Waltraud hinzu.

»Was hast du denn für einen Freund?« Katharina wandte sich erstaunt an Maria, die noch immer ratlos dreinschaute.

»Alexander Hartmann«, erklärte Waltraud. »Ich habe ihn angerufen und ihn um einen Kredit gebeten. Und er hat sofort zugesagt. Schließlich sind zwanzigtausend für ihn grad mal gar nichts, Peanuts.«

Katharina schaute verwundert von einer zur anderen. Maria war zwar bei der bloßen Nennung dieses Namens leicht errötet, nun schüttelte sie aber den Kopf. Sie glaubte Waltraud kein Wort.

Es war Waltrauds stolze Haltung, mit der sie ihrer kühnen Behauptung Nachdruck verlieh, die Maria plötzlich verunsicherte. Ein wenig dauerte es noch, bis sie begriff.

Hatte Waltraud wirklich die Dreistigkeit besessen und Alexander angepumpt? Nein, das konnte sie sich nicht vorstellen. Ein kurzer, aber intensiver Blickaustausch. Nur ein winziges triumphierendes Blitzen in Waltrauds Augen. Und da wusste sie – Waltraud hatte das Ungeheuerliche getan.

»Du hast ihm von mir erzählt?«, erkundigte sich Maria vorsichtig.

Waltraud zögerte nur kurz, und Maria verstand. Und in dem Moment explodierten all die über viele Jahre zurückgehaltenen Gefühle in ihr und rollten wie eine Lawine über Waltraud hinweg. Rücksichtslosigkeit, Egoismus und Verrat warf sie ihrer besten Freundin vor.

Feige sei sie, da sie sich nicht traute, zu ihren Gefühlen zu stehen, konterte Waltraud, und ihre Augen wurden feucht. Sie hatte es doch nur gut gemeint. Ein Wort ergab das andere. Da half auch kein gutes Zureden von Katharina und Lena, die dem Streit der beiden betroffen beiwohnten. Maria war für jedes versöhnliche Wort unzugänglich.

»Geh! Bitte, geh!«, rief sie schließlich und setzte der Freundschaft damit ein Ende.

Nachdem sie sich im Bad eingeschlossen hatte, wusste sie erst mal gar nichts mehr. Ihr Kopf war leer, und ihr Hals brannte. Mein Gott, wie sie sich schämte! Wie hatte Waltraud ihr das antun können?

Sie wusste nur eines, dass sie Alexander morgen anrufen und sein Angebot ablehnen musste. Sie saß auf der Kloschüssel und schloss die Augen. In ihrem Kopf lief ein Film ab. Sie sah sich selbst, wie sie den Hörer hielt und seine Nummer wählte. Und gleich, gleich würde sie seine Stimme hören … Mein Gott, wie hasste sie Waltraud für das Hämmern ihres Herzens und für die feuchten Handflächen, die sie gerade auf ihre Knie presste! Die Tränen in Waltrauds Augen waren ein viel zu geringer Preis für den Verrat gewesen.

Kurz darauf hatte sie ihre Emotionen wieder einigermaßen im Griff. Sie hörte, wie Lena und Katharina in der Bauernstube hantierten, und ging zu ihnen nach unten. Die beiden hatten in der Zwischenzeit nichts Besseres zu tun gehabt, als sich des restlichen Zinngeschirrs anzunehmen. Lena polierte die letzten beiden Bierkrüge, und Katharina schob die Teller fein säuberlich in das Hängeregal. Es bedurfte auch keiner weiteren Worte. Keiner von ihnen stand im Moment der Sinn nach erotischem Unterhaltungsprogramm.

»Waltraud hätte das nicht tun dürfen. Aber sie hat es bestimmt gut gemeint«, versuchte Katharina einzulenken, stieß jedoch damit bei Maria auf taube Ohren. Sie hatte sich fest vorgenommen, Waltraud fürs Erste aus ihrem Leben zu verbannen.

»Ich kann das Geld nicht annehmen. Nicht von ihm. Tut mir leid«, sagte sie nun und blieb dabei ganz sachlich.

»Mir auch«, meinte Lena und stellte die zwei Bierkrüge zu den anderen ganz oben auf das Regal. »Es wäre zu schön gewesen. Ein Traum. Zwanzigtausend auf die Kralle, also netto. Das sind zwanzigtausend Minuten. Das sind mehr als dreihundertdreißig Stunden, das sind bei ...?« Sie kräuselte die Stirn. »Wie viele Stunden sind es in der Woche? Ich meine jetzt – ohne Waltraud.«

Katharina hatte nicht zugehört. Sie sah Maria forschend an. »Er war wohl wichtig für dich?«

Die Freundin nickte nur. Verständnisvoll legte Katharina ihre Hand auf Marias Rücken und warf Lena, bevor diese ihre Rechenkünste weiter demonstrierte, einen mahnenden Blick zu.

»Tja«, sagte Lena und schob ihre Schultern zurück. »Dann werden wir eben noch längere Zeit ins Telefon stöhnen.« Sie packte die Putzmittel zusammen.

»Vielleicht sollte ich doch einmal mit Peter reden, dass er uns Geld leiht. Oder wir gehen alle zu ihm. Schließlich hat er es ja«, überlegte Katharina laut, doch diesmal war sie es, die ein bedauerndes Lächeln von Lena kassierte.

»Vergiss es! Wir machen morgen wieder weiter.«

Maria und Katharina staunten über Lenas unerwartetes Engagement.

»Nachdem es jetzt sowieso das ganze Dorf weiß, ist es doch egal«, erklärte Lena und verließ den Raum.

So gegen fünf Uhr, Katharina und Lena waren kurz zuvor gegangen, kam Tina von der Schule nach Hause. Sie war blass und hatte Augenringe. Maria beschlich eine ungute Vorahnung.

Tina ließ ihre Schultasche hinter der Haustür fallen. »Mann, hab ich Hunger!«, stöhnte sie.

»Was ist passiert?«, fragte Maria und folgte ihr in die Küche.

»Nichts. War nur tierisch anstrengend heute.« Tina nahm eine der flachen Kunststoffboxen, in der sie Käse und Wurst aufbewahrten, aus dem Kühlschrank, dazu noch eine Tomate und die Butterdose.

Maria beobachtete sie dabei. Sie war besorgt, und deshalb war es ihr auch egal, dass Tina die Tomate direkt auf der Arbeitsfläche aus Eiche in Achtel schnitt. »Hat dich vielleicht irgendjemand auf unsere Arbeit angesprochen?«, hakte sie nach.

»Klar. In der Schule wissen es alle«, antwortete Tina und schmierte Leberwurst auf eine Scheibe Brot.

Maria erschrak. An diese Möglichkeit hatten sie nie gedacht. Überhaupt hatten sie nicht damit gerechnet, dass ihre Einkommensquelle eines Tages auffliegen würde. Sie marterte sich mit stillen Vorwürfen.

»Da war vielleicht was los! Die haben sich gar nicht mehr eingekriegt.«

Hilflos stand Maria dem Teenager gegenüber. Hilflos und irritiert über das Lächeln, das Tinas Lippen umspielte.

»Und dann hab ich sie alle mal richtig aufgeklärt«, verkündete Tina. »Was die Typen so alles von sich geben. Und dass man damit einen Batzen Kohle verdienen kann. Und dann waren sie still. Du hättest mal ihre Gesichter sehen sollen. Es war so cool!«

»Was, bitte, hast du ihnen erzählt?«, fragte Maria.

»Was halt am Telefon so abging«, meinte Tina mit spitzbübischem Grinsen, und langsam, ganz langsam, dämmerte es Maria. »Man kann sich doch in die Leitung einklinken. Wusstest du das nicht, Mama?«

Maria schluckte betroffen. »Heißt das, du hast …?« Sie sah

die Antwort in Tinas blitzenden blauen Augen. »Du hast uns belauscht?«

»Nur Katharina und Waltraud. Was die beiden abgezogen haben, war ziemlich cool. Dich hab ich nicht belauscht. Das wäre mir peinlich gewesen.«

»Da bin ich aber beruhigt«, murmelte Maria mit saurem Lächeln. Nach Scherzen war ihr gar nicht zumute.

»Die würden das alle gern mal hören. Was glaubst du, wie die mich beneiden, dass du nicht so spießig wie die anderen Mütter bist.«

Nicht spießig. Das war das Kompliment, das zählte. Mehr konnte man als Mutter eines Teenagers kaum erwarten.

»Ich könnte das Band mitlaufen lassen. Die würden dafür auch was zahlen.«

»Jetzt aber raus!«, rief Maria und klatschte mit der flachen Hand auf das Holz der Arbeitsfläche.

»Mama, du musst global denken. ›Multimediale Vermarktung‹ nennt man das.« Feixend schnappte sich Tina ihren inzwischen gehäuften Teller mit Brot, Käse und Tomaten und huschte aus der Küche.

Maria stützte beide Hände auf die Holzplatte und überlegte. Sie musste ihr Kind schützen. Nun war sie froh, dass Tina morgen gleich nach der Schule von ihrem Vater abgeholt und das ganze Wochenende in Regensburg verbringen würde, weit entfernt von jedem gehässigen Dorfklatsch. Sie war müde. Der Streit mit Waltraud hatte ihr stärker zugesetzt, als sie sich eingestand. Jetzt nagte er an ihrer Seele. Schnell schob sie die bedrückenden Gedanken von sich und kramte aus ihren Erinnerungen eine ganz andere Zeit hervor. Es war die Zeit mit Alexander, die Zeit vor fast zwanzig Jahren.

Fünfzehn

Kaum war Tina am nächsten Morgen aus dem Haus, hatte sich Maria auch schon mit dem Telefon in die Stube zurückgezogen. Ihr Puls schlug noch heftiger als am Vortag, und ihre Handflächen waren allein schon beim bloßen Gedanken an das bevorstehende Telefonat feucht. Maria schalt sich für ihr kindisches Verhalten: Ihre Emotionen hüpften rauf und runter und spielten mit ihr Gummitwist.

Eine höfliche Dame war am Telefon. Nein, auf seinen Rückruf wollte Maria nicht warten. Wartezeiten waren Leidenszeiten, daran konnte sie sich noch zu gut erinnern. Die freundliche Dame gab ihr dann seine Handynummer.

Marias Nerven waren angespannt und schnellten in die Höhe, als sie schließlich seine Stimme hörte.

»Ich bin es«, begann sie. Mehr brachte sie nicht hervor. Dabei kam sie sich völlig bescheuert vor.

»Maria?«

Er hatte sie sofort erkannt! Nach all den Jahren. Verrückt, es war verrückt!

»Ja«, hauchte sie und schluckte.

»Wie geht es dir? Was machst du? Erzähl!«, forderte er sie auf.

Sie konnte es nicht fassen, dass sie ihn tatsächlich an der Strippe hatte. Nachdem sie ihm deutlich gemacht hatte, dass sie sein Geld nicht brauchte, fing sie zögernd an zu erzählen. Erst von Tina, dann von der Trennung von Manfred, und da unterbrach er sie:

»Ich würde dich gern sehen.«

Marias Herz machte einen Sprung.

»Hast du noch immer so einen schönen Körper?«

Nun ja, dachte sie. Nicht mehr ganz so straff vielleicht – älter eben. Die alte Vertrautheit wollte sich noch nicht so schnell einstellen. Bevor sie jedoch etwas sagen konnte, redete er schon weiter.

»Und deine Brüste? Ich erinnere mich noch gut an sie. Sie waren so voll, so prall.«

Maria schmunzelte.

»Ich würde sie zu gern massieren. Erregt es dich immer noch so sehr, wenn ich deine Titten berühre?«

Maria erstarrte. Entsetzt vernahm sie seinen beschleunigten Atem. Das also war sie für ihn gewesen!

»Es kommt mir vor wie gestern.« Seine Stimme klang belegt.

»Dabei sind so viele Jahre vergangen«, erwiderte Maria hastig und verabschiedete sich schnell. »Vielleicht sieht man sich ja irgendwann. Ich muss jetzt Schluss machen. Bis bald.«

Das erste Telefonat mit Alexander nach fast zwanzig Jahren hatte nicht einmal fünf Minuten gedauert. Maria ließ das Telefon sinken und starrte auf den Tisch. Sie fühlte eine seltsame Leere in sich, dabei hatte sie etwas verloren, was es nie gegeben hatte – nur in ihrer Fantasie. Die Vergangenheit war ein für alle Mal vorbei. Sie ließ sich nicht in die Gegenwart transportieren.

Es war nun schon fast zehn Uhr am Vormittag. Maria wusste, dass Katharina und Lena gleich auftauchen würden. Eigentlich hatte sie vorgehabt, Tee und Kaffee herzurichten – stattdessen hockte sie immer noch auf der Bank unter dem geschnitzten Jesus und ließ jedes Wort, jeden Satz, den sie ausgetauscht hatten, Revue passieren. Es war ernüchternd.

So kam es, dass Lena, die als Erste eintraf, eine noch benommene Maria vorfand, die für einen verbalerotischen Austausch mit irgendwelchen Heinis überhaupt nicht in Stimmung war. Stattdessen erzählte sie knapp und nur das Wichtigste von ihrem Gespräch mit Alexander.

Dass Maria die zwanzigtausend Euro tatsächlich ausgeschlagen hatte, enttäuschte Lena nicht wirklich. Sie hatte sich bereits gestern mit der Situation abgefunden, außerdem war ihr eine Sache viel wichtiger.

»Siehst du, so hat doch alles sein Gutes«, meinte sie, der die Versöhnung der beiden Freundinnen viel mehr am Herzen lag. »Wenn Waltraud nicht angerufen hätte, hättest du mit deinem Alexander vielleicht niemals wieder gesprochen.«

»So ein Quatsch! Auf das Gespräch hätte ich gut verzichten können.«

Lena gab trotzdem nicht auf. »Mann, sei doch ein bisschen cooler! Sie hat es doch nur gut gemeint. Ihr könnt euch ja aussprechen. Ihr seid schließlich schon so lange befreundet …«

»Manche Freundschaften sind mit den Jahren überholt. Das muss man akzeptieren«, meinte Maria und verließ demonstrativ den Raum. Lena hörte sie kurz darauf in der Küche geräuschvoll hantieren.

»Das ist typisch. Immer, wenn dir was nicht passt, rennst du weg«, rief sie ihr hinterher.

Maria wunderte sich über Lenas Penetranz. Das passte so gar nicht zu ihr. Frustriert setzte sie Teewasser auf und schaltete die Kaffeemaschine ein, und als Katharina mit Lenny kam, nutzte sie die Gelegenheit, um allen lästigen Fragen zu entgehen.

»Ich hol uns frische Brezen«, teilte sie ihren Freundinnen mit. »Komm!« Der Hund ließ sich nicht lange bitten. Ein Spaziergang kam Maria gerade sehr gelegen. So konnte sie in aller Ruhe erst mal ihre Gedanken wieder ordnen.

Beim Bäcker schlug ihr feindseliges Schweigen entgegen. Die beiden Kundinnen, die vor ihr an der Theke standen, drehten ihr demonstrativ den Rücken zu. Maria kannte sie vom Katholischen Frauenbund. Als sie sich umdrehten, vermieden sie es, sie anzusehen, und erst im Gehen warfen sie ihr einen herablassenden Blick zu. Die Verkäuferin, ein junges Ding, wagte erst, sich an Maria zu wenden, als die Ladentür hinter den beiden Landpomeranzen ins Schloss gefallen war. Fahrig nahm sie die Backwaren aus den geflochtenen Körben und packte sie in die Tüten, sodass Maria schon fast so etwas wie Mitleid mit ihr empfand. Ihr war klar, dass die Frauen im Dorf zum ersten Mal einen Konsens gefunden hatten – ein gemeinsames Feindbild.

Mit einem Bimmeln kündigte sich eine neue Kundin an. Maria straffte sich und hob das Kinn. Allerdings brauchte sie gar keinen Blick zur Seite werfen, um zu wissen, wer neben ihr stand. Die kräftige Stimme, mit der sie einen allgemeinen Gruß durch den Raum schickte, war unverkennbar. Maria schielte zu ihr hinüber. Zum ersten Mal fielen ihr die grauen Strähnen im zusammengebundenen dunklen Haar auf. Waltraud trug das Kleid, das sie letzten Sommer im Versand-Katalog ausgesucht hatten. Nein, verbesserte sich Maria in Gedanken, zwei Jahre war das schon her. Während sie überlegte, ob sie Waltraud grüßen sollte oder nicht, war die Entscheidung längst gefallen. Sie hatte den Moment verpasst; sie hätte sie gleich grüßen sollen. Jetzt war es zu spät.

Maria versuchte, sich auf ihren Einkauf zu konzentrieren, und bestellte zu den Brezen und dem dunklen Bauernbrot noch fünf Krapfen. Die Krapfen gerade deshalb, weil Waltraud sie so gern mochte. Danach zählte sie das Geld passend auf den Tresen, nickte der verstummten, mit der Situation völlig überforderten Verkäuferin freundlich zu und verließ den Laden. Ihre ehemals beste Freundin hatte sie keines Blickes gewürdigt.

Als sie vor der Tür Lenny losband, der draußen angeleint auf sie gewartet hatte, merkte sie, wie ihr Herz heftig schlug. Maria seufzte. Was für eine verzwickte Situation!

Ihren Unmut schüttelte sie bei einem flotten Marsch am Waldrand entlang ab. Während ihre Schritte auf dem weichen Boden federten, atmete sie die kühle, würzig-moosige Luft unter den Tannen- und Fichtennadeln gierig ein.

Als sie nach einer halben Stunde zurückkam, hatte sie ihre Gefühle und Gedanken wieder einigermaßen geordnet. Katharina und Lena telefonierten wohl beide, denn sowohl die Tür zur Bauernstube als auch die zur Küche war geschlossen. Maria entschloss sich zu warten, bis die beiden fertig waren. Meist dauerte das ja nicht lange. Sie würde auf jeden Fall niemanden stören. Nicht so wie Waltraud, die einfach hereingeplatzt war, als sie, Maria, sich gerade auf einen Telefonsexmarathon eingelassen hatte.

Sofort erzürnte sie sich innerlich wieder über Waltrauds Rücksichtslosigkeit. Typisch war das! An den Spaß, den sie letztendlich bei ihrer improvisierten Verbalorgie gehabt hatten, wollte sie schon aus Prinzip nicht denken.

Sie legte die drei Tüten mit Gebäck auf der Konsole im Flur ab und entspannte sich. Ihr Blick schweifte über Tinas Tasche, die, bereits für ein sorgloses Wochenende gepackt, dastand.

Lenny ließ sich nicht weit davon entfernt auf den Boden plumpsen, hob hechelnd den Kopf und ließ sich mit der leichten Brise, die durch das gekippte Flurfenster strömte und durch den Flur zirkulierte, den Duft des frisch gebackenen Brotes um die feuchte Nasenspitze wehen.

Etwas anderes trug die Brise noch mit sich: Als Maria Lenas deftige Anmache vernahm, wollte sie, einem ersten Impuls folgend, das Fenster hastig schließen, doch dann ließ sie es sein. Tina war schließlich noch in der Schule. Sie blieb einen Moment stehen und lauschte. Inzwischen waren sie echte Profis, das konnte man guten Gewissens sagen. Sogar Lena hatte ihre Scheu abgelegt und sich einen umfangreichen Wortschatz angeeignet. Maria musste unweigerlich lächeln, als sie an die ersten Sprechlektionen zurückdachte.

Jetzt konnte es sich nur noch um wenige Minuten handeln, so viel hörte Maria aus Lenas Stimulationen heraus. Sie schloss das Fenster und eilte zur Toilette. Schwungvoll drückte sie die Klinke herunter, doch die verriegelte Tür bremste sie ab.

»'tschuldigung!«, entfuhr es ihr, und sie wollte schon in ihr Bad hinaufeilen, doch irgendetwas hielt sie zurück.

»Katharina?«, fragte sie vorsichtig.

Drinnen blieb es still.

Maria verharrte irritiert. Ihr Blick fiel zur angelehnten Wohnzimmertür. Logisch. Ihr Vater. Der konnte sie ja nicht hören.

Noch immer kam kein Geräusch aus der Toilette. Seltsam.

Sie klopfte erneut. Diesmal kräftiger. Doch es rührte sich nichts. Nur Lenny, der ihre ansteigende Unruhe spürte, war inzwischen zu ihr getrottet. Sie rief, rief lauter, bis sie irgendwann schrie und an der Tür rüttelte und Lenny bellte. Aber es blieb still.

In Panik rannte sie aus dem Haus und an der Hauswand entlang. Zum Glück stand das Toilettenfenster weit offen. Sie versuchte, sich an der Wand hochzuziehen.

Aufgeschreckt von dem Lärm, waren nun auch Lena und Katharina nach draußen geeilt. Mit ihren Händen bildeten sie eine Räuberleiter und hievten Maria in die Höhe, sodass sie irgendwie auf den Fenstersims gelangte. Von dort aus konnte sie ihren Vater sehen: Sein Anblick, wie er so auf der Toilette saß, ganz zurückgelehnt, sodass sein Kopf die Wand berührte, ließ ihren Puls hochschnellen, und diese unbändige Angst ging der Erkenntnis nur kurz voraus, dass nun nichts mehr so sein würde wie bisher. Mit klopfendem Herzen rutschte Maria auf dem Fensterbrett nach vorne, zwängte sich durch die Öffnung und ließ sich neben ihrem Vater vorsichtig nach unten gleiten. Als sie auf dem Boden aufkam, gaben die Knie unter ihr nach. Maria musste sich an der Wand abstützen. Sie sah in sein Gesicht und in seine leblosen Augen, und da wusste sie, dass er sie bereits für immer verlassen hatte. Maria wehrte sich gegen den Schmerz des Abschieds und versuchte, ihn mit kurzem, heftigem Atem wegzupumpen. Instinktiv kopierte sie das, was sie in Filmen schon öfter gesehen hatte: Mit der Hand fuhr sie sanft über seine Augen und schloss so seine Lider. Er sah so anders aus, ohne Leben in sich, dachte sie. Es war befremdend, doch befreiend zugleich. Denn was noch hier, vor ihren Augen, war, kam ihr auf einmal vor wie eine wertlose Hülle. Etwas, dessen sich ihr Vater bereits entledigt hatte.

Maria holte Luft, was nicht einfach war, denn ihr Brustkorb war wie zugeschnürt, und plötzlich hatte sie den Drang, in den Himmel zu blicken. Sie wandte sich ab von dem, was übrig war von ihrem Vater und das so gar nichts mit ihm gemein hatte. Und sie schaute durchs Fenster nach draußen – und da war sie, die Erkenntnis, die sie völlig unerwartet traf, aber die für Maria von dem Moment an gültig war und die sie beflügelte. Sie wusste, dass ihr Vater nicht gestorben war. Er war noch immer da, nur anders als zuvor und für sie nicht mehr sichtbar, aber doch jederzeit fühlbar. Denn der Gedanke an ihn erwärmte ihr Herz. Und da ergriff sie eine große Dankbarkeit – Maria war dankbar, dass sie bis heute mit ihrem Vater hatte leben dürfen. Sie merkte nicht, dass ihr schon eine Weile Tränen über das Gesicht liefen.

Während über Maria die Erleuchtung hereinbrach, verharrten Lena und Katharina beunruhigt vor der Toilettentür. Ihnen war klar, dass etwas Schreckliches passiert sein musste.

Nach einer Weile fasste Lena sich ein Herz und fragte zaghaft: »Maria?« Sie wartete. »Können wir dir helfen?«

Keine Antwort. Während sie an ihrem Daumennagel kaute, tauschte Lena einen besorgten Blick mit Katharina, und dann, endlich, vernahmen sie Marias Stimme. Allerdings hörten sie etwas ganz anderes als das, was sie erwartet hatten. Was sie anfangs noch als Schluchzen deuteten, entpuppte sich kurz darauf als Lachen. Maria lachte, sie lachte laut, und sie hörte gar nicht mehr auf zu lachen. Alarmiert schauten Lena und Katharina sich an.

Da fuhr ein Wagen vor, und von draußen ertönte ein penetrantes Gehupe. Sie hörten, wie der Motor ausgestellt wurde und kurz darauf eine Wagentür ins Schloss fiel.

Auf einmal flog die Toilettentür auf. Maria trat eilig heraus. »Das ist Manfred. Er darf hier auf keinen Fall rein. Er holt nur Tinas Tasche«, sagte sie und stürmte an ihnen vorbei. »Bin sofort wieder da!«

Der Weg in den kleinen Raum war frei. Schließlich überwiegte die Neugier. Bang traten die beiden Frauen näher. Katharina öffnete sanft die Tür.

Das Erste, was Lena und Katharina bemerkten, war das Lächeln auf den erkalteten Lippen des Greises, der zurückgelehnt, den Kopf friedlich an die Wand gelehnt, auf dem Toilettendeckel hockte. Dass die Kloschüssel geschlossen war, führten sie auf einen Schwächeanfall zurück. Doch eines konnten sie sich nicht erklären. Irritiert schauten sie auf ihn hinab.

Als Maria zurückkam, klärte diese sie auf, und sie schämten sich nicht wenig, als ihnen klar wurde, warum es sich der alte Herr mit zwei Kissen auf dem stillen Örtchen so bequem eingerichtet hatte.

Maria informierte Tina über Handy. Die kam sofort von der Schule nach Hause, Manfred hatte sich bereit erklärt, sie abzuholen. Bevor ihre Tochter den Großvater zu Gesicht bekam, hatte Maria schnell noch die beiden kompromittierenden Relikte seiner heimlichen Gelüste entfernt und sie wieder zu den anderen Kissen auf die Wohnzimmercouch gelegt.

Tränenreich war der Abschied vom Großvater, denn der Fünfzehnjährigen wurden zum ersten Mal die Endlichkeit des Lebens und die Unwiederbringlichkeit bewusst, und das schlechte Gewissen quälte sie.

»Ich hätte mich viel mehr um ihn kümmern sollen«, klagte sie.

»Das war nicht deine Aufgabe. Dein Großvater hat dich geliebt. Er hat sich schon über deine bloße Anwesenheit gefreut. Er war zufrieden, dass er mitten unter uns war und an unserem Leben noch teilnehmen konnte.« Zwar ein wenig zu viel, dachte Maria, doch diesen Gedanken behielt sie für sich. »Wir müssen dankbar sein, dass er so schnell und schmerzlos gehen durfte«, tröstete sie ihre Tochter und bestand darauf, dass sie das Wochenende, wie geplant, bei ihrem Vater in Regensburg verbringen sollte, um auf andere Gedanken zu kommen. Wem nützte es, wenn Tina hier Trübsal blies?

Manfred kam noch einmal zurück, um Tina abzuholen. Er hatte es anscheinend ziemlich eilig, denn er stieg nicht einmal aus, sondern wartete im Wagen auf sie.

»Er kann doch wenigstens kurz reinkommen«, meinte Tina.

»Lass mal. Ich bin ganz froh, wenn ich jetzt nicht mit ihm sprechen muss«, winkte Maria ab.

»Kann ich dir wirklich nicht helfen?«

»Doch, kannst du. Geh mit deinem Vater ins Kino, lass dich verwöhnen. Er freut sich. Und wenn es dir gut geht, geht es mir auch besser. So hilfst du mir am meisten.«

»Ach, Mama …«

»Jetzt geh schon und fahrt los, bevor ihn noch jemand über unsere Geschäfte aufklärt. Ich glaube kaum, dass er das lustig findet.«

»Das glaub ich auch nicht.«

Maria drückte ihr einen Kuss auf die Wange und machte es ihr mit einem Augenzwinkern leichter zu gehen. Sie hoffte sehr, dass es ihr gelungen war, Tina das schlechte Gewissen auszureden – ganz wurde sie aus ihrem Mädchen nicht schlau.

Nachdem Tina mit ihrem Vater gefahren war, blieben Katharina und Lena zur Unterstützung noch bei ihr.

»Gut, dass wir so viele Leitungen haben«, meinte Lena, als sie alle gleichzeitig herumtelefonierten, um den Arzt, das Beerdigungsunternehmen und Pfarrer Gandl zu informieren.

Kurz darauf führte der Hausarzt den Tod des Seniors auf ein ganz normales Herzversagen zurück.

Leicht sei er aus dem Diesseits gegangen, stellte Pfarrer Gandl fest und begründete dies anhand des seligen Lächelns auf dem Gesicht des Toten. Eine Gnade sei es, so gehen zu dürfen.

Maria, Katharina und Lena nickten dazu nur und behielten den wahren Grund für seine Glückseligkeit für sich. Dass dies die richtige Entscheidung war, zeigte sich, als Pfarrer Gandl schon an der Tür war. Dort drehte er sich noch ein Mal um und meinte:

»Vielleicht ist er auch deshalb so schnell gegangen, um diesem Sündenpfuhl zu entgehen.«

»Ein bisschen Sünde hat noch niemandem geschadet«, entfuhr es Maria.

In dieser Nacht war sie – vielleicht zum ersten Mal in ihrem Leben – ganz allein in dem alten Haus. Sie wollte es so. Jetzt lag sie in ihrem Bett, und trotz der schweren Daunendecke fröstelte sie. Angst hatte die Wärme in ihrem Herzen verdrängt. Sie fühlte die Leere, die der Senior mit seinem Tod in ihrem Leben hinterlassen hatte. Fragmente aus der gemeinsamen Vergangenheit zogen schmerzhaft an ihrem geistigen Auge vorbei. Obwohl sie es war, die ihn in den letzten Jahren versorgt hatte, war sie doch bis heute noch Kind gewesen. Dieser Luxus war nun ein für alle Mal vorbei. Ab jetzt war *sie* die Älteste. Es war ein verdammt komisches Gefühl, niemanden mehr im Geäst des Familienbaumes über sich zu haben. Solange ihr Vater gelebt hatte, hatte Maria das trügerische Gefühl gehabt, sich jederzeit fallen lassen zu können. Nun war das dicke Seil, das sie ihr Leben lang gehalten hatte, gekappt worden. Von nun an würde sie anders durchs Leben gehen. Sie wusste nur noch nicht genau, wie.

Und dann dachte sie an Waltraud. Wie vermisste sie in diesem Moment ihre gute alte Freundin! *Sie* hätte die richtigen Worte gewusst, um sie zu trösten. Waltraud hatte immer die richtigen Worte für sie gewusst. Doch so sehr sie ihr auch fehlte – der Stolz erlaubte es Maria nicht, sich mitzuteilen. Stolz und Versöhnung passten nicht unter eine Decke.

Das Telefon klingelte und unterbrach ihre Gedanken. Die private Nummer. Tina! Marias Lächeln erstarb, als sie Manfred vernahm, der ihr deutlich machte, dass Tina wieder bei ihm einziehen würde. Natürlich hatte er von dem Geschäft schon vorher erfahren. Deshalb hatte er es auch so eilig gehabt wegzukommen.

»Ich will mit Tina sprechen«, meinte Maria. »Sie ist alt genug, selbst zu entscheiden, bei wem sie leben will.«

»Sie schläft schon.«

Marias Herz schlug Sturm.

»Eine Mutter, die sich prostituiert, ist keine gute Mutter für meine Tochter«, hörte sie ihn noch sagen, und dann legte er auf.

Maria war wie gelähmt. Dies war mehr, als sie ertragen konnte. Sie blinzelte gegen die aufsteigenden Tränen an, und dann brach es aus ihr heraus. Schluchzend weinte sie in ihr Kissen. Sie weinte wegen ihres Mädchens, wegen ihres Vaters, wegen Waltraud, wegen allem – bis ihr Kopf dröhnte und ihre Augen brannten. Sie wusste nicht, wie lange sie geweint und wie viele Tränen sie vergossen hatte, als das Telefon erneut klingelte. Tina!, war ihr einziger Gedanke, und sie griff so schnell zum Hörer, dass sie gar nicht registrierte, dass Xavier Naidoos Gesang zur Sexhotline gehörte.

»Wie geht es dir?«, fragte sie hastig.

»Danke, Maja«, antwortete eine Männerstimme, die sie nicht gleich erkannte. Die Enttäuschung schnürte ihr den Hals zu. Sie konnte nicht sprechen. Sie *wollte* nicht sprechen. Jetzt nicht.

»Ich bin froh, dass ich dich erreiche«, sagte der Kunde. »Ich sitze noch im Büro und musste an unser letztes Gespräch denken. Es hat mir sehr geholfen.«

Jetzt fiel es ihr ein. Der Erfolgsmensch mit seinem verkorksten Privatleben! Aber was sollte sie sagen? Sie hatte keine Kraft mehr, nicht für sich und erst recht nicht für andere. »Ich kann jetzt nicht.«

»Ich halte dich auch nicht lange auf. Ich wollte dir nur …«

»Ach, nimm dir doch 'nen Strick!«, blaffte sie in den Hörer und drückte das Gespräch weg.

Sogleich tat der Ausbruch ihr leid, und das schlechte Gewissen holte sie ein. Sie drückte wieder auf Empfang, doch er hatte schon aufgelegt. Der Ton des Freizeichens klang kalt an ihr Ohr. Verdammt! Wie hatte sie nur so etwas sagen können? Wer weiß, was er jetzt von ihr dachte! Maria überlegte. Sie hatte keine Nummer von ihm, keinen Namen. Nichts – gar nichts. Und wenn er sich nun etwas antat? Oh Gott, was sollte sie nur tun?

Und dann sang Xavier Naidoo erneut, und Marias Herz machte einen Sprung. Bitte, lieber Gott, bitte lass es ihn noch mal sein!

»Ich habe keinen Strick gefunden«, meinte er mit leiser Ironie.

Maria war so erleichtert, dass sie sich gleich mehrmals entschuldigte. »Es tut mir leid. Ich habe das nicht so gemeint. Ich weiß nicht, was in mich gefahren ist. Tut mir wirklich leid.«

»Vielleicht«, sagte er. »vielleicht kann ich dir helfen.«

»Wie meinst du das?«, fragte sie erstaunt.

»Nun ja, du bist offensichtlich nicht so gut drauf.«

Das wäre ja noch schöner, dass sie sich von einem Kunden trösten ließ!, dachte Maria. »Danke. Aber das ist nicht nötig. Wirklich nicht«, entgegnete sie.

»Eine Hand wäscht die andere.«

Maria riss sich zusammen. »Es geht schon. Sag, was kann ich für dich tun?«

»Ich glaube, das ist typisch für dich. Im Geben bist du ganz groß. Aber nehmen, das kannst du nicht. Hab ich recht?«

Er traf ihre Seele. Maria schluckte. Es war das erste Mal, dass jemand so zu ihr sprach. Das erste Mal seit langem, dass ihr jemand etwas Gutes tun wollte – noch dazu ein Fremder. Tränen schossen ihr in die Augen. Sie holte Luft.

»Vielleicht lässt du es einfach zu, dass du nicht immer stark sein musst.«

Woher wusste er das? Woher kannte er ihre Gefühle?

»Ich kann nicht mehr«, bekannte sie leise und mit stockender Stimme und schämte sich ihrer Schwäche.

»Musst du auch nicht«, antwortete er. »Schau, was ist denn schon dabei? Du kennst mich nicht, ich kenne dich nicht. Du brauchst keine Scheu zu haben.«

Er hatte recht, dachte Maria. Es war absurd: Über Sex konnte sie reden, über sich selbst und ihren Kummer nicht. Sie fing langsam an, sprach vom Ärger im Dorf, von der Aufregung wegen des Seminarhauses für Priester. Sie ahnte sein Schmunzeln, als sie erzählte, dass der Umbau der Glashütte wegen ihrer Sex-Hotline gefährdet sei. Die Kirche habe dafür natürlich kein Verständnis.

»Ausgerechnet die Kirche. Die hat mir noch nie geholfen«, warf er kurz ein und ließ sie dann weiterreden. Sie spürte sein ehrliches Interesse, seine Ruhe tat ihr gut; und schließlich, als würden Schleusen geöffnet, sprudelte es aus ihr heraus: der Streit mit Waltraud, der Ärger mit Manfred wegen der Sex-Hotline, der Tod ihres Vaters. Am Ende weinte sie über etwas, das sie noch nie zugegeben hatte, nicht einmal vor sich selbst: Sie weinte über ihre Angst vor der Einsamkeit.

Sechzehn

»Es hat meinen Vater in den letzten Minuten seines Lebens glücklich gemacht. Und das nehme ich als Fingerzeig, dass es richtig ist weiterzumachen«, sagte Maria zu Lena, die am nächsten Tag mit der bangen Frage, wie es nun weitergehen sollte, bei ihr geläutet hatte. »Auf jeden Fall so lange, bis wir das Geld, das wir brauchen, zusammenhaben.«

Es war Samstagvormittag. Lena war noch nicht ganz zur Haustür hereingekommen, als Maria sich bereits daranmachte, die Telefonanlage im Flur wieder auf Empfang zu schalten. Sie war voller Tatendrang. Das nächtliche Gespräch hatte ihr so gut getan. Stefan hieß der Unbekannte. So viel hatte sie über ihn noch erfahren können. Aber das behielt sie für sich.

»Bist du sicher, dass du heute schon arbeiten willst?«, fragte Lena vorsichtig.

»Klar. Ich kann nicht nur herumsitzen. Die Ablenkung tut mir gut.«

Lena verschob das, was sie gern mit Maria besprochen hätte, auf später und pflichtete ihr bei. »Wir werden das schaffen. Und zwar ganz allein. Unabhängig von einem Mann und von allem«, meinte sie. »Es dauert dann eben ein bisschen länger, aber dafür …«

Sie unterbrach sich, denn Maria starrte plötzlich befremdet an ihr vorbei zu Katharina, die in der offenen Tür stand. Im Gegensatz zu Maria wunderte Lena sich jedoch gar nicht, dass Katharina eine riesige Sonnenbrille mit breitem Rand trug, obwohl dicke Wolken am Himmel hingen. Es war ein scharfes Modell von Gucci. Maria hatte von so was eben keine Ahnung, dachte Lena.

Doch es waren nicht nur die dunklen Gläser, die Maria gleich im ersten Moment aufgeschreckt hatten. Es waren vielmehr die scheue

Haltung, der verkrampfte Zug um den Mund, und Lenny, der, anders als sonst, nicht gleich in Richtung Herd oder Kühlschrank sprintete, sondern sich an Katharinas schlankes Bein gedrückt hielt und auch nicht von ihrer Seite wich, als Maria nun zu ihr eilte und sie in die Küche führte. Dort platzierte sie Katharina umgehend auf den erstbesten Stuhl. Noch immer nahm Katharina die Brille nicht ab.

Maria tat es. Behutsam packte sie das edle Gestell und legte es zur Seite. Lena unterdrückte einen kleinen Schrei. Sie hatte bis dahin wieder mal nur Bahnhof verstanden.

»Oh, verdammt, da hat es jemand aber gar nicht gut mit dir gemeint«, murmelte Maria, während sie die kleine Platzwunde über der Augenbraue und die Rötungen an Schläfe und Auge betrachtete. In Katharinas Augen schimmerten Tränen. Sie hielt die Lippen zusammengepresst.

»Das kriegen wir schon hin. Da bleibt auch keine Narbe zurück. Was glaubst du, wie Tina oft ausgeschaut hat!«, versuchte Maria, sie aufzumuntern, obwohl sie innerlich bebte. Wie jede Mutter hatte auch sie schon hundert Mal irgendwelche Verletzungen gereinigt, desinfiziert, gesalbt, verpflastert und verbunden, das war völlig normal, doch diesmal war es etwas anderes. Diesmal waren es die Zeichen der Gewalt – und die schockierten.

Während Lena mit mechanischen Bewegungen ständig über Katharinas Rücken strich, zu betroffen, um etwas zu sagen, versuchte Maria, Ruhe zu bewahren. Sie kramte in einer der Küchenschubladen nach dem Verbandszeug, und regte sich lauthals darüber auf, dass es sich, wie immer, wenn sie es brauchte, in der hintersten Ecke befand.

Katharina zwang sich zu einem Lächeln. Maria konnte nun mit ihrem Erste-Hilfe-Einsatz beginnen, dabei kommentierte sie jede ihrer Handlungen. Das Reden beruhigte sie. Fein säuberlich tupfte sie die Wunde ab und besprühte sie dann mit einem Desinfektionsmittel. Nur ein kurzes Zucken ließ vermuten, wie sehr es auf der verletzten Haut brannte, ansonsten bewahrte Katharina ihre berühmte Contenance und litt nur still vor sich hin.

»So, das muss reichen. Wie ist es denn passiert – am helllichten Tag?«, erkundigte sich Maria. Nachdem sie die Freundin verarztet hatte, wich die Betroffenheit langsam der Empörung. »Wer war denn das Arschloch?«

Noch immer kam kein Wort über Katharinas Lippen.

»War Lenny nicht dabei?«, fragte Maria nach. »Wieso hat er dich nicht verteidigt? Hat er denn gar nicht reagiert?«

Katharina fuhr mit der Hand über seinen Kopf. »Er hat ihn gebissen.«

»Gut gemacht«, lobte Maria erst den Hund, und dann geriet sie in Fahrt. Ihr Gerechtigkeitssinn brach sich Bahn. »Du musst den Kerl anzeigen. So schnell wie möglich. Wir fahren nachher gleich zur Polizei. Und am besten zu einem Arzt.« Auf Katharinas erschrockenen Blick hin erklärte sie: »Ein Arzt sollte deine Verletzungen aufnehmen; dann hast du einen Beweis. Oder gib mir mal dein Handy.«

Die Aufforderung galt Lena, die immer noch zu bestürzt war, um etwas zu sagen, und nun in ihrer großen Handtasche zu wühlen begann.

»Von mir aus können wir gleich losfahren. Was ist mir dir, Lena? Bleibst du hier und hältst die Stellung?«, fragte Maria.

»Kein Problem«, antwortete Lena und reichte ihr das Handy. Dankbar über die unerwartet unkomplizierte Kooperationsbereitschaft der Jüngeren, nickte Maria ihr zu. Mit gezücktem Handy trat sie dann auf Katharina zu. Die hockte auf dem Stuhl, starrte mit dumpfem Blick vor sich hin und sah erst auf, als Maria sich vor ihr in Position stellte und mit dem Handy ihrem Gesicht so nahe rückte, als wollte sie sie damit rasieren.

»Was soll denn das?«, wollte Katharina ablehnend wissen.

»Wir brauchen Beweise.«

Katharina drehte ihren Kopf weg – zögerte. »Es war Peter«, sagte sie schlicht. »Ich werde ihn verlassen.« Und es war gerade die Einfachheit dieser Aussage, die Maria und Lena fast umhaute. Maria ließ das Handy sinken. Alle drei schwiegen betroffen.

Maria sprach als Erste wieder. »Und jetzt?«

»Weiß nicht«, murmelte Katharina.

Wieder schwiegen sie – und überlegten.

»Du darfst auf keinen Fall bei ihm bleiben. Du kannst hier wohnen, wenn du willst«, schlug Maria vor.

Katharina sagte darauf nichts. Maria sah ihr an, dass es in ihr brodelte. Sie ließ ihr die Zeit, die sie brauchte, und setzte derweil die Kaffeemaschine in Betrieb. Lena war dankbar, etwas tun zu können. Sie stellte derweil die Unterteller und die Tassen auf den Tisch, legte die kleinen Löffel dazu, holte die Kaffeesahne aus dem Kühlschrank und den Zucker aus der Vitrine.

»Danke«, sagte Katharina plötzlich.

Lena und Maria starrten Katharina an.

»Danke wofür?«, meinte Lena.

»Für dein Angebot, Maria. Peter ist schon wieder unterwegs. Er hat heute Mittag noch einen Termin mit einem Kunden in Passau. Vielleicht können wir ein paar Sachen holen. Nur das Notwendigste.«

Zuerst waren sie zu überrascht, um etwas zu erwidern. Vor allem Katharinas stoische Gelassenheit erstaunte sie, dann signalisierten sie mit einem breiten Grinsen nicht nur ihr Einverständnis, sondern die geballte Solidarität.

Nachdem Katharinas Entscheidung feststand, ging alles ganz schnell. Die Frauen hatten vor, ihr Vorhaben sofort in die Tat umzusetzen. Niemals im Leben würde Peter damit rechnen, dass Katharina aus ihrem geliebten Haus auszog. Sie hatten nur ein paar Stunden Zeit, ihre Sachen zu Maria zu transportieren.

»Ich fahre bei Waltraud vorbei. Sie kann uns helfen«, erklärte Lena und fing an, ihren kleinen Polo leer zu räumen, um Platz für Katharinas Notwendigkeiten zu schaffen.

Maria erstarrte vor der Wagentür ihres alten AUDI. »Dann bleib ich aber hier.«

»Komm, jetzt ist es doch gut«, meinte Katharina.

Während Lena zwei leere Steigen, eine Decke und ein paar

Plastiktüten aus ihrem Kofferraum räumte und unter das Vordach schleppte, zitierte sie aus der Bibel: »›Richtet nicht, dann werdet auch ihr nicht gerichtet werden. Verurteilt nicht, dann werdet auch ihr nicht verurteilt werden.‹ Aus der *Feldrede* aus dem Lukas-Evangelium.« Maria und Katharina warfen sich einen besorgten Blick zu. »›Erlasst einander die Schuld, dann wird auch euch die Schuld erlassen werden.‹«

Maria fasste sich an die Stirn.

Nachdem sie ihren Plunder entladen hatte, blieb Lena neben ihrem Polo stehen und drehte sich zu Maria um. »Verträgst du dich wieder mit ihr?« Die Frage kam einer Aufforderung gleich.

»Ja. Aber bitte nicht heute«, wiegelte Maria kurz ab und ließ sich auf den durchgesessenen Fahrersitz des AUDI sinken. Sie hatte erstens keine Lust auf weitere Diskussionen, und zweitens erwartete sie von Waltraud mindestens eine Entschuldigung. »Die kann sich schließlich auch melden«, mäkelte sie und schlug die Wagentür zu.

»Eine sturer als die andere«, brummte Lena nur kopfschüttelnd, trat gegen die schief hängende Fahrertür, sodass sie aufsprang, und stieg ein.

Katharina, die mit Lenny bereits in Marias Wagen saß, hielt sich aus der Sache raus. Sie hatte jetzt wahrlich andere Sorgen.

Der kleine Konvoi setzte sich in Bewegung.

Gegen zwei waren sie wieder zurück, gegen drei hatten sie Katharinas Sachen in eine Kammer in den ersten Stock neben dem Zimmer des Großvaters geschafft, und gegen vier läutete es Sturm. Peter stand vor der Tür.

Natürlich war der Auszug nicht unbemerkt vonstattengegangen, und als Peter nach Hause gekommen war, hatte der Nachbar nichts Besseres zu tun gehabt, als ihn umgehend darüber zu informieren, dass seine Frau mit ihren dubiosen Kolleginnen und ziemlich viel Gepäck weggefahren sei.

Eigentlich hatten sie gar nicht vorgehabt zu öffnen. Aber nachdem das laute Bellen des Hundes ihre Anwesenheit verraten hatte, erschien es Maria töricht, sich in den eigenen Wänden zu verbarrikadieren. Also öffnete sie die Tür. Mit wenigen Worten machte sie Peter klar, dass Katharina jetzt erst mal hier wohnen würde.

Peter rastete daraufhin völlig aus und fing an, Maria zu beschimpfen: »Du allein bist schuld! Von sich aus wäre Katharina niemals auf so eine Idee gekommen!«, schrie er. »Kein Wunder, dass Manfred dir davongelaufen ist!« Je länger er redete, desto lauter wurde er. »Du bist ja nur frustriert, weil du keinen Kerl im Bett hast, doch wenn du es so nötig hast, fröne doch deinem Telefonsex allein! Aber andere – anständige – Frauen mit hineinzuziehen ist echt das Allerletzte.« Dann schaute er zum ersten Mal zu Lena, die schon die ganze Zeit neben Maria stand. »Und du, du bist auch nicht besser! Die Bayerwald-Matratze.«

Maria reichte es nun. »Du kannst froh sein, wenn Katharina dich nicht wegen Körperverletzung anzeigt«, fuhr sie ihn an und log: »Beim Arzt waren wir schon.«

Das wirkte. Für einen Moment musterte er die beiden schweigend. Dann drehte er sich auf dem Absatz um und ging wutentbrannt zu seinem Wagen. Maria schloss die Tür.

Sie hörten, wie er die Fahrertür zuschlug und den Motor aufheulen ließ. Die Reifen quietschen auf dem Asphalt, dann war es wieder still.

Peters Worte blieben nicht ohne Wirkung. Maria fühlte sich plötzlich an der ganzen Misere schuldig. Sie ging nach oben, um Katharina zu beruhigen. Als sie die Tür zu der kleinen Kammer öffnete, zwängte sich Lenny heraus und protestierte auf seine Art, indem er laut bellend die Treppe hinunterrannte. Katharina, die gerade einen ihrer Koffer unter dem Bett verstaute, blickte auf.

»Es tut mir leid«, sagte Maria, »Wenn ich euch nicht dazu überredet hätte, wäre jetzt noch alles in Ordnung.«

Katharina hockte sich auf das Bett und fuhr sich durch die Haare. Sie war ernst, aber sie war bei Weitem nicht so aufgewühlt, wie Maria vermutet hatte. »Nichts wäre in Ordnung. Wäre nämlich alles in Ordnung gewesen«, meinte sie, »wäre das heute nicht passiert. Ich bin froh, dass es so gekommen ist.«

Ungläubig starrte Maria sie an. Ihr tat es weh, sie so dasitzen zu sehen, auf dem schmalen Bett in dieser kleinen, ganz gewöhnlichen Kammer, die sogar für Marias grobes Empfinden ziemlich geschmacklos war, weil sie mit all den Möbeln ausgestattet war, die keiner mehr haben wollte. Sie konnte nicht begreifen, dass Katharina nicht litt. »Aber du hast alles aufgegeben. Das Haus. Deine Sicherheit.«

Katharina lächelte leise. »Das hört sich vielleicht seltsam an. Aber glaub mir, ich fühle mich sicherer als je zuvor.«

Irritiert verließ Maria Katharinas Zimmer. Sie kannte dieses trügerische Gefühl der Stärke: Es war die erste Euphorie nach einem überstandenen Kampf. Die Wunden fingen erst später an zu schmerzen. Sie ging die Treppen wieder nach unten, wo Lena sie in der Küche erwartete. Und auf einmal merkte Maria, wie hungrig sie war. Sie hatten die ganze Zeit überhaupt nichts gegessen. Als sie das Wasser für die Kartoffeln aufsetzte, dachte sie an ihren Vater und spürte seine unsichtbare Anwesenheit. Er hatte Kartoffeln so geliebt. »Bestimmt geht es ihm gut, dort, wo er jetzt ist«, sagte sie zu Lena, die an der Arbeitsplatte stand und diesmal sofort verstand. Sie nickte nur. Maria lächelte: »Ein schöner Abgang. Den hat er verdammt gut hingekriegt.«

Schweigend hackte Lena die Petersilie immer kleiner und kleiner. Sie hatte schon seit geraumer Zeit etwas auf dem Herzen. Schließlich setzte sie das Wiegemesser ab. »Eines werden wir nie wissen«, meinte sie, »Und das ist echt blöd.« Sie zögerte, war sichtlich beunruhigt – und dann rückte sie mit der Sprache raus. »Wem hat er eigentlich zugehört, als er … du weißt schon?«, fragte sie und schluckte. »Mir oder Katharina?«

Maria versuchte, ernst zu bleiben. Sie überlegte und antwortete dann: »Als ich nach Hause gekommen bin, konnte ich euch beide hören.«

Lena sank in sich zusammen.

»Katharina allerdings deutlicher als dich«, fügte Maria schnell hinzu.

»Echt?«

Gott wird mir die kleine Lüge bestimmt verzeihen, dachte sie, als sie den Hoffnungsschimmer in Lenas Augen sah. »Ja«, sagte sie. »Sie hatte das Fenster ganz weit offen stehen, und sie war viel lauter.«

Lena war nun ein bisschen beruhigt. »Das behalten wir aber für uns«, meinte sie mit Rücksicht auf Katharina, und Maria stimmte ihr schnell bei.

Ein wenig später ging Maria nach oben, um Katharina zum Essen zu rufen. Sie sorgte sich um den Seelenzustand der Freundin. Als sie das kleine Zimmer betrat, staunte sie erneut. Die alten abgewetzten Möbelstücke kamen ihr gar nicht mehr so schäbig vor! Katharina hatte ihnen mit wenigen Handgriffen zu neuem Glanz verholfen. Dabei hatte sie nur zwei Bilder aufgehängt und ein paar Kerzen aufgestellt – doch der kleine, bislang vernachlässigte Raum hatte auf einmal etwas anheimelnd Kuscheliges. Dieser Eindruck wurde vom warmen Licht der brennenden Kerzen noch verstärkt. Wieder einmal bewunderte Maria die Freundin für ihren sicheren Geschmack und für die Leichtigkeit, mit der sie selbst aus Krempel etwas Schönes zaubern konnte.

»Wie hübsch es jetzt hier aussieht! Weißt du, was? Ich finde, ein Talent, das so offensichtlich ist wie deines, sollte auch genutzt werden«, erklärte Maria.

Der ereignisreiche Tag endete mit Pellkartoffeln und Kräuterquark, und erst dann, während eines recht schweigsamen Abendessens, fiel Maria ein, dass sie von Tina, von Manfred und auch von Waltraud noch nichts gehört hatte. Doch heute wollte sie nicht mehr darüber nachdenken. Heute wollte sie nur noch schlafen, denn sie war wie ihre beiden Freundinnen rechtschaffen müde.

Pfarrer Gandl verlas bereits die Erste Lesung, als Maria und Katharina die Kirche an diesem Sonntagmorgen betraten. Die fünf Minuten Verspätung hatten sie wohlweislich einkalkuliert, um erneuten Beschimpfungen zu entgehen. So mussten sie nur einigen giftigen Blicken standhalten, der Rest der Kirchengemeinde schnitt sie. Natürlich hatte es sich im Dorf längst herumgesprochen, dass Marias Vater gestorben war, und wenn die Buschtrommeln so gut funktionierten wie bisher, konnten die Freundinnen davon ausgehen, dass Katharinas Auszug auch kein Geheimnis mehr war. Vorwürfe und Bezichtigungen waren ihnen gewiss. Schuld forderte Sühne, das war nun einmal so, und da nutzte es auch nichts, dass Pfarrer Gandl von der »Vergebung der Sünden« sprach – seine Blicke ließen ohnehin eher an eine »Vergeltung der Sünden« denken.

Katharina und Maria standen hinter der letzten Bankreihe. Nachdem alle Köpfe wieder zum Altar gerichtet waren, ließen sie ihre Blicke suchend über die Gemeinde schweifen. Die kleine Dorfkirche war gesteckt voll – links saßen überwiegend Frauen und Mädchen, rechts fast nur Männer und Jungen. Katharina entdeckte Lena, die nicht weit von ihnen entfernt die zwei äußeren Plätze neben sich freigehalten hatte. Sie hatten am Morgen schon früh telefoniert und verabredet, sich heute mal einen Aus-Tag zu gönnen. Katharina und Maria hatten vor, sich außerhalb des Dorfes einen schönen Tag zu machen; Lena freute sich darauf, in den eigenen vier Wänden ein bisschen herumzugammeln.

Marias Augen hafteten auf dem dunklen Schopf ganz vorne, in einer der ersten Reihen. Es war wieder einmal typisch Waltraud, dass sie allen Anfeindungen und allem bösen Gerede trotzte, indem sie sich mitten in die Meute setzte, dachte Maria, und sie ertappte sich dabei, dass sie es bedauerte, nicht vorne an ihrer Seite zu sein. Und dann sah sie Heinz, der demonstrativ neben seiner Frau saß. Waltraud hatte es gut!

Da unterbrach Katharina ihre Gedanken und machte sie auf die Plätze neben Lena aufmerksam. Erleichtert heftete sich Maria an die Fersen ihrer Freundin.

Auf dem Weg durch den Mittelgang vermieden sie es, jemanden anzusehen. Hastig rutschten sie auf die Bank neben Lena, die ihnen mit hochroten Wangen wortlos zunickte. Ein Geraune zog sich durch die Reihen, und wieder drehten sich Köpfe zu ihnen. Das Geraschel und Geflüster veranlasste Pfarrer Gandl, seine Stimme zu erheben und so die gute Ordnung wiederherzustellen, während Maria und Katharina sich zu beruhigen versuchten, indem sie unbewegt zum Altar schauten. Erst nach ein paar Minuten wich die Anspannung, und da bemerkten sie, dass sich in ihrer Damenriege auch ein Mann befand: Neben Lena hockte Willi.

Maria sah ihr an, dass sie mit den Gedanken nicht beim Evangelium war, das soeben verlesen wurde. Und dieser Eindruck verstärkte sich noch bei der anschließenden Predigt. Normalerweise hätte Lena längst mit Entsetzen reagiert, denn Pfarrer Gandl hatte einige »Schafe« aus der Herde angeprangert, »die sich verirrt hatten und aus dem Sündenpfuhl, in den sie geraten waren, wieder auf den rechten Weg zurückgeholt werden mussten«. Doch Lena saß mit unbeteiligter Miene da und wandte den Kopf erst zur Seite, als Willi sich zu ihr neigte und ihr ins Ohr flüsterte:

»Ich finde es überhaupt nicht schlimm.« Auf Lenas verständnislosen Blick hin erklärte er leise: »Ich meine die Sache mit dem Telefonsex. Ich finde das okay. Manchmal zwingt einen das Leben dazu, Dinge zu tun, die man unter normalen Umständen nicht getan hätte.«

Lena schluckte und schwieg. Es war ihr peinlich, dass ausgerechnet er jetzt davon anfing.

Der Pfarrer predigte indes weiter. Sie hörte etwas von Verwerflichkeit, und Willi, der spürte, wie sie unmerklich zusammenzuckte, widersprach leise.

»Daran ist überhaupt nichts verwerflich. Du hast niemanden verletzt. Im Gegenteil.«

Er musste sie nicht trösten! Sie wollte kein Mitleid, denn es war zu nichts nutze. Mitleid machte einen nur noch kleiner, als man sich sowieso schon fühlte. Lena wollte auch nicht, dass Willi jetzt weitersprach. Sie legte gerade den Zeigefinger an die Lippen, als er sagte:

»Ich habe schon mal in einem Porno mitgespielt.«

Es dauerte einen Moment, bis Lena diese Eröffnung in ihrer ganzen Tragweite begriff. Erst glaubte sie ihm nicht und schüttelte den Kopf.

»Mit achtzehn. Und ich habe mich bis heute dafür geschämt. Am meisten vor mir selbst.«

»Du hat wirklich in einem …?«

Sie war so verblüfft, dass ihr Mund offen stehen blieb, und er nannte ihr zum Beweis den Titel des Werkes:

»*Oral Total.*«

»*Oral* …«, entfuhr es Lena laut, und sie brach im selben Moment erschrocken ab. Einige Köpfe drehten sich wieder zu ihnen. Lena versuchte, so andächtig wie möglich zum Altar zu schauen. Sie schwieg, bis sie nach der Kommunion dicht nebeneinander knieten, so dicht, dass ihr Oberschenkel seinen berührte. »Den kenn ich. Ich hab dich aber nicht gesehen«, raunte sie ihm ins Ohr. »Ich war allerdings auch nicht ganz bei der Sache.«

»Gott sei Dank. Das hätte ich nicht überlebt.«

»Wie gut, dass wir aus unseren Fehlern lernen!«, flüsterte Lena und legte ihre Hand sanft auf seine. Dann grinste sie ihn an: »Die DVD habe ich schon verkauft. Jetzt muss ich sie mir noch mal besorgen.«

»Untersteh dich!«

Wie Sonnenstrahlen zierten unzählige Lachfalten Willis Augen, und ungeachtet der missbilligenden Blicke, die ihnen galten, strahlte Lena zurück.

Maria und Katharina schlichen sich noch vor dem Schlusssegen aus der Kirche. Waltraud, die seit Marias Eintreffen ihren Focus völlig nach hinten gerichtet hatte, bekam das mit. Sie wäre ihrer Freundin am liebsten hinterhergelaufen, doch sie war zwischen ihren Banknachbarn gefangen. Sich jetzt an den vielen bestrumpften Knien vorbeizuzwängen war ein Ding der Unmöglichkeit. Also blieb sie sitzen und teilte Lena mit einer stummen Geste ihre Hilflosigkeit mit. In der Hoffnung, dass Maria sich kurz zu ihr umdrehte, schaute sie ihr nach. Ihre Augen trafen sich nur für einen kurzen Moment, und doch reichte er aus, dass eine kleine Annäherung zwischen den Freundinnen von einst stattfand.

Nach dem Segen des Pfarrers verließen Lena und Willi sofort gemeinsam das Gotteshaus und warteten draußen bei den drei Kastanienbäumen auf Waltraud. Der ganzen Gemeinde fiel das neue Paar auf, doch die beiden Verliebten waren sich dessen nicht bewusst. Niemand sprach sie an, niemand machte eine unflätige Bemerkung. Es war schließlich Sonntag. Und nach der Messe grüßte man sich höflich. Es wurde genickt und gelächelt.

Waltraud kam rasch zu ihnen herüber, während Heinz noch ein paar Hände schüttelte. »Wie geht es Maria?«, lautete ihre erste Frage.

»Sie trauert, aber sie ist froh, dass der Großvater so leicht gehen konnte.«

»Ich hatte gehofft, ich könnte mit ihr reden.« Dabei ging es ihr längst nicht mehr um den Streit. Gleich nachdem sie vom Tod des alten Herrn erfahren hatte, hatte sie sich ihrer Sturheit geschämt. Dass sie in ihrem Alter noch immer so einen traurigen Anlass brauchte, um wieder in die richtigen Gleise gelenkt zu werden, ärgerte sie über alle Maßen. Wie lächerlich waren doch diese verletzten Eitelkeiten!

»Katharina fährt mit Maria heute zum Rachelsee. Sie gehen dort ein bisschen mit dem Hund spazieren«, erzählte Lena.

Waltraud nickte mit leisem Lächeln. Sie wusste genau, was Maria dorthin zog. Auch sie liebte dieses Fleckchen Erde mitten im Bayerischen Nationalpark. Es war wild, ursprünglich und sehr reizvoll. Seit Jahrzehnten durfte rund um den Rachelsee kein Baum mehr gefällt werden; deshalb war dort im Laufe der Zeit ein Urwald entstanden, und da, wo Bäume und Sträucher ungehemmt durcheinanderwucherten, entfaltete die Natur ihre ganze Schönheit und Kraft. Es wird Maria gut tun, dachte sie und tröstete auch sich selbst damit.

Als Heinz zu ihnen herüberkam, beschloss die kleine Gruppe spontan, gemeinsam irgendwohin zum Mittagessen zu fahren. Angesichts des neuen Friedens und der großen Aufregung der letzten Tage wollte Waltraud sich und den anderen etwas Gutes gönnen. Das hatten sie sich, weiß Gott, verdient. Sie kannte da so ein Hotel mit einem Restaurant …

Lena war sofort einverstanden, und nach einer kurzen Diskussion waren die beiden Männer auch bereit, die Einladung von den Frauen anzunehmen.

Lena war stolz und kam sich fast schon geadelt vor, weil Waltraud sich diesmal nicht dagegen wehrte, bei ihr im Wagen mitzufahren. Eine Fahrt mit Lena käme einem Selbstmordkommando gleich, hatte sie sonst immer erklärt, und war lieber zu Hause geblieben, als sich deren zweifelhaften Fahrkünsten auszusetzen. Heute nahm sie sogar, ohne zu murren, auf dem Rücksitz Platz. Von wegen Übelkeit auf den hinteren Plätzen! Davon war überhaupt keine Rede mehr.

So quetschten sich alle in Lenas kleine Kiste und fuhren aus dem Dorf in Richtung Bodenmais. Die beiden Älteren bezogen Willi so selbstverständlich in ihre Unterhaltung mit ein, als hätte er schon immer dazugehört, und Lena war erstaunt, wie gut und richtig sich auf einmal alles anfühlte auch wenn Willi mit Sicherheit nicht der Prinz war, der sie auf einem weißen Schimmel aus diesem Kaff entführen würde. Aber das war ihr im Moment gleichgültig.

Waltraud war dankbar, dass Lena ihretwegen bedächtig fuhr und sich auf die Straße konzentrierte, während sie und die Männer eifrig durcheinanderschwatzten.

Lenas Rücksichtnahme hatte jedoch mit Waltraud gar nichts zu tun. In Wahrheit war Lena noch viel zu verwirrt, dass Willi neben ihr saß. Was kümmerte sie da der alte Hundertneunziger Diesel, der vor ihr die Straße entlangkroch? Was die Worte der anderen? Ihr Herz jubelte – und damit musste sie erst umgehen lernen.

In Bodenmais unternahmen sie einen kleinen Spaziergang durch den fein angelegten Hotelgarten. Ein wenig gehemmt waren sie ob der ungewohnten Umgebung, doch als sie die Goldfische im Teich sahen und sich, wie Millionen andere Menschen auf der Welt, sofort an den Film *Ein Fisch namens Wanda* erinnert fühlten, löste sich die Anspannung in Lachen auf.

Im Restaurant fanden sie Platz an einem schönen Vierertisch am Fenster und studierten erst einmal ausführlich die Speisekarte.

Ihre Überlegungen, wer welches Gericht wählen würde, wurde jäh unterbrochen, als Franz und Gerti Oberbauer das Restaurant betraten, drei Herren in mausgrauen Staubmänteln im Schlepptau.

»Pfaffen im Freizeitlook«, raunte Waltraud den anderen zu. Mit Genugtuung sah sie, dass Gerti die Kinnlade herunterfiel, ausgerechnet sie, die schwarzen Schafe des Dorfes, heute hier anzutreffen. Waltraud kannte Gerti gut genug, um zu wissen, dass deren Dünkel sofort Alarm schlug. Dass Franz jetzt hocherfreut zu ihnen herübergrüßte, war für Gerti gewiss unerträglich. Hektisch zupfte sie am Trachtenjackett ihres Mannes, um ihn zu bremsen. Doch zu spät – und nur schade um das Futter, das sie eingerissen hatte: Die in Gertis Augen nicht gesellschaftsfähigen vier erhoben sich bereits, denn der Bürgermeister hatte ihnen ein Zeichen gemacht, sie den Würdenträgern vorstellen zu wollen.

Pfarrer Hoflinger war der Dekan des Bistums und der gewichtigste der Herren.

Waltraud sprühte nur so vor Charme. Nun erst recht, dachte sie, als sie sah, dass Gertis Augen schmäler und schmäler wurden. Und auch Lena schaltete mit einem hinreißenden Augenaufschlag diesmal erstaunlich schnell. Wie er denn eigentlich gedenke, das Erntedankfest zu feiern, wollte sie wissen.

Irritiert von so viel Weiblichkeit, faselte Pfarrer Hoflinger etwas von Tradition und kündigte an, dass das Erntedankfest am ersten Sonntag im Oktober stattfinden würde.

Waltraud stutzte. Nicht, weil Lena den Dekan aus der Spur geworfen hatte, nein – irgendwie kam ihr seine Stimme bekannt vor. Wahrscheinlich, dachte sie, hatte sie ihn schon mal predigen hören.

Die ungleiche Gesellschaft trennte sich bald, und die Oberbauers nahmen mit ihrem Besuch zwei Tische weiter vorne Platz. Hin und wieder konnte Waltraud ein paar Gesprächsfetzen vernehmen. Am lautesten sprach Pfarrer Hoflinger. Nein, dachte sie und nippte an ihrem Glas Weißwein, eine Predigt hatte sie nicht von ihm gehört. Sie schielte zu ihm hinüber. Der Dekan hatte sympathische, markante und sehr weltliche Züge. Er war höchstens Mitte vierzig. An sein Gesicht hätte sie sich bestimmt erinnert.

Pfarrer Hoflinger spürte wohl, dass sie ihn betrachtete, denn jetzt schaute er zu ihr herüber und lächelte ihr freundlich zu. Dann wandte er sich an den Bürgermeister, und sie hörte ihn sagen: »Die Entscheidung über das Seminarzentrum fällt morgen in der Sitzung.« Er räusperte sich, und dieses Räuspern war es! Blitzartig durchfuhr es Waltraud. Jetzt wusste sie, woher sie ihn kannte!

»Ich habe den Dekan schon einmal im Fernsehen gesehen. Er sprach da über die Missionsarbeit«, erzählte Lena gerade, und Bewunderung schwang in ihrer Stimme mit.

»Bei mir sprach er von was anderem«, murmelte Waltraud. Teils ungläubig, teils bestürzt starrte sie zu ihm hinüber. Hochwürden höchstpersönlich hatte sie in der Leitung gehabt – und das nicht nur ein Mal. Die anderen hatten ihre Bemerkung nicht wahrgenommen, denn ein Korb mit gemischten Miniatur-Brötchen forderte gerade ihre volle Aufmerksamkeit.

»Entschuldigung.« Die sächselnde Bedienung stand nun neben Waltraud. Mit gezückter Zange hielt sie ihr den Korb vors Gesicht. »Möchten Sie?«

Waltraud brachte kein Wort hervor. Sie nickte nur und deutete auf irgendeines der Minibrötchen.

Während des Essens kreisten ihre Gedanken unaufhörlich um besagte Telefonate. Es waren einige gewesen. Sie rief sich Details davon ins Gedächtnis zurück, die sie erröten ließen. Doch als sie Gertis devote Haltung sah, musste sie schmunzeln: Wenn die wüsste, dass hinter dieser unantastbaren Instanz ein Mensch steckte mit einer gewaltigen Menge an irdischen Gelüsten!

Und dann stand dieser »Mensch« plötzlich auf und steuerte auf den Ausgang zu, dem Schild folgend, das den Weg zu den Toiletten wies. Waltraud zögerte nicht lange. Kaum hatte der Dekan den Raum verlassen, legte sie die gestärkte weiße Stoffserviette neben ihren Teller und verschwand schnell und diskret, in der Hoffnung, dass keinem ihre Absicht auffallen möge.

Als sie vor der Toilette auf und ab ging, überkam sie die Erinnerung an ein Schulfest vor vierzig Jahren, als sie einem bis über beide Ohren verliebten Pubertierenden hatte erklären müssen, dass ihr die Haflinger einfach wichtiger waren als er. Die Toilette war schon damals ein beliebter Treffpunkt gewesen. Ob Franz sich als Bürgermeister noch daran erinnerte?

Der Dekan war nicht sonderlich überrascht, Waltraud vor der Herrentoilette zu begegnen. Menschen, die ihn aufsuchten, um Rat baten oder ihr Gewissen erleichtern wollten, waren für ihn nichts Ungewöhnliches.

»Wie kann ich Ihnen helfen?«, fragte er mit einem offenen Lächeln, das sich mehr und mehr schloss, je länger und ausführlicher sie ihm die wirtschaftliche Wichtigkeit des Seminarzentrums und den damit verbundenen nötigen Umbau der alten Glashütte darlegte.

»Und nur wenn das Zentrum wirklich gebaut wird, rechnet sich das Lebensmittelgeschäft, das wir eröffnen wollen«, beendete Waltraud ihre Rede.

»Ich bedauere sehr, aber für materielle Wünsche und Begehrlichkeiten sind weder ich noch die Kirche zuständig«, meinte er mit freundlichem Bedauern.

»Vielleicht machen Hochwürden in meinem besonderen Fall eine Ausnahme.«

»Was macht denn Ihren Fall zu einem besonderen?«, entgegnete er und zog eine Augenbraue hoch.

»Vielleicht die Tatsache, dass ich schon des Öfteren für *Ihre* Begehrlichkeiten zuständig war. Nichts für ungut, Hochwürden. Nur ganz unter uns.«

Der Dekan wusste sofort Bescheid. Er ließ sich zwar nichts anmerken, doch die zwei roten Kreise, die sich auf seinen Wangen bildeten, verrieten Waltraud ganz deutlich, dass sie mitten ins Schwarze seiner Seele getroffen hatte. Waltraud wusste aber auch, dass er das niemals zugeben durfte. Fast tat er ihr leid, wie er vor ihr stand, angespannt und um Fassung bemüht.

»Ich weiß nicht, wovon Sie reden«, sagte er schließlich. Sein Unmut schwang so leise in seiner geschulten Stimme mit, dass er kaum vernehmbar war. Doch Waltrauds Gehör war inzwischen auf feinste Nuancen geeicht. Sie hörte diesen Ton sofort heraus.

»Das macht gar nichts«, meinte sie freundlich. »Ich möchte Hochwürden aber gern noch wissen lassen, dass wir jeden Anruf aufzeichnen. Wegen möglicher Drohungen. Sie verstehen schon.« Das stimmte zwar nicht, doch Waltraud war nichts Besseres eingefallen, und sie schickte ein Stoßgebet gen Himmel, Gott möge ihr diese kleine, aber notwendige Lüge verzeihen. Es war ja doch etwas ganz anderes, wenn man ausgerechnet einem seiner Leute etwas vorflunkerte. Doch andererseits, so beruhigte sie sich, handelte ja auch Gottes Bodenpersonal nicht immer in dessen Sinne.

Waltrauds gezielte Information zeigte scheinbar Wirkung. Pfarrer Hoflinger setzte ein gnädiges Lächeln auf und legte seine Hand auf ihre Schulter, als hätte sie, Waltraud, ihn gebeten, ihr all ihre Sünden zu erlassen. Waltraud wartete, bis der Dekan zu sprechen anfing, und als er schließlich seine Stimme erhob, befand er sich wieder unter dem schützenden Dach der Kirche – dem er für einen ganz kurzen Moment entglitten war.

»Ich verstehe Sie zwar immer noch nicht, aber ich kann Ihnen eines versichern: Was geschehen soll, wird geschehen. Es liegt allein in Gottes Macht.«

Seinen Duktus untermalend, hatte er seine Hand von ihrer Schulter genommen und zeichnete nun vor ihrer Stirn ein Kreuz in die Luft.

»Danke, Hochwürden. Das beruhigt mich sehr«, sagte Waltraud. Sie bereitete dieser geheimen Konversation ein Ende, drehte sich um und ging auf die Damentoilette, um ihre Hände unter dem kalten Wasserstrahl abzukühlen.

Als sie wieder an ihrem Platz saß, dauerte es nicht lange, und sie konnten alle hören, wie Hochwürden lautstark kritisierte, dass es in dem Dorf keinen Lebensmittelladen gebe. Dies sei ein ganz großes Manko und eventuell das Kriterium für eine Absage.

Der Bürgermeister wurde blass. Doch Gerti war auf diesen Einwand offenbar vorbereitet und hatte die Lösung auch schon parat. Ein Supermarkt komme auf jeden Fall ins Dorf, versicherte sie. Sie habe schon Verbindung mit einigen Ketten aufgenommen. Sobald sie die Zusage der Kirche hätten, würden sie sich nach einem geeigneten Gebäude umsehen. Das habe sie auch schriftlich.

Waltraud und Lena waren fassungslos, welchen Aufwand Gerti betrieben hatte, um ihre Pläne zu vereiteln.

»Ein Miststück ist das!«, zischte Lena.

»Psst.« Waltraud deutete ihr zu schweigen, denn der Dekan mahnte gerade, die Gegend und die Menschen hier vor Ort zu unterstützen und nicht irgendeine Supermarktkette. Somit käme nur ein Geschäft infrage, das ökologische Produkte aus der Umgebung verkaufte.

Für einen Moment herrschte eine knisternde Stille an beiden Tischen. Ohne dass es ausgesprochen wurde, wussten alle, was das bedeutete. Waltraud war mehr als zufrieden. Für sie war klar, dass ihr geheimes Gespräch bereits die ersten Früchte trug: Franz Oberbauer warf einen Einverständnis heischenden Blick zu ihr herüber, und in dem Moment, als Waltraud würdevoll nickte, sank Gerti wie eine angepikste Kröte in sich zusammen. Franz Oberbauer lächelte über das seelische Martyrium seiner Frau hinweg und erklärte großspurig, dass ein Bioladen längst in Planung sei, und zwar – welch ein Zufall! – ausgerechnet von den Damen am Nebentisch. Während der Dekan und Gerti nur ein schmerzhaftes Lächeln auf die Lippen brachten, verliehen die beiden Ordensbrüder ihrer Freude unmittelbar Ausdruck. Waltraud lächelte würdevoll zurück, und Lena schickte sich an, es ihr gleichzutun. Unter dem Tisch stießen sie sich an, ihre Füße tanzten vor Freude.

Gegen Abend, Maria und Katharina waren schon längst von ihrem Ausflug zurückgekommen, wollten Lena und eine reichlich angeheiterte Waltraud ihren Freundinnen unbedingt noch einen Besuch abstatten. Waltraud drängte es, sich mit Maria auszusöhnen und ihr von der Begegnung mit dem Dekan zu berichten. Die ganze Aufregung in Kombination mit Alkohol war eine explosive Mischung. Sie machte Waltraud hochgradig emotional.

Willi und Heinz warteten vor dem Haus und unterhielten sich. Sentimentalitäten wie solche Versöhnungen waren doch eher Frauensache, und wenn es nicht unbedingt sein musste, entgingen sie diesen gern.

Die Tür war nicht verschlossen, und so betraten Waltraud und Lena, ohne sich erst anzumelden, das alte Haus. Schon im Flur konnten sie Marias Stimme aus der Küche deutlich vernehmen.

»Sie telefoniert schon wieder«, sagte Waltraud mit verständnisvollem Lächeln. »Das lenkt sie ab.«

Lena nickte. Sie wollten das Haus schon wieder verlassen, um draußen bei den Männern zu warten, bis Maria mit ihrem Telefonat fertig war, als Waltraud plötzlich stehen blieb. Sie hielt die Jüngere am Arm zurück.

»Ja, du kannst Maja ruhig sagen, was du auf dem Herzen hast«, hörten sie Maria mit freundlicher Stimme sprechen. »Es ist immer besser, das, was einen bedrückt, rauszulassen. Wenn du deine Sorgen in dich hineinfrisst, machen sie dich nur krank.«

Waltraud runzelte die Stirn.

»Siehst du! Kein Wunder, dass du schon Nierensteine hast. Du lebst nicht dein Leben. Du lebst das Leben deines Chefs. Oder denkst du in deiner Freizeit wenigstens mal an dich?«

Waltraud und Lena schauten sich erstaunt an.

»Wie wäre es, wenn du morgen zu deinem Chef sagen würdest: ›Tut mir leid, ich kann heute keine Überstunden machen‹? Probier das mal aus, und wir sehen dann, was passiert.«

Waltrauds Augen wurden immer größer.

»Ich denke an dich und schicke dir gute Gedanken. Das wird schon.«

In Waltraud begann es zu brodeln.

»Natürlich kannst du mich morgen anrufen. Frag einfach nach Maja. Maja ist immer für dich da.«

Jetzt reichte es Waltraud. Sie holte Luft und stürmte in die Küche. »Mit Telefonsex hat das wohl nichts zu tun!«

Maria war viel zu überrascht, um zu antworten. Sie saß am Küchentisch und schälte Kartoffeln. Das Telefon lag neben ihr.

»Das glaub ich nicht. Wir rackern uns ab, und Madame macht Telefonseelsorge!«, empörte sich Waltraud. »Das ist ja wirklich das Allerletzte! Und so zu verarschen!«

Lena wusste nicht, was sie dazu sagen sollte. Sie war irritiert und enttäuscht über Marias Heimlichtuerei. Und als Waltraud ihren Arm packte, sich auf dem Absatz umdrehte und aus dem Haus stürmte, wehrte sie sich nicht, sondern ließ sich von ihr mitziehen.

Bevor sich Maria erklären konnte, saßen die beiden in Lenas Polo und brausten mit den Männern davon. Als Katharina mit Lenny von ihrem nächtlichen Spaziergang zurückkam, hatte sich Maria bereits in ihr Schlafzimmer zurückgezogen und das Licht gelöscht. Vor ihr lag eine quälend lange Nacht. Doch sie wollte niemanden sehen und niemanden hören.

Erst in den frühen Morgenstunden fiel Maria endlich in einen erlösenden Schlaf. Gegen zehn Uhr wurde sie jäh geweckt. Ein lauter Knall, klirrendes Glas und undefinierbares Geschrei ließen sie aus dem Bett springen.

Mit nackten Füßen rannte sie die Treppen nach unten und stoppte abrupt: Glassplitter – überall auf dem Boden! Nachdem Maria den ersten Schrecken verdaut hatte, war sie entsetzt. Ihr Vater war noch nicht einmal unter der Erde, und dann so was!

Katharina kam mit einem Besen aus der Küche. »Die Kirche hat sich gegen uns entschieden«, berichtete sie mit tonloser Stimme. »Und jetzt geben sie uns die Schuld.« Sie hob einen Stein auf, der durch das Fenster ins Treppenhaus geschleudert worden war, und zeigte ihn Maria. Die setzte sich geschockt auf den Stuhl neben der Telefonanlage. Diese Nachricht musste sie erst einmal verdauen. Nach und nach wurde ihr bewusst, was das für das ganze Dorf und für ihre Freundinnen und sie selbst bedeutete. Sie waren am Ende. So etwas würden die Leute ihnen nie verzeihen – niemals.

»Die sammeln sich im Gemeindehaus«, hörte sie Katharina sagen. Wortlos stand sie auf und eilte wieder nach oben.

Es dauerte keine zehn Minuten. Einzig Lennys Bellen wies Katharina darauf hin, dass Maria das Haus überstürzt verlassen hatte. Sie ahnte Schlimmes. Mit dem Hund machte sie sich umgehend auf den Weg.

Waltraud und Lena war es nicht besser ergangen, auch ihnen hatten Unbekannte einen Besuch abgestattet und Steine durch die Scheiben geworfen. Waltraud verstand die Welt nicht mehr. Sie war sich sicher gewesen, den Dekan in der Hand zu haben und somit die Entscheidung zu ihren Gunsten beeinflussen zu können. Lena, die allein zu Hause gewesen war, war nach dem Steinanschlag sofort panisch zu Waltraud geflüchtet. Beide befanden sich nun mit dem Wagen auf dem Weg zu Maria, denn diese Ausnahmesituation erforderte eine dringende Krisensitzung. Sie waren zwar untereinander zerstritten, doch sie mussten sich unbedingt absprechen.

»Und was sagt dein Heinz dazu? Der hatte doch auch gehofft, durch den Aufschwung wieder Arbeit zu kriegen«, erkundigte sich Lena gerade.

»Der meint, für irgendwas wird das schon gut sein.«

Plötzlich sahen sie Maria schnellen Schrittes auf den Postwirt zusteuern. Sie wirkte sehr aufgebracht. Lenas Polo bemerkte sie nicht. Sie schaute weder links noch rechts.

»Die hat es aber eilig«, murmelte Waltraud.

»Was will sie denn beim Postwirt? Um die Zeit?«, wunderte sich Lena.

»Sie wird uns alles in die Schuhe schieben. Darauf wette ich«, meinte Waltraud düster. »Aber nicht mit mir!«

Lena wendete den Wagen.

Maria zögerte nur kurz, bevor sie die Tür zum Saal öffnete. Wütendes Stimmengewirr drang heraus. »Lieber Gott«, flüsterte sie. »Steh mir bei.« Sie bekreuzigte sich und stieß die Tür entschlossen auf.

Drinnen brodelte es. Als die Dorfbewohner sie bemerkten, wurde es für einen Moment still. Maria spürte die Feindseligkeit, die ihr von allen Seiten entgegenschlug, und dann ging es auch schon los.

»Was will *die* denn hier!?«, kreischte Hannelore.

Inzwischen hatten Waltraud und Lena hinter ihr den Raum betreten. Maria konnte sie nicht sehen.

»Ihr seid schuld, dass es nicht geklappt hat!«, schrie irgendjemand.

»Ihr habt uns und unser Dorf mit Dreck besudelt. Wir waren bis jetzt eine anständige katholische Kirchengemeinde.« Das war Gerti.

»Ins Grab hast du deinen Vater gebracht!«

Dieser letzte Vorwurf versetzte Maria einen scharfen Stich. Sie nahm all ihren Mut zusammen und rief gegen den Lärm an: »Ich muss was klarstellen! Hört doch mal zu!« Die Menge war viel zu aufgebracht, um sie anzuhören – eine geifernde Meute. »Jetzt hört doch mal!« Als Maria mit ihrer Stimme einfach nicht zu ihnen durchdringen konnte, stieg sie kurzentschlossen auf eine Bank und von dort auf einen Tisch. Sie pfiff durch zwei Finger. Der schrille Ton ließ die Dorfbewohner innehalten. »Ich allein habe mit Telefonsex mein Geld verdient. Die anderen wussten zwar davon, doch sie waren von Anfang an dagegen.«

»Das glaub ich nicht«, rief Gerti.

»Doch. Es war meine Idee. Ich habe versucht, sie dazu zu überreden. Aber sie wollten nicht.«

Waltraud und Lena lauschten verblüfft den Worten ihrer Freundin.

»Ihr könnt mich ruhig beschimpfen. Aber ich sage euch eines: Ich werde nicht aufhören zu telefonieren. Ihr haltet mich davon nicht ab. Es geht euch nämlich nichts an, wie ich mein Geld verdiene, solange ich ehrlich bin und niemandem damit wehtue. Ich lasse mir von keinem mehr vorschreiben, was ich zu tun und zu lassen habe. Nur eines bereue ich: dass ich mir die Mühe gemacht habe, es vor euch zu verheimlichen.«

Waltraud staunte über Marias Mut.

»Gott wird dich Lügen strafen. Du hast mit deiner Arbeit vielen Menschen Leid zugefügt«, tönte Pfarrer Gandl. »Denn es ist deine Schuld, dass sie nun keine Arbeit haben werden.« Damit hatte er sein Ziel erreicht: Die Menge fing an zu toben.

»Stopp!«, schrie Waltraud, die nun auch auf einen Tisch gestiegen war. »Wenn schon die Wahrheit, dann die ganze.« Waltraud schaute in die Runde. Lena nickte ihr zu. Und auch Katharina, die inzwischen gekommen war und mit dem Hund in der offenen Tür stand, bescheinigte ihr wortlos ihr Einverständnis. Langsam wurde es etwas stiller im Saal.

»Was glaubt ihr denn?«, rief sie. »Ein bisschen Telefonsex ist doch für die Kirche kein Grund, das Seminarzentrum hier bei uns nicht zu bauen.« Waltraud wartete, und als sich alle einigermaßen beruhigt hatten, fuhr sie fort: »Außerdem hat Maria vor allem Telefonseelsorge gemacht.«

Die Leute horchten auf.

»Katharina, Lena und ich waren ausschließlich für den Telefonsex zuständig. Aber bevor ihr euch wieder aufregt, sage ich euch, warum die Sache mit dem Seminarzentrum geplatzt ist. Es ist alles meine Schuld.«

Erstaunt starrten Maria, Katharina und Lena sie an.

»Ich war so naiv zu glauben, ich könnte den Dekan unter Druck setzen. Aber die Kirche lässt sich nicht erpressen.«

»Du hast ... das ist ja ... das ... das ...«, Pfarrer Gandl suchte nach Worten, »... das Frevelhafteste, was man tun kann.«

»Moment!«, rief Maria in die allgemeine Aufregung. »Womit hast du ihn überhaupt unter Druck setzen können?«

Waltraud ließ die Bombe platzen. »Er war einer meiner Stammkunden«, antwortete sie.

»Das ist eine Lüge«, regte sich Pfarrer Gandl auf.

Waltraud blieb ganz ruhig. »Nein, ist es nicht«, beharrte sie. Maria und Waltraud standen einander noch immer auf den Tischen gegenüber. Ihre Blicke trafen sich, und es bedurfte keiner Worte mehr. Mit einem leisen Lächeln beantwortete Waltraud Marias unausgesprochene Frage. Und nicht nur Maria war klar, dass Waltraud die Wahrheit sprach; auch einige aus dem Dorf hatten verstanden. Im Nu redeten alle durcheinander, ein jeder meinte zu dieser Ungeheuerlichkeit seinen Kommentar abgeben zu müssen.

Vergeblich versuchte Pfarrer Gandl, sich Gehör zu verschaffen, und angesichts der allgemeinen Empörung schlich er schließlich entnervt aus dem Saal. An der Tür traf er auf Katharina. »Das wird noch ein Nachspiel haben«, drohte er. Das kurze Aufflackern seiner Macht fand durch Lenny ein abruptes Ende. Katharina schaffte es gerade noch, den aufgebrachten Hund zurückzuhalten, bevor er seine Zähne in den Weihrauchduft verströmenden grauen Zwirn bohren konnte. Pfarrer Gandl suchte eilig das Weite.

Maria und Waltraud beschlossen zu gehen. Sie gaben ihre Position auf den zwei Tischen auf und zogen sich still und heimlich zurück. Lena folgte ihnen unauffällig, und als sie den Saal verließen, schloss sich Katharina mit Lenny an.

Hinter ihnen tobte die Gerüchteküche, bis Gerti das Ruder an sich riss. Sie kündigte an, mit dem Dekan zu reden und zu versuchen, ihn umzustimmen. Das Erstaunen war groß, und einige fragten sich, worum es der Frau des Bürgermeisters eigentlich ging. Offensichtlich wohl nicht um die von ihr so oft zitierte Moral.

Davon bekamen die vier Freundinnen jedoch nichts mehr mit. Sie waren froh, der Meute entkommen zu sein. Der Frieden war noch zu zerbrechlich, um ihm trauen zu können. Die Stimmung konnte jederzeit kippen. Noch halb in der Tür des Wirtshauses, blieben Waltraud und Maria stehen. Etwas unsicher schauten sie sich an.

»Danke«, sagte Maria mit leisem Lächeln.

»Es tut mir alles so leid. Und dass ich nicht da war, als dein Vater …« Waltraud stockte. Maria schaute sie an und sah, wie ihre Freundin die aufsteigenden Tränen wegzublinzeln versuchte.

Im nächsten Moment lagen sich die beiden Frauen in den Armen, und der ganze Streit unterlag diesem überwältigenden Gefühl der Versöhnung. Lena und Katharina standen mit glücklichem Lächeln daneben, mehr als erleichtert, dass sich die beiden endlich wieder verstanden.

Zu Hause hatte Tina auf den Anrufbeantworter gesprochen und hoch und heilig versichert, nach der Beerdigung bei Maria zu bleiben. Sie sei schließlich alt genug, um selbst zu entscheiden, wo sie leben wollte. Angesichts der Trauer um ihren Vater nahm Maria die Nachricht mit ruhiger Freude auf. Waltraud und sie standen im Flur. Es war still im Haus. Die Telefonanlage war ausgeschaltet. Nur von draußen hörte man immer wieder Katharinas und Lenas heiteres Lachen, das sich mit Lennys aufgeregtem Bellen mischte.

»Sei mir nicht böse, aber eines möchte ich jetzt schon mal wissen. Was hat es denn eigentlich mit deiner Telefonseelsorge auf sich?« Diese Frage brannte Waltraud schon die ganze Zeit auf der Zunge. Sie hatte sie so behutsam wie möglich gestellt, um bloß nicht wieder etwas Falsches zu sagen. Maria nahm ihr das auch nicht übel, und so hakte sie neugierig nach. »Wie oft hast du denn so was gemacht?«

»Oft. Wann immer ich gespürt habe, dass der Anrufer Zuspruch braucht«, bekannte Maria. Mit derselben Selbstverständlichkeit, mit der sie die Bedürfnisse des Fleisches befriedigt hatte, hatte sie verletzte Seelen zu heilen versucht.

»Ich lasse mich zum Heilpraktiker ausbilden«, eröffnete sie ihrer Freundin. »Ich habe mit Vaters Therapeuten gesprochen. Er hat mir die Adresse einer Schule gegeben. Ich habe mich auch schon angemeldet. Fernstudium. Geht alles per Internet.« Maria schmunzelte über Waltrauds verblüffte Miene. »Für irgendetwas muss die ganze Technik doch gut sein, oder?«

»Und unser Laden? Was wird aus dem?«, stammelte Waltraud.

»Den könnt ihr auch ohne mich eröffnen, sobald wir genügend Geld zusammenhaben. Gerne auch hier im Haus. Dann kann ich immer einspringen, wenn ich Zeit habe.«

»Aber ich dachte, du wolltest den Laden unbedingt.«

»Das dachte ich auch«, lächelte Maria.

Als sich die Gemüter langsam wieder beruhigt und sich alle, einschließlich Heinz und Willi, bei einem Glas Wein in der bayerischen Stube versammelt hatten, bemerkte Maria, dass sich in den letzten Tagen noch etwas anderes ereignet hatte. Ein Strahlen ging von Lena aus, ihre Augen leuchteten, und die lockere Vertrautheit, die zwischen Willi und ihr herrschte, hatte so gar nichts von dem künstlich erzeugten Reiz, dem Lena in unzählig dunklen

Nächten zwischen Donnerstagen und Sonntagen hinterhergejagt war.

»Endlich mal was Gescheites«, raunte Maria Katharina zu. Sie wusste, dass diese Spannung, von der Lena immer geglaubt hatte, sie gehöre zur Liebe wie der Atem zum Leben, nur der verzweifelte Versuch gewesen war, durch jemand anderen zu wachsen.

Siebzehn

Zur Beerdigung von Marias Vater kam fast das ganze Dorf in der weiß getünchten Kirche neben dem kleinen Friedhof zusammen. Die meisten Erwachsenen hatten es sich nicht nehmen lassen, dem alten Herrn das letzte Geleit zu geben, was aber weniger an der längst verblichenen Popularität des Verstorbenen lag als an der neu erworbenen seiner Tochter. Maria machte sich nichts vor: Nicht Mitgefühl, sondern Neugierde war der Motor, der die Dorfbewohner in die kühlen Gemäuer trieb.

Ein Raunen ging durch die Reihen, als ein junger Geistlicher vor dem Altar erschien. Den hatte man hier noch nie gesehen! Der Neuling stellte sich als Pfarrer Schmidhuber vor und entschuldigte die überraschende Abberufung des Dorfpfarrers durch den Bischof. Pfarrer Gandl war einer neuen Gemeinde zugeteilt worden und hatte seinen Dienst schon heute angetreten. Ein bisschen weiter weg zwar, aber wieder in einem Wald, doch nicht mehr im Bayerischen, sondern an der Spree. So konnte er nicht einmal mehr die Trauerfeier abhalten.

Maria, die zwischen Tina und Waltraud auf der einen und Katharina und Lena auf der anderen Seite gut aufgehoben war, dankte dem Herrn. Pfarrer Schmidhubers freundliche Begrüßung hatte eine lockere Verbindlichkeit. Er war ganz anders als sein Vorgänger. Erfreut folgte sie seinen Worten, während ein Großteil der Gemeinde ihn argwöhnisch beäugte. Die Menschen hier hinten im Wald konnten mit Veränderungen nicht so gut umgehen.

Pfarrer Schmidhuber sprach in seiner Trauerrede mit großer Achtung von dem Verstorbenen und rührte die Herzen. Maria war erstaunt, was er aus der Information, die Pfarrer Gandl von ihr erhalten hatte, machte. Danach redete er von Liebe und Freundschaft, von Not und Zusammenhalt, von Vertrauen und von Vergeben.

»›Tut nichts aus Eigennutz oder um eitler Ehre willen, sondern in Demut achte einer den andern höher als sich selbst, und ein jeder sehe nicht auf das Seine, sondern auch auf das, was dem andern dient‹«, zitierte der junge Pfarrer die Bibel. War es Zufall? Nicht nur Waltraud hatte den Eindruck, dass Maria diese Worte schon die ganze Zeit lebte.

Aufrecht stand Maria neben Tina, als der schlichte Eichensarg an dicken Seilen in die Grube gelassen wurde. Sie war überzeugt, dass die Seele ihres Vaters längst die irdische Schwere abgelegt hatte und nun in einer Welt zwischen Himmel und Erde schwebte, in der bestimmt mehr Glückseligkeit lag, als die Menschen sich vorstellen konnten. Maria war, als spürte sie von oben das Lächeln ihres Vaters, und deshalb war für sie dieser Moment kein trauriger, wohl aber ein ganz bedeutender. Sie hörte, wie Leute aus dem Dorf, in deren Leben ihr Vater nie eine Rolle gespielt hatte und die ihn auch nicht eine Sekunde vermissen würden, aufschluchzten und ihre Taschentücher zückten. Das vermeintliche Leid anderer lenkte sie für eine kurze Zeit von der Suche nach dem eigenen Glück ab.

Für Maria war an diesem Tag noch etwas ganz anderes bedeutend: nämlich die Unbefangenheit, mit der sie Manfred gegenübertreten konnte, mit dessen Erscheinen sie überhaupt nicht gerechnet hatte. Sie war überrascht. Der bittere Groll, den sie monatelang für ihn gehegt hatte, war mit einem Mal verflogen. Und auch den Gertis, Hannelores und wie sie alle hießen, die ihr und den anderen in der letzten Zeit so übel mitgespielt hatten, konnte sie nicht länger wirklich böse sein. Mit ihrer Moral und ihren Werten hatten sie sich eine Welt geschaffen, in der sie bis zum Halse feststeckten. Lange war sie selbst, Maria, in ihren Vorstellungen gefangen gewesen, als sie geglaubt hatte, Manfred verurteilen zu müssen, weil er sie verlassen hatte und eine andere Frau liebte. Das Leben hatte es einfach anders mit ihnen gemeint. Und heute war es gut, so wie es war.

Jetzt kam Manfred auf sie zu. Ihr Mann der Vergangenheit drückte sie und murmelte tröstende Worte. Kein Wort, dass Tina bei ihm wohnen sollte, kein Wort über ihre unehrenhafte Tätigkeit. War es das neue Rasierwasser, das ihn zu einem Fremden machte? Maria blinzelte. Und seinetwegen hatte sie so gelitten!

Die Kondolierenden zogen weiter an Maria vorbei: Lippenbekenntnisse, Umarmungen und zwischendurch mal ein ehrlicher Blick. Mit dankbarem Lächeln ließ Maria alles über sich ergehen, dabei waren ihre Gedanken bereits nach vorne gerichtet.

Katharina hatte ihr am Morgen eröffnet, dass Lenny und sie das Dorf verlassen würden. Sie würde endlich das tun, was sie liebte, und am ersten Januar in einer Werbeagentur in Leipzig anfangen. Die hatte ihr vor einiger Zeit ein Angebot unterbreitet. Ausgerechnet aufgrund ihres Flyers! Erst einmal würde sie aber nur sechs Monate auf Probe dort arbeiten, darauf hatte Katharina bestanden, denn festlegen wollte sie sich so schnell nicht mehr.

Während Maria zu allen Bekundungen freundlich nickte, überlegte sie, ob sie nicht Lena und Willi anbieten sollte, mit in ihr Elternhaus zu ziehen, das nun viel zu groß war für Tina und sie.

Weiter hinten stand ein schlanker Mann in einem grauen Lodenmantel. Maria fuhr der Anblick wie ein Blitzschlag durch den Körper. Jemand drückte sie, ein feuchter Kuss landete auf ihrer Wange, irgendein Gesicht schob sich an ihr vorbei, und dann sah sie ihn wieder … Nein, sie kannte ihn nicht. Wer war dieser Fremde? Er hielt sich diskret im Hintergrund neben dem Brunnen am Eingang. Ihre Blicke begegneten sich und hielten einander fest, bis ein neues Gesicht sie auseinanderriss. Sie sah ihn wieder – doch er ging gerade mit dem Bürgermeister und Gerti weg. Im ersten Moment spürte sie Bedauern, doch das verschwand schnell, denn ein Lächeln war nach innen gerichtet – dorthin, wo ihr ein unerklärliches, aber sicheres Gefühl sagte, dass sie ihm bald wieder begegnen würde.

Der Leichenschmaus fand im Freien statt. Die Sonnenstrahlen durchflochten die kühle Herbstluft mit ihrer letzten Kraft. »Altweibersommer« nannten sie diese wenigen noch verbleibenden warmen Tage des Jahres, bevor sich der Winter hier im Bayerischen Wald auf seine gewohnt raue Weise breitmachen würde.

Sie hatten Biertische und Bänke im Hof von Marias Elternhaus aufgebaut. Die mit buntem Laub geschmückte Tafel und der Duft von Schweinebraten zogen die hungrige Gemeinde an. Es kamen alle, denn die Nachricht von Marias offizieller Rehabilitation durch Pfarrer Schmidhuber hatte sich wie ein Lauffeuer herumgesprochen, und aus vormals schwarzen Schafen waren wieder weiße geworden.

Tina, Waltraud und Katharina verteilten das Essen – Fleischscheiben, Knödel und Krautsalat landeten auf weißen Papptellern. In der Küche portionierten Lena und Willi die Mousse au Chocolat, die sie in der Metro in Deggendorf gekauft hatten, was sie aber keiner Menschenseele verraten würden. Draußen wurde Bier ausgeschenkt, Wasser und Wein. Es gab so viel mehr helfende Hände, als sie erwartet hatten.

Maria nahm Katharina gerade einen vollen Teller ab und reichte ihn prompt wieder zurück, als der Bürgermeister mit Gerti und Hannelore auf den Hof spaziert kam. Die beiden hatte Maria gar nicht erwartet. Sie kamen als Letzte – und sie waren in Begleitung jenes Fremden. Marias Blick haftete an dem Unbekannten. Und seine Augen lächelten ihr zu. Nur kurz. Dann wandte sich Maria schnell ab.

Waltraud und Katharina hatten Marias Reaktion sehr wohl wahrgenommen, verstanden sie aber falsch. Und als Gerti und Hannelore zu Maria traten, standen sie auch schon an ihrer Seite, um die Freundin vor möglichen Gehässigkeiten zu schützen. Doch die blieben aus. Stattdessen bot Gerti ihnen zu ihrer Überraschung für den Ladenumbau die Unterstützung des gesamten Frauenbunds an.

»Sehr nett von dir, Gerti. Danke«, meinte Maria, und nach einem schnellen Blickwechsel mit Waltraud, Katharina und Lena konnte sie stellvertretend für sie alle sprechen: »Aber das wird nicht nötig sein. Erstens zieht Katharina weg, und zweitens treten wir alle aus dem Frauenbund aus.« So einfach ging das. Und es war ein gutes Gefühl.

Gerti und Hannelore waren zu perplex, um zu protestieren. Noch zögerten sie. Da die anderen nicht weiter auf das Thema eingingen, wurde ihnen klar, dass jeder Versuch, sie umzustimmen, zwecklos war. Schließlich sprang Gerti gewaltig über ihren Schatten, als sie meinte:

»Ist doch egal. Das Dorf hält zusammen. Wir Frauen helfen euch auch so.«

Maria, Waltraud, Lena und auch Katharina bedankten sich freundlich, doch dieses Angebot, das ihnen vor ein paar Tagen noch sehr wichtig gewesen wäre, war heute kaum noch von Bedeutung. Sie wussten, dass sich das Blatt ebenso schnell wieder wenden konnte. Aber das machte ihnen nichts aus. Darauf hatten sie ohnehin keinen Einfluss. Von nun an waren sie nur noch für sich selbst verantwortlich, nicht für die anderen. Und solange sie zu ihrem Handeln stehen konnten, war alles gut.

Kaum hatten sich Gerti und Hannelore den voll besetzten Tischen zugewandt, suchten Marias Augen nach dem Mann im grauen Loden. Er war verschwunden.

Irgendwann baute sich Franz Oberbauer vor der inzwischen leicht angeheiterten Gesellschaft auf, und nach ein paar Anläufen war schließlich auch der Letzte verstummt. Maria wunderte sich, dass er zum Tod ihres Vaters eine Rede halten wollte, da er doch zu dessen Lebzeiten so gut wie nichts mit ihm zu tun gehabt hatte. Doch schon als er ansetzte, wusste sie, dass er gar nicht vorhatte, über den Verstorbenen zu sprechen.

In seiner Funktion als Bürgermeister gab der gewichtige Franz

Oberbauer die Wiederinbetriebnahme des Glashüttenwerks bekannt.

Das Erstaunen war groß. Die Leute konnten es nicht fassen.

»Mit so was scherzt man nicht!«, rief einer.

»Verarschen kann ich mich auch selbst!«, tönte es aus einer anderen Ecke.

Der Bürgermeister schüttelte den Kopf. Vor Stolz und Freude platzte er fast aus allen Nähten. Alle redeten durcheinander, und dann verstummten die Leute, als Franz Oberbauer das Wort an einen Mann weitergab, der nun neben ihn trat – der Mann im grauen Loden.

Franz Oberbauer stellte ihn als Vorsitzenden einer Stiftung zum Erhalt alter Technologien vor. Maria hatte gar nicht hingehört. Sie brauchte Franz Oberbauer nicht, um zu wissen, wer dieser Mann war. Sie fühlte, dass sie ihn kannte. Und sie wusste in dem Moment, in dem er zu reden begann, dass er ihrer Seele so nahe war wie kein anderer. Mit ihm hatte sie gelitten wie er mit ihr. Mit ihm hatte sie die schönsten Gespräche geführt – Seelengespräche. Und er kannte sie besser als jeder andere. Stefan.

Tausend Gedanken schwirrten durch ihren berauschten Kopf. Wo kam er her? Wieso ausgerechnet in ihr Dorf? Was machte er hier? Irgendwann erreichten seine Worte ihr Ohr:

»Wenn Sie wissen wollen, wieso gerade diese Glashütte, dann werde ich es Ihnen verraten. Ich hatte eines Tages eine junge Frau am Telefon. Eine sehr junge, aber schon sehr kluge Frau. Eigentlich hatte ich jemand anderen sprechen wollen. Nachdem wir das Missverständnis geklärt hatten, erzählte diese junge Frau mir einiges von diesem Dorf, unter anderem von dieser stillgelegten Glashütte.«

Maria blickte zu Tina und wusste Bescheid.

»Aber überzeugt, dass es sich wirklich lohnt, in diese Gegend zu investieren, hat mich das soziale Engagement gewisser Menschen. Ich möchte ihnen etwas zurückgeben.«

Maria wich seinem Blick aus. Zum zweiten Mal. Er machte sie verlegen.

Der anschließende Jubel trieb die Stimmung in die Höhe und ließ altes Leid vergessen. Waltraud hielt ihren Heinz ganz fest an sich gedrückt. Er war nicht der einzige Mann, der weinte. Doch sie schämten sich ihrer Tränen nicht.

Maria war viel zu durcheinander, um sich mit den anderen zu freuen.

Nein, natürlich sei sie stolz auf sie, versicherte sie ihrer Tochter und gab sich gleich darauf geschäftig. Sie lief emsig herum und sammelte schmutzige Pappteller auf.

Und plötzlich kam er zu ihr. Noch bevor er neben ihr stand, spürte sie ihn bereits hinter sich. Heiß lief es ihr den Rücken hinunter. Was um Himmels willen sollte sie zu ihm sagen? Es war am Telefon so viel einfacher. In ihrem Bauch brannte ein Feuer … doch ihr Kopf war völlig leer.

»Danke für das Engagement«, brachte sie hervor. Ihr Gaumen war trocken. Sie räusperte sich. Hör auf, ihn anzustarren wie eine Kuh!

Er lächelte. Und wie er lächelte!

»Das war wichtig«, fügte sie hinzu. »Das gibt dem Dorf Aufschwung.« Langsam fühlte sie sich wieder ein wenig sicherer. Aber warum sprach er denn nicht? Sie sehnte sich danach, seine Stimme zu hören. Und dann – endlich!

»Ich selbst würde gern noch mehr geben«, sagte er. »Das wäre mir viel wichtiger.« Und er fügte hinzu: »Vorausgesetzt, du kannst das annehmen.«

Er grinste sie an, doch sie hörte an seinem Tonfall, dass es ihm mit seinen Worten verdammt ernst war.

»Schwierig«, meinte Maria. »Aber wer weiß? Man kann es ja mal probieren.«

Und es war gerade dieses feine Schwingen in ihrer Stimme, das ihrem Glück Ausdruck verlieh.